um lugar no coração

AMY HATVANY

um lugar no coração

Tradução
Vera Limongi

1ª edição
Rio de Janeiro-RJ / Campinas-SP, 2015

VERUS
EDITORA

Editora
Raïssa Castro

Coordenadora editorial
Ana Paula Gomes

Copidesque
Cleide Salme

Revisão
Aline Marques

Capa
Adaptação da original (© Janet Perr)

Fotos da capa
Sven Hagolani/Gettyimages

Projeto gráfico e diagramação
André S. Tavares da Silva

Título original
Heart Like Mine

ISBN: 978-85-7686-352-6

Copyright © Amy Hatvany, 2013
Todos os direitos reservados.

Tradução © Verus Editora, 2015
Direitos reservados em língua portuguesa, no Brasil, por Verus Editora. Nenhuma parte desta obra pode ser reproduzida ou transmitida por qualquer forma e/ou quaisquer meios (eletrônico ou mecânico, incluindo fotocópia e gravação) ou arquivada em qualquer sistema ou banco de dados sem permissão escrita da editora.

Verus Editora Ltda.
Rua Benedicto Aristides Ribeiro, 41, Jd. Santa Genebra II, Campinas/SP, 13084-753
Fone/Fax: (19) 3249-0001 | www.veruseditora.com.br

CIP-BRASIL. CATALOGAÇÃO NA FONTE
SINDICATO NACIONAL DOS EDITORES DE LIVROS, RJ

H294L

Hatvany, Amy
  Um lugar no coração / Amy Hatvany ; tradução Vera Limongi. - 1. ed. - Campinas, SP : Verus, 2015.
  23 cm

  Tradução de: Heart like mine
  ISBN 978-85-7686-352-6

  1. Romance americano. I. Limongi, Vera. II. Título.

14-18681 CDD: 813
CDU: 821.111(73)-3

Revisado conforme o novo acordo ortográfico

Para Anna, minha filha de brinde, que preencheu um espaço no meu coração que eu nunca soube que estava lá

Se é verdade que há tantas mentes quanto cabeças,
então há tantos tipos de amor quanto corações.
— Leon Tolstói, *Anna Karenina*

Cada coração canta uma canção, incompleta,
até que outro coração sussurre de volta.
— Platão

Grace

Algum tempo depois, eu olharia para trás e tentaria adivinhar o que eu estava fazendo no exato instante em que Kelli morrera.

Nada parecia diferente quando saí de casa naquela manhã e fui para o trabalho. Não havia nenhum sinal de tragédia iminente, nenhuma música sinistra tocando no fundo da minha mente, como um aviso de que meu mundo estava prestes a mudar. Só havia Victor dormindo em nossa cama e eu, como sempre, fazendo o possível para não acordá-lo ao lhe dar um beijo de despedida.

Era uma sexta-feira de fim de outubro e fiz meu caminho habitual até o centro da cidade. Gravado contra um céu coral, eu observava o desenho escuro na linha do horizonte de Seattle.

— Bom dia — cumprimentei minha assistente, Tanya, depois de estacionar e entrar no prédio. Ela era uma mulher deslumbrante, a pele da cor do mais profundo cacau, sempre usando vestidos coloridos que mostravam suas curvas abundantes. "Uma Jennifer Hudson antes de entrar para o Vigilantes do Peso", eu dissera à minha melhor amiga, Melody, descrevendo-a logo após tê-la entrevistado para o cargo.

— Bom dia — ela respondeu, tão concentrada no que estava fazendo que mal desviou os olhos da tela do computador. Suas unhas compridas pintadas de vermelho batiam no teclado. Seis meses atrás, Tanya vivia com os dois filhos pequenos num de nossos abrigos. Naquela época, ela precisava desesperadamente de um emprego, e eu precisava desesperadamente de uma assistente, então parecíamos formar o par ideal. Eu havia assumido o cargo de diretora executiva da Segunda Chance no outono anterior, satisfeita por liderar uma instituição que tivera início nos anos 90 com a proposta de ser apenas uma linha de atendimento vinte e quatro horas para mulheres que sofriam abusos. A Segunda Chance crescera aos poucos, até se transformar num programa multifacetado que incluía aconselhamento para crises, hospedagem temporária e assistência para ingressar no mercado de trabalho. Chegamos a abrir um brechó no começo daquele ano, onde nossas clientes podiam escolher em primeira mão roupas doadas para entrevistas de emprego e, mais tarde, quando estivessem por conta própria, montar um guarda-roupa completo. Meu trabalho era garantir que os aspectos mais práticos e administrativos do programa, como financiamentos e supervisão de funcionários, corressem bem, mas o verdadeiro motivo pelo qual aceitei o emprego foi o privilégio de poder ajudar mulheres como Tanya a reconstruir sua vida destroçada.

Coloquei perto dela o latte que eu lhe trouxera da lanchonete no andar térreo, para que ficasse a seu alcance, então segui para a minha sala, fechando a porta atrás de mim. Presumi que aquele fosse um dia como outro qualquer. Eu me sentei à mesa, liguei o computador e verifiquei minha agenda. Além de alguns telefonemas, haveria apenas uma reunião com os funcionários, às duas horas, então voltei toda a atenção para as fichas das clientes que Tanya havia separado para mim. Era hora de decidir se aquelas mulheres já estavam prontas para sair de nosso abrigo e passar a morar na própria casa. Geralmente, deixar o primeiro lugar onde se sentiam protegidas de verdade era o passo mais difícil para as vítimas de violência doméstica. E eu fazia questão de estar ao lado delas em todas as etapas do processo.

Eu mal havia tirado os olhos da papelada, poucas horas depois, quando meu celular começou a tocar dentro da bolsa. Estendi a mão para apanhá-lo e senti um friozinho de felicidade na barriga ao ver o nome de Victor na tela.

— Oi, querido — disse eu, olhando para o anel no meu dedo. Victor tinha me pedido em casamento havia apenas cinco dias, e eu ainda não tinha me acostumado com o peso disso, ainda surpresa com a ideia.

— Você pode pegar as crianças na escola para mim? — perguntou ele. Sua voz estava tensa e trazia uma urgência que eu não reconheci.

— Ei, sou sua noiva agora, será que não mereço um simples oi? — disse eu, esperando tirá-lo daquele aparente mau humor. Victor era a pessoa mais tranquila que eu conhecia e imaginei se algo errado estava acontecendo no trabalho, se seu chef ficara doente ou se algum funcionário atrapalhado tinha derrubado uma caixa de taças de vinho. — É assim que vai ser depois do nosso casamento?

— Grace — disse ele. — É sério. Preciso que você pegue as crianças e as leve para casa. Por favor.

— O que aconteceu? — perguntei, endireitando-me na cadeira. Todos os músculos do meu corpo ficaram tensos ao perceber que havia algo de muito mais grave do que Victor estar apenas tendo um dia ruim.

— A Kelli... Uma amiga dela, a Diane, a encontrou há algumas horas. Ela não estava respirando e... — Eu o ouvi engolir em seco. — Ela morreu, Grace. A Kelli morreu.

Minha boca ficou seca. *Kelli. A ex-mulher do Victor. Mas que merda.* Foi como se o ar tivesse fugido dos meus pulmões, e levei alguns instantes até conseguir falar.

— Meu Deus, Victor, o que houve?

— Ainda não sei. Ela foi levada para o pronto-socorro, e acho que meu nome ainda constava como contato no plano de saúde, por isso me ligaram. Você pode pegar as crianças?

— Claro. — Eu me levantei, lutando para agarrar minha bolsa. O pânico invadiu meu peito quando imaginei como eles iriam reagir à notícia. Ava principalmente, com treze anos, precisando tanto da mãe; e Max, com apenas sete, ainda querendo falar com ela antes de dormir quando vinha passar a noite em nossa casa. Max e Ava, que ainda nem sabiam que estávamos noivos. Victor tinha dado a notícia para Kelli no começo da semana, quando a chamara para um café no restaurante na hora em que as crianças ainda estavam na escola.

— Como foi? — eu perguntara quando ele chegou em casa.

Victor pressionou os lábios e balançou a cabeça de leve.

— Não muito bem — ele respondera, e eu não insisti por detalhes.

— O que você quer que eu diga para elas? — perguntei agora, já achando que qualquer coisa que eu falasse estaria errada.

— Nada, ainda. Vou para casa o mais rápido possível, mas agora eu preciso ir até o hospital para fazer a identificação do... — Sua voz falhou e ele limpou a garganta. — Para identificar o corpo dela.

— Tem certeza que não quer que eu vá com você? — Eu nunca o tinha visto tão triste e aborrecido e quis desesperadamente poder fazer algo para confortá-lo.

— Não. Só pegue as crianças. Por favor. Vou pensar num jeito de falar com elas antes de chegar.

Desligamos e eu saí apressadamente de minha sala. Tanya tirou os olhos do computador e me encarou.

— Algo errado?

— A Kelli... a ex do Victor. — Dei um suspiro pesado. — Ela morreu.

Tanya levou a mão à boca imediatamente.

— Ai, meu Deus! — exclamou, os olhos arregalados, a mão largada no colo. — O que aconteceu?

— Ainda não sabemos. O Victor está indo para o hospital agora mesmo.

— Ai, meu Deus — repetiu ela, balançando a cabeça. — Vou remarcar todos os seus compromissos para a semana que vem. A reunião com os funcionários pode esperar. — Ela fez uma pausa. — Você quer que eu chame a Stephanie?

Fiz que sim com a cabeça, achando que a melhor pessoa para cobrir minha ausência seria mesmo minha antecessora, que havia se aposentado quando aceitei o emprego, mas que ainda trabalhava conosco como voluntária.

— Seria ótimo. Não sei bem por quanto tempo vou ficar fora. Obrigada.

— Vou fazer isso. Ligo se aparecer algo urgente. E me avise se precisar de alguma coisa.

Meus músculos tremiam quando deixei o prédio. Entrei no carro e segurei o volante com força, procurando me acalmar antes de sair do estacionamento. Vários pensamentos passaram por minha cabeça e tentei imaginar como seria a vida para Max e Ava quando soubessem que a mãe estava morta. E como seria minha própria vida como a mulher que, por falta de opção, acabaria tomando o lugar dela.

ಙ

Na noite em que conheci Victor, a ideia de que eu pudesse me tornar a mãe de seus filhos era a última coisa que me passava pela cabeça. Na verdade, ser mãe era realmente a última coisa que me passava pela cabeça em *qualquer* noite da semana. E era justamente isso que eu tentava explicar para o sujeito com quem eu tinha saído, quando sentamos no bar do badalado restaurante de Victor em Seattle, o Loft. Naquele momento, eu não fazia ideia de que estava prestes a conhecê-lo. Não sabia que ele era o dono do restaurante, nem que era divorciado e tinha dois filhos. A única coisa que eu sabia era que tinha de encontrar um jeito de salvar aquela noite antes que as coisas piorassem ainda mais. Chad era o típico mauricinho mimado, coisa que eu não tinha percebido enquanto trocávamos mensagens pelo match. com, nem em nossas breves conversas pelo telefone. Pelo computador ele parecia brincalhão, meio engraçado até, e tinha uma autoconfiança que beirava a arrogância, algo que eu normalmente achava atraente num homem, então presumi que não haveria problemas em encontrá-lo para um simples drinque. Sem dúvida alguma, presumi errado.

— Então — disse ele depois que nos sentamos, pedimos algo para beber e trocamos aquela conversa gentil de como estávamos felizes por finalmente nos conhecer pessoalmente. — Você não quer ter filhos? — Ele se recostou na cadeira com um sorrisinho estranho no rosto corado.

Aquela inesperada provocação em seu tom de voz me desanimou na hora, e um sinal de alerta começou a soar em meus ouvidos. De fato, meu perfil online indicava que eu estava mais focada em minha carreira que na maternidade, mas era estranho que ele começasse a conversa por aquele tópico em particular. Tomei um pequeno gole do meu martíni com gotas de limão que o garçom acabara de servir deixando que os cristais crocantes do açúcar na borda da taça dissolvessem em minha língua antes de responder.

— Não é tanto que eu não *queira* ter filhos — disse eu. — Mas não sei se seria uma boa mãe. — Desejei que minha resposta neutra o fizesse desistir de continuar com o assunto.

— Voce não gosta de crianças? — perguntou ele, inclinando a cabeça aloiraga em minha direção.

— Claro que gosto — respondi, disfarçando um suspiro desanimado. Era frustrante ver como as pessoas presumiam que eu fosse uma mulher insensível e sem coração só porque não tinha pressa em me tornar mãe. Um homem que preferia a carreira à paternidade não era visto como um idiota. Ao contrário. Era considerado uma espécie de George Clooney indomável. E quem não ama o George?

— Tenho um irmão que nasceu quando eu tinha treze anos — expliquei a Chad. — E passei os dez anos seguintes ajudando a criá-lo, até que finalmente saí da casa dos meus pais. Então, logo eu percebi que a maternidade não era para mim.

Minha decisão não era assim tão simplista como eu fazia parecer, mas na verdade eu já estava estudando o ambiente a fim de planejar uma fuga rápida, e então vi que não havia motivo para uma explicação mais profunda. O bar do Loft não era grande, talvez houvesse umas quinze mesas. A única saída passava pela recepcionista, bem no campo de visão de Chad. Se eu pedisse licença para ir ao banheiro e tentasse sair pela porta da frente, ele ia me ver. Tomei um gole grande da minha bebida, na esperança de que o álcool acalmasse a crescente irritação que me invadia.

— Bem — disse Chad, colocando as mãos carnudas em cima da pequena mesa de madeira. — Eu realmente acho que a mulher tem o dever biológico de reproduzir. Quer dizer, honestamente, se você pensar pelo lado antropológico, seu corpo não passa de um sistema de apoio para o útero.

Meus pulsos se agitaram e o conteúdo da minha taça voou no rosto dele antes que minha mente tivesse registrado o comando. Atordoado, Chad enxugou os olhos com as costas da mão, enquanto eu colocava a taça agora vazia em cima da mesa e apanhava minhas coisas rapidamente.

— Mas que *raios* deu em você? — perguntou ele, quase cuspindo as palavras.

Eu me levantei, o coração disparado, tirando minha carteira de cima da mesa antes que ela ficasse molhada de vodca.

— Nada — respondi, tentando respirar fundo. — Só acho que uma boa terapia ia lhe fazer muito bem. — Pelo canto do olho, vi um homem alto de cabelo castanho-escuro muito bem cortado saindo de trás do bar e vindo em nossa direção. Ele usava camisa e calças pretas que realçavam seu físico esguio.

Chad também se levantou e deu um passo ameaçador em minha direção, no exato instante em que o homem o segurou pelo braço.

— Parece que você derramou sua bebida — disse ele.

Gostei do sujeito imediatamente, por sua habilidade diplomática, apesar da minha certeza de que ele tinha visto exatamente o que acontecera. Ele devia ter mais ou menos minha idade, por volta de trinta e cinco anos, talvez um pouco mais. Os fios grisalhos entrelaçados no cabelo lhe davam um ar aristocrático, e a pele bronzeada mostrava pequenos sinais que denunciavam um pouco de sol tomado em excesso.

— Essa vaca jogou a bebida na minha cara! — Chad berrou.

Aqueles que ainda não estavam olhando em nossa direção passaram a olhar. O burburinho da conversa parou e o único som que podia ser ouvido era a música de fundo vinda dos alto-falantes e a respiração rouca e pesada de Chad.

O homem segurou o braço dele com mais força.

— Senhor, peço que modere o seu vocabulário e pare de ofender a moça. Tenho certeza que tudo não passou de um acidente. — Ele me encarou com seus olhos acinzentados e doces. — Certo?

Eu fiz que não com a cabeça.

— Negativo. Eu joguei a bebida de propósito. Ele estava agindo como um perfeito idiota. Você é o gerente daqui?

O homem também balançou a cabeça e sorriu, mostrando dentes muito brancos e perfeitos, além de uma covinha na bochecha esquerda.

— Na verdade, sou o dono. Victor Hansen. — Ele largou o braço de Chad e me estendeu a mão.

Eu o cumprimentei de maneira firme mas breve — meu aperto de mão profissional que queria dizer não-se-meta-a-besta-comigo.

— Muito prazer. Grace McAllister. Gostei muito daqui.

— Meu Deus! — interrompeu Chad. Ele disparava saliva ao falar e o rosto estava vermelho feito um pimentão. — Se vocês já acabaram com essa conversinha mole, eu gostaria de saber quem vai pagar pela minha camisa!

Victor olhou para a camisa de seda artificial amarelo-mostarda que ele usava, um resquício dos anos 90, colocou a mão no bolso e lhe ofereceu uma nota de vinte dólares.

— Acho que isso cobre o prejuízo. Agora, por que não mostra um pouco de dignidade e vai embora?

Chad olhou para a nota na mão de Victor, mas não a aceitou. Fez um ruído desagradável, agarrou seu casaco que estava no encosto da cadeira e seguiu para a porta, tropeçando em algumas cadeiras e mesas no caminho. Do lado de fora, ele passou pela janela onde Victor e eu estávamos e fez um gesto obsceno.

— Uau — exclamou Victor, guardando o dinheiro no bolso. — Será que a mãe dele já sabe que o filhinho fugiu do porão?

Eu ri.

— Obrigada. — Abri minha bolsa e lhe estendi meu cartão de crédito. — Gostaria de pagar pelas bebidas. — Os outros clientes pararam de nos encarar e voltaram a conversar normalmente. O barulho reconfortante de copos e talheres enchia o ar.

— Não — disse Victor, dispensando o cartão com um aceno de mão. — É por minha conta. — Ele sorriu de novo. — Vocês já tinham pedido o jantar?

— Não, graças a Deus. Íamos apenas tomar um drinque. — Balancei a cabeça. — Acho que preciso melhorar meu processo de triagem. Talvez deva começar a pedir currículos e pelo menos três excelentes referências antes de aceitar o convite de um homem para um primeiro encontro.

Victor deu um sorriso.

— O mercado aí fora anda complicado, não é?

Olhei furtivamente para sua mão esquerda. Não havia aliança. *Hummm...* Ele percebeu meu olhar e levantou a mão, balançando o dedo anular.

— Eu daria uma excelente detetive, não acha? — Eu ri de novo e passei a mão pelas ondas ruivas do meu cabelo.

Felizmente, ele também riu.

— Bom, acho que o mínimo que eu posso fazer é lhe oferecer um jantar, para que a noite não seja um desastre total. Você aceita?

Fiquei vermelha e baixei os olhos, então voltei a encará-lo e sorri.

— Vai ser um prazer — respondi. — Só preciso de um instante para ir ao banheiro.

— É claro.

Ele apontou a direção e eu me afastei lentamente, sabendo que ele me observava, tomando cuidado para não mexer os quadris de maneira exagerada, mas o suficiente para que ele pudesse notar o movimento. Já no banheiro, fiquei em frente ao espelho de corpo inteiro e apliquei um pouco de gloss nos lábios. Depois, dei um passo para trás e examinei meu próprio reflexo. Cabelo ruivo na altura dos ombros, com uma aparência casual que eu tinha levado mais de uma hora para conseguir. Pele clara, algumas sardas nas bochechas que nenhum pó conseguia esconder, olhos verdes, talvez um pouco separados. Máscara para cílios era a única maquiagem que eu usava, além do gloss. Meus lábios já eram volumosos, e o gloss realmente ajudava. Como era meu primeiro encontro em vários meses, tirei um tempo para ir às compras e acabei escolhendo um jeans escuro e um suéter verde ligeiramente justo, peças que favoreciam bastante minha figura relativamente comum. Minhas pernas pareciam mais elegantes e, com a ajuda de um bom sutiã, meu colo ficava com um ar mais ousado. De modo geral, até que não estava ruim. Belisquei minhas bochechas para ganhar um pouco mais de cor e voltei ao bar, onde encontrei Victor exatamente no lugar em que o tinha deixado.

— Tudo bem? — perguntou ele, e fiz que sim com a cabeça, seguindo-o através das portas pretas duplas que levavam à cozinha. Assim que entramos, eu hesitei.

— Há...Você quer que eu faça meu pedido diretamente ao chef?

Victor riu de novo, segurou minha mão e me conduziu até um ambiente reservado, com cadeiras de encosto alto e almofadas vermelhas, ao lado de onde trabalhavam os funcionários.

— Não. Quero que você se sente no melhor lugar da casa: a mesa do chef. — Ele fez um sinal para que eu me sentasse. — Já volto. O que você estava tomando? Martíni com gotas de limão?

Eu sorri.

— Como adivinhou?

— Senti o cheiro no cara com quem você estava saindo.

Ele deu uma piscadela e então caminhou até o balcão de aço inox, onde havia vários cozinheiros que habilmente salteavam, mexiam ou montavam em pratos quadrados uma comida com um aroma maravilhoso. A energia do lugar era cinética, mas mudou um pouco quando Victor falou com um dos chefs, um homem bonitão e musculoso, cheio de surpreendentes tatuagens tribais pretas no pescoço e antebraços. Ele olhou para mim enquanto Victor falava, então sorriu e me cumprimentou brevemente. Dei um tchauzinho de volta, tentando adivinhar com quantas outras mulheres Victor tinha feito a mesma coisa.

Victor deixou a cozinha — para apanhar nossos drinques, provavelmente —, então pude rapidamente mandar uma mensagem de texto para Melody, minha melhor amiga:

"Noite estranha. Estou no encontro número dois (acho). Mesmo restaurante."

Ela me respondeu imediatamente:

"O QUÊ? E eu não consigo nem *um* encontro!"

Sorri para mim mesma ao imaginá-la aninhada em sua poltrona favorita, com seu pijama de flanela xadrez, comendo pipoca e assistindo a episódios repetidos de *Sex and the City*.

"Explico tudo amanhã", digitei de novo e enviei a mensagem no momento em que Victor retornava com os dois martínis nas mãos. Um com azeitona para ele, outro com limão para mim.

— Espero que não se importe; eu já fiz o pedido para o jantar. Conheço o cardápio muito bem — disse ele.

— Mas como você sabe do que eu gosto? — perguntei, tomando o que eu esperava ser um gole elegante do meu martíni.

— Bom, eu sei que você não gosta de homens idiotas. Isso já me dá certa vantagem. — Ele sorriu. — Pedi um menu degustação, então você vai provar um pouco de tudo que temos aqui.

— Estou impressionada. Deve ser muito bom ser o dono do restaurante.

Ele deu um sorriso largo.

— E é mesmo. E você, o que faz?

Fiz um resumo da minha carreira, contando que, depois de me formar em administração de empresas, tinha conseguido um cargo de assistente de recursos humanos, passando então por diversas companhias até assumir a diretoria de um centro médico da cidade. E fora lá que eu conhecera a Segunda Chance. Contei que começara como voluntária e só depois me tornara funcionária da instituição.

— E o que fez você ter vontade de doar seu tempo como voluntária para essa instituição em particular? — perguntou Victor, inclinando a cabeça em direção ao ombro.

— Bem — respondi. — É uma longa história.

— Boas histórias geralmente são longas.

— Tudo bem, foi você quem pediu — comentei com um sorriso nos lábios. — Eu ainda era estudante quando vi uma reportagem sobre uma médica incrível que percorria o mundo ajudando pessoas afetadas por todos os tipos de atrocidades: doenças, guerras, fome. Essas coisas terríveis. E lembro que fiquei admirada com uma cena em que ela socorria uma mulher extremamente doente, que a abraçou com tanta força, como se nunca tivesse sido abraçada na vida. — Senti um nó na garganta ao lembrar o impacto daquele momento. — Acho que aquela imagem ficou gravada na minha mente. Eu meio que prometi a mim mesma que um dia seria como aquela médica... ajudando aqueles que não conseguiam se ajudar.

Victor balançou a cabeça demonstrando interesse. Então continuei minha história, tomando cuidado para não parecer que estava em cima de um palanque discursando sobre questões políticas em torno da violência doméstica, algo que eu costumava fazer quando começava a falar a respeito do meu trabalho.

— Quando eu soube o que a Segunda Chance fazia, percebi que tinha encontrado o caminho para realizar meu sonho. O trabalho com recursos humanos era muito bom profissionalmente, mas essa era a minha chance de ajudar quem precisava de maneira mais pessoal, entende? — Ele balançou a cabeça de novo e eu continuei, tentando fazer um resumo dos detalhes. — Recebi treinamento para aconselhar pessoas em situações de crise e poder atendê-las por telefone. Depois comecei a usar meus contatos de trabalho para levantar doações e vi que tinha verdadeira paixão por aquele tipo de trabalho. Quando a mulher que iniciou a instituição me contou que ia se aposentar, eu me candidatei ao cargo dela e fui escolhida. Quase toda a minha experiência de trabalho vinha de operações e desenvolvimento organizacional, então foi um encaixe perfeito.

— É ótimo que você goste tanto do que faz — comentou Victor, levantando sua taça e inclinando a cabeça, indicando que eu deveria fazer o mesmo. — Parabéns.

Fiz o que me foi sugerido e nossas taças se tocaram ligeiramente.

— Obrigada.

Ele tomou um gole de sua bebida, colocou a taça de volta na mesa e me deu outro sorriso.

— Agora preciso fazer uma pergunta. O que aquele cara disse para te deixar tão nervosa?

Eu fiz um resumo do que Chad havia me falado a respeito do papel das mulheres em relação à procriação e o queixo dele caiu.

— Você só pode estar brincando!

Dei de ombros.

— Acho que ele não acreditou quando eu disse que tinha escolhido não ter filhos.

— Eu também não quero — disse Victor. — Pelo menos não mais do que os que eu já tenho.

Levantei uma sobrancelha, parecendo talvez tão confusa quanto me sentia, então ele abriu a carteira e puxou uma foto de duas crianças de cabelo escuro e olhos azuis — uma menina e um menino.

— O Max tem seis anos, e a Ava está com doze — ele disse. — Eles moram com a mãe, mas ficam comigo a cada quinze dias.

Havia um pouco de tristeza em sua voz, e tentei imaginar que tipo de relacionamento ele teria com a ex-mulher. No passado, quando aparecia um pretendente que incluía a palavra "pai" no currículo, ele era imediatamente descartado. Mas estava ficando cada vez mais difícil encontrar um homem disponível que nunca tivesse se casado ou tido filhos, então tentei manter a mente aberta. Não era porque tinha decidido não ser mãe que eu não poderia me apaixonar.

— Há quanto tempo você está separado? — perguntei, tentando parecer o mais natural possível. O tempo em que ele estivesse de volta ao mercado dos relacionamentos teria um peso grande na decisão de aceitá-lo ou não como futuro candidato a pretendente. Eu não estava nem um pouco interessada em ser uma espécie de estepe para quem quer que fosse.

— Um pouco mais de dois anos — ele respondeu. — Eu e minha ex-mulher nos damos relativamente bem, o que é ótimo para as crianças.

— Entendo — eu disse, recostando-me na cadeira almofadada. — Eles são lindos.

Percebi que ele era a única pessoa em muito tempo que não tinha me perguntado imediatamente por que eu não queria ter filhos. Outro ponto para ele.

— E já são o suficiente — Victor continuou. — Tenho trinta e nove anos e não pretendo ter mais filhos. — Ele olhou para mim, um pouco hesitante. — Então, o fato de eu ser pai significa que é a última vez que nos vemos?

— A última vez que nos vemos? — Comecei a brincar com a barra do meu suéter a fim de ganhar tempo e dei o que esperei ser um sorriso atraente. — Então esse jantar não significa apenas o dono do restaurante tentando compensar a cliente por uma noite desastrada?

— Acho que não. — Seu rosto parecia determinado, e ele passou os dedos de leve em minha mão. — Eu gostaria de ver você de novo.

Aquele toque fez com que um arrepio percorresse meu corpo, e, olhando em seus olhos, senti algo parecido com um friozinho na barriga. *Eu deveria aceitar?* Nunca havia saído com um homem que tivesse filhos, mas alguma coisa em relação a Victor parecia diferente. Tão diferente e especial que poderia valer a pena lhe dar uma chance.

Ava

Depois que meu pai foi embora, as manhãs de sábado passaram a ser as mais difíceis. Os sábados eram os dias em que ele não precisava levantar cedo e ir para o restaurante. Eram os dias em que ele nos acordava com o aroma amanteigado de waffles caseiros com grãos de baunilha tostando na chapa quente e fatias de bacon defumado crepitando na frigideira. Eu adorava ficar deitada na cama, presa nos tentáculos daqueles cheiros familiares, sentindo-me envolvida por eles, quentes e aconchegantes como os braços do meu pai.

— O café da manhã está na mesa, crianças! — ele gritava quando estava tudo pronto. — Venham comer enquanto está quente!

Max disparava pelo corredor para chegar à mesa primeiro, mas eu continuava na cama com um sorriso secreto no rosto, sabendo exatamente o que ia acontecer. A porta do meu quarto se abria de repente, e meu pai entrava como um furacão partindo para o meu lado.

— Será que temos uma menininha sonolenta aqui? — ele perguntava com uma voz engraçada, meio amalucada. — Será que ela precisa de cócegas para acordar?

— Não! — eu gritava com uma risada, espremendo-me contra a parede, fingindo que estava tentando fugir dele.

— Ah, sim! — ele exclamava, levantando as mãos e agitando os dedos feito um lunático.

— Papai, não! — eu gritava de novo, mas por dentro estava pensando: *Sim, sim!*

— Hora de levantar — ele dizia, já levando os dedos até minhas costelas, e não me restava outra coisa a fazer senão gritar, rir e me contorcer com seu toque. — Já acordou? — ele perguntava, esfregando o rosto com a barba curta no meu pescoço, a fim de me fazer mais cócegas ainda. — Está pronta para tomar o seu café?

— Estou! — eu gritava, rindo tanto que meu rosto chegava a doer. — Tudo bem, estou indo!

Meu pai então beijava minhas bochechas e parava com a brincadeira.

— Tudo bem, então! Vamos comer!

Agora que ele tinha ido embora, agora que minha mãe havia pedido para ele partir, as manhãs de sábado eram quietas, sem alegria. De café da manhã, comíamos cereais e torradas e, na maioria das vezes, eu acabava indo acordar a minha mãe no quarto, para não nos atrasarmos para o jogo de futebol do Max. Na semana passada mesmo, ela esqueceu que tinha ficado encarregada de levar o lanche e então, em vez de sair para comprar alguma coisa como qualquer outra mãe teria feito, correu para assar uma fornada de cupcakes antes que pudéssemos finalmente sair.

— Oláááá! — ela cantarolou quando finalmente chegamos ao campo onde o jogo de Max estava prestes a começar. — Desculpem nosso atraso!

Max havia perdido o aquecimento, mas, enquanto eu tentava equilibrar a caixa com os cupcakes de chocolate com cuidado, ele passou correndo por nós duas e se aproximou do treinador que escalava o time titular. As mães dos colegas de equipe de Max mal viraram a cabeça para cumprimentá-la de volta. Elas estavam sentadas na arquibancada, algumas com um pesado cobertor xadrez envolvendo os ombros, conversando e rindo de algo que uma delas tinha falado. Havia um grupo de homens ali perto, rindo e se cumprimentando com apertos de mãos. Alguns gritaram palavras encorajadoras para Max e seus companheiros. Meu pai costumava ficar com eles, conversando e rindo, antes de ir embora. Agora ele só ia aos jogos do Max nos sábados em que passávamos com ele.

Coloquei a caixa com os cupcakes em cima da mesa, ao lado do cooler cheio de garrafas de água, e fiquei observando minha mãe em mais uma tentativa de aproximação. Ela afofou o cabelo e deu seu melhor sorriso.

— Oi — disse, aproximando-se do grupo. — Temperatura agradável para um jogo, não é mesmo? — Era um dia indiscutivelmente frio de outono.

Uma mulher gorda com cabelo preto e liso virou a cabeça e lhe deu um sorriso.

— Sim — respondeu ela, como se estivesse fazendo uma declaração incrivelmente óbvia. — É, sim.

— Como está o time rival hoje? — perguntou minha mãe, enfiando as mãos nos bolsos de sua jaqueta preta de couro. As outras mães usavam moletons da Universidade de Columbia ou blusas de lã em tons de terra. Minha mãe usava jeans apertados e botas de cano alto pretas que combinavam com a jaqueta. As outras mulheres usavam botas de borracha ou calçados confortáveis fechados. — Nossos meninos vão mostrar quem é que manda aqui, não é?

Ninguém respondeu. Em vez disso, algumas cobriram a boca com a mão, abafando uma tosse dissimulada. O queixo de minha mãe tremeu ligeiramente e ela então se sentou em um canto da arquibancada, espremendo suas mãos pequenas entre as pernas. Eu me aproximei e ela colocou o braço em meus ombros, puxando-me para junto dela. Senti vontade de lhe dizer para não se preocupar, que ela era muito mais bonita que todas aquelas mulheres. E mais simpática também. Mas não sabia se devia fazer isso. Se lhe faria bem saber que eu conseguia enxergar a tristeza em seus olhos quando ela olhava para as outras mães, desejando poder fazer parte do grupo. Minha mãe e eu éramos parecidas nesse ponto. Ela tinha Diane e eu tinha Bree, minha melhor amiga. Mas era só isso. Ela olhava para aquelas mulheres como eu olhava para as garotas populares da escola. Era como se estivéssemos dizendo "Por favor, me dê apenas uma chance".

Um dos pais percebeu minha mãe sentada na beira da arquibancada. Ele era alto, o corpo em formato de barril, o cabelo loiro e um cavanhaque no rosto. Vi que ele fez um comentário abafado para os outros homens e alguns riram em resposta. Ele se aproximou de nós, apoiou o pé na arquibancada, bem perto da perna da minha mãe, e se inclinou com o braço em cima da coxa.

— Oi, Kelli — cumprimentou ele. — Como vai? — Suas palavras soavam escorregadias, como se estivessem cobertas de óleo enquanto deslizavam de sua boca.

Minha mãe lhe deu um sorriso cintilante.

— Bem. Eu estou bem, obrigada. — Sua voz borbulhava, quase pingando de tanto entusiasmo. — E como vai você?

— Melhor agora — ele respondeu, dando-lhe uma piscadela, e meu estômago se contraiu. Eu tinha certeza de que ele era o pai do Carter e marido da mulher gorda de cabelo preto que eu só conhecia por "mãe do Carter". Não gostei do jeito que ele estava olhando para a minha mãe. Também não gostei dos nós de seus dedos cheios de pelos.

— Querido — chamou a mãe do Carter, percebendo que seu marido conversava conosco. — Você está prestando atenção no jogo?

— O Carter ainda nem entrou em campo — ele respondeu bruscamente, lançando-lhe um olhar duro. Então voltou a atenção para a minha mãe, os olhos agora mais suaves. — Não tenho te visto muito por aqui. Lamento o que aconteceu com você e o Victor. Vocês sempre pareceram tão felizes.

Minha mãe manteve o sorriso radiante, mas vislumbrei um lampejo de tristeza em seus olhos. Mesmo depois de tanto tempo, ela ainda parecia sentir falta dele. Poucas semanas atrás, sem querer ela colocou um lugar a mais na mesa do jantar.

— As coisas nem sempre são o que parecem — ela respondeu ao pai do Carter.

— É verdade — ele disse com uma risada alta e olhou para o estacionamento. — O Victor vem hoje?

Minha mãe balançou a cabeça.

— Ele queria vir, mas está trabalhando. Ele vem na próxima semana, com certeza. É o fim de semana dele com as crianças.

Queria vir? Se isso fosse verdade, era novidade para mim. Eu me perguntava se minha mãe tinha inventado aquilo.

O pai do Carter se inclinou, chegando ainda mais perto dela.

— E você? — ele quase sussurrou. — *Você* também vai estar aqui?

— Mike! — chamou a mãe do Carter em voz alta. — Você poderia, por favor, pegar outro cobertor no carro? Está mais frio do que eu esperava aqui fora!

O pai do Carter se endireitou, colocou o pé no chão e deu uma piscadela para minha mãe antes de olhar para a mulher.

— Claro — disse ele, sem entusiasmo. Ao sair, fez com que seus dedos roçassem no braço da minha mãe, e eu vi que ela se encolheu.

— Ele é nojento — sussurrei para minha mãe quando ela virou a cabeça, os lábios franzidos.

— Fique quieta. Isso é falta de educação.

— Ele também não tem educação! — eu disse, talvez um pouco alto demais.

Minha mãe juntou as sobrancelhas.

— Ava. Cuidado com a boca. Você é muito criança para falar de um adulto assim. — Ela se ajeitou na arquibancada e então levou as mãos em concha à boca. — Vai lá, Max! — ela gritou quando o time entrou em campo. — Encurrala eles, encurrala, encurrala! — Ela levantou, agitou os braços para cima e balançou o traseiro pequeno.

— *Mamãe* — eu disse, encolhendo-me ligeiramente quando as outras mulheres atrás de nós pararam de conversar e ficaram nos olhando. Agir daquele jeito faria apenas com que as outras mães fizessem piadas a seu respeito. Será que ela não *percebia*?

— Eu acho que isso é torcida de futebol americano, Kelli — disse a mãe de Carter, e então eu a vi revirar os olhos. Cerrei os dentes com força, desejando ter alguma coisa para atirar nela. Alguma coisa afiada e dura, que fosse machucar.

Minha mãe riu e encolheu os ombros ligeiramente.

— Bom — disse ela, sentando-se novamente. — Eu nunca consegui distinguir um esporte do outro. Ainda bem que quem está jogando é o Max, não eu.

— Ah, sim — comentou outra mulher. — Que alívio. — Ela tinha cabelo castanho e uma boca apertada. — Você lembrou de trazer o lanche?

Minha mãe se virou para ela e fez que sim com a cabeça.

— Cupcakes de chocolate com creme de amendoim, recém-saídos do forno. — Ela sorriu, esperando aprovação. Eu segurei a respiração.

A mulher de cabelo castanho franziu a testa.

— *Creme de amendoim?* Não podemos servir isso. O Taylor é alérgico. — Ela fez uma pausa. — E o Carter tem intolerância a glúten. Farinha de trigo é um veneno para ele. Você não leu a lista dos lanches aprovados que fizemos no começo da temporada?

O sorriso da minha mãe desapareceu.

— Ah — ela começou, a voz falhando. — Não. Eu não imaginei...

A mãe do Carter deu um suspiro e se levantou.

— Posso dar um pulo até o supermercado e pegar alguns pacotes de crackers de arroz e algumas frutas.

Minha mãe também se levantou.

— Por favor — disse ela —, eu faço isso. A culpa é minha.

— Pode deixar — disse a mulher, pegando a bolsa. — Vou até o carro encontrar *o meu marido* e ele vai comigo.

Minha mãe afundou na arquibancada, os ombros caídos.

— Desculpa. Da próxima vez eu trago um lanche melhor.

Ninguém lhe disse nada em resposta, e ela se virou e olhou para o campo. Seus olhos estavam brilhantes e ela manteve o queixo levantado. Deslizei a mão até junto da sua e a apertei.

— Eu adoro seus cupcakes — disse eu. — São os melhores do mundo.

Na manhã de hoje, íamos chegar atrasados de novo. Mas dessa vez a culpa era minha. Eu tinha ficado muito tempo no chuveiro, passando condicionador no cabelo e raspando minhas pernas com cuidado. Minha mãe dizia que meus pelos não eram suficientemente grossos para que eu *precisasse* tirá-los, mas todas as meninas do oitavo ano raspavam, e eu implorei que ela me deixasse fazer o mesmo.

— Elas me chamaram de Chewbacca na aula de ginástica! — eu lhe contei e ela acabou deixando.

— Ava, anda logo, por favor! — ela gritou da cozinha.

— Já vou! — respondi, dando uma última olhada no espelho grande da porta do meu armário, certificando-me de que a roupa que eu havia escolhido estava em ordem. Gostava da minha jaqueta roxa e sabia que tinha mais sorte que a maioria das meninas da classe. Eu podia usar jeans apertado e ainda cruzar as pernas embaixo da minha mesa. Uma faixa mantinha meu cabelo castanho-escuro afastado do rosto e, graças ao condicionador caro que eu comprava economizando minha mesada, ele era brilhante e macio. Mesmo assim, desejei pela milionésima vez que minha mãe me deixasse usar maquiagem. As poucas vezes em que eu tentei driblar suas ordens, usando o rímel e o batom da minha amiga Bree no banheiro do colégio, minha mãe me pegara, embora eu tivesse achado que havia apagado todos os vestígios.

— Você tem uma beleza natural, querida — disse ela, colocando as mãos em concha no meu rosto. — Vamos deixar a maquiagem para quando você realmente precisar dela.

Eu não entendia por que era ela quem decidia quando isso ia acontecer. Afinal de contas, era o *meu* rosto. Além disso, todas as meninas do oitavo ano do Colégio de Seattle usavam maquiagem, e eu estava bastante certa de que aquilo significava que eu também deveria usar. Mas eu já tinha tido discussões suficientes com ela a esse respeito para saber que se tratava de uma briga que eu não ia ganhar.

Dando um suspiro, apanhei suas botas pretas, um par que ela dizia que eu podia pegar emprestado, e as coloquei por fora do jeans. Peguei minha mochila pesada e saí pelo corredor. Minha mãe estava diante do balcão da cozinha, ainda de pijama: uma calça cinza de ioga e uma camiseta vermelha tão pequena que podia pertencer ao meu irmão. De costas, parecia uma menininha. O cabelo loiro estava preso num rabo de cavalo bagunçado, e ela segurava uma caneca de café com as duas mãos, tomando pequenos goles enquanto olhava o quintal pela janela. Ainda estava escuro, mas pelo menos não estava chovendo.

— Estou pronta — anunciei.

Ela se virou para mim com um sorriso cansado; reparei que seus lábios tinham a mesma cor pálida de sua pele e que havia olheiras azuladas sob seus olhos. Pela quarta vez naquela semana, eu acordara com o barulho da televisão em seu quarto no meio da noite. Ela ainda não estava conseguindo dormir.

— Oi, querida — disse ela. — Você está tão linda quanto uma rosa orvalhada.

Revirei os olhos ligeiramente e balancei a cabeça, mas sorri para ela assim mesmo — estava acostumada com suas comparações exageradas. Ela sempre fazia comentários meio bobos a respeito da minha aparência. Eu não me sentia exatamente linda; achava que tinha uma beleza mediana, mas nada que se comparasse à minha mãe, que, segundo meu amigo Peter, era chamada de tesuda pelos meninos da minha classe porque era loira, magra e tinha seios grandes. Eu concordei com a cabeça, embora não soubesse o que aquilo significava. Quando cheguei em casa, corri para olhar no dicionário e senti vontade de vomitar. Eu sabia que minha mãe era mais bonita que a mãe dos meus colegas, mas a ideia de que os meninos quisessem fazer sexo com ela me fazia estremecer.

— Quer tomar café? — minha mãe perguntou. — Eu preparei torradas. Posso passar creme de amendoim, assim você come um pouco de proteína.

Fiz que não com a cabeça. Ela sabia que eu não gostava de comer logo de manhã, mas isso não fazia com que desistisse de tentar me alimentar.

— Vou comer uma barra de cereal depois da aula. — Bati de leve na mochila para mostrar que já estava pronta. — Você vai trabalhar hoje? — Ela trabalhava num restaurante chique no centro da cidade, onde meu pai era gerente antes de abrir seu próprio restaurante. Eles tinham se conhecido lá, e ela teve de voltar a trabalhar quando meu pai foi embora, três anos atrás. Ela dizia que gostava desse trabalho porque tinha horários flexíveis, e assim podia nos levar ao colégio de manhã e nos pegar depois. Ela só trabalhava à noite nos fins de semana que passávamos com meu pai.

Ela balançou a cabeça.

— Não. Mas faço jornada dupla amanhã, já que vocês não vão estar aqui. Vou trabalhar no brunch de domingo também. — Ela me deu um sorriso vazio e desanimado, como sempre fazia quando sabia que Max e eu estaríamos fora no fim de semana.

— Eu fico com a torrada dela! — disse Max, levantando-se da mesa onde mastigava ruidosamente o resto de seu cereal com leite.

— Você nunca para de comer? — perguntei, franzindo o nariz para ele. — Que nojo!

— *Você* que é um nojo! — ele retrucou, levantando o queixo pontudo em minha direção.

— Vai se danar! — respondi, revirando os olhos de novo. Ele era um pentelho. Olhei para o relógio, depois para minha mãe. — Podemos ir? Não gosto de chegar atrasada na aula.

— Sim, vamos. — Ela meio que se arrastou com seus chinelos em minha direção, aproximando-se para enlaçar meu pescoço com seus braços finos. Quando eu usava suas botas, ficávamos quase da mesma altura. — Eu te amo, minha menininha — ela sussurrou. — Tanto...

— Também te amo — respondi, abraçando-a de volta. Ela parecia frágil em meu abraço, os ossos lembrando galhos finos que podiam quebrar se eu apertasse com mais força. Ela estava ficando muito magra; eu podia fazer um círculo em seu pulso com meu dedo indicador e o polegar sem nem tocar na pele. Ela dizia que comia no restaurante após o trabalho, mas suas roupas pareciam ter ficado mais largas nos últimos meses, então eu não tinha tanta certeza de que ela estivesse me falando a verdade. A mesma coisa tinha acontecido quando meu pai foi embora: nada de sono, nada de comida. Mas Diane a convencera a ir ao médico para que ele lhe receitasse um remédio, e ela começou a melhorar depois disso. Eu não sabia se ela continuava ou não tomando a tal medicação.

Tentei adivinhar se a falta que minha mãe sentia de seus pais tinha algo a ver com o que ela estava sentindo agora. Ela havia ligado para eles na noite passada, mas eles não atenderam. Eles moravam numa pequena cidade nos arredores de San Luis Obispo, na Califórnia, onde minha mãe tinha sido criada. Os pais dela não nos visitaram nem uma vez sequer, o que eu sinceramente achava estranho, porque eles eram a única família da minha mãe, e Max e eu éramos seus únicos netos. Acho que eles nunca pensaram que um dia fossem ter um bebê, porque minha mãe nascera quando a mãe dela tinha quarenta e dois anos. Minha mãe me contou que eles agradeciam a Deus e a chamavam de "milagre". E, embora nunca tivessem nos visitado, ela ligava para a casa deles algumas vezes por ano. Quando atendiam o telefone, a conversa era sempre curta, e a voz da minha mãe ia ficando cada vez mais tensa e trêmula. Depois, minha mãe geralmente ia para o quarto e chorava. Eu tentava não me preocupar, mas ela não facilitava as coisas para mim.

Olhei para Max, que estava zombando por eu estar abraçando a minha mãe. Ele fazia uma careta idiota, como se estivesse mandando um beijo exagerado, e fingia abraçar a si mesmo.

— Max — eu disse com voz firme. — Vá escovar os dentes. Vamos esperar você no carro.

— Você não manda em mim! — disse ele, jogando sua tigela de cereais na pia, fazendo um barulho. O estrondo assustou minha mãe, que então se afastou de mim respirando de maneira entrecortada, difícil.

— Max! — ela chamou em voz alta, respirando de novo, agora com mais calma. Depois encostou uma mão na parede, como se de súbito tivesse de se apoiar, e voltou a falar num tom de voz mais baixo.
— Vá escovar os dentes, rapazinho, agora mesmo. Não me faça ir buscar o chicote. — Ela lhe deu uma piscadela e ele riu, sabendo muito bem que ela nunca bateria na gente. Era uma brincadeira que ela fazia, para que soubéssemos que estava falando sério. Nosso pai também dizia a mesma coisa, mas parou depois que foi embora.

Max correu em disparada pelo corredor em direção ao banheiro, minha mãe o seguiu com os olhos.

— Você está bem, mamãe? — perguntei, reparando que ela estava com uma respiração um pouco rápida demais. Ela continuava com a mão encostada na parede, os ombros um pouco curvados.

— Estou, sim. Só senti um pouco de tontura. — Ela virou a cabeça e me deu um sorrisinho, deixou o braço cair e endireitou a coluna. — Acho que tenho tomado muita cafeína.

Fiz que sim com a cabeça e então olhei para a pilha de papéis na mesinha perto do hall de entrada — *contas*, imaginei. Que ainda não tinham sido pagas.

— Você quer que eu ajude a preencher os cheques à noite? — perguntei ao passarmos pela porta e seguirmos em direção à garagem.

— Humm? — ela murmurou — O que foi?

Senti uma pontada de irritação.

— As contas. — Eu sabia que minhas amigas não ajudavam os pais naquele tipo de coisa, mas era algo que costumávamos fazer juntos. Minha mãe dizia que era apenas porque minha letra era melhor que a dela, mas começou a chorar na última vez em que a vi tentar fazer tudo aquilo sozinha, então passei a me oferecer para preencher os cheques e ela só precisava assinar. Max colocava os selos nos envelopes. Aquilo acabou virando uma espécie de brincadeira nossa. Mas, quando contei isso a meu pai, todos os músculos do rosto dele se contraíram, e eu lhe perguntei se o fato de ajudarmos a nossa mãe estava errado.

— Ela é adulta, querida — disse ele, colocando o braço em volta do meu pescoço e me apertando contra ele. — E você é uma criança. Não devia ter esse tipo de responsabilidade.

Dei de ombros e enlacei a cintura dele com os dois braços, sentindo o cheiro de carne assada em sua camisa. Alguns pais cheiravam a perfume; o meu, a aromas criados na cozinha.

— Eu não me importo — eu lhe disse. Não gostei de sentir que ele a estava criticando. Não queria criar problemas para minha mãe.

— Vou falar com ela — ele respondeu, mas acho que nunca chegou a fazer isso de verdade. Agora que estavam divorciados, eles só se falavam quando necessário, e com frases tão curtas e duras que mais pareciam armas que palavras.

— A que horas você vai trazê-los de volta? — minha mãe perguntava quando ele ia nos buscar regularmente, um sábado sim, outro não. Ela também nunca olhava diretamente para ele. Seu olhar flutuava por cima dos ombros do meu pai.

— Às cinco da tarde de amanhã — ele respondia, às vezes movimentando os pés ligeiramente, como se estivesse louco para que ela parasse de falar. — Como sempre — completava, impaciente.

Ele costumava ficar no hall de entrada esperando que nos aprontássemos, nunca passando dali.

— Só para me certificar — minha mãe respondia com a voz um pouco trêmula, e então os músculos do rosto do meu pai ficavam ainda mais tensos. Era difícil imaginar que os dois tinham se amado a ponto de se casar. Eu sabia que isso tinha acontecido; eu tinha visto as fotos do casamento. Minha mãe usando um vestido branco, lindo, estilo princesa, o cabelo brilhante preso num coque no alto da cabeça, alguns cachos caindo displicentemente pelo rosto. Meu pai, alto e bonito num smoking preto, dando-lhe um pedaço de bolo na boca e tentando beijá-la ao mesmo tempo. Os dois estavam rindo.

Agora, de pé ao lado do carro, quando Max finalmente apareceu nos degraus da frente correndo em nossa direção e fazendo o ruído de um avião a jato, minha mãe estendeu o braço e pegou minha mão.

— O que eu faria sem você, minha menininha? — Então, ela a levou à boca e lhe deu um beijo.

Sorri para ela, sentindo um tremor dentro de mim, não querendo dizer que às vezes eu pensava a mesma coisa, que não sabia o que seria da vida dela se não fosse eu.

— Você vai mesmo pra casa do seu pai esse fim de semana? — Bree me perguntou no horário do nosso almoço. No Colégio de Seattle, o primeiro intervalo era para as crianças até o quinto ano, e o segundo, para os alunos do sexto ao oitavo ano. Bree e eu nos sentamos a uma pequena mesa, perto da janela e longe das outras meninas da nossa classe. Cada uma de nós pegou um pedaço grande de pizza de pepperoni e leite com chocolate. Essa era a melhor parte de estudar numa escola particular — o almoço era decente. A pior era que meu irmão também estudava lá. Às vezes, quando me via no pátio, ou quando tinha algum horário vago, ele acenava, fazia uma dancinha ridícula e começava a cantarolar: "Ava, Ava, fava, cara de brava... Ava!" Eu realmente torcia para que o ano seguinte chegasse logo, porque aí começaria o colegial e eu só veria aquele esquisitão quando chegasse em casa. É claro que eu gostava dele, mas a verdade é que Max me enchia a paciência até dizer chega.

Puxei um pedaço de pepperoni da minha fatia de pizza e o joguei na boca.

— Vou — respondi enquanto mastigava. — Ele costuma buscar a gente no sábado de manhã.

— Com a *Grace*? — ela perguntou, envesgando os olhos e piscando ao mesmo tempo. Bree era a garota mais engraçada que eu conhecia e não tinha medo que as pessoas rissem das coisas que ela fazia, o que era parte da razão de ela ser minha amiga. Ela tinha cabelo loiro curto e muito fino, óculos de aro de metal e ainda não precisava usar sutiã, mas parecia não se importar em não ser como as garotas populares do colégio. As garotas que tinham pais muito ricos e seus próprios iPads. As garotas que iam para trás do ginásio, deixavam o namorado tocar seu corpo e pouco ligavam para quem soubesse disso. Garotas que uma parte de mim desejava se tornar.

Eu ri.

— Sim. Fico torcendo para eles terminarem. Mas parece que o namoro é sério. — Os pais da Bree também eram divorciados, outra razão pela qual eu gostava de ser amiga dela. Ela entendia como era estranho ter duas casas para morar, diferentes regras e pais que podiam nos amar, mas que não se suportavam. Seu pai era advogado e tinha de pagar uma fortuna de pensão alimentícia à mãe dela. O meu pai também dava um cheque para minha mãe todos os meses, mas certamente não ganhava tanto quanto um advogado. Porém ele era um grande cozinheiro, o que já era uma espécie de bônus.

Bree não disse mais nada, sabendo que a namorada do meu pai estava longe de ser meu assunto preferido. Ele tinha conhecido a Grace no fim do verão passado e esperou alguns meses para nos apresentar — e eu achei melhor assim do que ter de conhecê-la logo de imediato. Eu sabia que meu pai muito provavelmente saía com outras mulheres depois de ter deixado a nossa casa — um dia, não muito tempo depois de ele ter comprado sua casa nova, achei uma lingerie cor-de-rosa de renda no cesto de roupa suja, quando o ajudava na lavanderia. Mas a Grace havia sido a única que ele quisera que Max e eu conhecêssemos. E, quando ela se mudou para a casa dele em maio, eu realmente não me surpreendi tanto assim. Mais importante que tudo, eu tentava não pensar a respeito do fato de que ela dormia na mesma cama que ele, o que era difícil com todas as perguntas que minha mãe fazia quando voltávamos para casa.

— Você se divertiu com a Grace? — ela perguntava. — O que ela serviu para vocês comerem? — Quando eu contava que, depois de o meu pai ter cozinhado algo ou a Grace ter pedido uma pizza, todos nós jogávamos Palavras Cruzadas ou assistíamos a um filme, seus ombros caíam e era como se eu tivesse dado um tapa nela. Eu ficava tentando adivinhar por que ela não arranjava um namorado. Ela era bonita o suficiente para isso, com toda certeza, e eu sabia que havia alguns pais solteiros no colégio que provavelmente a convidariam para sair se ela usasse alguma coisa que não seu pijama para nos levar de manhã. Mas, quando eu sugeri que ela saísse com alguém, ela dispensou a ideia.

— Você e seu irmão são todo o amor que eu preciso. O seu pai simplesmente não gosta de ficar sozinho.

Nem você, eu pensava. *Você prefere ficar com a gente que sair com alguém*. Tentei adivinhar se havia alguma coisa de errado com ela, porque, mesmo depois de passado tanto tempo, minha mãe parecia não ter superado a partida do meu pai. O que era realmente estranho, porque eu sabia que tinha sido ela quem pedira para ele ir embora. Sem querer, eu ouvi a briga que fez com que ele saísse de casa.

— Terra chamando Ava! — disse Bree, cutucando minha perna com a ponta de seu tênis Converse. — Vamos, Ava. O sinal acabou de tocar. É hora da nossa aula de estudos sociais. — Ela fez uma careta e enfiou o dedo na goela. — Ou seja, me sufoque com uma enciclopédia!

Eu ri de novo, arrumamos a bagunça em cima da mesa e seguimos para nossa sala. No caminho, Whitney Blake, cujo pai era dono de uma rede de lojas de produtos orgânicos, veio se aproximando e ficou ao meu lado. Ela cheirava a perfume cítrico, e seu cabelo preto macio chegava quase à metade das costas. Whitney era toda doçura com os professores, mas era sabido que ela já tinha feito com que várias garotas da classe chorassem. Eu tentava não cruzar seu caminho, a menos que fosse absolutamente necessário.

— Como foi seu almoço, Ava? — ela perguntou, estalando seu chiclete enquanto falava. Whitney queria que todo mundo soubesse que a governanta de sua casa embalava fatias de frango orgânico, uma variedade de folhas verdes e um tipo de cookie feito com xarope de agave para que ela levasse de almoço todos os dias, mas que ela podia jogar tudo no lixo e comprar seja lá o que a lanchonete estivesse servindo com o cartão de crédito que seu pai lhe dera.

Dei de ombros e continuei a andar, observando-a de canto de olho, desconfiada com o que parecia ser uma pergunta inocente.

— Você usou a sua *bolsa de estudos* para pagar a conta? — ela continuou num tom de voz melodioso enquanto seguíamos pelo corredor, abrindo espaço entre a multidão de alunos. — Sabe, meu pai doa muito dinheiro para que essas bolsas sejam mantidas. Então, é como se a minha família estivesse possibilitando que você estude aqui.

Meu estômago se contraiu enquanto ela falava, meu rosto ficou vermelho e as lágrimas ferroavam no fundo da minha garganta. Não consegui olhar para ela. Não era segredo que Max e eu éramos bolsistas e que de vez em quando minha mãe servia os pais ricos dos alunos de nossa escola, quando eles iam ao restaurante onde ela trabalhava. Max era muito pequeno para entender o que as pessoas diziam a nosso respeito, mas eu não. Eu também sabia que o fato de a pessoa ter muito dinheiro não lhe dava apenas coisas boas, lhe dava poder. E Whitney também sabia isso.

— Acho que você devia me agradecer — continuou ela, quando não respondi.

Eu não conseguia falar. Se falasse, poderia chorar, e isso lhe daria mais um motivo para zombar de mim.

— Ei, Whitney — disse Bree, aproximando-se para me salvar. — Talvez você possa fazer alguma coisa de útil e ir vomitar o seu almoço. Se for logo, talvez a sua bunda nem precise ter um CEP próprio.

Ao ouvir isso, o lindo e perfeito rosto de Whitney se contorceu numa careta de desdém, mas ela continuou olhando diretamente para mim.

— Você devia tentar entrar na equipe de dança — disse Whitney. — Quem sabe a sra. McClain sinta pena por você ser uma aluna *menos favorecida* e te deixe participar.

As amigas dela, que mais pareciam um bando de gansos, deram risadinhas com isso. Meus olhos ficaram nebulosos e Bree segurou meu braço com força.

— Vem. Vamos para a aula.

Largando Whitney e suas amigas para trás, deixei que Bree me levasse pelo corredor, passando pelos poucos armários que havia antes de chegar à sala do sr. Tanner, engolindo em seco para me certificar de que qualquer resquício de lágrima tinha ido embora.

— Obrigada — agradeci ao sentarmos na carteira, lado a lado.

Bree sorriu e endireitou os óculos em cima do nariz.

— A Whitney é uma vaca, então nem dê ouvidos ao que ela diz, tá bom?

Fiz que sim com a cabeça, mas ainda sentia suas palavras ferroando minha pele. Não que fôssemos completamente pobres; meus pais pagavam por uma parte da nossa educação, mas não toda. A única coisa que eles ainda concordavam era que Max e eu devíamos ter a melhor educação possível, e o Colégio de Seattle era o melhor.

— Você não *vai* tentar entrar na equipe de dança, vai? — perguntou Bree.

Balancei a cabeça e tentei forçar um sorriso com os lábios apertados. Minha mãe adorava dançar — ela tinha sido líder de torcida no colegial e ficaria feliz se eu tentasse participar, mas eu sabia que fazer isso significaria ficar fora de casa com mais frequência, e Max teria de lidar com ela sozinho. Ele era muito pequeno para saber que atitude tomar nas crises de choro dela, quando eu não estivesse presente. Mesmo que eu quisesse, estava fora de questão.

Respirei fundo repetidas vezes, a tensão em meu corpo diminuindo pelo menos para eu poder prestar atenção quando o professor nos mandou ficar quietas e começou sua aula sobre voto feminino. O sr. Tanner falava havia uns vinte minutos quando o telefone preto em cima de sua mesa tocou. Ele balançou a cabeça enquanto ouvia, agradeceu seja lá quem estivesse na linha e desligou. Apenas a diretoria usava aquele telefone, então tentei adivinhar quem teria feito algo de tão ruim a ponto de interromper a aula.

— Ava? — disse o sr. Tanner, e na hora meu estômago deu um salto. — Pegue suas coisas e vá para a diretoria, está bem?

Dei um suspiro.

— Foi o Max? — *Aquele monstrinho. Minha mãe vai ficar louca da vida se ele se meteu em encrencas.*

O sr. Tanner apertou os lábios e balançou a cabeça rapidamente. Bree me lançou um olhar inquiridor, e eu encolhi os ombros e guardei meu fichário. Todos os olhares na classe se voltaram para mim, e eu senti o rosto ficar quente de novo. Começaram alguns sussurros, mas o sr. Tanner fez com que todos ficassem quietos. Vesti minha jaqueta lentamente e andei com cuidado até a frente da sala. Parei diante da mesa do sr. Tanner, procurando alguma pista em seu rosto, mas não encontrei nada.

— Está tudo bem? — perguntei. Ele sustentou meu olhar por alguns instantes, antes de voltá-lo para o chão.

— Você precisa ir para a diretoria — ele repetiu. Então eu me dirigi até a porta e segui sozinha pelo longo e silencioso corredor.

Kelli

Era tarde de segunda-feira. Antes que Kelli saísse de casa para pegar as crianças na escola, Victor ligou e pediu para que ela desse uma passada rápida no Loft.

— Preciso falar com você — ele disse. — Não vai demorar. Coisa de dez, quinze minutos, no máximo.

Ela sabia que não ia gostar do que ele tinha para lhe dizer. Estavam divorciados havia alguns anos, mas ela ainda reconhecia seu tom de voz quando algo de sério estava acontecendo. Tinha dezenove anos quando ouviu aquele tom pela primeira vez, ocasião em que trabalhava como garçonete no restaurante em que ele era gerente e o observara dispensar o ajudante de garçom que fora flagrado pegando uma gorjeta generosa deixada para ela em cima da mesa.

— Obrigada — ela dissera a Victor mais tarde, depois de ele ter acompanhado o empregado demitido até a porta. — Estou me sentindo mal pelo que aconteceu. — Ela sabia o que era precisar de dinheiro; dividia um pequeno apartamento de dois quartos com outras quatro garotas e ainda tinha dificuldades para pagar sua parte no aluguel. Mas nunca roubaria. Já tinha muitas coisas das quais se sentir culpada — adicionar roubo à lista a levaria à insanidade.

— Não fique assim — disse Victor, colocando a mão em seu ombro por um instante. Sua pele ficou inteiramente arrepiada e o estômago se agitou. Os olhos acinzentados de Victor se iluminaram, ele lhe deu um sorriso largo e ela retribuiu. Ele correra um risco ao contratá-la, já que ela não tinha nenhuma experiência em restaurantes requintados. Não conhecia nada sobre harmonização entre pratos e vinhos ou o que significava o código "oitenta e seis", usado para se referir a um item do cardápio que havia acabado. Para divertimento do pessoal da cozinha, na primeira vez em que ela dissera aos outros funcionários que estariam sem salmão pelo resto da noite, ela acidentalmente anunciou que o peixe tinha passado pelo "sessenta e nove".

Mas, quando Victor a entrevistara, ela exibira um olhar atraente e empinara o peito, métodos que aprendera serem eficazes em quase todas as situações para conseguir o que queria dos homens. Sabia que Victor se sentia atraído por ela e então começou a usar isso em proveito próprio, para obter os horários cobiçados dos fins de semana, quando o número de clientes era maior, e pegar as melhores mesas — as que ficavam perto da janela, com vista para a cidade. No início, ela flertava com ele apenas para conseguir regalias, mas, após algumas semanas, percebera que também se sentia atraída por ele. Victor tinha vinte e cinco anos, era bonito e gentil. Brincava com os funcionários — quase fazia com que o trabalho fosse divertido —, mas também não os deixava afrouxar. Havia trabalhado na cozinha antes de ser promovido a gerente apenas alguns meses antes de Kelli ter se mudado para Seattle — e ela logo soube que ele tinha pretensões de abrir o próprio restaurante.

— Acho que vou precisar de alguém para me ajudar no começo — Victor lhe disse uma noite depois que o restaurante havia fechado. Todos tinham ido embora e os dois estavam sentados a uma pequena mesa, uma vela acesa tremulando entre eles. Ela estava contando as gorjetas e o número de vezes que ele lhe sorria. — Você conhece alguém que possa ter interesse?

— Talvez — ela respondeu, curvando a boca de um modo provocante e sugestivo. Kelli sabia fazer aquele jogo. Sabia como atraí-lo e depois se afastar o suficiente para fazê-lo querer um pouco mais. Era uma dança sutil, algo que vinha tão naturalmente quanto o ato de respirar. Não gostava de usar essa tática para conseguir o que precisava — fazia com que se sentisse uma vagabunda, como seus pais uma vez a tinham acusado de ser. Mas com Victor era diferente. Ela *queria* que ele a desejasse. Gostava do seu senso de humor e de como ele dava duro no emprego. Gostava de perceber que, quando conversavam, ele olhava para seus olhos, não para seus peitos. Ela tinha uma chance de renascer ali — de deixar o que acontecera na Califórnia para trás. Podia ser o que quer que Victor precisasse que ela fosse, desde que encontrasse uma maneira de fazer com que ele a amasse.

Ele manteve o olhar fixo em Kelli, a luz da vela fazendo com que seus olhos acinzentados brilhassem.

— Quer uma carona pra casa? — ele perguntou. Kelli baixou um pouco a cabeça, voltou a encará-lo por debaixo dos longos cílios e respondeu que sim. Sabia o que ele estava querendo dizer. Sabia que ele queria transar com ela e, apesar de ter decidido não se envolver com nenhum homem por muito, muito tempo, sentiu um calor familiar entre as pernas e então deixou que ele a tomasse pela mão e a conduzisse até o carro.

— Eu divido o apartamento com outras garotas — ela disse rapidamente, quando ele ligou o carro — Não seria melhor irmos para a sua casa?

Ele se virou para olhar para ela.

— Para quê?

Meu Deus. Kelli ficou vermelha e baixou os olhos.

— Nada. Para nada. Desculpa. — Não conseguia acreditar que fora tão idiota, achando que Victor se interessaria por alguém como ela. Não havia nem se formado no segundo grau. Ela não conseguiu. Não depois do que acontecera. Havia perdido o último semestre do primeiro ano no colegial e, quando finalmente voltara para casa no outono seguinte, estava péssima, incapaz de sair da cama, relutante em tomar banho ou comer um pouco mais que o mínimo necessário para sobreviver. Com o tempo, seus pais concordaram que ela completasse os estudos no curso supletivo em um centro comunitário, em vez de voltar à escola, onde todo mundo a conhecia, mas ela não conseguia evitar a sensação de que aquilo não era a mesma coisa que ter um diploma de verdade.

Victor estendeu a mão e a colocou em cima da dela.

— Não precisa se desculpar. Eu gosto de você. Mas sou seu chefe, sabia? E há regras que eu tenho de seguir. Preciso tomar cuidado.

Aliviada, Kelli olhou para ele e lhe deu outro sorriso.

— Eu posso ser cuidadosa.

— Tenho certeza que sim — disse Victor com uma risada breve. — O que acha de um encontro de verdade durante a semana? Se a gente achar que pode existir algum futuro para nós, eu falo com o departamento pessoal e vejo como ficam as coisas.

Kelli concordou com a cabeça, mantendo os lábios pressionados. Não tentar dormir com ela imediatamente fez com que gostasse dele ainda mais. Ele era um homem responsável. Maduro. Fazia com que ela se sentisse segura. Conforme foram se conhecendo melhor nos meses seguintes, ela começou a achar que finalmente tinha encontrado alguém que poderia aceitá-la exatamente pelo que ela era. Alguém que poderia cuidar dela.

De um modo ou de outro, mesmo agora que estavam divorciados, ele ainda cuidava. Victor deixou que Kelli ficasse na casa que a mãe dele lhe deixara, para que ela não precisasse pagar aluguel, nem as crianças se mudarem. Ele se certificara de que ela pudesse voltar ao emprego anterior, no restaurante onde haviam se conhecido. Pagava a pensão em dia, e ela também não precisava se preocupar com a educação das crianças. Ele se encarregava de toda a papelada em relação às bolsas de estudo. Fora ela quem pedira para que Victor fosse embora, mas não acreditava que ele fosse realmente dar ouvidos. No momento em que ela percebera seu erro, era tarde demais. E não conseguiu um meio de fazê-lo voltar. Uma vez tentou seduzi-lo, depois que ele já havia saído de casa. Deixou Max e Ava com Diane e foi para a nova casa dele, usando apenas uma lingerie preta por baixo de seu trench coat, como se fosse uma daquelas personagens ousadas sobre as quais lia em seus romances favoritos.

— Kelli — ele dissera, claramente surpreso ao abrir a porta. — As crianças estão bem? Por que você não me telefonou?

— Elas estão bem — Kelli respondeu. — Ficaram com a Diane. Agora não havia mais nenhuma emoção no rosto dele.

— Então o que houve? Por que você veio aqui?

Ela encostou a mão no peito de Victor e lhe deu um pequeno empurrão de brincadeira.

— Para te ver, seu bobo — ela disse. — Pensei que pudéssemos conversar.

Victor deu um suspiro.

— Nós não *precisamos* conversar.

— Tem certeza? — perguntou Kelli, abrindo o casaco e provocando-o ali mesmo, na varanda. Segurou a respiração e esperou que ele a tomasse nos braços, para fazer com que tudo que dera errado passasse a dar certo.

Mas ele se limitou a olhar para ela, o sentimento de pena estampado em seus olhos, algo forte demais para que ela pudesse suportar.

— Kelli — ele começou, mas ela o deteve, fechando o casaco e balançando a cabeça.

— Não... Tudo bem. Eu entendo. — Alguma coisa a atingiu com força por dentro, despedaçando-a. — Você é igual a ele. Deixando a sua família assim.

Victor inclinou a cabeça em direção ao ombro.

— Igual a quem?

— Ao seu pai. — Ela se virou rapidamente e saiu em disparada pelos degraus da frente, antes que ele pudesse responder, sabendo que acabara de desferir um golpe mortal em seu casamento. Depois de dizer aquilo, não havia mais jeito de fazer com que Victor retornasse. Voltou para casa chorando, mortificada por ter acreditado que o sexo poderia trazê-lo de volta com tanta facilidade. Como fora idiota. E no fim o perdera, do mesmo modo que havia perdido tantas outras coisas na vida.

Tudo que lhe tinha sobrado eram os filhos, que ela adorava mais que qualquer outra coisa. Sentia como se eles fossem a única evidência de que era uma pessoa bem-sucedida — eles eram espertos, eram inteligentes e traziam um sentimento inato de autoestima que Kelli jamais tivera. Esperava que sua maneira de criá-los tivesse algo a ver com isso. Não que fosse perfeita como mãe, mas sabia que os tratava melhor que seus pais a haviam tratado. Não importava o que fizessem, eles sabiam o quanto ela os amava.

Ela entrou no estacionamento do Loft, checou a maquiagem no espelho retrovisor e treinou um sorriso. Não grande demais — não queria parecer desesperada. Mas queria que Victor visse a garota por quem se apaixonara, a garota que ele levava para longos passeios ao redor do lago Green, para quem ele havia escolhido se ajoelhar e pedir em casamento quando o teste de gravidez dera positivo. Ela tinha vinte anos — muito jovem para se casar, muito jovem para ser mãe —, mas achava que o universo estava lhe dando uma segunda chance. A chance de viver o tipo certo de vida, de ser o tipo certo de pessoa. O pai de Victor o havia deixado com sua mãe quando ele tinha cinco anos, e Kelli sabia que ter uma família e ser um bom pai era a coisa mais importante do mundo para ele. Victor seria o pai que nunca tivera. Ela estava convencida de que ele jamais a abandonaria. Mas ela tinha sido ingênua ao achar que criar uma nova vida apagaria os pecados do seu passado. Fora idiota ao acreditar que podia superar a dor.

Tentou adivinhar o que Victor queria lhe falar e se ele ficaria preocupado com as manchas escuras sob seus olhos. Os remédios que tomava para dormir faziam efeito apenas esporadicamente — e ela se via precisando de mais e mais. Eles não surtiram efeito na noite anterior. Ela ficara andando de um lado para outro da casa, como uma gata selvagem, miando silenciosamente e ruminando acerca dos vazios em sua vida. Principalmente o vazio onde um casamento feliz deveria ter existido. O lugar onde Victor costumava ficar.

Uma batida forte na janela do carro a arrancou de seus pensamentos e fez com que sua pulsação disparasse. Ela virou a cabeça rapidamente e viu Spencer, o melhor amigo de Victor e chef principal do restaurante, com um sorriso gentil no rosto. Apanhou sua bolsa e abriu a porta do carro para cumprimentá-lo.

— Desculpa — disse ele. — Não quis te assustar. Só queria dizer um oi. Faz tempo que não nos vemos. — Ele colocou a mão carnuda em suas costas e lhe deu um tapinha meio sem jeito. Kelli achava triste como os amigos pareciam se dividir após um divórcio, como se fossem os livros ou a coleção de CDs do casal. Quando se casaram, ela e Victor não tinham muita vida social — ele sempre trabalhando muito, não sobrando tempo para curtir a companhia de outros casais —, mas, quando se separaram, ela se deu conta de como suas relações pessoais vinham por intermédio do restaurante. Ela tinha Diane, que se tornara sua amiga logo após o nascimento de Ava, mais alguns conhecidos do trabalho, mas havia sido Victor quem ficara com a "guarda" de todos os outros amigos, incluindo Spencer.

— Tudo bem — disse ela. — Muito bom te ver.

— É bom te ver também. — Ele fez uma pausa. — Está bonita, como sempre.

— Obrigada — ela respondeu de maneira automática, embora tivesse pressionado os lábios e balançado levemente a cabeça. Sabia que ele estava sendo gentil. Sabia que tinha emagrecido muito nos últimos tempos e que não parecia saudável. Seu cabelo estava ficando ralo e, apesar de ter apenas trinta e três anos, linhas novas pareciam surgir em seu rosto todos os dias. Diane brincava, dizendo que era exatamente por isso que se recusava a perder os dez quilos a mais que carregava. "Um pouco de gordura ilumina a pele", ela dizia. "Por isso eu prefiro sorvete em vez de botox."

Kelli olhou para a entrada dos fundos do Loft, então sorriu para Spencer.

— Eu te acompanho ou entro pela porta da frente?

— Me acompanhe — ele respondeu e ambos entraram no restaurante. Enquanto caminhavam pelo corredor estreito que levava à cozinha, Kelli sentia o delicioso aroma de cebolas refogadas e de caldo de carne borbulhando. Victor lhe ensinara a identificar os perfumes sutis de um prato, a leve fragrância de terra dos cogumelos, o aroma penetrante dos cítricos. Ele lhe ensinara que o macarrão instantâneo que ela sempre achara perfeito era na verdade uma massa frita e desidratada. Ele lhe ensinara a diferença entre grelhar e torrar um filé e a maneira correta de temperar uma salada. Ela se lembrava das horas que havia passado na cozinha antes de Ava nascer; Victor lhe mostrando como assar biscoitos que derretiam na boca ou preparar um cozido aromático. A primeira vez em que ela lhe fizera um rocambole e confundira meia *colher de chá* de sal com meia *xícara*, ele comera assim mesmo um pedaço inteiro, engolindo um grande gole de água a cada mordida, apenas para que ela não chorasse.

— O Victor está lá na frente — disse Spencer ao passarem pelo fogão de oito bocas. — Vou chamá-lo.

— Não faz tanto tempo assim — disse Kelli, da maneira mais viva que conseguiu. — Eu me lembro do caminho. — Ela sorriu e deu um tapinha no braço grosso de Spencer. Quase oito anos atrás, um pouco antes de Max nascer, ela ajudara Victor a criar o projeto do restaurante. Escolhera os talheres, as taças de vinho e as toalhas de mesa espessas em tons creme para combinar com os guardanapos de linho pretos. Sentiu uma pontada no estômago — não sabia ao certo se era de fome ou arrependimento —, então empurrou as portas duplas que levavam ao salão.

Eram quinze para as três, o horário entre o almoço e o jantar, de maneira que havia poucos clientes no restaurante. Kelli passou os olhos pela pequena área do bar e avistou Victor num canto, onde sabia que ele gostava de trabalhar. Sua respiração ficou acelerada ao olhar para o rosto bonito dele — o cabelo escuro e os olhos claros acinzentados. Não entendia como o tinha deixado partir. E agora havia Grace. Grace, com seu trabalho importante e seu carro chique. Grace, que acordava na cama dele e o tocava em lugares que ele havia prometido que seriam dela para sempre.

Victor levantou a cabeça de seu laptop e viu que ela o encarava. Levantou a mão fazendo sinal para que ela se aproximasse. Kelli respirou fundo, jogou os ombros para trás e caminhou até onde ele estava sentado.

— Oi — disse ele. Ela o reconheceu de novo. O tom de voz estranho. Tão agudo que poderia machucá-la.

Kelli se sentou na cadeira de frente para ele e engoliu em seco, tentando molhar os lábios antes de falar.

— Oi.

Victor passou os dedos pelo cabelo — um gesto que ele fazia quando estava ansioso a respeito de alguma coisa. E Kelli sabia disso.

— Aceita alguma coisa? Um café, um chá gelado?

— O de sempre seria ótimo — ela respondeu, para testá-lo.

Ele sorriu e fez um gesto em direção ao barman, um homem pequeno e careca que ela não conhecia.

— Jimmy, você pode preparar um cranberry com soda e suco de limão? — pediu ele. — Com pouco gelo, por favor. — Jimmy fez que sim com a cabeça, e Kelli relaxou ligeiramente ao perceber que Victor se lembrara na hora de seu coquetel sem álcool favorito, criado especialmente para ela quando estava grávida. Ele ainda não a tinha apagado completamente da cabeça.

— Então... — disse Victor, virando-se para olhá-la. — Como vai o trabalho?

Kelli deu de ombros.

— Tudo bem, eu acho. Aquela coisa de sempre. — Ela detestava falar sobre banalidades com ele, mas esse era o nível a que o relacionamento deles fora reduzido. Olhou para o relógio. — Preciso pegar as crianças às três e meia. — disse. — O Max tem treino de basquete às quatro.

Nesse momento, Jimmy se aproximou da mesa e colocou a bebida na frente dela; Victor então esperou.

— Obrigada — disse ela ao barman, que deu um sorriso discreto e se afastou rapidamente. *Qualidade de um bom funcionário*, pensou Kelli. Ele devia ter percebido certa tensão pairando no ar e não tentou se enturmar. Era algo que Victor tinha lhe ensinado — que ensinara todos os funcionários a fazer. Perceber o cliente e agir de acordo. Kelli tomou um gole com o canudinho, então segurou o copo gelado com as duas mãos. — O que você quer falar comigo?

Victor fechou o laptop, colocou-o de lado e deixou escapar um suspiro sutil, mas perceptível.

— Tenho novidades — disse ele. — Novidades boas, na verdade. E nós achamos que você devia ser a primeira a saber.

Nós?, Kelli pensou, confusa por um momento, achando a princípio que ele estava se referindo a eles dois. Eles eram o único "nós" que ela conhecia. Então a coisa a atingiu. O que ele estava querendo dizer. Respirou de modo comedido e viu os nós de seus dedos ficarem brancos ao segurar o copo com força. Sabia o que estava por vir.

Victor se mexeu na cadeira, inclinou-se para frente e falou num tom baixo de voz.

— A Grace e eu vamos nos casar — disse ele.

Um zumbido repentino começou a soar na cabeça de Kelli, fazendo com que seus globos oculares vibrassem. O contorno do rosto de Victor ficou fora de foco e ela piscou algumas vezes para evitar as lágrimas que ameaçavam cair. Não queria chorar na frente dele. Não queria que ele visse o quanto ela estava magoada. Mordeu a parte de dentro da bochecha e começou a balançar a cabeça como uma idiota.

— Eu sei que isso pode não ser fácil — ela o ouviu dizer quando o zumbido começou a diminuir. — Desculpa, mas nós realmente achamos que você devia saber primeiro, antes de contarmos às crianças no fim de semana. — Ele fez uma pausa, procurando por algum sinal no rosto dela com aqueles olhos acinzentados gentis. — Kelli? Você não vai dizer nada?

Ela tomou um longo gole do coquetel com o canudinho, apenas para ganhar tempo. Não conseguia imaginar o que ele esperava que ela dissesse. "Parabéns?" "Que bom que você refez sua vida?" Seu lábio inferior começou a tremer e ela o mordeu também. Victor percebeu e, estendendo a mão, tocou a dela. Ela se esquivou do toque, derrubando um pouco de bebida sobre a mesa.

— Estou bem — ela disse rapidamente.

Victor levantou as mãos, as palmas viradas para ela, e se recostou na cadeira.

— Tudo bem — disse ele, um certo ar de irritação aparecendo nas linhas de seu rosto. Ela conhecia aquela expressão muito bem. — Eu sinto muito.

Ela respirou superficialmente algumas vezes. Sentiu-se tonta. Será que tinha se alimentado aquele dia? Não se lembrava. Endireitou o corpo e tentou se recompor da melhor maneira que conseguia. Não queria ser a ex-esposa desgraçada, definhando diante do marido que a abandonara. Mas ali estava ela. Olhou para as portas duplas que davam para a cozinha e viu a cabeça de Spencer na janela. Ele saiu rapidamente, mas Kelli sabia que ele estava observando, sondando sua reação. Por um instante, pensou em levá-lo para a cama só para deixar Victor irritado, mas sabia que Spencer era leal demais ao amigo para fazer algo tão horrível quanto aquilo.

Forçou-se a olhar novamente para Victor, que a encarava.

— Obrigada por me contar — disse ela no tom de voz mais calmo que conseguiu. Apertou as mãos com força no colo, enterrando as unhas na pele, tentando direcionar a dor que parecia envolver todo seu ser para algum outro lugar que não fosse o peito. Era como se os pulmões estivessem prestes a explodir. — Vocês já marcaram a data?

Victor balançou a cabeça.

— Nós decidimos na noite passada. Vamos marcar depois de falar com as crianças.

— A Ava não vai ficar nem um pouco feliz — disse Kelli. Sua voz estava apertada. — Você precisa estar preparado.

— Por que você diz isso? — perguntou Victor, juntando as sobrancelhas.

Kelli levantou o ombro direito ligeiramente.

— Ela vai achar que você está tentando me substituir. — As palavras saíram de sua boca antes que ela pudesse evitá-las. Um pouco passiva, um pouco agressiva, ela bem sabia. Aquilo o deixaria louco da vida. Victor não era idiota. Sabia que ela estava projetando seus sentimentos na própria filha, de modo que não tivesse de lidar pessoalmente com eles. Não era a primeira vez que isso acontecia. Ela também havia agido assim quando ele abriu o restaurante e tinha de ficar muito tempo ausente, deixando-a sozinha com as crianças. "O Max e a Ava sentem sua falta", ela costumava dizer. "Daqui a pouco vão esquecer o rosto do pai."

— Eu não estou tentando te substituir — Victor disse, agora com a voz gentil. Ali estava ele. O Victor que ela amava. Ele baixou o queixo e estudou o rosto da ex-mulher. — Você vai lidar bem com isso?

— Claro que sim — ela respondeu, talvez um pouco depressa demais. — É uma grande notícia. Fico muito feliz por vocês dois. Você e a Grace pretendem ter filhos também? — Kelli sentiu uma pontada de pânico ao pensar sobre isso. Era uma coisa que ela tinha e Grace não: ela era a mãe dos filhos de Victor. Se Grace tivesse um bebê, aquilo também estaria perdido. Não sabia se conseguiria perder mais uma coisa na vida.

Victor deu um suspiro.

— Não. — Ele se inclinou para frente de novo e colocou os cotovelos em cima da mesa, entrelaçando os dedos. — Por favor, não fale nada ainda para as crianças, está bem? Eu e a Grace gostaríamos de fazer isso.

Kelli fez que sim com a cabeça e olhou pela janela. Um jovem casal vinha passando, um com a mão no bolso traseiro do outro, a garota descansando a cabeça no ombro do rapaz. Kelli deu um sorrisinho.

— Você se lembra disso? — ela perguntou. — Como costumávamos ser?

Victor olhou na mesma direção, vendo o casal. Kelli achou que, se ele tinha se lembrado da bebida favorita dela, também se lembraria daquilo. Mas ele ficou em silêncio. Tudo estava acabado, não havia jeito. E não havia mais nada a dizer.

Grace

Depois da noite do nosso primeiro encontro, quando nos conhecemos no Loft, Victor foi me buscar no meu apartamento em Washington Lake, para então dar meia-volta e seguir até um restaurante tailandês que ele adorava, localizado em West Seattle, perto de onde ele morava.

— Preciso falar uma coisa — ele disse ao atravessarmos a parte elevada da ponte West Seattle. — O restaurante a que vou te levar se chama All Thai'd Up, mas não pense que estou dando indiretas sobre tendências masoquistas ou qualquer coisa do gênero. É que eles têm um curry excelente. — Eu ri e lhe assegurei que não faria suposições a respeito de suas preferências sexuais com base no nome de seus restaurantes preferidos.

Entramos num pequeno estabelecimento poucos minutos depois. A iluminação era suave, o ar sugeria deliciosas notas de alho e cidreira, e as paredes eram cobertas de tapeçaria em tons de vermelho. A recepcionista nos conduziu a uma pequena mesa num canto, onde confirmei, à luz de velas, que Victor era tão bonito como eu havia suposto — nessa noite, ele usava calças chumbo e um suéter azul-escuro que realçava sem sombra de dúvida seu tom de pele quente e seus olhos acinzentados.

Passamos a primeira parte do jantar falando sobre o passado e fiquei sabendo que Victor era filho único.

— Seus pais ainda estão casados? — perguntei, e ele balançou a cabeça.

— O meu pai foi embora quando eu tinha cinco anos — ele disse. — E nunca mais voltou. Acho que não foi feito para ser pai.

Fiz que sim com a cabeça, percebendo que isso era mais uma coisa que Victor e eu tínhamos em comum. Mas fora minha mãe quem havia pedido para que meu pai fosse embora, e só depois que eu mesma já tinha saído de casa.

— E a sua mãe?

Uma sombra de tristeza recaiu sobre o rosto dele.

— Ela sofreu um AVC logo depois do nascimento da Ava. Tinha só cinquenta e três anos.

— Sinto muito — eu disse, estendendo o braço e tocando de leve o dorso de sua mão.

— Obrigado — disse ele. — Sabe que eu ainda pego o telefone para falar com ela? Quando acontece alguma coisa importante. — Ele fez uma pausa. — Ainda fico um pouco chocado quando lembro que ela se foi. — Ele balançou a cabeça. — Estranho, não é?

— Nem um pouco — respondi, e ele sorriu.

— Nossa — disse ele, deixando escapar um suspiro. — Que assunto leve escolhemos aqui, hein? Será que é melhor começar de novo? — Eu ri, fiz que sim com a cabeça e ele continuou. — Então me conte: como uma mulher bem-sucedida e bonita como você ainda não foi fisgada?

Eu ri.

— Bom, passei muito tempo focada na minha carreira e agora estou ficando mais velha e mais exigente. — Dei de ombros. — Não quero aceitar nada que seja menos que maravilhoso.

Foi a vez dele de assentir com a cabeça.

— Entendo perfeitamente.

— Minha melhor amiga e eu brincamos dizendo que a gente precisa encontrar um hat trick — disse eu, obtendo como resposta um olhar confuso, de modo que tentei explicar. — O equilíbrio exato entre conexão física, mental e emocional com uma pessoa.

— Certo. — Victor virou a cabeça para o lado e franziu as sobrancelhas, ainda claramente confuso. — Mas por que exatamente isso se chama hat trick?

Coloquei a taça de vinho em cima da mesa e balancei a mão no ar ligeiramente.

— Nos esportes, quando o mesmo jogador marca três pontos consecutivos, esse fato é chamado de hat trick. Então, se encontrarmos alguém que consiga combinar os três níveis, mental, físico e emocional, ele seria o nosso hat trick.

— Ah — disse ele, finalmente demonstrando compreensão. — Você me deixou confuso com essa analogia esportiva. É difícil para um homem admitir, mas não ligo a mínima para isso. — Ele franziu a testa e rapidamente continuou. — Não estou falando sobre ser um hat trick. Na verdade, é uma ideia muito interessante. Estou falando de esportes em geral. Eles realmente não são o meu forte.

— Nem o meu. Só conheço o termo por causa do meu irmão. Ele jogava basquete no colegial. Eu era mais do tipo que ficava estudando. — Não expliquei que não havia como eu ser qualquer outra coisa, a não ser uma garota estudiosa. Minha mãe precisava de mim para ajudar a cuidar do meu irmão, o que me impedia de ter qualquer interesse em esportes — ou em qualquer outra coisa que pudesse me tirar de casa.

Victor se recostou na cadeira e me deu um sorriso demorado, o que me fez imaginar o que mais ele poderia fazer com a boca.

— Agora me conta. Como você percebe que o homem pode ser o seu hat trick?

— Bem — eu respondi. — Isso é altamente científico. Ele precisa preencher os três critérios. Eu já namorei um cara inteligente, ótimo na cama, mas emocionalmente duro como uma pedra, então percebi que não era ele. Teve um outro que sabia conversar sobre várias questões sociais relevantes e deixava claro seu carinho por mim, mas era um amante terrível.

Ao ouvir aquilo, Victor riu tão alto que os outros clientes no restaurante pararam de comer e olharam para nós.

— Desculpa — ele balbuciou imediatamente. — Acho que não estou acostumado a ouvir uma mulher ser tão honesta sobre como escolhe seus homens.

— Ai, não — disse eu, desejando apagar o que tinha falado no mesmo instante. — Não tenho nenhuma lista de avaliação ou qualquer coisa parecida. — Eu me senti desorientada, estranhamente vulnerável. Fiz uma pausa, tentando imaginar se minha próxima pergunta seria muito indelicada para um primeiro encontro, mas não resisti ao desejo e perguntei assim mesmo. — E a sua ex-mulher? Ela era um hat trick?

Ele se inclinou para frente e cruzou os braços em cima da mesa, alcançando os cotovelos com seus dedos longos.

— Bem, essa história toda é novidade para mim, mas posso dizer que não. Ela definitivamente não era um hat trick. — O tom de voz indicava que ele não estava pronto para dar mais explicações, e uma parte de mim ficou feliz com isso. Não era legal um homem ficar falando demais sobre sua ex-namorada ou ex-mulher num primeiro encontro. E o mesmo valia para as mulheres, quando falavam a respeito de seus relacionamentos passados. Não achei que o estivesse testando; eu estava sinceramente curiosa para saber mais a respeito do relacionamento deles. Mas, se *foi* um teste, ele passou.

Mais tarde, Victor me acompanhou até a porta do meu apartamento e me beijou de leve nos lábios. O suave perfume almiscarado de sua pele mexeu com meus sentidos e fez meus joelhos virarem geleia.

— Posso ver você de novo? — ele sussurrou. Eu concordei avidamente com a cabeça, animada com nossa imediata sintonia.

Algumas semanas depois, passei a noite na casa dele pela primeira vez. Acordei com o cheiro de café e bacon, meu corpo deliciosamente dolorido pelo que tinha acontecido na noite anterior. *Um hat trick, não tenho dúvidas. Mental, emocional e físico. E ainda cozinha!* Quando abri os olhos, ele estava de pé na minha frente com um sorriso em seu rosto atraente. O cabelo estava amassado para o lado e os olhos acinzentados brilhavam, dando-lhe a expressão de um menino que fora bem-sucedido na tarefa de pegar escondido alguns biscoitos do pote.

— Meu Deus — disse ele. — Você é ainda mais bonita quando acorda.

Cruzei os olhos e coloquei a língua para fora. Ele riu da minha careta.

— Vou ligar o chuveiro para você. — Ele fez uma pausa. — Ou você prefere tomar café primeiro?

— O café sempre vem em primeiro lugar — eu disse, me apoiando no cotovelo e sorrindo para ele.

— Anotado — ele disse, fingindo pegar um lápis de cima da orelha para escrever num caderninho imaginário.

Meu sorriso ficou ainda mais largo por causa de sua brincadeira boba, e eu senti uma fisgada de emoção incrivelmente rara na barriga. Algo que dizia *Uau... ele é do tipo que se interessa e que cuida das pessoas*. Eu já tinha me relacionado com alguns homens, mas as coisas sempre tendiam a terminar depois de certo tempo, e eu desconfiava que isso tinha a ver com o fato de eu dar mais importância à carreira que ao casamento e à maternidade. Descobri que a maioria dos homens que não fazia questão de ter filhos também não fazia questão de manter um relacionamento sério e duradouro. Podia haver exceções, mas não havia encontrado muitas. Isso me deixou com um número limitado de parceiros aceitáveis para escolher. Victor parecia realmente respeitar meu estilo de vida, mas eu não tinha certeza de que ele não acabaria esperando que eu mudasse de alguma maneira também.

— E se ele decidir que quer um bebê? — perguntei para Melody pouco tempo depois de ter passado a noite com ele. Nós estávamos trabalhando no brechó da Segunda Chance, na sala dos fundos, separando a doação de roupas que estava dentro de caixas.

— Ele já *falou* que não quer mais filhos — disse Melody. — Você parece um gato assustado.

— Não estou assustada! — protestei ao pegar uma linda blusa Calvin Klein azul e colocá-la com cuidado na pilha das roupas que iriam ficar. Eram roupas em bom estado, que as mulheres atendidas pela instituição poderiam escolher para usar em entrevistas de emprego. As roupas colocadas à venda eram mais casuais, sendo lavadas a seco antes de receberem preço.

— Ah! Por favor — disse ela. — Você está completamente apavorada! — Olhei para Melody com carinho. Ela era alta, magra e tinha um longo cabelo loiro cor de mel, olhos castanhos e um sorriso largo e fácil. Vestida com uma legging preta e túnica de linho comportada, movia-se com graça e naturalidade enquanto trabalhava. Ela também me conhecia melhor que qualquer outra pessoa — até mais que eu mesma. Havíamos nos conhecido com vinte e poucos anos, quando ela tinha acabado de terminar o curso de massagista. Para conseguir dar conta das despesas enquanto tentava estabelecer uma lista de clientes, acabou indo trabalhar na mesma empresa onde eu era recrutadora. Uma tarde, acabamos dividindo a mesma mesa num café perto do escritório e imediatamente descobrimos nossa paixão mútua por mochas de chocolate branco e pelo barista atraente atrás do balcão.

— O que você acha? — ela me perguntou quando sentamos juntas, fazendo um gesto com a cabeça em direção ao funcionário bonitão e levantando sugestivamente uma sobrancelha. — Será que ele é um *simples* ou um *duplo*? — Uma década e inúmeras xícaras de mocha depois, Melody era a minha melhor amiga.

Dei um suspiro e desviei os olhos para o fundo da sala, tirando mais um punhado de roupas de uma caixa ao meu lado.

— Talvez você tenha razão.

— É claro que eu tenho razão — disse ela com um sorriso convencido nos lábios. — A sua vida é tranquila e organizada, e você está com medo de se envolver com um homem como o Victor, que tem dois filhos possivelmente barulhentos. — Ela fez uma pausa, sacudindo uma saia floral antes de colocá-la num cabide. — Vai, me conta. Do que você realmente tem medo? De ser feliz?

— Não — respondi. — Não é isso.

— Tudo bem. Então o que é?

— Meu Deus, como você é insistente! — exclamei, jogando uma blusa em cima dela. Errei o alvo e Melody sorriu. Dei outro suspiro. — Não sei. Acho que estou com medo de não ser boa nisso. De não ser boa para lidar com as crianças.

— Você fez um bom trabalho com o Sam.

— É diferente. Ele é meu irmão. E só cuidei do Sam até ele ter dez anos, quando eu saí de casa. Eu posso saber lidar com o Max, que ainda é uma criança, mas a Ava tem treze anos. Não sei se posso me dar bem com ela.

— Ah, tudo bem. Porque você *nunca* teve treze anos mesmo. — Eu lancei um olhar de raiva para ela, que então adotou um tom de voz mais suave. — Você não vai saber até tentar. O que está sempre me dizendo? E o que fala para as suas clientes, quando elas dizem quanto sentem medo de recomeçar a vida?

Ela me olhou com expectativa, os olhos arregalados, e eu ri, balançando a cabeça ao reconhecer sua incrível habilidade de usar minhas próprias palavras contra mim.

— Quem não arrisca não petisca — respondi.

— Exatamente. Então, acho que a senhorita devia parar de ficar reclamando e agradecer por ter encontrado um cara que parece realmente gostar de você. Deixe que as coisas se resolvam por si mesmas.

O conselho era bom e coerente, mas ainda assim, num estranho ímpeto de pânico, cancelei meu encontro com Victor naquela noite.

— Desculpa — eu lhe disse quando liguei. Eu iria encontrá-lo em algumas horas para jantar no Loft. — Estou cheia de trabalho.

— Tudo bem — ele respondeu. — Eu posso ajudar em alguma coisa?

Eu ri, um pouco nervosa. Não tinha certeza se ele havia percebido que eu estava mentindo.

— Isso é muito gentil, mas acho que não. Tenho de fazer uma planilha de todas as doações que a Segunda Chance recebeu durante o ano, para entregar ao contador. Sinto dor na mão só de pensar nisso! — Na verdade, eu tinha mesmo de fazer a tal planilha, mas não precisava ser necessariamente naquela noite. Victor então disse que entendia e ficou de me ligar no dia seguinte.

Depois de desligar, me joguei no sofá, passando os olhos pela decoração em tons areia que eu havia escolhido para a sala. Adorei aquele lugar quando o comprei. Com o teto rebaixado e as grandes janelas retangulares que davam diretamente para o lago, eu tinha um ar de aconchego e amplitude ao mesmo tempo. Eu havia decorado o ambiente com pequenos pratos com conchas e pedras lisas aplicadas e pendurado em cima da lareira minha fotografia preferida em preto e branco de ondas arrebentando na praia. Havia duas mantas exuberantes jogadas no encosto do sofá, e almofadas macias em cima dele. Tudo ali era um convite à calma e ao silêncio. Era um lugar seguro. Melody tinha razão — eu presumia que a vida de Victor fosse caótica só porque ele tinha filhos. Mas eu realmente não sabia se isso era verdade. Eu ainda nem tinha conhecido as crianças. Ter me afastado aquela noite não tinha nada a ver com ele — tinha a ver comigo e com meus próprios medos. Não era justo para nenhum de nós.

Apanhei meu telefone celular, e Victor atendeu no primeiro toque.

— Se estiver precisando de ajuda com sua planilha, escolheu o homem *errado*.

— Eu menti para você — falei depressa, antes que a coragem me abandonasse. — Na verdade, eu não precisava trabalhar hoje à noite. Eu só estou com medo. Desculpa.

Victor ficou em silêncio por um momento, e eu pude sentir minha pulsação vibrando na cabeça enquanto esperava pela resposta dele.

— Do que você tem medo? — ele finalmente perguntou.

— De ser péssima com os seus filhos. De precisar mudar tudo na minha vida se essa coisa maravilhosa que estamos vivendo continuar. — Fiz uma pausa, tentando me acalmar. — Estou sendo uma idiota. Eu entrei em pânico.

— Não acho que você esteja sendo idiota — Victor disse com voz gentil. — E não quero que você mude. Quero que continue exatamente como é.

— Mesmo? — Os músculos que estavam tensos relaxaram um pouco. *Eu achava que os homens falavam coisas assim apenas no cinema. Espero que ele não esteja simplesmente usando uma fala decorada.*

— Sim. — Pude ouvir seu sorriso do outro lado da linha. — E vou dizer mais uma coisa. Eu realmente gosto de quem você é. A maioria das mulheres com quem me relacionei depois do meu divórcio não via a hora de dar um irmãozinho ou irmãzinha para o Max e a Ava, o que definitivamente não faz parte dos meus planos. — Ele fez uma pausa. — E eu sei que crianças não fazem parte dos seus. Mas acho que podemos encontrar uma maneira de equilibrar as coisas. — Quando eu não respondi, ele continuou. — Você não vai ser a mãe deles. Esse papel é da Kelli.

— E qual seria o meu papel? — eu perguntei num tom de voz baixo. Essa parecia uma questão fundamental, então prendi a respiração, esperando pela resposta dele.

— Ser você mesma, eu espero. Talvez ser um exemplo positivo para a Ava e ser amiga do Max, quando eles estiverem com a gente. — Ele respirou fundo. — Não sei como as coisas vão funcionar, porque eu nunca vivi essa situação, mas acho que, se a gente conversar e agir com honestidade um com o outro, podemos resolver tudo. Você não acha?

— Sim — respondi. — Acho que sim. — Esperei um momento antes de me desculpar de novo. — Eu sinto muito, muito mesmo, por ter mentido para você. Não sou esse tipo de pessoa. Não sei o que deu em mim.

— Tudo bem. Eu entendo. Mas não vamos fazer disso um hábito. Combinado?

— Combinado. — Eu hesitei novamente, brincando com as franjas da almofada. — Você ainda quer me ver hoje?

— Não sei — ele respondeu de modo provocante. — Você vai estar nua?

Eu ri, me sentindo aliviada.

— Possivelmente. E então... Vamos jantar?

— Com certeza. Vejo você às sete.

Começamos a nos ver quase todos os dias, eu indo à casa dele mais que ele indo à minha, não porque Victor não gostasse do meu apartamento, mas porque meus horários eram mais flexíveis e eu podia escapar do trânsito no horário do rush seguindo pela ponte West Seattle.

Victor preparava jantares maravilhosos, embora confessasse que era melhor comandando um restaurante que como chef.

— Você está brincando! — disse eu, tentando me controlar para não lamber o prato de linguado grelhado com pimenta e molho de manteiga e limão que ele havia preparado. — Essa foi a melhor coisa que eu já pus na boca!

— A melhor? — disse ele com um sorriso malicioso e sugestivo nos lábios. — *Isso* não é nada bom. — Eu ri e ele continuou. — Eu comecei a trabalhar em restaurantes na cozinha, quando era adolescente, então conheço um pouco disso. Mas eu gosto mais do que faço agora.

— Você gosta de estar no comando, então? — eu disse, provocando-o. — No controle de tudo, talvez?

— Eu prefiro pensar nisso como um trabalho de equipe desafiador — ele brincou, e eu ri de novo. Eu sabia que não era apenas gostar de comandar. Victor conduzia o Loft de maneira muito firme, mas, nas poucas vezes em que fiquei no bar esperando que ele terminasse o trabalho, vi como interagia com seu pessoal. Esperava que toda a equipe se empenhasse no trabalho, mas estava sempre presente, pronto para colaborar, servindo mesas e lavando pratos num momento de necessidade. Eu já tinha visto chefes terríveis ao longo dos anos para perceber que Victor era um excelente patrão.

Ele também acabou sendo um namorado maravilhoso. Quando eu consegui uma grande doação para a Segunda Chance, ele me mandou o arranjo de orquídeas mais lindo que eu já tinha visto, com um cartão que dizia: "Você me inspira a ser uma pessoa melhor". Ele ligava quando dizia que ia ligar e não tinha pressa na hora de nos separar pela manhã. Ele fazia com que eu me sentisse importante, mas não me sufocava. Entendia que às vezes eu tinha de sair para uma emergência à noite, para ajudar uma cliente em crise. Ele me apoiava quando eu sofria ao ver uma mulher voltar com seu agressor, sentindo-me impotente para fazer alguma coisa que pudesse impedi-la.

— Tudo que você pode fazer é oferecer os meios para ajudá-la — ele me dizia. — Se ela aceita ou não, é problema dela... não seu. —

Eu sabia disso, era evidente, mas me ajudava ouvir isso de alguém que não fosse minha própria voz soando dentro da minha cabeça. Geralmente era eu quem reconfortava o meu pessoal; ter outra pessoa fazendo isso era novidade para mim.

Ao passarmos mais tempo juntos, comecei a me sentir melhor a respeito de seu status de pai. Ainda tinha momentos de apreensão, mas os deixei de lado ao perceber que as crianças só ficavam com ele dois fins de semana por mês. Na verdade, Victor e eu ficávamos sozinhos na maior parte do tempo. E não parecia que ele estivesse me apressando para conhecer as crianças; decidimos que isso poderia esperar, até termos mais certeza sobre o que sentíamos um pelo outro. Mas eu já tinha tanta certeza quanto possível.

A Kelli morreu. As palavras pulsavam na minha cabeça enquanto eu dirigia até a escola de Ava e Max. Minhas mãos tremiam e minha respiração era curta e rápida. Tentei imaginar o que Victor poderia estar sentindo naquele momento. A dor cortante em sua voz havia despertado a minha própria. Eu não conseguia acreditar que Kelli tivesse partido. O que poderia ter acontecido? Como alguém pode estar presente num instante... e, no momento seguinte, já *não estar* mais? Tentei lutar contra esse sentimento, mas a ansiedade parecia borbulhar dentro de mim. Não sabia como agir. Tentei me concentrar no trânsito, manter os olhos na luz de freio do carro da frente, mas as lágrimas borravam minha visão. Não querendo causar um acidente, estacionei junto ao meio-fio e liguei para minha mãe, dominada pelo desejo de falar com ela. O telefone tocou e tocou.

— Vamos, atenda, mãe — eu sussurrei. — Por favor, atenda. — Quando ela não atendeu, deixei um breve recado e então liguei rapidamente para meu irmão, Sam.

— E aí, maninha? — ele perguntou. Eu podia vê-lo sentado atrás de sua mesa no Centro de Apoio à Aids, onde trabalhava como conselheiro, seu espetado cabelo ruivo cortado rente à cabeça, os olhos verdes brilhantes e sorridentes. Quando criança, Sam era chamado de Opie pelos colegas; e hoje ainda mantinha as mesmas qualidades cativantes do personagem nerd do programa de comédia. Quando ele se abriu comigo na adolescência, fiquei preocupada com o caminho difícil que meu irmão teria de enfrentar, mas, até onde soube, ele não tinha sofrido nenhum preconceito evidente por causa de sua opção sexual e, aos vinte e quatro anos, vivia um relacionamento muito feliz com um homem um pouco mais velho chamado Wade.

Minha voz falhou na garganta quando lhe contei sobre Kelli. Ele deixou escapar um assobio baixo.

— Ai, meu *Deus*, querida — disse ele. — Que coisa horrível!

— Eu sei. Eu estou... explodindo. — Funguei e engoli em seco. — E agora estou indo apanhar as crianças no colégio e não sei o que *contar* para elas. Nunca vivi uma situação assim. Não sei como agir.

— Não acho que exista um jeito específico de como você *deva* agir, querida. — Ele fez uma pausa. — Você tem ideia de como ela morreu?

— Não — disse eu, e apertei os lábios para evitar um soluço que sentia se formar na minha garganta. — Victor ainda não sabe de nenhum detalhe. E é ele quem vai dar a notícia para os filhos, mas eu vou vê-los agora. — Fiz outra pausa. — Eles não são idiotas, sabe? Vão perceber que há algo de errado. Eu *nunca* vou buscá-los no colégio.

— Será que dá pra você se fazer de desentendida? — ele perguntou.

— Acho que sim. — Minha garganta começou a se fechar de novo e não consegui fazer nada a respeito. Os soluços que eu estava tentando evitar vieram fortes e rápidos, enchendo meu peito de uma dor aguda e profunda a cada respiração. — Desculpa — finalmente consegui falar, arquejando. — Não sei por que isso tudo está me atingindo com tanta força. Nós não éramos nem amigas. Mas eu... é que eu... — Parei de falar, incapaz de encontrar palavras para descrever como eu me sentia.

— Ah, Gracie — disse Sam. — Não precisa se desculpar, querida. O que aconteceu é trágico. É *claro* que você está triste. Não seria humana se não estivesse. E você ama o Victor e as crianças. Está sentindo a dor *deles*.

Fiz que sim com a cabeça, como se ele pudesse me ver, então respirei fundo e deixei escapar o ar lentamente.

— Estou apavorada — sussurrei. — Não tenho certeza se consigo fazer isso.

— Querida — disse ele, a voz cheia de preocupação. — Pense no que você faz todos os dias. Em tudo que você precisa lidar com suas clientes. Você vai ficar bem. Eu *sei* disso.

Dei um sorriso fraco. Meu irmão tinha uma alma sábia.

— Obrigada, Sammy. Eu te amo.

— Eu também te amo — disse ele. — Me ligue quando puder.

Desliguei o telefone e então procurei um lencinho de papel na bolsa para enxugar o nariz. De repente, me dei conta de que falar às crianças a respeito de nosso noivado no mesmo fim de semana em que eles estavam perdendo a mãe não era exatamente o melhor dos arranjos. Eu sabia como era ter crianças na vida — as necessidades delas vinham sempre em primeiro lugar, não importava o resto. Tirei rapidamente meu anel do dedo, olhando para ele por um momento antes de guardá-lo num compartimento com zíper na minha carteira, sentindo uma pontada aguda de dor ao fazer isso. Rezei para que não o perdesse.

Depois de respirar fundo novamente, mandei uma rápida mensagem de texto para Melody, pedindo que me ligasse. Ela não me respondeu imediatamente, então imaginei que devia estar no meio de uma sessão de massagem e não podia atender o telefone. Então voltei para o trânsito e dirigi o resto do caminho até o Colégio de Seattle. Durante o percurso, tentei me animar um pouco. Sam tinha razão. Eu podia dar conta do recado. Podia manter a postura que quisesse na frente das crianças. Eu era uma mulher adulta; elas iriam confiar em mim. Adotaria o mesmo comportamento que aprendera a usar quando conversava pela primeira vez com uma vítima de violência doméstica: agiria de modo calmo e confiante. Ouviria mais e falaria menos.

A diretoria ficava à minha esquerda e, entrando, me aproximei da recepção, fazendo com que a secretária soubesse quem eu era e por que estava ali. Ela era uma senhora idosa rechonchuda com cabelo grisalho azulado que tinha a mesma textura de algodão-doce.

— O sr. Hansen nos avisou para esperá-la — ela me disse, franzindo a testa. — Que coisa mais *triste*. Mal posso acreditar no que aconteceu. A Kelli era uma *ótima* mãe.

Fiz que sim com a cabeça, de súbito me sentindo incrivelmente inferior. *Claro que ela era ótima. Claro que eu jamais poderia competir.*

— Posso ver seus documentos, por favor? — a secretária perguntou. — É nosso procedimento de rotina.

Tirei minha carteira de identidade da bolsa e lhe entreguei, pensando em como um documento resumia as pessoas a simples parâmetros: idade, altura, peso, cor dos olhos. Tentei imaginar se fora assim que os médicos classificaram Kelli quando ela deu entrada na emergência do hospital. *Trinta e três anos, aproximadamente um metro e cinquenta e cinco, cerca de quarenta e cinco quilos, olhos azuis.* Imaginei num flash como ela se pareceria deitada na maca. A pele pálida e fria. Os olhos azuis fechados. Sem se mover. Sem respirar.

— Obrigada — disse a secretária, colocando meu documento de volta em minha mão, o que me chamou de volta para o presente. Pisquei e tentei apagar a imagem de Kelli da minha mente.

— Eles ainda estão na sala de aula? — perguntei.

Ela fez que sim com a cabeça.

— Vou interfonar para os professores e pedir que os mandem para cá. — Ela olhou para o relógio em cima da porta. — Não sabíamos ao certo a que horas a senhora ia chegar. Por que não se senta?

Fiz que sim com a cabeça novamente e me joguei numa dura cadeira de plástico preta, começando a roer as unhas com ansiedade, um hábito de infância que só retornava quando eu estava nervosa. O ar estava carregado com o cheiro de café velho e do enjoativo perfume da secretária. Poucos minutos depois, Max entrou na sala e eu me levantei para recebê-lo.

— Oi, Maximilian. — Eu usei o nome com que seu pai lhe chamava carinhosamente, mas desejei de súbito que não o tivesse feito. Era uma brincadeira deles, não minha.

Ele parou de andar de repente e me encarou com os mesmos olhos da mãe dele.

— Por que você está aqui? Cadê a minha mãe?

Dei um sorriso.

— O seu pai me pediu para vir. Vocês vão para a nossa casa hoje, tudo bem? — Ainda soava um pouco estranho falar "nossa casa", embora eu já morasse com Victor havia vários meses. As crianças só ficavam conosco nos fins de semana, e eu não tinha certeza se ficavam muito felizes ao me verem ali no café da manhã, quando acordavam. Estendi o braço e encostei a mão no ombro de Max, o que esperei ser um gesto de conforto. — Ele vai chegar logo.

— Mas onde está a minha mãe? — Max perguntou de novo, deixando cair a mochila no chão. O cabelo castanho estava despenteado e uma expressão de curiosidade se instalou rapidamente em seu rosto sardento. Ele era pequeno para um menino de sete anos, a estrutura física delicada, quase frágil, mal chegando até meu peito.

"Quando é que vou ter meu estirão de crescimento?", ele muitas vezes perguntava a Victor, que tinha mais de um metro e oitenta de altura. "Na próxima quarta-feira, às três da manhã", Victor sempre respondia brincando, e Max então ria, um som borbulhante, gutural.

— Ela não pôde vir buscar vocês hoje — eu disse com cuidado. — O seu pai vai conversar com vocês quando chegar em casa, está bem? — Forcei um sorriso, sentindo a rigidez dos músculos no rosto. — Olha, lá vem a Ava.

A irmã de Max entrou na sala e também me encarou.

— Grace — disse ela. Não havia emoção em seu tom de voz. — Onde está a minha mãe? — Ela usava jeans apertados, uma jaqueta roxa e botas de cano alto pretas que pareciam grandes e adultas demais para suas pernas finas. Eu me perguntei se elas eram de Kelli. Ava tinha uma constituição física pequena e era bonita como a mãe, mas eu realmente podia ver traços de seu pai no cabelo castanho e no formato dos olhos.

Dei um suspiro por dentro, mantendo o sorriso forçado em meu rosto, e lhe disse a mesma coisa que dissera a Max.

— Podemos fazer cookies hoje à tarde, se quiserem — eu disse, desesperada para achar uma maneira de tirá-los logo daquele colégio e levá-los para um ambiente em que eu fosse pelo menos familiar.

— Você não faz cookies — Ava disse com voz calma. *Nossa*, pensei. *Perspicaz demais para o meu gosto.* De qualquer modo, os dois apanharam as mochilas e me acompanharam até o carro.

Após um percurso feito em silêncio, chegamos em casa e as crianças entraram com passos pesados, olhando para mim.

— Quando o meu pai vai chegar? — Max perguntou. — Ele não vai para o restaurante? — Victor geralmente trabalhava no Loft às sextas-feiras à noite, então apanhava as crianças na casa de Kelli no sábado de manhã, bem cedo. Por ter cuidado do meu irmão, eu aprendi que crianças reagem melhor quando sabem o que vai acontecer, e Ava e Max estavam claramente perturbados com a alteração na rotina deles.

— E por que você não está trabalhando? — Ava me perguntou antes que eu pudesse responder para Max. — Você está *sempre* trabalhando. É o que a minha mãe fala.

Aposto que fala mesmo, eu disse a mim mesma. Mas me repreendi imediatamente por pensar mal dos mortos.

— Sou minha própria chefe, então me dei uma tarde de folga — eu disse, cada uma de minhas palavras soando precariamente forçada. — O que vocês gostariam de fazer?

— Eu vou para o meu quarto — disse Ava, seguindo lentamente pelo corredor. Depois ouvi a porta do quarto dela ser trancada suavemente. Ava percebia, sem sombra de dúvida, que alguma coisa não estava bem.

— E você, Max? — perguntei.

Ele deu de ombros.

— Sei lá. Posso assistir televisão?

— Claro. — Eu sabia que ele deveria estudar antes de se jogar na frente da TV para assistir a *Phineas e Ferb*, mas cheguei à conclusão de que, se havia um dia em que as regras poderiam ser quebradas, era aquele. O celular tocou na minha bolsa, e eu o peguei depressa, achando que talvez fosse Victor.

— O que aconteceu? — perguntou Melody. — Sua mensagem de texto só tinha três palavras. Você está bem?

— Só um segundo — eu lhe disse. Olhei para Max. — Se precisar de mim, estou no fim do corredor, amigão. Tudo bem? — Ele fez que sim com a cabeça e foi para a sala de televisão. Corri para o quarto e tranquei a porta, para o caso de as crianças me procurarem. Não queria que ouvissem a conversa. — A Kelli morreu — eu disse, sem fôlego.

— O quê? — exclamou Melody. — Ai, meu *Deus*. Você está falando sério? Quando? Como?

Contei-lhe o que eu sabia — que não era muita coisa.

— E agora eu estou em casa com as crianças, e elas sabem que alguma coisa está acontecendo. — Fiz uma pausa, outro soluço ameaçando se formar em minha garganta. — Pelo menos, a Ava. O Max está assistindo televisão.

— Quanto tempo ainda o Victor vai ficar no hospital?

— Não faço ideia. Ainda não tive notícias dele. Não sei se isso pode demorar, mas acho que ele vai precisar decidir para onde levar o corpo e... — Minha voz falhou, como a de Victor falhara antes, e meu pulso começou de súbito a bater num ritmo inconstante. — Mel, acho que não vou conseguir fazer isso.

— Fazer o quê? Contar para as crianças? Você não precisa fazer isso. Quem tem de falar é o Victor. É seu papel dar apoio e estar pronta para ajudar as crianças se elas te procurarem. É isso. — Ela deu um suspiro. — E vocês acabaram de ficar noivos. Caramba... — Eu havia ligado para Melody logo após Victor me pedir em casamento no último fim de semana, e ela havia berrado de alegria no telefone, falando sem parar a respeito do vestido de noiva e de encontrar o lugar perfeito para a cerimônia, mas nossos horários de trabalho estavam tão apertados que ela ainda nem tinha visto meu anel. Eu não estava certa de que poderia contar às pessoas a respeito do noivado agora. *A ex-mulher do Victor morreu... Ah, e por falar nisso, nós vamos nos casar.*

— Isso não está me parecendo assim tão importante agora — eu disse. Uma pequena parte de mim estava desapontada porque minha alegria com o noivado havia sido ofuscada, mas me senti totalmente envergonhada com esse pensamento breve e egoísta.

— É claro que é importante — disse Melody, de forma insistente. — Só o momento é que é errado. — Ela deu um suspiro de novo. — Quer que eu vá aí te fazer companhia? Posso cancelar o último cliente.

— Obrigada — eu disse. — Mas talvez não seja uma boa ideia. Eles vão desconfiar ainda mais se você aparecer. Eu ligo quando tiver mais notícias, certo? — Desligamos e eu me joguei de costas na cama, o olhar passeando pelo quarto onde Victor e eu dormíamos. Quando me mudei, ele insistiu para que eu levasse o que quisesse do meu apartamento e retirou a maior parte do que havia de sua decoração mínima, mas claramente masculina.

— Agora essa casa é sua também — ele disse. — Quero que se sinta confortável aqui. Se quiser pintar, nós pintamos. Se quiser móveis novos, podemos trocar também. — O quarto foi o único cômodo onde aceitei a oferta, mudando o tom acinzentado para uma cor terrosa, mais quente. Juntos, escolhemos o jogo de cama de microfibra verde-musgo e mais um armário para que eu pudesse arrumar a minha grande quantidade de roupas. Não mudei muito no restante da casa, já que as crianças estavam acostumadas com tudo do jeito que era. A última coisa que eu queria era que elas associassem o fato de perder o que gostavam em seu próprio ambiente com o dia em que me mudei para a casa do pai delas. Como meu apartamento era próprio, decidi alugá-lo e ter um pequeno lucro em vez de vendê-lo imediatamente, dizendo a mim mesma que havia sido uma decisão inteligente, em vez de uma reação ao meu nível de comprometimento com o homem que eu amava. Coloquei grande parte dos móveis num depósito, achando que com o tempo Victor e eu venderíamos nossos pertences individuais e compraríamos outros juntos.

Eu gostava de morar na casa do Victor — uma construção pequena e simples dos anos 60, localizada numa encosta que dava para a enseada de Puget —, mas o que eu gostava mesmo era de acordar com o corpo quente dele junto ao meu todas as manhãs. Gostava de que ele preparasse meu almoço enquanto eu tomava banho a fim de me preparar para o dia; gostava de que ele sempre segurava meu rosto com as mãos em concha quando me dava um beijo de despedida. Victor trabalhava três noites por semana no restaurante, então eu tinha tempo de sobra para curtir os momentos de solidão de que eu tanto precisava, ou até mesmo passar algumas horas com Melody. Tínhamos algumas discussões sobre coisas bobas, como onde colocar o aparelho de som, e havia sempre alguns momentos de tensão quando as crianças vinham para o fim de semana, mas eu dizia a mim mesma que era só uma questão de tempo, até que nos adaptássemos à nossa nova rotina. Na maior parte do tempo, nosso mundo estava equilibrado e eu me sentia em paz.

Então, no domingo anterior, ele me levara a seu lugar favorito na Alki Beach. O sol estava se pondo, o céu estava riscado com tons brilhantes de rosa, uma luz dourada e cálida atravessando as nuvens em raios luminosos. Gaivotas emitiam um lamento à nossa volta e uma brisa vinda da água soprava fresca. Quando ele me beijou, pude sentir o gosto do sal em seus lábios.

— Eu vinha aqui quando era criança — Victor me contou quando nos acomodamos num grande pedaço de tronco seco. Ele passou o braço em volta da minha cintura e eu me aconcheguei no calor de seu corpo. — Esse era o meu santuário. — Ele olhou para mim, a luz do final de tarde brilhando na água e batendo em seu cabelo escuro, iluminando os fios prateados de sua barba por fazer. Depois de um ano juntos, eu tinha as pequenas rugas ao redor dos olhos dele gravadas na memória; conhecia o formato de cada manchinha preta na íris, o punhado de sardas espalhadas como açúcar mascavo pelo nariz.

Estendi a mão e toquei o rosto dele.

— Que lindo! Por acaso está tentando me levar pra cama ou coisa parecida?

Ele deu uma risada suave.

— Não. Estou te pedindo em casamento. — Ele tirou uma caixinha preta aveludada do bolso e a abriu, revelando um anel reluzente. Victor e eu já tínhamos conversado sobre casamento antes — em teoria, na verdade —, considerando o fato como um possível próximo passo depois de eu ter me mudado para a casa dele. Mas ainda assim o momento do pedido foi uma surpresa — eu desejei estar usando outra roupa que não minha calça de moletom e que meu cabelo não estivesse flutuando em torno do meu rosto como as serpentes furiosas da Medusa. Eu aceitei o pedido euforicamente e senti a vibração do beijo que ele me deu até a ponta dos pés.

O ruído alto na maçaneta da porta me arrancou dos meus devaneios.

— Só um segundo — eu disse e fui tropeçando até a porta, achando que fosse uma das crianças. Mas era Victor quem estava bem ali de pé na minha frente, desolado de um jeito como eu nunca o tinha visto. Sua pele geralmente bronzeada estava acinzentada e o cabelo meio arrepiado, como se ele tivesse passado a mão na cabeça inúmeras vezes. Os ombros largos estavam caídos e o rosto normalmente alegre e bonito parecia todo amassado. Ele estava arrasado.

— Ah, meu querido — eu disse, puxando-o para meus braços. Ele me abraçou com força, baixando a cabeça para enterrar o nariz no meu pescoço. Suas lágrimas molharam minha pele. — Você está bem?

Ele balançou a cabeça, então se afastou, encarando-me com olhos tristes.

— Eu simplesmente não sei como contar para eles — a voz estava rouca e o queixo tremia enquanto ele falava. — A assistente social do hospital me disse para ser o mais direto possível, sem dar muitos detalhes.

Eu engoli em seco antes de falar de novo.

— Você ficou sabendo... como foi que ela...? — Minhas palavras estavam desarticuladas, sumidas, sem saber o caminho para perguntar o que eu queria saber.

Victor fungou e limpou a garganta, agora se recobrando.

— Os médicos ainda não têm certeza do que aconteceu, a não ser que o coração dela parou de bater. Vão precisar fazer alguns exames de sangue, eu acho, e aí saberemos de mais detalhes. — Ele fez uma pausa. — Havia um frasco de remédio vazio na mesinha de cabeceira, ao lado da cama.

— Ah, *não*. — Respirei fundo e massageei as costas dele com a palma da mão aberta. — Que tipo de remédio?

— Ansiolíticos. Ela já tinha tomado antes. Principalmente por causa de insônia.

Ao ouvir aquelas palavras, o pavor revirou meu peito. *Meu Deus. O Victor disse que ela não aceitou muito bem a notícia do nosso noivado. E se a coisa foi pior do que ele imaginou? Para começar, Kelli era uma mulher frágil. E se isso a empurrou para a beira do abismo?* Meus olhos se encheram de lágrimas, aterrorizada com o fato de que eu tivesse de alguma maneira contribuído para a morte dela. Hesitei por alguns instantes, antes de fazer a próxima pergunta que surgiu na minha mente.

— Havia algum bilhete?

Por um breve instante, ele quase pareceu zangado, mas então balançou a cabeça de novo.

— Eu não quero que as crianças pensem isso, entendeu? Não sabemos de nada com certeza. — O tom de voz dele era um pouco agressivo agora, um tom que ele nunca tinha usado comigo. Ele ainda estava protegendo a ex-mulher. Eu sabia que ele fizera o papel de marido protetor durante todo o casamento — papel do qual ele acabara se cansando de desempenhar por tanto tempo. Eu precisava ser forte agora. Não podia desabar.

— O que você vai dizer para elas?

— A verdade. Que não sabemos o que aconteceu. Que ela se deitou na cama e não acordou mais. Não acho que elas precisem de mais informações. Não agora.

— O que você quer que eu faça? — Acariciei seu rosto com minha mão esquerda, e ele levantou a dele para segurá-la. Tocando meus dedos, ele os afastou de seu rosto.

— Onde está seu anel? — ele perguntou.

Meus olhos se alteraram inesperadamente.

— Achei melhor tirá-lo. As crianças já vão ter uma notícia muito pesada para enfrentar. Podemos falar sobre o noivado depois. — Olhei para ele, secando uma lágrima errante que caía por minha bochecha. — Será que agi certo?

Ele encostou a testa na minha.

— Eu te amo tanto, sabia? — Fiz que sim com a cabeça e beijei seus lábios. Ele respirou fundo, segurou minha mão e fomos andando pelo corredor, nos fortalecendo para dar a notícia que sem dúvida alguma mudaria a vida de todos nós.

Ava

Eu soube que alguma coisa tinha de estar muito errada no instante em que vi a Grace de pé na diretoria ao lado do Max. A Grace nunca ia ao nosso colégio. Ela não preparava brownies para nossa feira de pães e bolos, como minha mãe fazia, ou nos acompanhava em passeios de pesquisa até o Museu de Arte de Seattle, como meu pai. A única coisa que a Grace fazia era trabalhar, morar com meu pai e dirigir um carro que provavelmente tinha custado mais que a casa inteira da minha mãe, algo que uma vez eu a ouvira dizer a Diane.

— Quanto você acha que ela pagou por ele? — Diane perguntou em voz baixa, e minha mãe respondeu:

— Bem, é um Lexus. Não pode ter sido *barato*. — Daí que ela fizera o comentário sobre o fato de o carro provavelmente ter custado mais que a nossa casa, coisa que eu sabia que não podia ser verdade. E, mesmo estando num canto do corredor, escutando às escondidas a conversa das duas sentadas no sofá, que tomavam um vinho que Diane tinha trazido, pude imaginar a aparência do rosto da minha mãe: o nariz pequeno todo franzido e os olhos apertados, do mesmo jeito que ela ficara quando abrira sem querer uma embalagem de queijo cottage embolorado.

— A Grace tem muitas joias? — minha mãe me perguntou um dia quando Max e eu chegamos em casa depois do fim de semana com meu pai. Ela estava sentada na beirada da minha cama enquanto eu estudava para uma prova de história que teria no dia seguinte.

— Não *sei* — eu disse, mantendo os olhos nas minhas anotações.

— Ela tem um brinco de brilhantes que usa de vez em quando. —

Naquela época, Grace ainda não tinha se mudado para a casa do meu pai, então eu só a via dois fins de semana por mês. Eu me sentia estranha falando sobre ela com a minha mãe. Ela era simpática e não ficava agarrando meu pai na nossa frente ou coisa assim, algo que o cara que namorava a mãe da Bree tinha feito na primeira vez em que fora à casa dela.

— Um *nojento* — Bree tinha me dito. — Ele usa a língua e *tudo*! — Tremi só de pensar nisso, chegando à conclusão de que, desde que a Grace não fizesse *aquilo*, eu podia aceitar o fato de tê-la conosco.

— E as roupas dela? — minha mãe perguntou de modo insistente. — Ela usa terninhos e sapatos de salto alto?

Finalmente, olhando para ela, eu balancei a cabeça.

— Eu só vejo a Grace nos fins de semana, mamãe. Ela usa jeans e suéter. — Fiz uma pausa. — E que importância tem isso?

Minha mãe se levantou, afofou o cabelo e me deu um sorriso deslumbrante.

— Eu só não quero que você tenha uma ideia errada sobre o que realmente é importante.

Depois de ela ter saído do meu quarto, considerei o fato de que era minha mãe quem parecia achar que a Grace ganhar mais dinheiro que nós era importante. Sem dúvida alguma, mais do que eu mesma achava. Não que a Grace fosse rica como a Whitney — ela não tinha motorista, nem governanta, nem uma quadra de tênis em casa. Ela só não tinha tantas contas para pagar porque era sozinha. O carro parecia ser a única coisa realmente cara que ela tinha. Mas não era assim tão novo em folha. Além disso, meu pai sempre falava o quanto a Grace trabalhava e o quanto ela era inteligente; eu tentava imaginar se ele havia contado aquilo alguma vez para minha mãe, por isso ela se sentia mal por ser apenas uma garçonete.

— Por que você nunca fez uma faculdade? — eu lhe perguntei um dia, não muito depois de o meu pai ter nos deixado, e então um olhar estranho apareceu em seu rosto. Ela levou um minuto para responder e, quando finalmente falou, havia um ânimo falso em sua voz, quase igual ao tom que eu a ouvia usar com o Max, quando ela tentava fingir que ele não a estava aborrecendo.

— Estudar nunca foi o meu forte — ela me disse. — A única coisa que eu queria de verdade era ser líder de torcida. Todas essas coisas bobas sem sentido que não são importantes no fim das contas. — Ela apertou ligeiramente os olhos azuis quando me encarou. — É por isso que eu quero que você estude no Colégio de Seattle. Você é uma menina inteligente. Não quero que acabe como eu.

Eu inclinei minha cabeça e juntei as sobrancelhas.

— Como assim?

— Focada nas coisas erradas da vida. — Ela fez uma pausa e seu olhar ficou mais penetrante. — O que é importante está aqui. — Ela estendeu a mão e bateu de leve na minha testa com o dedo indicador. — E aqui — continuou, colocando a palma da mão aberta em meu coração.

Engoli em seco e concordei, sabendo que era isso que ela queria. E até certo ponto eu concordava, mas também sabia que o fato de ser muito bonita fazia com que garotas conseguissem mais coisas do que Bree, que era meio sem graça, e eu, com uma beleza mediana, jamais iríamos conseguir. Também achava estranho o fato de minha mãe viver dizendo o quanto eu era bonita, para depois, no instante seguinte, insistir que ser inteligente era mais importante. Eu achava que devia ser maravilhoso ser as duas coisas. Até que eu gostava de estudar — minhas matérias favoritas eram história e inglês —, mas eu não fazia ideia do que queria fazer quando fosse adulta. De qualquer maneira, não queria ser uma garçonete. Sabia disso por ter visto minha mãe chegar em casa tão cansada que mal conseguia ficar de pé, irritada porque a mesa com a conta mais alta só tinha lhe deixado cinco por cento de gorjeta.

— Mas você *foi* líder de torcida? — eu lhe perguntei, achando o máximo.

— Fui — ela respondeu franzindo a testa, não olhando diretamente para mim. — E isso não me trouxe nada além de problemas.

Minha mãe não me falou mais nada quando eu lhe perguntei a que tipo de problemas ela estava se referindo, mas imaginei que fosse alguma coisa relacionada a garotos. Quando eu tinha doze anos, os meninos da minha classe gostavam de puxar meu sutiã no corredor ou ficavam tentando roçar meus peitos "acidentalmente" com as mãos. Os meninos eram mal-educados e, tanto quanto eu podia dizer até aquele momento, não significavam nada além de problemas.

Agora, no meu quarto na casa do meu pai, eu podia ouvir o ruído abafado da televisão vindo da sala. Tirei meu telefone celular da mochila e mandei outra rápida mensagem de texto para minha mãe, perguntando onde ela estava. Já tinha mandado uma do carro, no caminho até aqui, mas ela ainda não havia respondido, o que me deixou preocupada. Ela geralmente respondia em poucos minutos, mesmo quando estava trabalhando, para o caso de precisarmos dela. Quando minha mãe não respondeu a segunda mensagem depois de cinco, então dez minutos, uma pontada dura e fria se materializou na minha barriga. Tentei ignorar, mas ela não foi embora. Olhei para meu telefone, apertei os olhos e desejei que o nome da minha mãe aparecesse.

Enquanto esperava, fiquei deitada na minha cama — um sofá-cama que eu implorara para meu pai comprar porque parecia legal, mas que logo passei a detestar porque era duro e eu não conseguia dormir direito. As paredes eram pintadas de um tom verde-limão pálido e as cortinas e cobertores eram lavanda. As mesmas cores do meu quarto na casa da minha mãe, algo que eu havia pedido para talvez não me sentir tão estranha por viver em duas casas. Não funcionou. Ainda era esquisito vir para cá dois fins de semana por mês. Eu adorava ver o meu pai, mas detestava ter de arrumar a mala, detestava ter de deixar a minha mãe sozinha, e realmente detestava que a Grace passasse mais tempo com o meu pai do que eu. Ela estava sempre tentando ser minha amiga.

— Eu vou fazer as unhas com a Melody — ela me disse num sábado de manhã. — Quer vir com a gente?

Fiz que não com a cabeça e mantive meus olhos no livro que estava lendo. Eu podia ser simpática com a Grace quando ela estava com o meu pai, mas não via nenhum motivo pelo qual devesse passar mais tempo sozinha com ela. Ela provavelmente só estava querendo que meu pai a achasse ainda mais maravilhosa do que ele já achava.

— Tem certeza? — perguntou ela. — Eles têm cores malucas como laranja e verde neon. Você pode escolher a cor que quiser. — Eu lancei um olhar para meu pai, que estava ouvindo nossa conversa do balcão da cozinha.

— Ava, a Grace está sendo muito gentil te convidando para sair — disse ele. — É um pouco indelicado da sua parte não aceitar.

Dei um suspiro e enterrei o queixo no peito, me afundando um pouco mais no sofá. Eu não ligava a mínima se estava sendo indelicada. Eu não queria ir.

— Eu vou! — disse Max, levantando-se de seu lugar na poltrona reclinável à minha frente. — Posso pintar as unhas dos pés com caveiras brancas? — Pressionei meus lábios e olhei para ele. — O quê? — ele disse — Ia ser bem *legal*!

Grace riu e olhou para o meu pai, que deu um sorriso e balançou a cabeça.

— Acho que não é uma boa ideia, amigão. A Grace e a Melody querem ter um encontro só de garotas. — Ele fez uma pausa. — Ava?

— Eu não quero ir, pai — disse eu, suplicando. Mesmo do outro lado da sala, vi um rápido ar de desapontamento no rosto de Grace.

— Tudo bem — ela respondeu, recuando. — Não tem problema. Quem sabe outro dia. — Ela sorriu para mim, e não pude deixar de perceber o quanto ela era bonita. — Certo, Ava?

Dei-lhe um rápido aceno de cabeça, pensando *chance alguma*, mas também apreciando, meio a contragosto, o fato de ela não ser muito insistente comigo. Na maior parte das vezes, Grace me dava o espaço que eu precisava. E agora ela tinha aparecido no colégio do nada e não me dizia por quê.

Dei um suspiro e sentei na cama, pensando no esconderijo de barras de chocolate que eu tinha no meu armário, pensando se a Grace seria capaz de sentir o cheiro no meu hálito se eu comesse uma agora.

Ela provavelmente ia contar a meu pai que eu havia quebrado a regra de não comer doce antes do jantar. Meu estômago roncou e eu cheguei à conclusão de que pouco estava me importando. Abri a porta do armário o mais silenciosamente possível e me agachei para poder alcançar atrás de uma caixa de bonecas Barbie com as quais eu não brincava mais. Peguei uma barra de Snickers e fiquei prestando atenção na porta da frente, com esperança de que meu pai chegasse em casa, mas ainda ouvia apenas o barulho da televisão. Comi depressa, mal sentindo o gosto do chocolate que derretia na boca. Tentei adivinhar onde Grace estava. Escondida no quarto do meu pai, imaginei. Ou sentada à mesa da sala de jantar, digitando no seu laptop, que parecia ser a coisa de que ela mais gostava de fazer.

Um telefone tocou na sala — o toque era do celular da Grace, uma música estranha que parecia latina. Tão silenciosamente quanto consegui, abri a porta e fui andando sorrateiramente até o fim do corredor, onde meu pai e Grace dormiam. Pressionando meu ouvido contra a porta, me esforcei para ouvir alguma coisa, mas só pude pegar uma ou duas palavras. Ela estava sussurrando. Alguma coisa estava errada de verdade. A pontada fria aumentou no meu estômago e foi se espalhando pelo peito, descendo por meus braços e chegando à ponta dos dedos, até que eu mal pudesse senti-los. Eu voltei para o quarto e entrei na cama, tremendo debaixo do meu cobertor. Então como milhares de vezes na vida, esperei meu pai chegar em casa.

※

— Você precisa ficar até tão tarde no restaurante? — disse minha mãe. Ela e meu pai estavam no banheiro, onde ele tinha acabado de tomar banho e agora fazia a barba em frente ao espelho embaçado. Eu gostava do chiado que sua mão fazia quando friccionava a parte embaçada a fim de poder ver o próprio reflexo. Max estava no quarto dormindo, e eu sentei no corredor, as costas contra a parede, os joelhos junto ao peito, ouvindo.

O meu pai deu um suspiro.

— Eu não posso me dar ao luxo de contratar um gerente. Sou eu, o pessoal da cozinha e o barman. É só isso. Você sabia que as coisas iam ser assim. — Meu pai tinha aberto o próprio restaurante naquele ano, mas minha mãe dizia que estava demorando a ter um retorno financeiro suficiente, o que faria com que meu pai não precisasse trabalhar todos os dias. Eu gostava de que ele trouxesse guloseimas para casa. Às vezes eu comia macarrão no café da manhã ou levava cheesecake de chocolate na lancheira. Nenhum dos meus colegas tinha esse tipo de regalia, por isso eu me achava realmente sortuda.

— Sabia? — disse minha mãe, sua voz aguda e trêmula. — Eu sabia que você iria levantar muito cedo, voltar para casa e ficar apenas algumas horas por dia, para que seus filhos possam saber que você ainda existe, e então sair de novo? — Meu pai não respondeu, então ela continuou, a voz se tornando alta e esganiçada como uma das minhas bonecas velhas que falavam. — Eu não concordei com nada disso, Victor. Preciso fazer tudo sozinha. As crianças, a limpeza, as compras...

— Foi o que combinamos! — Houve um som metálico alto de alguma coisa aterrissando na pia do banheiro e eu me levantei, levando depressa a mão à boca para que eles não ouvissem o meu sobressalto. — Nós concordamos que abrir o Loft ia ser o único meio de chegarmos onde realmente a gente queria. Concordamos que você ficaria em casa com as crianças. Eu sei que tenho estado muito ocupado, mas realmente não entendo do que você está reclamando. Estou trabalhando duro para nós. Para nossa família.

— Eu sinto a sua falta. É isso. — A voz da minha mãe era tão suave que eu mal podia ouvi-la. — Eu não sabia que você ia ter de ficar fora por tanto tempo. Eu preciso da sua ajuda.

— Que tipo de ajuda? O que mais eu posso fazer? — A voz do meu pai também ficou mais calma agora, e a sensação esquisita que tinha embrulhado meu estômago começou a diminuir. — Kelli, minha querida. Me fale o você quer.

— Não sei — ela respondeu, mas suas palavras pareciam despedaçadas. — Queria que os meus pais estivessem aqui. Talvez você pudesse ligar para eles e pedir que venham para cá. — Ela fez uma pausa e seu tom de voz de repente ficou alto. — Quem sabe eles mudaram de ideia.

Meu pai deu um suspiro.

— Querida, você não vê seus pais faz mais de dez anos. Eles não quiseram nem conhecer os *netos*. Não entendo por que você ainda permite que eles te machuquem tanto.

— Eles são meus pais — ela respondeu. — Eu sinto falta deles.

— Eu entendo. Também sinto falta da minha mãe todos os dias. E eu realmente sinto muito por lhe dizer isso, mas, se eles também sentissem a sua falta, você acha que estaríamos tendo essa conversa?

Um segundo depois e minha mãe então passou correndo por mim, sem nem notar que eu estava sentada no chão do corredor. Ela estava chorando. Eu não gostava do jeito como meu pai estava falando com minha mãe ultimamente. Ele não costumava ser mau com ela, e agora falava coisas que a faziam chorar. Mas uma porção de coisas a estavam fazendo chorar. Torradas queimadas, ou um banheiro desarrumado. Eu massageava suas costas quando ela ficava assim, do mesmo modo como ela fazia comigo quando eu estava chateada com alguma coisa, mas não adiantava. Ela chorava ainda mais quando eu tocava nela. Eu só piorava as coisas.

Eu esperei um minuto e então fui engatinhando para dentro do banheiro, fingindo ser um gato. Minha mãe era alérgica, por isso não podíamos ter um gatinho de verdade; fingir ser um era a segunda melhor coisa.

— Miau — eu fiz para meu pai, que estava encostado na parede do banheiro, olhando para o teto. Ele olhou para mim e sorriu ao ouvir o barulho. — Miau — eu fiz de novo, fingindo lamber a lateral da minha mão e esfregar o rosto com ela, então me aproximei dele e pressionei meu corpo contra suas pernas longas.

— O que temos aqui? — disse ele. — Uma gatinha de oito anos, cabelo castanho e olhos azuis?

— Miau — eu disse. — Quase nove.

Ele se agachou e envolveu minha cabeça com as mãos.

— Aqui, gatinha, aqui.

Eu reparei que ele ainda tinha um pouco de espuma branca do creme de barbear perto da orelha, então puxei a toalha da prateleira e limpei o vestígio.

— Por que o vovô e a vovó não querem ver a mamãe? — eu perguntei. A ideia de que meus pais um dia pudessem não mais querer me ver me assustava.

Ele franziu a testa.

— Estava ouvindo a conversa escondida de novo, mocinha? Já falamos sobre isso uma centena de vezes. Não é legal. — Ele beliscou de leve a ponta do meu nariz.

— Desculpa — eu disse. — Foi sem querer. Eu só estava passando pelo corredor.

— Árrã — disse meu pai, mas também me deu uma piscadela, então eu soube que ele não estava bravo de verdade. Meu pai nunca ficava bravo muito tempo comigo ou com o Max; era a minha mãe quem nos tirava a televisão ou nos mandava para o quarto quando nos comportávamos mal. Com o meu pai, eu sabia que podia conseguir tudo.

Tentei de novo.

— O vovô e a vovó estão *bravos* com a mamãe? Uma vez a Bree ficou com raiva de mim e não falou comigo durante uma semana inteira.

— É complicado, querida. De vez em quando os adultos têm problemas de relacionamento que as crianças não conseguem entender.

— Do mesmo jeito que eu não entendo divisão?

Ele deu um sorriso abafado.

— É mais ou menos isso. — Ele apanhou a toalha da minha mão. — Agora você precisa sair rápido, porque eu preciso acabar de me arrumar.

— Você *precisa* ir para o trabalho? — eu perguntei com cuidado, observando atentamente o rosto dele. O cabelo castanho, olhos acinzentados e longos cílios pretos. Era o homem mais bonito do mundo.

Ele me deu um pequeno sorriso, mostrando uma covinha. Eu senti vontade de enfiar o dedo nela.

— Preciso, gatinha — disse ele. — É como eu cuido de vocês.

— Mas você precisa ficar fora tanto tempo? — resmunguei, sem olhar para ele.

Ele deu um suspiro.

— É o tempo necessário, até que o negócio esteja de pé, menininha. Eu sei que é complicado, mas somos uma família e às vezes atravessamos períodos difíceis.

— A mamãe está cansada — eu disse, sussurrando. — Ela chora de vez em quando durante o dia, ela está muito cansada...

Meu pai ficou em silêncio durante um minuto, pressionando os lábios e respirando lentamente pelo nariz. Então ele falou:

— Eu vou tomar conta da sua mãe, está bem, Ava? Não se preocupe.

Concordar com a cabeça foi igual a mentir, mas fiz isso assim mesmo. Disse a meu pai exatamente o que ele queria ouvir.

Kelli

Quando Jason Winkler se sentou ao lado de Kelli na aula de álgebra I, ela achou que aquilo era sinal de que eles estavam destinados a ficarem juntos. Ele era de longe o rapaz mais bonito do colégio — todo mundo achava. Era alto, mas não magricela. O cabelo preto caía em cima dos olhos azuis de um jeito que fazia com que Kelli sentisse vontade de estender a mão e colocá-lo para trás com a ponta dos dedos, para então ir deslizando-os pela calidez do rosto dele. Jason tinha um sorriso meio assimétrico que vinha quase sempre acompanhado de uma piscadela — Kelli tinha certeza de que, no primeiro dia de aula, ele lhe sorrira mais de uma vez, antes de caminhar para a última fila e aboletar-se numa carteira a seu lado. Ele já estava mais adiantado no colegial, mas passava mais tempo treinando basquete que estudando, então era a terceira vez que fazia essa matéria introdutória. Kelli estava apenas no primeiro ano, mas não se incomodava com isso. Só se importava com o fato de que, de todos os lugares vazios na classe, ele havia escolhido o que ficava bem a seu lado.

— Oi — disse ele, virando a cabeça para olhar para ela. Lá estava ele. O sorriso... e a piscadela. Kelli sentiu o espaço entre suas pernas ficar quente e corou.

— Oi — ela repetiu, colocando uma mecha de cabelo atrás da orelha. Era seu orgulho e alegria, seu cabelo. Liso e brilhante, sem o mínimo sinal de frizz ou pontas duplas. Ela passava horas escovando-o à noite, olhando-se no espelho, treinando discursos imaginários e usando a escova como microfone, para quando estivesse no tapete vermelho. Seus pais diziam que ela era fútil; ela preferia achar que era otimista.

— Você resolveu o exercício? — perguntou Jason ao esticar as longas pernas debaixo da carteira e colocar um tornozelo sobre o outro.

Ela revirou os olhos.

— Mais ou menos. Achei muito difícil. — Ela esperava que ele reparasse na roupa que ela havia trocado no banheiro do colégio: calça Levi's justa e suéter cor-de-rosa apertado, emprestado de sua amiga Nancy. Eram roupas que suas amigas achavam absolutamente normais, mas que seus pais teriam gritado com ela se a vissem usando. A ideia que eles tinham de uma roupa apropriada para o colégio incluía duas cores e um formato: preto e branco e quadrado.

— Talvez você precise de um professor particular — disse Jason.

Ela sorriu como se estivesse a par de algum segredo e levantou uma das sobrancelhas — outra coisa que praticara em frente ao espelho.

— Você está interessado no trabalho? — ela perguntou. Não conseguia acreditar que estava sendo assim tão audaciosa, mas todos os artigos que lera na *Cosmopolitan* diziam que os homens gostavam quando uma mulher mostrava confiança. A fim de ler a revista, ela tinha de se esgueirar na biblioteca depois da aula, dizendo a seus pais que estava fazendo o dever de casa. Ela estava estudando... de certa forma. Se aperfeiçoando na arte de conseguir um namorado.

— Não é só nesse trabalho que estou interessado — disse Jason, e seus amigos Mike e Rory, que haviam sentado junto dele, riram de modo abafado.

Kelli ficou vermelha de novo — o artigo da *Cosmo* havia lhe ensinado exatamente o que aquilo significava —, mas manteve o sorriso e voltou a atenção para a frente da classe, onde o professor estava prestes a começar a aula. Jason inclinou-se em sua direção e cutucou sua perna com o punho.

— Você vai ao jogo de basquete na sexta à noite?

Ela fez que não com a cabeça. Seus pais faziam com que ela fosse às reuniões do grupo de jovens da sua igreja às sextas-feiras, o que era a coisa mais entediante do mundo.

— Bem que você podia ir — disse Jason. — Eu fui escalado para o time principal. Quem sabe a gente possa fazer alguma coisa depois.

Ele a estava convidando para um encontro! Forçou-se a dar de ombros, sabendo que às vezes os garotos também gostavam quando a garota se fazia um pouco de difícil.

— Talvez — disse ela. — Vou ver se posso.

— Legal — disse ele.

Durante o restante da aula, Kelli não escutou uma só palavra do que fora dito. Tudo em que conseguia pensar era em conversar com Nancy e ver se sua amiga poderia ajudá-la a arranjar um modo de conseguir ir a esse jogo de basquete. Os pais de Nancy não eram velhos como os dela. A mãe de Nancy administrava um café local e adorava contar piadas; o pai dela era professor de sociologia na Cal Poly e usava jeans nas aulas como os seus alunos. O pai de Kelli era um gerente de banco que usava as mesmas calças pretas, camisa branca de mangas curtas e gravata-borboleta xadrez para trabalhar todos os dias. Sua mãe ficava em casa, fazia compras no mercado e cuidava da arrumação de tudo, e jamais usara um jeans na vida. Eles se conheceram na igreja no centro da cidade de San Luis Obispo havia mais de trinta e cinco anos e se casaram rapidamente, achando que iriam formar uma família o mais rápido possível. Kelli só chegara vinte anos depois — algo que eles não esperavam mais, estando já acostumados com a própria rotina da vida. Kelli era uma bola loira de energia que surgira na vida deles e acabara com a paz dos dois. Ela sempre sentia como se os pais não soubessem o que fazer com ela. Eles esperavam uma filha que gostasse de ficar quieta, sentada ao lado deles, ouvindo histórias; mas eles tinham uma filha que gostava de correr para pisar em poças de lama. Kelli aprendera a ser dois tipos de pessoa: aquela que os pais queriam que ela fosse, e a outra que era quem ela era de verdade. Conforme fora crescendo e entendendo as coisas, o lado dela que os pais não aprovavam ia ficando mais difícil de esconder. Principalmente agora que estava no colegial e havia festas para ir e garotos para conquistar. Ela amava os pais, mas não tinha certeza de por mais quanto tempo poderia fingir ser a garota que eles imaginavam que ela fosse.

Kelli deu um suspiro quando o sinal tocou, pensando no quanto seria difícil conseguir ir ao jogo na sexta-feira, mas sorriu para Jason uma última vez, olhando-o demoradamente por um instante, só para mantê-lo interessado.

— Não esqueça — ele disse. Ela fez que sim com a cabeça, encantada com a possibilidade de poder se apaixonar.

Kelli tinha seis anos quando percebeu que os pais eram diferentes. Sua mãe a levava ao parquinho depois da escola, mas, enquanto os outros pais e mães corriam atrás dos filhos, os dela ficavam sentados num banco lendo um livro, insistindo para que ela brincasse sozinha. As outras mães conversavam e riam juntas, mas a mãe de Kelli costumava ficar sozinha. Ela tinha algumas poucas amigas da igreja, mas nenhuma tinha filhos da idade de Kelli.

Uma noite, depois de sua mãe lhe colocar na cama e ler uma história, Kelli reparou que ela tinha algumas mechas prateadas espalhadas pelos cachos loiros que tinha passado à filha.

— Por que você tem cabelo prateado, mamãe? — Kelli perguntou, e sua mãe se inclinou para lhe beijar a testa, como fazia todas as noites. Quando se afastou, sorriu para a filha.

— Porque eu tenho quarenta e oito anos, meu amor.

— E por que a mãe da *Janie* não tem cabelo prateado? — Kelli achava que o cabelo da mãe era lindo, como o das princesas dos contos de fadas que ela adorava ler.

— Porque eu sou mais velha que a mãe da Janie — respondeu sua mãe, ainda sorrindo. — A maior parte das pessoas têm filhos quando são muito jovens, mas seu pai e eu não. Você nos surpreendeu.

Kelli pensou a respeito, juntando as sobrancelhas.

— Eu fui um acidente? — Pete, o amigo de Kelli, tinha lhe contado que ouvira secretamente seus pais falando sobre o fato de ele ter sido um acidente, um bebê que não desejavam.

A mãe dela se sentou na beirada da cama e passou a mão na bochecha de Kelli.

— Claro que não. Você não foi um acidente. Você foi uma surpresa. Existe diferença.

— Que *tipo* de diferença?

— Um acidente é uma coisa que você não quer. Uma surpresa é uma coisa que você não se dava conta do quanto desejava até que acontecesse.

Kelli fora dormir se sentindo amada. Era difícil se lembrar disso agora, aos catorze anos, quando seus pais pareciam tão distantes dela — quase impossível de serem alcançados. Às vezes se perguntava se fora sido dada a eles por engano. Se fora adotada em vez de ter nascido deles, simplesmente porque ela era completamente diferente dos dois. Sempre tentava agradá-los: era quieta, respeitosa e concordava com tudo que pedissem. Era obediente, acompanhando-os à igreja todos os domingos, ajudando a mãe a limpar a casa e deixando o pai sozinho na salinha de televisão, para que ele pudesse ler o jornal em paz todas as noites. E ainda assim... ela imaginava outra família — aquela com a qual sonhara viver. Sua mãe imaginária riria mais que resmungaria; seu pai a tomaria nos braços e lhe daria um abraço no sofá, e depois a ajudaria com os deveres de casa. Eles teriam um cachorro e dois gatos e talvez outra filha, assim Kelli teria com quem rir baixinho em seu quarto até altas horas da madrugada. Imaginava uma casa ruidosa e um tanto desarrumada, cheia de alegria e amor. Uma casa completamente diferente daquela onde morava agora.

Ela amava os pais, mas sabia que eles não a compreendiam. Kelli tinha grandes sonhos: queria viver aquele tipo de paixão sobre a qual lia a respeito nos romances da biblioteca. Ansiava pelo ímpeto da atração, o tipo de conexão que nunca vira entre sua mãe e seu pai. Eles nunca andavam de mãos dadas, nunca se beijavam além de um toque seco e rápido nos lábios. Seguiam uma rotina rigorosa, acordando às cinco horas da manhã para ler a Bíblia e rezarem juntos — algo que Kelli tinha começado a se recusar a fazer naquele ano. Ela não tinha certeza se acreditava em tudo o que os pais acreditavam. Não sentia Jesus como eles diziam que ela devia sentir, muito embora tivesse pedido sete vezes para que Ele entrasse em seu coração, só para ter certeza de que o faria.

No último domingo após a igreja, ao voltarem para casa juntos, ela até fora suficientemente corajosa para perguntar ao pai como ele sabia que havia realmente um Deus. Ele a observara com uma expressão nebulosa, os olhos azuis pálidos se apertando.

— Eu sei porque eu sei — disse ele, e Kelli achou que aquela era uma resposta completamente sem sentido. Tentou de novo.

— Mas como você *sabe*? Eu não entendo como você pode acreditar em alguma coisa que não pode ver.

Seu pai parou de andar, segurou seu braço com força e lhe deu um olhar severo.

— Isso se chama fé, mocinha. Você não vê Deus, você O sente. Entendeu?

Kelli concordou com a cabeça, um pouco assustada pelo aperto da mão do pai. Ele a tocava tão raramente nos últimos tempos, que era uma sensação estranha. Não natural.

— Thomas — disse sua mãe, tirando a mão dele do braço da filha, e eles fizeram o resto do percurso para casa em silêncio. A mãe de Kelli percebia que a filha estava se afastando deles — se afastando de Deus — e se sentia impotente para fazer alguma coisa que a impedisse de seguir esse caminho. Tudo que podia esperar era que Kelli pudesse perceber o erro de seu jeito de ser e voltar para eles. Tudo que podia fazer era rezar.

Kelli passou a semana toda pensando naquele momento, enquanto tentava encontrar uma maneira de pedir a seus pais que a deixassem ir ao jogo de basquete. Sabia que eles nunca a deixariam ir. No começo do ano, falara da ideia de tentar ser líder de torcida.

— Por que você ia querer se exibir na frente de todo mundo? — perguntou seu pai.

Ela dera um suspiro na ocasião, tentando imaginar exatamente como deveria responder a uma pergunta daquelas.

— Eu só achei que poderia ser um bom exercício — ela lhe disse. Kelli adorava ver como as garotas ficavam vestidas com o suéter vermelho apertado e a saia curta de pregas. Adorava o movimento do cabelo, preso em um rabo de cavalo, e o jeito como todos os jogadores de futebol voavam para cima delas como se fossem abelhas no mel.

Ele a olhara por cima dos óculos de aro preto.

— Você pode fazer uma caminhada — disse ele. E foi só isso.

Agora era sexta-feira à noite e Kelli estava sentada com seus pais à mesa da sala de jantar da pequena casa de tijolo aparente. Sua mãe havia preparado um talharim para o jantar — molho pronto em cima da massa e ovos meio moles.

— Está gostoso, mamãe — disse ela, mesmo com a pouca quantidade que havia comido tendo ficado presa em sua garganta.

— Obrigada, querida — disse sua mãe. O cabelo loiro-grisalho dela estava preso num coque frouxo na nuca, e ela usava um vestido preto salpicado de flores brancas. Ela olhou para o pai de Kelli. — Thomas? Como estava o seu jantar?

— Bom, obrigado — seu pai respondeu. Ele tomou um gole de leite e então desviou o olhar para a filha. — Como foi no colégio hoje, Kelli? — Ele não sabia direito como conversar com ela nos últimos tempos. Ela sempre fora linda, mas agora... o fato de ver sua filha daquele jeito o deixava desconfortável, sabendo como eram os homens. Sabendo o que queriam fazer com ela. Ela sempre fora uma menina magrinha, com joelhos salientes e quase nenhuma gordura, mas seu corpo desabrochara no último ano, agora com os quadris arredondados e a cintura fina. Mas o que mais o incomodava era o inchaço em seu peito, o modo como ele se insinuava sob as blusas que ela usava, como se quisesse que o mundo inteiro notasse a mudança. Ele queria protegê-la, mas não sabia como. Era difícil olhar para ela agora, difícil de entender que aquela ainda era a sua menininha.

Kelli fez que sim com a cabeça.

— Foi tudo bem — disse ela, e então respirou fundo. — Vai ter um jogo de basquete no ginásio do colégio essa noite. Todos os alunos vão. — Ela fez uma pausa, sentindo que os olhos de seus pais estavam em cima dela. — Vocês acham... que eu também poderia ir?

Sua mãe juntou as sobrancelhas sobre os pálidos olhos azuis.

— Hoje você tem o grupo de jovens na igreja — disse ela.

— Eu sei — disse Kelli. — Achei que poderia faltar só essa vez. Por favor?

Seus pais ficaram em silêncio, olhando para a filha. Quando fizeram o colegial, ambos eram mais interessados em estudar que comparecer a eventos esportivos ou de dança. Thomas queria trabalhar num banco, e Ruth nunca tivera nenhuma aspiração em ser qualquer outra coisa que não dona de casa. Ele adorava a estrutura dos números e os procedimentos exatos; ela adorava o tempo que passava cuidando da casa e fazendo trabalhos voluntários para a igreja. Eles não desviaram do caminho que sabiam que os pais queriam que trilhassem; jamais avançaram nenhum limite.

Embora não fossem pessoas que demonstrassem afeto, amavam a filha e, até ela completar catorze anos, tinham imaginado que Kelli simplesmente se comportaria como eles tinham se comportado quando tinham a idade dela. Mas às vezes havia traços de maquiagem em seu rosto, quando voltava da escola, evidência de mau comportamento que ela não conseguira apagar por completo. Ruth disse a Thomas que isso era rebeldia normal da adolescência, que, desde que ela voltasse para casa, deveriam ser ficar agradecidos.

— Poderia ser pior — ela disse. — Bem pior.

Eles faziam o que podiam, é claro. Ruth só comprava blusas sem forma e calças mais largas possíveis para que Kelli usasse na escola. Considerava essas roupas uma espécie de armadura contra o exército de rapazes que certamente iriam tentar assediá-la se tivessem oportunidade. Os pais a mantinham ocupada com o grupo de jovens e os trabalhos na igreja e desencorajavam as atividades que poderiam tirá-la desse caminho.

— Não acho que seja uma boa ideia — Thomas disse finalmente. — Quem sabe numa outra ocasião, quando também pudermos ir com você.

Kelli concordou com a cabeça, sabendo que era inútil tentar convencê-los. Pelo menos pedira para ir, o que já era mais do que ela geralmente fazia. Os três terminaram de jantar em relativo silêncio e, depois de Kelli ter ajudado a mãe a arrumar a cozinha, seu pai as levou de carro para a igreja. Os pais de Kelli tinham aula de Bíblia naquela noite e ficariam reunidos com os outros participantes num canto do santuário, enquanto o grupo de jovens se juntava no porão.

Sua mãe lhe deu um beijo na testa e eles então seguiram caminhos diferentes.

— Nos vemos dentro de algumas horas — ela disse, e Kelli concordou com a cabeça, tentando imaginar se Deus ia castigá-la pela mentira.

✿

No momento em que Kelli chegou ao ginásio, o jogo já tinha acabado. Logo após seus pais terem desaparecido numa curva do corredor da igreja, ela escapulira pela porta lateral e andara o mais rápido que conseguira para chegar ao colégio. No meio do caminho, havia parado atrás de um arbusto de azaleias e tirado a blusa ridícula que vestira por cima do colante suéter cor-de-rosa de Nancy, o qual agora usaria novamente. Não havia nada que pudesse fazer a respeito das calças pretas que usava — seu jeans não ia servir por baixo delas e seus pais iriam desconfiar se ela levasse uma sacola ao grupo de jovens. Aplicou um pouco de batom vermelho nos lábios e soltou o cabelo, que estava preso num rabo de cavalo comportado na base da nuca, deixando-o cair sobre os ombros. Esperava que Jason ainda a achasse bonita. Esperava que ele pudesse beijá-la.

Ao chegar ao colégio, as pessoas saíam pelas portas altas do ginásio e se dirigiam para o estacionamento. Kelli procurou Jason entre a multidão, sabendo que seria fácil identificar o cabelo preto dele. Avistou Nancy e acenou para a amiga.

— Ah, meu *Deus*! — ela berrou. — Seus pais deixaram você vir?

— Não exatamente — disse Kelli, então contou a Nancy o que tinha feito.

— Você se meteu numa *tremenda* encrenca — observou Nancy, estourando o chiclete que tinha na boca e afofando os cachos pretos modelados com babyliss.

Kelli deu um suspiro.

— Não me importo. Estou doente de nunca *poder* fazer nada.

Os olhos de Nancy se arregalaram e ela sorriu, olhando sobre o ombro de Kelli.

— Oi, Jason — disse ela, dando um toquinho rápido no braço de Kelli.

— Oi — disse Jason, e Kelli então se virou para vê-lo. — Você perdeu o jogo — disse ele.

— É — Kelli tentou parecer indiferente. — Precisei ficar um pouco com os meus pais.

— Legal — disse Jason. — Quer dar uma volta?

— Claro — disse Kelli, e seu rosto ficou mais vermelho do que quando correra até a escola. Ela olhou para Nancy. — Eu ligo para você depois.

Nancy concordou com a cabeça, e Kelli deixou Jason pegar sua mão e a levar até a caminhonete verde dele. *Jason Winkler está segurando a minha mão!* Ela endireitou o corpo e levantou o queixo enquanto eles andavam, desejando parecer natural ao lado dele. Sentiu os olhos dos outros alunos em cima deles, e isso a fez se sentir importante. Sabia que seus pais iriam ficar furiosos com ela, mas, naquele momento, não importava. A única coisa importante era como Jason olhava para ela enquanto abria a porta da caminhonete. Como se a desejasse.

— Que gentil — ela comentou com uma melodia cadenciada em sua voz.

— Eu tento — disse Jason, sorrindo. Ele fechou a porta e deu a volta rapidamente pela caminhonete para entrar pelo lado do motorista.

— Para onde estamos indo? — ela perguntou, quando ele deu a partida no motor.

— Conheço um lugar onde a gente pode ficar conversando — disse ele. — Para nos conhecermos melhor.

Kelli sorriu e cruzou as pernas, enfiando as mãos entre as coxas. Seus músculos faiscavam de tanta excitação — ela iria ser a namorada de Jason, simplesmente sabia disso.

— Vocês ganharam o jogo? — ela perguntou, lembrando que lera na *Cosmo* que os garotos gostavam quando lhe faziam perguntas que fossem de interesse deles.

— Árrã — disse ele, saindo do estacionamento e entrando na avenida principal da cidade. — Setenta e quatro a sessenta e dois. Eu marquei vinte pontos.

— Uau — disse Kelli. — Eles têm sorte de ter você no time.

— Sou eu que tenho sorte — disse Jason. — Olhe só quem está na minha caminhonete hoje.

Kelli corou de prazer e deu um sorrisinho. Eles ficaram em silêncio durante algum tempo, ouvindo o rádio enquanto Jason deixava a avenida e se afastava da cidade. Uma pequena sensação de pânico invadiu o estômago de Kelli.

— Não posso ficar fora muito tempo — disse ela, mantendo a voz suave. — Meus pais não sabem que estou aqui.

Jason riu.

— Você fugiu?

— Mais ou menos — disse ela e olhou para a escuridão através da janela. — Então, para onde estamos indo?

— Para um lugar fora da estrada. — disse Jason. — É um lugar tranquilo e muito legal para ficar olhando as estrelas.

— Tudo bem — respondeu Kelli, mas olhou para o relógio. Tinha saído da igreja havia uma hora, o que significava que teria mais uma hora antes que o grupo de jovens terminasse e seus pais descobrissem que ela fugira.

— Não esquenta — disse Jason. — Eu levo você para casa... mais tarde. — Ele riu e ligou o sinal para sair da estrada, embicando num caminho de cascalhos sem identificação.

Kelli também riu, mas o som que saiu de dentro dela pareceu ter uma nota falsa. Jason virou num lugar entre duas árvores verdes e altas, desligou o motor e apagou os faróis. Kelli podia ouvir o canto alto dos grilos à volta deles e a ululação distante de uma coruja.

— Nossa — disse ela. — Está bem escuro aqui. Estamos no meio do mato.

Jason esticou o braço direito sobre a traseira do banco.

— Não se preocupa. Aqui é propriedade do meu pai. É completamente seguro. — Ele deu um tapinha com a mão ao lado dele. — Por que não chega mais perto? Eu posso te esquentar.

A expectativa se espalhou como faíscas pela pele de Kelli, e ela fez o que lhe fora pedido, inclinando-se contra Jason e deixando que o braço dele caísse por sobre seus ombros. A mão dele pendeu sobre o seio direito dela, a ponta dos dedos apenas roçando o suéter, e ela prendeu a respiração. Com certeza ele ia beijá-la.

— Estou feliz que você tenha vindo — disse Jason, pressionando a boca contra o ouvido dela. A respiração quente dele fez com que Kelli sentisse arrepios, uma reação que não entendeu. *Por que o calor me daria esse frio?*

— Eu também — disse ela, aconchegando-se junto dele. *Então é isso que é o amor*, ela chegou à conclusão. Jason não a teria levado até aquele lugar se não estivesse apaixonado. Ele não teria sentado ao lado dela na sala de aula, nem a convidado para sair. Talvez ele tivesse sentido algo por ela desde a época em que ela começou a gostar dele. Talvez ele também fosse para casa e se jogasse na cama, pensando em como seria beijá-la.

Corajosamente, ela virou a cabeça, de modo que eles ficaram se olhando. *Me beije*, ela pensou, e ele o fez, como se lesse a mente dela, colocando os lábios suavemente sobre os de Kelli. O corpo todo dela começou a vibrar, e Kelli sentiu que podia derreter ali mesmo, no banco do carro. Era *isso* o que as revistas falavam. Essa sensação, ali mesmo. Kelli não queria que aquilo acabasse.

Jason colocou a mão esquerda em cima da coxa dela, movendo-a para cima, tocando a barriga e os seios. Apertou uma vez, suavemente, então de novo, com mais força. Kelli se contorceu e afastou a boca da dele.

— Ai — disse ela.

— Desculpa — disse ele. — Não posso evitar. Você é muito gostosa. — Ele a beijou de novo, dessa vez empurrando a língua para dentro da boca dela e fazendo movimentos circulares. Kelli colocou as mãos no peito dele e tentou fazer com que Jason fosse mais devagar. As mãos dele de súbito estavam em todo seu corpo, deslizando por debaixo do suéter, afastando o sutiã. Os dedos de Jason tocaram sua pele nua, e Kelli foi tomada de novo pela sensação de estar derretendo inteira. Ele pegou a mão dela e a colocou em cima do zíper de seu jeans. Ela arquejou ao sentir a forma — ela sabia que aquilo ia acontecer. Ela sabia que, quando um garoto a amasse de verdade, ia desejá-la tanto assim.

Jason gemeu ao beijá-la, afastando as mãos do corpo dela por um instante enquanto tirava o jeans.

— Eu quero você — disse ele. — Eu te amo.

Ele me ama, pensou Kelli ao tirar as calças pretas e se deitar no banco. Jason abaixou-lhe a calcinha e pressionou o corpo contra o dela. Ela gemeu ao sentir a dor aguda quando ele entrou nela, apertando os dentes e tentando não chorar quando ele forçou uma vez, depois outra, e então estremeceu. Ele tinha acabado quase antes mesmo de começar, e Kelli tentou adivinhar se tinha feito alguma coisa de errado. Mas então Jason a beijou e deixou que ela acreditasse que tudo estava bem. *Ele me ama*, ela pensou de novo, então nada mais importava.

Ava

— *Ava, querida. Preciso que você venha até aqui.* — Eu ouvi a voz do meu pai no corredor, atrás da porta do meu quarto, e, mesmo querendo falar com ele, uma parte de mim pensou na possibilidade de ficar na cama, escondida. Seja lá o que estivesse acontecendo, não podia ser bom.

Ele abriu a porta.

— Ava? Você me ouviu? — Ele se aproximou da minha cama e colocou a mão nas minhas costas. — Preciso conversar com você e com o seu irmão, está bem? Vamos até a sala comigo?

— O que está acontecendo de errado? — eu perguntei, virando-me para olhá-lo. Minha voz parecia estar uma oitava mais alta que o normal. *Estou falando como a minha mãe.* — Me conta logo.

— Vou contar, querida — disse ele, e olhou para o chão. — Vamos para a sala; vou falar com você e com o seu irmão, juntos.

Sentindo como se alguém tivesse jogado chumbo no meu corpo, levantei-me da cama pesadamente e fui com ele para a sala de estar, onde a Grace estava sentada no sofá, ao lado de Max. Ela ainda estava usando as roupas com que fora trabalhar — calças pretas e uma elegante blusa azul —, mas tinha tirado o terninho e os sapatos, e seu cabelo ruivo estava despenteado, como se ela também tivesse acabado de se levantar da cama.

— Grace — disse meu pai. — Você se incomodaria se eu conversasse sozinho com as crianças por uns minutos?

Ela franziu a testa e suas sobrancelhas subiram, mas por alguns segundos apenas, antes de recompor o rosto a fim de parecer que não estava surpresa. Então concordou com a cabeça.

— Claro. Tudo bem. Vou estar na sala de televisão. — Ela se levantou e caminhou lentamente até a outra sala, virando-se para trás e olhando para meu pai com linhas de preocupação na testa. Eu podia jurar que ela pensava que fosse ficar, mas fiquei feliz que ele a tivesse feito sair.

Meu pai se sentou conosco no sofá, entre Max e mim. Sua pele parecia acinzentada.

— O que está acontecendo? — perguntei de novo. — A minha mãe está bem? — Meu sangue pulsava tão rápido por minhas veias que eu me senti tonta.

Ele respirou bem fundo.

— Não, querida. Não está. — Os olhos do meu pai se encheram de lágrimas, e eu coloquei a mão no peito para que isso me ajudasse a parar de respirar tão depressa. Eu nunca o tinha visto chorar. As palavras chegaram para mim em câmara lenta — tive de lutar contra a vontade de colocá-las de volta na boca dele e tapá-la com as mãos.

— Ela ficou doente — disse meu pai, segurando uma mão minha e outra do Max. — Doente de verdade. Tão rápido que nós nem nos demos conta.

— Mas ela está *bem* — Max disse rapidamente. — Ela está no hospital e os médicos vão cuidar dela e fazer com que a minha mãe melhore. Né? Porque é o *trabalho* deles. — A esperança na voz do meu irmão bateu em mim e apertou meus pulmões até que eu pensei que eles fossem explodir. *Não diga isso. Por favor. Não diga isso. Por favor. Por favor. Por favor.*

— Eu sinto muito, Max, mas eles não podem mais cuidar dela. Eles tentaram, mas... — A voz do meu pai falhou por um instante, antes de ele engolir em seco e quase sussurrar as palavras. — A sua mãe morreu hoje.

Max pulou do sofá e se esquivou com violência do toque do meu pai.

— Você é um mentiroso! — ele berrou. — Minha mãe não morreu! — Ele fechou os punhos e os músculos em seu pescoço se estenderam, rígidos. Meu pai também se levantou, ainda segurando a minha mão; eu olhei para o tapete, meus ombros tremendo. Ele me soltou e se aproximou de Max, mas meu irmão se encolheu e deu um salto para trás, como se meu pai tivesse tentado bater nele em vez de confortá-lo. Max disparou pelo corredor em direção ao quarto, soluçando.

As lágrimas começaram a escorrer por meu rosto. Meu corpo inteiro tremia; era como se uma corrente elétrica estivesse passando por ele. Eu não conseguia falar. *Isso não está acontecendo. Isso tudo é apenas um sonho horrível. Ainda estou deitada na minha cama, esperando meu pai voltar para casa. Vou acordar e tudo isso não vai ser verdade.*

Meu pai olhou para mim, desamparado, os olhos ainda brilhantes de lágrimas.

— Grace? — ele chamou e ela veio apressada da outra sala, parando de repente, ao me ver olhando diretamente para ela, então desviando o olhar depressa. Eu não a queria perto de mim. Queria que ela fosse embora.

— Pode ir — ela disse a meu pai, de um modo ou de outro sabendo o que tinha acontecido. Ela devia estar ouvindo tudo da sala de televisão; devia ter escutado tudo. Era uma casa pequena; não teria sido difícil de nos ouvir. — Está tudo bem.

Max estava aos prantos no quarto, um lamento agudo que atravessava as paredes. Meu pai se curvou e tocou meu rosto, afastando meu cabelo.

— Ava, minha menininha. Eu sinto tanto, querida. Isso tudo é muito triste.

Concordei com a cabeça rapidamente, mas não olhei para ele.

— Tudo bem se eu for falar com o seu irmão? — ele me perguntou, e eu fiz que sim com a cabeça de novo. Eu não sabia mais o que fazer. — A Grace vai ficar aqui, se você precisar dela. Eu vou estar logo ali no corredor, já volto. — Ele saiu e eu me sentei com a Grace, em silêncio, durante alguns minutos. *Ela sabia que a minha mãe tinha*

morrido quando nos buscou no colégio. Ela sabia e não nos disse nada.
Funguei um pouco, então levantei meus olhos para olhá-la.

— Eu não preciso de você — eu disse. — Eu *tenho* mãe. — Minhas palavras saíram frias. A fúria crescendo dentro do meu peito, tentando escapar pela garganta. Grace continuou imóvel, as mãos no colo. Toda a cor parecia ter fugido de seu rosto e ela piscou, mas sua expressão permaneceu inalterada. Ela não franziu a testa, não se contraiu; apenas ficou sentada, imóvel, e falou num tom de voz calmo e pausado.

— Claro que tem — disse ela. — Eu jamais tentaria pegar o lugar dela. Jamais. Mas posso estar aqui como amiga, se você quiser...

— Bom, eu não *quero*. — Eu me levantei, os braços tensos na lateral do corpo, os punhos fechados, as lágrimas escorrendo pelo meu rosto. — Eu te odeio! Eu queria que *você* tivesse morrido!

Grace arregalou os olhos verdes.

— Ava... — ela começou, mas, antes que ela pudesse continuar, eu me virei e corri para o quarto, bati a porta com tudo e a tranquei com firmeza atrás de mim.

Grace

— Estou nervosa — eu disse a Melody quando Victor sugeriu pela primeira vez que já era hora de as crianças me conhecerem. Estávamos namorando havia três meses. — E se elas me odiarem?

— Elas não vão te odiar — disse Melody, colocando as pernas esguias embaixo dela no sofá. Estávamos sentadas na sala de estar do seu apartamento com vista para a cidade na Queen Anne Hill, bebericando mojitos e mastigando batata frita com molho fresco que ela preparara para nossa noite de meninas semanal. — A melhor coisa que você pode fazer é deixar o Victor no comando e não forçar a barra.

— Forçar a barra como? — eu perguntei, pegando outro punhado de batata frita e mergulhando-o no molho. Depois de ter cozinhado para minha família quando era adolescente, eu havia perdido qualquer interesse ou entusiasmo por essa tarefa. Victor ria quando eu lhe dizia que minha ideia de preparar uma refeição agora consistia em esquentar corretamente um prato congelado de baixa caloria, mas minha melhor amiga realmente se orgulhava de suas habilidades culinárias.

Melody franziu o rosto ligeiramente, pensando antes de falar.

— Você sabe... Mostrar aquele tipo de simpatia exagerada com eles. Como se fosse uma líder de torcida feliz. "Ha-ha, eu sou a nova namorada do seu pai! Viva!" — Ela sacudiu algumas batatas sobre os ombros, ao lado da cabeça, como se fossem pompons.

Eu ri.

—- Então, nada de cambalhotas?

Ela sorriu e seus olhos castanho-escuros brilharam.

— Exatamente. Seja apenas você mesma. Vai levar um tempo até que eles gostem de você.

Ela tinha razão. Eu sabia. Mas Victor não tinha apresentado às crianças nenhuma das outras mulheres com que ele tinha saído desde o divórcio, então eu sentia uma enorme necessidade de causar boa impressão. Pensei em lhes comprar um presente, como quando se leva uma garrafa de vinho a um jantar como agradecimento ao anfitrião, mas eu não fazia ideia do que eles gostavam.

— Nada de suborno — Melody me orientou. — Crianças conseguem farejar bajulação a milhares de quilômetros. Além disso, a ex-mulher vai ficar louca da vida; e você não vai querer isso também.

Então, desarmada e com um pouco de medo, cheguei à casa de Victor num sábado de manhã, no final de outubro, pronta para enfrentar o pelotão de fuzilamento dos filhos dele. Subi os degraus da frente da casa, respirando fundo várias vezes antes de bater na porta.

— Eu atendo, papai! — exclamou a voz de um menino pequeno vinda lá de dentro, e então a porta se escancarou. Max ficou parado na minha frente, a mão ainda na maçaneta.

— Quem é você? — ele perguntou.

Eu lhe dei o que esperei ser um sorriso amigável, mas não muito exagerado.

— Sou a Grace, amiga do seu pai. Vou ao canteiro de abóboras com vocês hoje. — *Será que o Victor não tinha lhes dito que eu viria? Talvez Max não tenha boa memória.*

Ele ficou olhando para mim pelo que pareceu ser um minuto inteiro, antes de falar de novo.

— Você é maior do que a minha mãe — ele disse, então se virou e saiu correndo pela sala de estar e entrou na salinha de televisão, de onde eu pude ouvir o som alto de um desenho animado.

Maravilhoso. Eu não estava com excesso de peso de jeito nenhum, embora, de acordo com a tabela do meu médico, estivesse perto do limite máximo do que seria considerado meu peso dentro do normal. Exercícios físicos não ocupavam uma posição de destaque na minha lista de atividades favoritas, então eu tinha uma grande coleção de cintas modeladoras para criar uma ilusão de coxas e barriga mais firmes, mas no geral eu me sentia muito bem com meu corpo. Claro, eu já tinha visto fotografias de Kelli no quarto de Ava. Ela não devia ter muito mais que um metro e cinquenta e era quase tão magra quanto a filha, com seios desproporcionalmente grandes. (Falsos, eu presumi, já que dificilmente uma mulher de constituição pequena teria aquela ferramenta substancial naturalmente, mas não havia jeito de ter certeza.) Eu tinha confiança na minha aparência para não me sentir terrivelmente intimidada pela beleza dela; os homens sempre comentavam a respeito da atraente combinação dos meus olhos verdes e o cabelo ruivo cacheado, e Victor me dizia todos os dias o quanto eu era bonita. Não havia dúvidas quanto a isso. Mas, para uma mulher, não havia jeito de considerar a palavra "maior" como um elogio.

Eu entrei e Victor veio vindo do corredor.

— Desculpa — disse ele com aquele sorriso meio de lado que eu adorava. — Ele não teve a intenção de ser grosseiro.

— Tudo bem. Eu entendo. — Sorri e deixei que ele me desse um beijo rápido no rosto. Tínhamos combinado de não demonstrar qualquer tipo de afeição física na frente das crianças, mas tive de lutar contra a vontade de me atirar nos braços dele e fazer com que Victor me assegurasse de que as coisas iriam dar certo naquele dia. Espiei por cima do ombro dele.

— Onde está a Ava?

— Experimentando a quinta roupa. — Ele revirou os olhos. — Eu disse a ela que nós iríamos a um canteiro de abóboras, não a um desfile de modas, mas quem sou eu para discutir? Vocês, mulheres, mudam de ideia como mudam de roupa.

Max voltou correndo, vindo da cozinha, pulando no mesmo lugar com os dois pés, os braços parados ao lado do corpo.

— Papai! Tem sol! Podemos jogar futebol antes de ir? — Sorri, achando que Max era exatamente como Victor tinha me descrito: "um palhacinho saltitante, com energia suficiente para iluminar uma pequena nação".

Victor aproximou-se dele e se agachou, ficando na mesma altura dos olhos do filho. Max parou de pular.

— Acho que não vamos ter tempo, amigão — disse ele. — Temos um bom caminho até Snohomish, e é melhor não demorarmos muito. As melhores abóboras já terão sido vendidas.

— A mamãe já comprou abóboras pra gente no mercado.

Victor me olhou de relance e então voltou os olhos para Max.

— Bom, esse lugar não tem só abóboras. É também um zoológico, e eles vendem artesanato, objetos de arte e maçãs caramelizadas. Não parece divertido?

— Não — respondeu Max. — Posso levar meu videogame? Quero jogar Mario Kart.

Victor deu um suspiro e se levantou.

— Só enquanto estiver no carro.

Ava escolheu aquele momento para sair do quarto, entrando na sala de estar com passos intencionalmente lentos. Usava jeans skinny, um blusão esportivo azul e botas de borracha verdes de cano alto.

— Oi, Ava — eu disse com entusiasmo. — Eu sou a Grace. É muito bom finalmente conhecer vocês dois.

Ela fez um breve contato visual comigo e deu um pequeno aceno de cabeça antes de se aproximar do pai e abraçá-lo firmemente, enterrando a cabeça em seu estômago. Victor se inclinou e beijou o topo da cabeça dela, os lábios dele pousando em cima de uma das presilhas laranja fluorescente que ela usava.

Poucos minutos depois e entramos no SUV de Victor, nós dois conversando a respeito de abóboras e da festa de Halloween que vinha se aproximando. Eu me virei no banco para olhar para as crianças.

— Que fantasias vocês vão usar este ano? — perguntei, achando que era um assunto suficientemente neutro para começar a me enturmar com eles.

— Do Homem de Ferro! — sugeriu Max. — Com laser de verdade nas mãos! — Ele abriu a palma das mãos para mim, fazendo o som de tiros eletrônicos. — Pew! Pew!

Eu ri.

— Maravilha. Eu adorei esse filme.

— Adorou? — Max perguntou, um ar de dúvida em sua voz.

— De verdade. O Homem de Ferro é *o máximo*!

— Pew! Pew! — ele disse de novo, fingindo atirar em mim. *Vitória!*

— E você, Ava? — provocou Victor, olhando para a filha pelo espelho retrovisor. — O que vai usar na festa de Halloween?

Ava deu um suspiro, olhando pela janela.

— Não sei.

— É no fim de semana que vem — eu disse. — Você já tem alguma ideia? Talvez a gente possa te ajudar a escolher alguma coisa.

Ela olhou para mim, pressionando os lábios numa linha fina, e balançou a cabeça. Dei um pequeno suspiro por dentro, tentando imaginar por que ela estava sendo tão indiferente. Será que eu já tinha feito ou dito algo que a deixara aborrecida? Talvez ela simplesmente me detestasse sem razão nenhuma, apenas por eu ser uma outra mulher invadindo o tempo dela com o pai. Eu conseguia lidar melhor com crianças como o Max, abertas e tagarelas. Ou talvez porque ele fosse menino e eu sabia como meu irmão se comportava quando tinha a idade dele. Eu sabia como me relacionar. O silêncio de Ava estava me deixando extremamente desconfortável.

A tarde correu bem, considerando-se todas as coisas. Até fiz a Ava rir quando imitei a lhama que tinha cuspido em Victor por cima da grade do zoológico. Não levando em conta por um momento o conselho de Melody para evitar suborno, eu comprei maças caramelizadas cobertas com raspas de chocolates e paguei por uma foto envelhecida delas ao lado do pai, todos vestidos com roupas do Velho Oeste. Victor quis que eu também me fantasiasse e participasse, mas achei que uma foto de família seria exagero demais para um primeiro encontro. Tirei várias fotos dos três juntos naquele dia, planejando montar um pequeno álbum para dar às duas crianças como agradecimento por terem me deixado acompanhá-los. Voltei para meu apartamento depois que chegamos à casa de Victor, embora eu já estivesse acostumada a passar quase todas as noites na casa dele. E de maneira alguma eu iria assustar as crianças, dormindo na cama do pai delas.

No dia seguinte, fomos juntos para um brunch no IHOP, e depois passamos pela praia para pegar conchinhas antes de levarmos as crianças de volta à casa de Kelli.

Ela pareceu imediatamente desconfortável com a minha presença, muito embora Victor a tivesse preparado, dizendo-lhe que eu iria. Eu havia pedido para conhecê-la, achando que, se eu fosse mãe e meu ex-marido começasse a namorar alguém, eu certamente ia querer conhecer a pessoa que fosse passar algum tempo com meus filhos.

— Com o que você trabalha, Grace? — ela me perguntou. Sua voz vacilando ligeiramente ao falar. Seu corpo esguio estava vestido com a saia justa preta e a blusa branca que ela usava para servir as mesas no seu trabalho. As duas crianças se agarraram a ela depois de um fim de semana inteiro afastadas, e Kelli passou os braços protetoramente pelos ombros delas.

— Eu já lhe disse — interrompeu Victor, antes que eu tivesse a chance de responder, a voz trazendo uma pontada de aborrecimento que eu nunca ouvira dele.

— Você tem filhos? — Kelli continuou, ignorando o comentário dele.

Fiz que não com a cabeça, e um ar breve e presunçoso passou por seu rosto. Ela tentou escondê-lo com um sorriso rápido, mas foi tarde demais — eu já tinha visto. Eu não entendia por que tantas mulheres tinham tendência a sentir pena daquelas que simplesmente haviam escolhido outro caminho para trilhar. Mães que ficavam em casa contra aquelas que trabalhavam fora; mulheres que amamentavam contra as que usavam leite formulado; e a minha experiência pessoal: mulheres que tinham filhos contra mulheres que não tinham. Felizmente, não era a primeira vez que eu enfrentava a questão, então dei minha resposta padrão para suavizar as arestas espinhosas.

— Deve ser incrível ser mãe.

Ela amoleceu um pouco nesse instante, ao perceber que eu não pretendia mostrar que era uma mulher melhor ou mais bem informada porque tinha decidido me dedicar à carreira.

— É incrível mesmo — disse ela, movendo então o olhar para Victor, seus olhos de súbito mais escuros e intensamente mais azuis. — Eles são o que me impede de desmoronar.

Victor desviou o olhar.

— Precisamos ir — ele disse. Sorriu para as crianças e estendeu os braços para mais um abraço. Eles aquiesceram, passando os braços em volta do pescoço do pai, até que ele fingiu se engasgar. — Amo vocês, crianças. Nos falamos durante a semana.

— Te amo, papai! — gritou Max, virando-se e correndo para o interior da casa.

— Depois me conta como foi a prova de álgebra, está bem, gatinha? — disse Victor, e Ava concordou, enterrando a cabeça em seu pescoço, respirando fundo, como se estivesse tentando memorizar o cheiro dele. Victor se desprendeu com cuidado do abraço dela, e Ava então seguiu o mesmo caminho do irmão para dentro da casa com relutância.

Sorri para Kelli.

— Foi muito bom finalmente te conhecer — eu disse, mas ela só fez um gesto com a cabeça uma vez, brevemente, sem afastar os olhos de Victor. Um momento depois, deu meia-volta e fechou a porta.

— Ok — eu disse, um pouco trêmula ao andarmos em direção ao carro. — Foi tudo bem ou não? Eu não saberia dizer.

Victor sorriu e deu de ombros.

— Poderia ter sido pior — disse ele, estendendo o braço e pegando minha mão. Abri a boca para perguntar o que ele queria dizer com aquilo, mas fechei de novo, sem ter muita certeza de que eu, naquele ponto, realmente queria saber.

Quase exatamente um ano depois, ao ouvir a batida forte da porta do quarto de Ava, meu estômago se agitou ao pensar a respeito da dor que ela e Max estariam enfrentando. Eu tinha ficado um pouco magoada pelo fato de Victor ter me pedido para sair da sala quando lhes contou sobre Kelli — eu imaginara que faríamos isso juntos. Fazia sentido que ele tivesse preferido contar às crianças sozinho, mas desejei que Victor tivesse me falado alguma coisa no quarto, para que eu pudesse estar preparada. Assim as crianças não iriam ter a impressão de que ele estava me dispensando. Mas mesmo assim eu ouvira da sala de televisão cada palavra que fora dita. Eles estavam estraçalhados, e eu não tinha ideia do que poderia fazer para ajudá-los a enfrentar a situação. Eu mesma não sabia o que fazer para enfrentá-la.

— Grace? — Victor me chamou do corredor, arrancando-me de meus pensamentos. — O que aconteceu? — Ele devia ter ouvido a batida da porta de Ava. Seu rosto apareceu na virada do corredor alguns segundos depois de sua voz. Ele estava pálido e despenteado, como se não dormisse havia semanas. Eu não quis lhe contar o que sua filha me dissera. Ele já tinha muitas coisas com as quais lidar; não precisava de uma mulher de trinta e sete anos choramingando sobre ter sido magoada.

— A Ava precisa de um tempo sozinha no quarto dela, eu acho — acabei finalmente respondendo, dando um suspiro pesado. Não conseguia acreditar na exaustão que corria em meu sangue. Até meus ossos pareciam pesados.

Suas sobrancelhas escuras se juntaram e ele franziu a testa.

— O que você *disse* para ela?

— Nada! — respondi bruscamente, tentando manter a atitude defensiva que eu adotara separada da minha voz, mas falhando completamente. — Ela quer ficar sozinha. Ela está traumatizada, Victor. Eu não sou a mãe dela, nem uma terapeuta. Não sei o que estou fazendo aqui!

Os músculos de seu rosto relaxaram.

— Sinto muito. — A palavra soou como um sussurro. Um pedido de desculpas quase imperceptível.

Fiz que sim com a cabeça, segurando minha respiração em vez de falar. Não era culpa dele. Ele não tinha tentado me acusar. Ele se virou e, um momento depois, ouvi outra porta bater suavemente.

Deixei escapar o ar entre os lábios franzidos e me recostei pesadamente contra o encosto do sofá, pressionando a palma das mãos contra a testa. Era evidente que eu estava sendo uma intrusa — uma convidada totalmente indesejada. E aquela deveria ser a minha nova casa. Como iríamos construir uma vida juntos, depois disso tudo? E então um pensamento muito pior, um pensamento que eu afastei no momento em que ele ecoou por minha cabeça.

Talvez eu não devesse estar aqui de jeito nenhum.

Kelli

Kelli estava grávida de aproximadamente três meses quando ela e Victor ficaram lado a lado numa pequena igreja e trocaram os votos de casamento. A mãe de Victor, Eileen, ficou emocionada quando Kelli a convidou para ser sua dama de honra.

— Tem certeza que seus pais não podem vir, querida? — Eileen lhe perguntou quando saíram para comprar o vestido de noiva. Ela era uma mulher amorosa e, embora tivesse ficado um pouco preocupada com o fato de Victor e Kelli estarem se casando tão jovens, estava tão encantada por Kelli quanto seu filho. Eileen não tinha se casado depois que o pai de Victor os abandonara; ela havia trabalhado duro para criar Victor sozinha.

— Tenho — disse Kelli, apanhando um vestido da arara e segurando-o para que Eileen o visse. — Que tal este aqui?

— É lindo. Talvez muito rendado aqui — respondeu Eileen, passando os dedos pela borda do corpete. Ela olhou para Kelli com os mesmo olhos que dera a Victor. — Só espero que eles não se arrependam por perder tudo isso.

— Eles não vão se arrepender — disse Kelli, colocando o vestido de volta no lugar. — Nós não somos próximos. — Ela não falava com os pais desde que deixara a Califórnia e não podia sonhar em tê-los de volta em sua vida. De qualquer maneira, eles não iriam reconhecê-la. Kelli havia construído uma nova versão de si mesma desde que chegara a Seattle: borbulhante e divertida. Sabia que eles seriam uma grande lembrança de tudo o que dera de errado, dos erros que ela cometera e da dor que havia sofrido. Era mais fácil simplesmente dizer às pessoas que eles estavam afastados.

— Eu sinto tanto em ouvir isso — disse Eileen, dando um rápido abraço em Kelli. Quando se afastou, Eileen lhe deu um sorriso.
— Bem, você tem a mim agora, então já é alguma coisa.

Kelli sorriu e fez que sim com a cabeça, imaginando que Eileen se tornaria a figura materna que ela sempre desejara ter. Enquanto Victor ficava feliz em vê-la ao lado da mãe dele, também mostrava preocupação com o fato de Kelli nunca conversar com os próprios pais.

— Eles são sua família — disse Victor. — Você não sente falta deles?

— Você sente falta do seu pai? — Kelli retrucou, sabendo muito bem que Victor não queria ter nenhum tipo de contato com o homem que o abandonara. O argumento dela o atingiu em cheio, e Victor então deixou o assunto morrer.

Durante os primeiros anos, ser casada com Victor foi tudo que Kelli sempre sonhara. Ele mal podia esperar para ser pai. Colocava fones de ouvido na barriga dela todas as noites, tocando uma grande variedade de músicas para Ava: Talking Heads, Bach e Beatles.

— Nós ainda não sabemos do que ela gosta — disse Victor para Kelli. — Então precisamos deixar que ela ouça um pouco de tudo.

Ele também encostava os lábios na barriga de Kelli, dizendo para Ava que não via a hora de conhecê-la. Kelli adorava sentir cada chute e movimento que Ava dava em seu corpo, ligando para o obstetra algumas vezes por semana para se certificar de que tudo estava bem.

— Ela não se mexe há quase oito horas — Kelli contou ao médico uma vez, acordando-o às três horas da manhã. — Será que tem alguma coisa de errado com ela?

— Ela está dormindo, Kelli — respondeu o médico, com voz sonolenta, mas paciente. Estava acostumado ao pânico das mães de primeira viagem. Sabia o que dizer para acalmá-las. — Se ela não se mexer dentro das próximas horas, você me liga de novo, certo? Está tudo bem. Você tem uma linda menininha a caminho.

Kelli sabia que estava sendo paranoica, mas não podia evitar. Esse bebê significava o mundo para ela — ser mãe, esposa, viver o tipo de vida que sempre sonhara em ter. Trabalhou até o oitavo mês de gestação, quando sua barriga a impossibilitou de carregar bandejas pesadas no restaurante.

— Tudo bem se eu ficar em casa com ela? — Kelli perguntou a Victor. — Vai ficar tudo em ordem?

Victor lhe deu um sorriso, aproximando-se a fim de colocar a mão em concha na barriga dela.

— Vai ficar um pouco apertado, mas acho que podemos dar um jeito. Talvez eu tenha de trabalhar alguns turnos a mais para equilibrar as coisas.

Ela concordara com a cabeça, não querendo nada mais da vida além de ficar horas embalando sua filhinha, amando-a e não a deixando longe de seu olhar. Quando o trabalho de parto começou, o médico a avisou que ainda poderia ser um tempo longo, mas Ava chegou apenas quatro horas depois. Ava gritou em cima do peito nu de Kelli, e então Kelli chorou. Eileen, que Kelli escolhera para assistir ao parto, chorou também, abraçando Victor quando os dois olharam para aquele pequeno milagre. Eles eram uma família.

Não muito tempo depois de Ava ter nascido, Kelli começou a sentir falta da própria mãe; o desejo de conversar com ela tornou-se uma dor palpável em seu peito. Poucas semanas depois, tomou coragem para ligar e contar a seus pais a respeito da neta.

— Ela é perfeita — disse Kelli para a mãe, que havia atendido o telefone. — Você quer... — A voz dela falhou e ela teve de começar de novo. — Vocês gostariam de vir conhecê-la? — Kelli tentou imaginar como seria dividir Ava com seus pais. De ver a alegria e o orgulho no rosto deles quando vissem a linda vida que ela criara com Victor.

Sua mãe ficou quieta por um momento. Kelli podia ouvir a respiração dela, um som meio rouco, como se ela estivesse resfriada.

— Acho que vai ser um pouco difícil — ela disse, finalmente. — E você sabe como seu pai não gosta de viajar.

Enquanto sua mãe falava essas palavras, a porta que havia se aberto apenas ligeiramente dentro de Kelli se fechou bruscamente. Fora um erro ligar, um erro acreditar que alguma coisa mudara. Assim que desligou o telefone, Kelli engoliu as lágrimas, enterrou sua dor e voltou toda a atenção para outra direção: Ava, sua filha linda e perfeita, que ela sabia que amaria não importava o que acontecesse. Adorava amamentar, olhar os seus próprios olhos azuis encarando-a de volta, sentir o calor do corpo da filha aconchegada contra a sua pele. Apesar de ficar emocionada com o fato de Victor querer ser um pai participativo, relutava em deixá-lo trocar a fralda da filha, ou niná-la para fazê-la dormir. Durante o primeiro ano de vida de Ava, Kelli não se afastou e jamais a deixou com babá alguma. Nem mesmo com Eileen, que se ofereceu algumas vezes para cuidar da neta.

— Você precisa sair — ela disse a Kelli. — Ter uma tarde livre num spa ou almoçar com suas amigas.

— Eu não consigo ficar longe dela — Kelli disse, colocando as mãos em concha em volta da cabeleira escura de Ava. — Por que você não almoça aqui e fica com ela enquanto eu preparo alguma coisa? — Ela não queria que a sogra achasse que fosse falta de confiança. Não era isso de jeito nenhum. Havia algo mais profundo dentro de Kelli que fazia com que se afastar de Ava fosse uma tarefa impossível. Algo que ela ainda não estava pronta para explicar.

Então, uma tarde, quando Ava tinha apenas treze meses, Victor ligou em pânico para Kelli.

— Minha mãe sofreu um AVC — ele disse. Suas palavras estavam encharcadas de lágrimas. — Eu estou no hospital.

— Ah, não! — disse Kelli. — Ela vai ficar bem?

— Não — ele soluçou. — Ela morreu.

— Ah, querido — ela fechou os olhos, de súbito arrependida por não ter deixado Eileen passar mais tempo com a neta. — Eu sinto muito. — Ouvi-lo chorar daquele jeito fez com que Kelli ficasse transtornada. Ela não sabia lidar com aquele tipo de dor; tinha mais prática em fingir que a dor não existia.

Enquanto Victor tentava superar a perda da mãe, Kelli seguiu tocando a vida, tentando ganhar coragem para conversar com as outras mães no parquinho, querendo fazer amizade, mas se sentindo meio desajeitada e tímida, preocupada que não fossem gostar dela porque era muito jovem. Todas pareciam tão confiantes umas com as outras e com os filhos — Kelli tinha medo de não se encaixar.

Então, numa tarde, uma mulher ligeiramente acima do peso e com o cabelo preto meio desarrumado se sentou no banco ao lado de Kelli enquanto Ava brincava.

— Oi. Eu sou a Diane — disse ela. — E aquele é o Patrick. — Apontou para um menino um pouco mais velho que Ava, que subia no brinquedo de barras.

Kelli sorriu gentilmente e se apresentou.

— Nós acabamos de comprar uma casa na Lilac Street — Diane explicou. — Eu quis trazer o Patrick aqui para ver como era.

— Lilac Street? — disse Kelli. — Mas é onde moramos! Você comprou a casa ao lado da nossa! — Eles estavam na casa havia poucos meses; Eileen a deixara para Kelli e Victor no testamento. Um verdadeiro presente, já que a hipoteca seria quitada em apenas cinco anos.

— Olha, quem diria? — disse Diane. — Acho que nossa amizade estava destinada a acontecer.

Kelli sorriu. Diane era uma mulher comum — não usava maquiagem, e seu moletom cinza tinha o que parecia ser uma mancha vermelha no braço —, e Kelli gostou dela imediatamente. Fazia com que se lembrasse um pouco de Nancy, sua melhor amiga no colegial. Por um instante, tentou imaginar o que teria lhe acontecido, mas se conformou com a ideia de que provavelmente nunca saberia. Nancy fora mais uma perda.

Mas, agora, ter uma amiga morando ao lado ajudava os dias a passarem mais rapidamente. Pelos anos seguintes, ela e Diane passaram quase todas as manhãs juntas, deixando as crianças brincarem, conversando sobre os maridos e fofocando a respeito das outras mulheres no parque. Victor trabalhava muito no restaurante, mas Kelli fazia tudo que podia para lhe dar uma vida maravilhosa. Cozinhava, limpava a casa e se certificava de que sua cerveja favorita estivesse sempre na geladeira. Fazia longos passeios com Ava, a fim de manter a boa forma o suficiente para poder usar a lingerie rendada que ele amava. Ele adorava o corpo dela; tocava-a gentilmente e se concentrava no prazer dela tanto quanto no seu próprio. Ainda ficavam abraçados todas as noites, falando baixinho a respeito dos próprios sonhos.

— Acho que talvez eu tenha um investidor para abrir o restaurante no ano que vem — Victor lhe disse uma noite, quando Ava tinha cinco anos.

— É mesmo? — disse Kelli, quase resvalando para o sono. — Quem?

Victor então lhe contou a respeito de um cliente habitual que ele acabara conhecendo: um executivo da Amazon que estava querendo apoiar um negócio na cidade.

— Fomos hoje olhar um local no centro — Victor lhe contou. — É perfeito. Mal posso esperar para te mostrar.

Kelli também adorou o espaço e, antes que se desse conta, Victor já tinha assinado os documentos e juntos começaram a planejar o projeto. Era aquilo que eles tinham conversado naquela primeira noite em que ele a levara para casa após o trabalho. Não estavam construindo um restaurante juntos; estavam construindo um futuro. Estavam construindo o resto da vida deles. Assim que Ava entrou para a escola, no ano seguinte, Kelli imaginou que trabalharia durante o dia no Loft, ajudando Victor nessa conquista. Poderia servir as mesas ou trabalhar como recepcionista. Seja lá o que Victor quisesse, ela faria. Mas, exatamente quando Victor dava continuidade com a papelada para a reforma do espaço, Kelli começou a sentir enjoos matinais, da mesma maneira que sentira aos vinte anos.

— Será que você está grávida? — perguntou Victor quando Kelli veio tropeçando do banheiro na manhã em que eles deviam se encontrar com o empreiteiro da reforma.

— Acho que sim — respondeu Kelli, balançando a cabeça. — Minha menstruação está atrasada faz algumas semanas. — A princípio, ela não ficara muito preocupada com o atraso. Sempre fora um pouco irregular, principalmente quando estava abaixo do peso.

Um lampejo de pânico passou pelos olhos acinzentados de Victor, mas desapareceu tão depressa quanto surgiu.

— Talvez seja um menino — disse ele com voz suave.

— Espero que sim — disse Kelli no momento em que Ava, vinda do corredor, entrou correndo no quarto deles e pulou na cama com Victor.

— Papai! — ela berrou, atirando os braços em volta do pescoço dele.

— Nossa! — disse ele, enquanto Ava o abraçava. — Onde é o incêndio, menininha?

Ela se afastou e então o olhou seriamente.

— Não tem incêndio nenhum — disse ela. — Mas se tivesse, eu chamaria os bombeiros, e aí seria *se jogue no chão e role*, como a minha professora ensinou na escola.

Victor beijou o rosto de Ava.

— Muito bom. Como você consegue ser uma menina assim tão esperta?

Ava deu de ombros.

— Não sei. Eu só sou.

Kelli sorriu ao observá-los juntos. Não conseguia se lembrar de seu pai jamais a segurando por tanto tempo ou com tanto carinho. Juntou-se a eles e deu um beijo em Ava.

— Adivinhe, querida? — disse ela. — A mamãe pode estar com um bebê na barriga. Você vai poder ser a irmã mais velha.

Ava ficou em silêncio durante alguns instantes, então olhou para Victor e depois para Kelli.

— Um bebê *menina*?

— Talvez — disse Victor. — Mas também pode ser um menino.

— Eca — disse Ava, franzindo o lindo rosto. — Se for menino, dá pra devolver? — Kelli e Victor riram e ficaram abraçados com a filha na cama.

Um teste logo confirmou que sim: Kelli estava grávida de novo. Quando ela começou a se sentir mais disposta, continuou ajudando Victor a preparar a inauguração do restaurante. Convenceram o melhor amigo de Victor, Spencer, do restaurante onde todos haviam trabalhado, a ficar com eles, promovendo-o de sous chef para chef executivo. Victor e Spencer montaram o cardápio enquanto Kelli se encarregava da decoração. Ela não entrou tanto em pânico durante essa gravidez. Sabia o que esperar. Max nasceu depois de um trabalho de parto rápido, apenas alguns dias antes de o Loft abrir as portas. O dinheiro estava curto e Victor sabia que teria de passar mais tempo no restaurante, diferente da época de seu trabalho anterior.

— Eu vou ficar bem — Kelli lhe disse quando ele segurou o bebê embrulhado num cobertor azul de flanela. — A Diane pode me ajudar, e a Ava já está com quase sete anos. Ela pode me ajudar também. — Mas então, inexplicavelmente, ali mesmo no quarto da maternidade, ela começou a chorar, de súbito sentindo saudades de sua mãe de um jeito como nunca sentira antes. Queria uma mãe como Eileen — alguém que acalentasse e ajudasse a cuidar do neto recém-nascido. Queria uma mãe que a amasse profunda e incontrolavelmente, da maneira como Kelli amava os filhos. Como seus pais podiam não querer vê-la? Kelli tentou imaginar se eles estavam simplesmente aliviados com sua partida, assim não precisavam se lembrar do que ela os fizera passar. Tentou imaginar se haveria um tempo em que eles pudessem querê-la de volta.

Vendo suas lágrimas, Victor ficou visivelmente tenso.

— Tem certeza que vai ficar bem?

Uma enfermeira entrou naquele momento, Ava atrás dela.

— É apenas um descontrole hormonal — ela disse a Victor. — É completamente normal. — Kelli sentia que era algo mais profundo, mais traiçoeiro, mas desejou que a enfermeira tivesse razão.

Ava se aproximou de Kelli correndo, pulando na cama para abraçar a mãe.

— É uma menina, né? — ela perguntou, animada.

Eles haviam lhe contado, assim que fizeram o ultrassom, que ela ia ter um irmãozinho, mas Ava continuara convencida de que, se desejasse firmemente, teria a irmã que tanto queria.

— Ah! Que droga! — ela disse quando Victor lhe falou de novo que Max era um menino. Ela olhou para a mãe, preocupada. — Mas você ainda me ama, né? Eu sou sua filha favorita.

— Claro que é — disse Kelli com um sorriso. Então secou o rosto para apagar qualquer traço de tristeza. — E o Max é meu filho favorito.

— Há — Ava deu de ombros. — E o papai?

Kelli olhou para Victor, ainda sorrindo.

— O papai é o meu homem favorito no mundo inteiro. — Victor lhe entregou Max como se o filho fosse um frágil pedaço de vidro. Naquele momento, Kelli decidiu que o amor que vira nos olhos de Victor seria o suficiente e soube que, depois de tudo o que fizera de errado, essa era a vida mais perfeita que poderia ter.

Grace

Depois que Victor saiu da sala para consolar Ava e Max, eu me sentei no sofá, olhando para a parede no alto da lareira, esperando. Esperando o quê, eu não tinha muita certeza. Talvez para ver se eles iriam me pedir ajuda, embora não soubesse que tipo de ajuda eu poderia oferecer. Era evidente que Ava não queria nada comigo, e de certo modo eu não a culpava. Ela havia sofrido a maior perda de sua vida, e uma mulher que ela via apenas duas vezes por mês com certeza não seria a pessoa a quem ela iria recorrer em busca de segurança emocional.

— A Ava sempre foi um pouco difícil de ser conquistada — Victor me dissera numa noite, no último mês de janeiro. Ele tinha deixado as crianças na casa da mãe delas e eu lhe falara da minha sensação de que, não importava o que eu fizesse, Ava estava determinada a não gostar de mim.

— Vai levar algum tempo até que ela amoleça — Victor me explicou. Ele colocou a mão em cima da minha. — Não fique achando que isso é pessoal. O problema é com ela, não é com você, tudo bem? Ela vai chegar lá.

Eu concordei com a cabeça, mas era realmente impossível *não* levar o caso para o lado pessoal. Embora eu achasse que Ava provavelmente teria tratado qualquer mulher que tivesse se aproximado do pai dela da mesma maneira, uma parte de mim se preocupava com o fato de que ela tivesse sentido minha apreensão em querer conhecê-los e simplesmente estivesse mantendo distância. Talvez eu só precisasse lhe dar mais tempo.

Agora eu estava sentada no sofá, enquanto Victor ia de um quarto para outro tentando consolar as crianças, entregues ao choro, e pensei a respeito do papel que teria de desempenhar na vida delas. Meu corpo ficou tenso com a possibilidade de ser obrigada a me envolver nos deveres diários que o fato de tê-las morando conosco acarretariam — lições de casa, refeições, as inevitáveis brigas. Eu não tinha certeza se podia fazer isso, mas não conseguia me imaginar fugindo, deixando meu noivo e seus filhos se virando sozinhos no meio da dor. Talvez, e o mais importante, eu não quisesse mesmo tomar essa atitude. Eu queria ser uma pessoa melhor que isso.

De súbito me lembrei de uma conversa que eu havia tido com uma mulher com a qual trabalhara quando estava com vinte e tantos anos. O nome dela era Barb e ela tinha acabado de voltar da licença-maternidade após ter tido o quarto filho. Ela não parava de falar sobre como adorava ter aqueles três meses de folga para ficar com os filhos.

— Você não se sente esgotada? — eu lhe perguntei. — Com quatro filhos? — Eu pensei em como fora difícil ajudar a cuidar apenas de Sam e não conseguia me imaginar fazendo o mesmo com mais *outras* três crianças com as quais me preocupar. Na verdade, a ideia me deixava ligeiramente indisposta. Eu imaginava bebês rolando e caindo do sofá, marcas de pé nas paredes, crianças pequenas correndo para a porta da frente e saindo para a rua antes que eu pudesse impedi-las.

Barb riu da minha pergunta.

— Claro que sim. Quando todos eles estão berrando e querendo alguma coisa, sinto como se eu pudesse explodir se um deles fizer mais um único barulho. — Ela fez uma pausa e me deu um sorriso sonhador. — Mas não se sabe realmente o que é o amor até se tornar mãe. Você não consegue entender isso até que tenha o seu próprio bebê, mas é o sentimento mais intenso do mundo. Faz com que todos os minutos da parte difícil valham a pena.

Estremeci um pouco quando Barb me disse isso, foi como se ela tivesse sugerido que um coração como o meu era de alguma maneira anormal porque eu não tinha tido filhos. Eu não me *achava* menos capaz de sentir amor. Mas esses comentários fizeram com que eu me questionasse e tentasse imaginar se, ao renunciar a maternidade, eu estaria perdendo alguma coisa que faria de mim uma pessoa melhor. Barb trabalhava período integral e tivera quatro filhos, então não fora o caso ela ter de sacrificar a carreira porque era mãe. Trabalhei com inúmeras mulheres que davam conta da carreira e da família — não era que não fosse *possível* ter as duas coisas; era eu quem achava que não ia *conseguir*.

Melody parecia ser a única pessoa que realmente entendia como eu me sentia.

— Acho que ou você tem o gene da maternidade ou não tem — ela me disse uma vez, quando estávamos falando a respeito do avanço do seu relógio biológico. — É provavelmente como saber se você é gay ou não. Você simplesmente *sabe*.

— Excelente — eu disse, rindo. — Meu irmão tem o gene da homossexualidade, e eu *não tenho* o gene da maternidade. Pobre da minha mãe. — Eu sabia que minha mãe se esforçava para aceitar o fato de que provavelmente nunca seria avó, e ultimamente eu me sentia responsável por privá-la dessa experiência. Mas nem mesmo um implacável caso de culpa filial era o suficiente para me convencer de que eu seria uma boa mãe. Eu já tinha decidido tentar resolver meus medos quando conhecera Victor. E agora ele estava sozinho com Max e Ava, não era justo me afastar. Não era justo para mim, não era justo para Victor; e definitivamente não era justo para as crianças.

Olhei para o relógio na parede, ao lado da estante de livros. Já eram quase dez horas; o tempo passara voando. Victor ainda estava com as crianças — os gritos delas eram tão selvagens que o som me alcançava e esmigalhava os músculos do meu peito. Eu me lembrei das clientes, quando vinham pela primeira vez à Segunda Chance, o sofrimento dilacerando-as por dentro. Era impossível penetrar na profundidade da dor que elas sentiam, como era impossível agora sentir a dor de Max e Ava.

Eu me levantei do sofá e caminhei até a nossa cama, o corpo dolorido de tanto cansaço. Tomei um longo banho quente, entrei debaixo das cobertas e tentei me distrair com o programa de Jon Stewart enquanto esperava por Victor. Não achei que pudesse dormir, mas pouco depois acordei com meu ombro sendo sacudido gentilmente, a televisão ainda ligada.

— Você se incomoda de ir para o outro quarto ou dormir no sofá? — Victor sussurrou. — Eu sinto muito, mas acho que talvez as crianças possam pegar no sono se ficarem aqui na cama comigo.

Pisquei algumas vezes e olhei para o relógio. *Meia-noite*. Fiz que sim com a cabeça.

— Claro — eu disse, minha voz saindo como pedaços de cascalho. Procurei o controle da televisão e a desliguei. — Está conseguindo segurar a barra?

Ele deu de ombros.

— Não sei. — Sua voz estava irregular. Ele também havia chorado. — Só estou tentando apoiá-los. Não há nada mais que eu realmente possa fazer.

Eu me endireitei na beirada da cama e coloquei meus braços em volta dele, descansando meu rosto em seus ombros.

— Eu te amo. — Não sabia mais o que dizer.

Ele se afastou e me deu um beijo suave.

— Estou feliz por você estar aqui.

— Eu também — eu disse, me encolhendo ligeiramente enquanto me levantava para ir dormir no sofá, tentando imaginar se proferir aquelas duas pequenas palavras tinham me transformado em uma mentirosa.

Ava

Eu não conseguia respirar. Fiquei deitada na cama, as lágrimas deslizando por minhas bochechas, meus pulmões inchados sob minha caixa torácica. Respire, eu ordenei, e eles deixaram entrar um pouquinho de ar. A mamãe morreu. Meu Deus, ela morreu.

Meu pai entrou no quarto e se deitou a meu lado. Pressionou o corpo contra o meu, passando o longo braço por meu peito e enterrando o rosto no meu pescoço.

— Eu sinto muito, menininha — ele sussurrou, as palavras abafadas pelo meu cabelo.

Balancei a cabeça, esfregando meu rosto de um lado para o outro no travesseiro. Queria gritar para que ele me deixasse em paz, que saísse dali e fosse ficar com a Grace. *Me deixe em paz, me deixe em paz.* As palavras batiam na minha cabeça num ritmo barulhento, mas eu não podia pronunciá-las em voz alta. Tudo o que eu podia ver era o rosto da minha mãe; tudo o que eu podia sentir era uma dor no peito, a sensação aguda e cortante do que pareciam ser milhares de pequenas agulhas espetando minha pele.

— Vou ver como está o Max, está bem, querida? — disse meu pai. A voz dele também estava frágil, como se ele também fosse desabar. Eu podia ouvir meu irmão através da parede, o som agudo e sufocado dos gritos dele. — Já volto.

Eu não conseguia falar. Não havia palavras. Ele fechou a porta silenciosamente atrás de si, e então eu abri a boca inteira, me sentindo cada vez mais sufocada por dentro. Eu queria berrar. Estava desesperada para tirar aquela dor do meu corpo, mas nenhum som conseguia sair. Somente lágrimas.

Ela tinha partido. *A mamãe tinha partido.* Ela nunca mais ia me abraçar, nunca mais ia dizer que eu era bonita e inteligente. Uma exibição de slides passava por minha mente, uma imagem atrás da outra: mamãe se deitando na cama comigo à noite, massageando minhas costas, cantarolando baixinho uma canção de ninar para me ajudar a dormir. Mamãe de pé na frente do fogão, mexendo a sopa de galinha com limão que ela preparava quando um de nós estava doente. Mamãe rindo, a boca escancarada e os olhos azuis brilhando; mamãe aninhada na cama, Max de um lado e eu de outro. Mamãe chorando, nos contando que papai não ia mais voltar para casa. Contando que estávamos sozinhos. Mamãe me abraçando hoje de manhã, dizendo que me amava muito.

— Mamãe — eu gritei, a palavra rangendo na minha garganta como se houvesse lâminas rasgando a pele. — Por favor, mamãe, *não*. — Como ela podia ter partido? Estar presente num minuto e desaparecer no minuto seguinte? Não era verdade. Não *podia* ser. Ela estava bem *aqui*. Ela estava aqui essa *manhã*. Mas havia alguma coisa de errado com ela. Ela estava se sentindo tonta, e eu deixei que ela me convencesse de que estava tudo bem. Eu devia ter percebido. Devia ter pressentido que alguma coisa estava realmente errada. Devia haver alguma coisa que eu pudesse ter feito. Eu poderia ter feito com que ela fosse ao médico. Poderia ter contado a Diane que ela não estava se sentindo bem. Mas em vez de tomar alguma atitude, fui para a escola. Eu nem lhe dei um beijo de despedida quando ela nos deixou lá. Não queria que os outros alunos vissem e achassem que eu era um bebê, como o Max. Agora ela nunca mais ia me beijar. Não ia me ajudar a me arrumar para o meu primeiro encontro, nem escolher meu vestido para o baile de formatura. Não ia me levar à faculdade ou me ensinar a usar delineador nos olhos, como ela havia prometido fazer quando eu completasse dezesseis anos. Ela não ia nem estar aqui quando eu completasse dezesseis anos. Eu estaria sozinha. Sem mãe. Eu me senti como se estivesse caindo de um penhasco, agitando os braços à procura de um galho para me segurar. Alguma coisa, qualquer coisa para me salvar.

Isso não pode ser verdade. O hospital cometeu um erro. Eu teria percebido se ela estivesse assim tão doente. Eu teria sabido. Eu tinha percebido que ela não estava feliz naquela semana, talvez até um pouco mais reservada que o habitual, mas ela não parecia estar *morrendo*. Vinha agindo de modo meio estranho desde segunda-feira, quando fora nos buscar no colégio, as manchas pretas abaixo dos olhos e as marcas vermelhas no rosto e pescoço evidenciando lágrimas recentes. Max não reparou, mas eu reparei. Esses sinais tinham ficado mais familiares para mim que o sorriso dela.

Ela nos levou de carro até o treino de basquete no Clube de Meninos e Meninas e, quando nos sentamos na arquibancada, observando meu irmão correr de um lado para outro na quadra com seus amigos, tomei a mão dela na minha.

— O que aconteceu? — eu lhe perguntei. Ela me contava, de vez em quando, o que a estava aborrecendo. Que se sentia sozinha ou que tinha medo de não conseguir dinheiro suficiente para pagar as contas. Agora ela ficou quieta, mas eu insisti.

— Eu só estou com uma porção de coisas na cabeça — ela respondeu. — Tive uma conversa com seu pai hoje.

— Sobre o quê?

— Coisas de gente grande — disse ela, e eu não pude deixar de revirar os olhos um pouco. Eu vinha lidando com as consequências dessa história de "coisas de gente grande" a respeito do meu pai havia bastante tempo. Eu a confortava quando ela chorava e me certificava de que ela saísse da cama nas semanas seguintes depois de ele partir. Ficava irritada com o fato de ela viver oscilando entre tentar ser minha mãe e agir de modo tão impotente. Forte num minuto e então se desmanchando em lágrimas no minuto seguinte. Aquilo me deixava tensa, sem nunca saber que versão dela eu teria. Sentia falta da mãe que ela costumava ser, a mãe que eu tinha antes de meu pai ir embora.

— Ele me pediu para não lhe contar nada — disse ela, e senti meu estômago se contrair. Mesmo que não estivesse fazendo de propósito, eu detestava quando ela dizia coisas que faziam com que meu pai ficasse parecendo o vilão da história. De súbito, louca de raiva, larguei a mão dela e me concentrei em observar Max tentar um drible. A bola acertou a ponta do tênis dele e ricocheteou pela quadra.

— Deixa comigo! — ele berrou, acenando para os companheiros de equipe. — Eu pego! — Ele conseguiu apanhar a bola, tentou outro drible e ela bateu no bico do tênis de novo.

O técnico gritou para que ele passasse a bola, mas Max não lhe deu atenção. Em vez disso, correu atrás dela, recuperando-a para então arremessar em direção ao alvo.

— É isso... cesta! — ele gritou quando a bola finalmente entrou no aro e fez uma pequena dança de vitória na quadra. Observando-o, não pude deixar de sorrir.

Tentei imaginar o que meu pai não queria que minha mãe me contasse, mas realmente podia ser qualquer coisa. Mandei uma mensagem de texto para Bree: "Minha mãe é um saco", e ela me respondeu: "A minha idem".

Minha mãe me cutucou enquanto eu tentava escrever.

— Ei! — disse ela. — Você está brava comigo?

— Não — respondi, sem encará-la. — Só estou olhando o Max.

— Não, você não está olhando o Max. Está mandando uma mensagem no celular. — Ela tentou pegar meu telefone. — Eu quero que você converse comigo.

— Meu *Deus*, mãe — eu disse, afastando o celular para que ela não pudesse pegá-lo. — Não estou com vontade de conversar, ok? Está *bem* para você? — O rosto dela se contorceu e as lágrimas encheram seus olhos e imediatamente eu me senti horrível. Dei um suspiro e coloquei meus braços em volta dela. — Desculpa. Eu só estou cansada.

Ela inclinou a cabeça no meu ombro e secou os olhos.

— Eu também, menininha. Eu também.

Será que ela *sabia* que estava doente, então? Eu tentava adivinhar agora, deitada na cama, chorando. Será que ela queria que meu pai nos contasse em vez de ela própria, porque ele era melhor em lidar com esse tipo de coisa? Talvez minha mãe soubesse que havia algo de errado com ela quando estávamos naquela arquibancada dura. Talvez ela quisesse que eu a *fizesse* contar, arrancar dela seja lá o que fosse, como eu já tinha feito inúmeras vezes, quando ela estava aborrecida. Eu a desapontara, ficara irritada e a ignorara. Eu devia ter dito a meu pai que alguma coisa estava errada. Devia ter ligado e lhe contado o quanto ela estava triste, como ela não vinha dormindo e como chorava durante a noite. Eu não tinha feito nada disso e agora ela estava morta.

A dor de súbito inflou, me pressionando por dentro. Eu rolei na cama, tentando escapar da pressão.

— Não, não, *não* — eu gritei e, sem aviso, a dor explodiu, rasgando os músculos no meu peito e saindo pela boca. Gritei no travesseiro, as lágrimas quentes esquentavam meu rosto. Soquei a parede, mal registrando o som oco de meu punho fechado contra ela, então bati de novo e de novo. Meus gritos raspavam a minha garganta mais e mais, até que meu pai finalmente entrou correndo no quarto.

— Ava, querida — ele disse, envolvendo-me com seu corpo, tentando me segurar.

Tentei lutar com ele, querendo me afastar, mas não havia jeito. Ele era forte demais e não ia me largar.

— Eu estou aqui, querida — ele disse. — Está tudo bem. Tudo vai ficar bem.

— Não! — eu gritei de novo, mas ele apenas me segurou com mais força. Solucei de novo, a dor escorrendo para fora, meu corpo se derretendo no abraço do meu pai, minha mente ainda sabendo que ele estava errado.

Sabendo que, não importava o que ele dissesse, nada mais voltaria a ficar bem.

Grace

De manhã, eu não quis deixar Victor sozinho com as crianças, mas também não tinha certeza de que tipo de ajuda — se é que havia alguma — eu poderia lhe dar. Max comeu um pouco de cereal de chocolate, mas o restante de nós não quis comer nada. Tínhamos manchas escuras enormes abaixo dos olhos e ninguém falou muito. Ava nem me dirigiu o olhar. As crianças foram assistir a desenhos animados barulhentos na sala de televisão, enquanto Victor e eu tiramos um tempo para conversar no quarto. Nós nos sentamos na cama, as mãos dele cobrindo as minhas.

— Desculpa por ter sido ríspido com você ontem à noite — disse ele

— Está tudo bem. — Eu lhe dei um sorriso cansado. — Tem alguma coisa que eu possa fazer?

— Não sei. — Ele soltou um suspiro, os olhos se enchendo de lágrimas. — As crianças estão completamente aniquiladas, Grace. Eu me sinto tão impotente... Tenho de ficar aqui para ajudá-las, mas preciso ir à casa delas apanhar algumas roupas, além de tomar todas as providências... A Kelli não queria velório, mas eu estava pensando que podíamos reunir algumas pessoas aqui em casa, talvez na quinta-feira? Também preciso me certificar de que o restaurante esteja funcionando na próxima semana, pelo menos...

Sua voz trazia um leve tom de pânico, então levantei a mão para que ele parasse.

— Eu posso ir buscar as coisas delas. As crianças precisam mais de você aqui do que de mim. — *Ou querem*. Pensei nas palavras agressivas de Ava na noite passada.

Ele pareceu indeciso.

— Tem certeza? Isso não vai te aborrecer?

— Não. Você pode perguntar o que eles querem que eu apanhe? Roupas favoritas, ou qualquer outra coisa? — Ele fez que sim com a cabeça, e eu senti uma pontada de alívio por ter recebido algo para fazer. Um pensamento passou pela minha cabeça. — Você ligou para os pais dela?

Victor fez que sim com a cabaça.

— Liguei do hospital, ontem à noite. — Ele deu um suspiro. — Não tenho certeza se a mãe dela entendeu o que eu estava dizendo. Ela não pareceu estar muito bem, sabe? Parecia meio confusa.

— Como assim, confusa?

— Como se não estivesse muito atenta. Como se a mente dela estivesse dispersa. Eles estão no final dos setenta anos, acho, então talvez ela esteja sofrendo de alguma espécie de demência senil ou coisa parecida? — Fiz que sim com a cabeça e ele continuou. — De qualquer maneira, eles não virão.

Meu queixo caiu.

— Não mesmo? — Ele concordou com a cabeça de novo. Eu sabia que Kelli estava afastada dos pais, mas ainda tinha dificuldade de imaginar que pessoas eram aquelas que nunca haviam conhecido os próprios netos e agora não iriam dar à única filha a consideração de um último adeus.

— O que *aconteceu* entre eles e a Kelli? — eu perguntei. Eu nunca tinha tido motivos para ficar curiosa a respeito disso, mas de repente o fato me pareceu importante. — O que pode ter acontecido de tão ruim?

— Ela não gostava de falar sobre isso — ele disse com um suspiro pesado. — Eles eram muito rígidos, e a Kelli tinha um espírito livre. Era disso que eu gostava nela.

Meu estômago se contraiu quando ouvi Victor falar assim, mas ignorei o fato da melhor maneira que consegui. Ele fora *casado* com ela; numa época, ele a amara do mesmo jeito que me amava agora. Ele precisava falar de seus sentimentos por ela, e eu tinha de ser suficientemente adulta para entender. Balancei a cabeça e tentei me concentrar no que era realmente importante.

— Tudo bem, mas é a *filha* deles.

— Se nunca vieram quando ela estava viva, por que viriam agora, quando ela... — Ele engoliu em seco, visivelmente engasgando com as palavras. — Quando ela não está mais aqui. — Ele limpou a garganta.

— É verdade — eu disse. — Mas ainda assim é muito triste. — Meus avós maternos e paternos moravam na Costa Leste, então Sam e eu não os víamos muito enquanto crescíamos, mas eles sempre nos mandavam cartões de aniversário e presentes de Natal. Eu sempre soube que eles nos amavam.

Victor fez que sim com a cabeça.

— Enfim... E como *você* está? — ele perguntou, estudando meu rosto com seus olhos claros. Parecia uma pergunta pequena pela enormidade das circunstâncias.

Dei de ombros e lhe dirigi um sorriso fraco.

— Não importa como eu estou. E como está você? E como estão as crianças? — Fiz uma pausa, sabendo que ele estava esperando uma resposta melhor que aquela. O problema era que eu não tinha nenhuma outra para lhe dar. Tudo dentro de mim parecia fora do eixo. Respirei fundo antes de falar de novo. — Acho que não está sendo fácil para nenhum de nós agora. É tudo completamente devastador.

Victor deu um suspiro e tomou minhas mãos nas dele.

— Eu não quero que você se sinta devastada. Era para ser um grande fim de semana para todos nós. Iríamos contar para as crianças sobre o nosso noivado. E agora...

— Agora as coisas são diferentes — eu terminei por ele. — Mas ainda estamos noivos. Só não vamos contar para elas ainda. Isso é tudo. Vamos ajudá-las a passar por essa fase difícil primeiro.

— Esse trabalho não deveria ser seu — ele disse calmamente, me olhando de volta. — Escuta, eu sei que isso tudo não fazia parte dos nossos planos. Quer dizer, as crianças com a gente em tempo integral. Eu também estou me sentindo um pouco atordoado com essa ideia, então eu vou entender se você não quiser isso para você. — Suas palavras eram ditas em voz baixa, deliberadas.

Engoli em seco, tentando adivinhar se meus medos e confusão a respeito de toda a situação eram tão evidentes, apesar de todo o meu esforço para disfarçá-los. Decidi que a melhor coisa que eu tinha a fazer era ser honesta.

— É assustador. E eu estaria mentindo se dissesse que não estou um pouco apreensiva sobre como lidar com tudo isso.

De repente ele também me pareceu apavorado e, naquele momento, foi como se eu tivesse feito minha escolha. De jeito nenhum eu poderia deixá-lo. Não agora. Levantei a mão e afastei uma mecha de cabelo do rosto dele.

— Eu sei que você é forte, querido, mas não pode ser o esteio de todo mundo. Eu estou aqui para te ajudar. Não vou para lugar nenhum.

— Obrigado — ele disse e seus olhos escureceram. — Eu quero ser bem claro com você a respeito de uma coisa. Você não precisa se preocupar em cuidar das crianças. Eles são *meus* filhos. Minha responsabilidade. Nossa vida vai ser diferente porque eles vão estar morando aqui, é claro. Mas nosso relacionamento, você e eu, não precisa mudar. Porque eu quero que você seja minha companheira, não a mãe deles. Tudo bem?

Fiz que sim com a cabeça uma vez, brevemente, permitindo que as palavras de Victor me animassem. Nós nos beijamos e ele voltou a ficar com as crianças, enquanto eu tomava banho e me vestia. Mandei uma mensagem de texto para Melody e perguntei se ela poderia me encontrar na casa que era de Kelli, para me ajudar a empacotar as coisas das crianças, e ela imediatamente mandou de volta um "Claro que sim. Qual o endereço?" Respondi, agradecendo, e então atravessei o corredor e entrei na cozinha, onde Victor me entregou duas folhas de papel com a lista de coisas que Ava e Max queriam que eu trouxesse: "Rádio lilás perto da cama", Ava escrevera. "Clipes de papel laranja. Condicionador num frasco verde dentro do chuveiro." E então continuou a detalhar um mundo de roupas que eu precisaria empacotar. A lista de Max era mais fácil: "Jeans", ela dizia. "Camisetas com desenhos. Minha lanterna vermelha e a fantasia de Homem de Ferro do Halloween. O cobertor azul da cama da minha mãe."

— Não precisa ter pressa — Victor me disse. — E me ligue se tiver alguma dúvida.

Minha mãe havia deixado uma mensagem no meu celular, retornando minha ligação, então coloquei o fone de ouvido e liguei de volta quando estava a caminho da casa de Kelli. Provavelmente ela devia estar no jardim, onde passava a maior parte do tempo desde que se aposentara, dez anos atrás, e se mudara para Bellingham, que ficava a aproximadamente sessenta quilômetros ao norte de Seattle. Lembrei a última vez em que a vira no pequeno mas exuberante quintal de sua casa de um dormitório — uma cabana de praia no lago Whatcom com tábuas de cedro caiadas. Fora no último setembro, no começo de um lindo e quente outono, e o sol da manhã iluminava as surpreendentes cores outonais de seu jardim. Aos sessenta e dois anos, minha mãe realmente estava começando a mostrar os sinais da idade na pele ligeiramente flácida debaixo do queixo e nas linhas pronunciadas ao redor dos olhos e da boca. Ainda assim era uma mulher bonita. Seus cachos crespos ruivos e grisalhos estavam escondidos por um chapéu de palha de abas largas. Ela usava o que chamava de "uniforme de mãe": calças jeans com stretch e elástico na cintura, blusa de algodão cor-de-rosa e luvas de jardinagem verde-limão.

Eu pensei que pudesse dirigir enquanto falava com minha mãe, mas, quando o telefone começou a tocar, de repente me dei conta de que Ava nunca mais poderia ligar para Kelli assim, num momento de necessidade. Ela nunca mais poderia sentir o consolo de sua mãe outra vez. Tive de encostar e estacionar o carro quando ela atendeu a ligação, chorando quando ouvi a voz dela.

— Mamãe — eu disse, e as lágrimas começaram a cair. Não podia me lembrar da última vez em que usara esse termo carinhoso. Ela era sempre "mãe" ou "minha mãe". Mas não agora. Não hoje.

— Querida, o que houve?

Minha garganta tremeu enquanto eu tentava falar.

— A Kelli... a ex-mulher do Victor... Ela morreu.

— Ah, *não*! — disse ela. — O que *aconteceu*?

Eu lhe contei o pouco que sabia

— Estou muito preocupada que ela tenha se suicidado. O Victor me disse que ela ficou muito transtornada quando ele lhe contou que tínhamos ficado noivos.

— Grace — disse minha mãe num tom de voz firme mas gentil. — Querida. Não se precipite. Tudo bem? Você promete?

— Tudo bem. — Ela tinha razão. Ainda não tínhamos todos os fatos. Era bobagem querer chegar a qualquer conclusão no momento.

— E as crianças? Como *elas* estão lidando com tudo isso? — Ela só tinha visto Max e Ava uma vez, mas eu sabia que ansiava pela possibilidade de se tornar uma avó substituta quando Victor e eu decidimos nos casar.

Eu lhe contei o que Ava me dissera, as palavras ainda me rasgando por dentro enquanto eu falava.

— Ela me *detesta*.

— Não acho que isso seja verdade, querida. Mas o coração dela está partido. E ela só tem treze anos. Pense em como *você* era quando tinha essa idade.

— Quando você teve o Sam. — Dei um soluço e sequei os olhos com o dorso da mão, feliz em ter decidido não usar maquiagem.

— Exatamente. E foi difícil para você lidar com isso. Coloque-se no lugar da Ava. Ela está atacando porque está ferida, Gracie. Ela acabou de perder a pessoa mais importante da *vida* dela.

— Eu sei. Entendo isso perfeitamente. E estou completamente *arrasada* por ela. E pelo Max também. Mas não sei se vou fazer algum bem para eles, sabe? E se eu falar ou fizer alguma coisa errada e *pio-*

rar tudo ainda mais? — Minha mãe não disse nada, me dando espaço para continuar. — Eu não estou acostumada a me sentir assim tão impotente. Eu administro situações de crise; esse é o meu trabalho. E não há nada que eu possa fazer para administrar tudo isso. Eles nem me *querem* ali.

— Nunca se sabe. Talvez as coisas mudem. Você mesma já me contou que a maioria das suas clientes nem sempre está emocionalmente pronta para aceitar a ajuda que você oferece, mas com o tempo elas acabam voltando, certo?

— Certo, mas... — Eu não sabia expor meus medos com clareza, explicar como eles iam fundo dentro de mim. Como eu me sentia essencialmente mal preparada em relação às crianças, mesmo depois de ter passado dez anos ajudando a cuidar de Sam.

Nós duas ficamos em silêncio por alguns instantes, uma escutando a respiração da outra. Minhas lágrimas começaram a diminuir e finalmente minha mãe falou de novo, sua voz tão baixa que eu mal conseguia ouvir.

— Você se arrependeu de ter ido morar com o Victor?

Era típico de minha mãe perguntar algo que eu não queria responder. Talvez ela pudesse ler minha mente ou tivesse alguma espécie de habilidade psíquica maternal que eu não soubesse. Balancei a cabeça, muito embora ela não pudesse me ver, pressionando os lábios antes de falar.

— Nós íamos contar para as crianças a respeito do noivado neste fim de semana.

— Eu sinto *tanto* que isso esteja acontecendo, querida.

— Eu também. — Eu meio que funguei, abafando outro soluço. — Eu escondi o anel na minha bolsa. Não foi assim que eu imaginei comemorar meu noivado.

— Nada é perfeito, Grace — disse ela com um suspiro pesado. — Se tem uma coisa que aprendi nos anos em que passei casada com seu pai é que, às vezes, a única alternativa que temos é fazer o melhor com as cartas que nos foram dadas.

135

Ele estava atrasado de novo. Meu baile de formatura do ensino fundamental estava prestes a começar no ginásio da escola e, se eu fosse pegar o último ônibus para chegar até lá, teria de sair nos próximos dez minutos, senão não daria tempo. Andei de um lado para outro da sala de estar, esperando que meu pai voltasse para casa, vindo de seu turno na oficina mecânica. Meu cabelo estava cacheado, a franja com fixador, e eu usava um jeans desbotado da Guess que achara num brechó na semana anterior. Minha mãe tinha de trabalhar, então tive de me certificar naquela manhã de que meu pai sabia que tinha de voltar para casa o mais tardar às seis e meia.

— É claro — disse ele, me dando um beliscão de leve na bochecha com os dedos sujos de graxa. — Não quero que minha menina perca o grande baile.

Agora meu irmão mais novo, Sam, balbuciava para mim de dentro do cercadinho, perto da janela, tomando leite na mamadeira e olhando para o móbile que girava em círculos preguiçosos acima dele. Sam havia nascido sete meses antes, e na época eu ainda estava meio horrorizada com o fato de que minha mãe tivesse engravidado. Eu sabia sobre sexo, tendo lido o livro educativo que ela deixara sorrateiramente em cima da minha cama quando eu tinha nove anos de idade. O livro também explicava com riqueza de detalhes os pelos inesperados que logo iriam aparecer no meu corpo, bem como o estranho e iminente acontecimento mensal que de um modo ou de outro se traduziria no fato de que eu me tornaria uma mulher. Achei os desenhos a lápis das ereções masculinas altamente perturbadoras e, meses depois de tê-los visto, tentei não olhar para a virilha de nenhum de meus amigos no parquinho, muito menos testemunhar tal horror pessoalmente.

Ela me falou a respeito do bebê depois do primeiro trimestre de gravidez e, seis meses depois, segurei Sam em meus braços magros e trêmulos. Com a cabeça em formato de cone e pálpebras inchadas e caídas, ele me pareceu um ser de outro planeta, roxo e enrugado.

Tive muita dificuldade em apagar da minha mente o fato de que ele fora expelido da vagina da minha mãe, façanha que eu achava similar a tirar uma carne assada de uma de minhas narinas.

— Você pode me ajudar com o bebê — ela me disse no hospital. Seu cabelo ruivo estava emaranhado em volta da cabeça, como se ela fosse uma mulher primitiva, e ela parecia pálida e fraca, mais cansada do que eu jamais a vira. Seus olhos verdes estavam meio fechados. — Tomar conta dele quando eu não estiver em casa.

Fiz que sim com a cabeça, meus próprios cachos balançando. A princípio eu estava animada com a ideia de ajudar a minha mãe, completamente desavisada sobre em quantas horas por semana essa minha "ajuda" ia se transformar. Eu não conseguia me imaginar tomando conta daquela criatura pequena que parecia miar. Eu sempre tivera muito mais interesse na coleção de carros em miniatura do meu pai que nas bonecas que as pessoas me davam — que geralmente desempenhavam o papel de malvados bebês gigantes que aterrorizavam os pilotos de carro nas pistas de corrida, ameaçando esmagá-los com os enormes pés de plástico. Mas eu sabia que minha mãe planejava voltar ao trabalho na Macy's, dentro de um mês, para complementar o salário de mecânico do meu pai, então eu aproveitei esse meio-tempo e me matriculei num curso de babá na Cruz Vermelha. Aprendi técnicas de reanimação cardíaca, a manobra de Heimlich para lidar com casos de engasgo, como cuidar de pequenos ferimentos e técnicas para manter a calma em caso de emergência. As outras meninas do curso pareciam levar a coisa de maneira mais leve — elas iriam cuidar de crianças de outras pessoas ou para passar o tempo ou pelo dinheiro. Não era o meu caso. Eu estudava minhas lições com aplicação — era pelo meu irmão recém-nascido que eu seria responsável. Passei no teste final com uma nota excelente.

Minha mãe tomava conta de Sam durante o dia, mas na maioria das tardes, assim que eu voltava da escola, às três e meia, ela precisava sair para o trabalho.

— Eu queria poder contratar alguém — ela disse —, mas não posso. Não agora. Estou confiando em você, tudo bem? Você pode dar conta do recado. Seu pai chega em casa às seis, e as mamadeiras do Sam estão prontas na geladeira.

Mas naquela noite, já eram quase quinze para as sete e meu pai não havia chegado em casa. Peguei o telefone e disquei para a oficina de novo. Tocou e tocou, até que a secretária eletrônica atendesse. Isso não significava que ele não estivesse lá. Ele podia estar debaixo de um carro, tentando consertá-lo, assim o cliente não passaria o fim de semana inteiro sem ter o que dirigir. Ele podia estar a caminho, preso no trânsito.

Ele podia estar no bar, jogando pôquer.

— Oi, Gracie Mae — ele dizia nas noites em que chegava em casa cedo. Ia para a geladeira e estourava a tampa de uma garrafa de Budweiser. Se Sam estivesse acordado e dentro do cercadinho, ele o levantava, dava-lhe um beijo na cabeça e seguia para a sala de televisão, se esparramava em sua poltrona reclinável de couro e começava a gritar todos os números errados dos programas *Roda da fortuna* e *Jeopardy!*

Outras noites, ele só chegava em casa depois de eu já ter dado banho em Sam e tê-lo colocado sozinha para dormir.

— Parei para tomar uma cerveja com o Mike e o Rodney — ele dizia, cheirando a cigarro e fritura. — Como está nosso homenzinho?

— Bem — eu sempre respondia, mantendo os olhos no meu dever de casa, sabendo que parar no bar para tomar cerveja com os amigos significava jogar pôquer, e jogar pôquer no bar significava uma briga com minha mãe mais tarde, por causa da quantia que ele provavelmente havia perdido. Eu tentava não escutá-los do meu quarto, mas as paredes eram finas.

— Você precisa parar com isso — minha mãe dizia num tom de voz baixo e irritado, quando ela chegava em casa. — Você sabe que mal estamos conseguindo sobreviver. Desde que o Sam nasceu, só o seguro saúde consome mais da metade do nosso salário.

— Eu só estava relaxando um pouco — meu pai dizia. — Vou parar, prometo. — E por algum tempo ele parava mesmo. Voltava para casa todas as noites, me ajudava com o bebê, então eu podia terminar meu dever de casa ou até mesmo conversar com uma amiga pelo telefone. Mas uma única noite de volta à mesa de pôquer era tudo que ele precisava para perder o suficiente, fazendo com que minha mãe ficasse brava de novo, deixando gravado na minha mente que ela tinha três crianças em casa, em vez de duas.

Dei um suspiro agora e não deixei recado. Era isso mesmo. Ele não chegaria a tempo para que eu fosse de ônibus. Não havia outra maneira de chegar à escola. Todos os outros alunos tinham pais que os levariam de carro, e os poucos amigos que eu tinha não eram suficientemente próximos para que eu pedisse carona. Eu queria tanto ir ao baile, que meu corpo quase doía. Queria ficar ao lado de Jeffrey Barber no escuro e esperar que o DJ tocasse "Careless Whisper", para então eu me esbarrar acidentalmente com ele. Eu imaginava seus cachos pretos e os olhos azuis, seu sorriso ao pegar minha mão e me conduzir até a pista de dança. Eu imaginava as mãos dele na minha cintura, o cheiro do seu pescoço. Eu imaginei a sensação de ter os lábios dele sobre os meus e cada centímetro do meu corpo se aqueceu.

— Pai, onde você *está*? — eu disse em voz alta, para ninguém, e olhei para Sam, que estava começando a balbuciar de um jeito que eu reconheci como um começo de choro. Apesar de tudo que eu havia aprendido a respeito de bebês, sempre me sentia um pouco amedrontada quando estava sozinha com ele, mas sabia que não havia outra escolha. Ele era minha família, e era meu trabalho ajudar a cuidar dele.

Liguei para o departamento feminino da Macy's e perguntei para a vendedora que atendeu se minha mãe estava por lá.

— Gracie? — ela disse ao atender o telefone, a palavra saindo numa respiração apressada. — O Sam está bem? O que aconteceu? — Eu não devia ligar para ela enquanto estivesse trabalhando, a menos que fosse emergência.

— Ele está bem — eu disse. Do outro lado da sala, como que para provar que eu estava errada, Sam começou a chorar. — Mas meu pai ainda não chegou em casa. Vou perder o baile.

— Ah, Grace. Você me assustou. — Ela deixou escapar um longo e cansado suspiro. — Você ligou para a oficina?

— Liguei. Ele não está atendendo.

— Eu sinto muito, querida. Eu sei que você realmente queria ir. — Ela fez uma pausa por um instante, ouvindo. — É o Sam?

— Simmm — eu respondi com um suspiro, exagerando na palavra. *Quem mais seria?*

— Por que ele está chorando?

— Como eu vou *saber*?

— Modere o tom, mocinha.

— Desculpa — murmurei e então expliquei. — Ele acabou de tomar a mamadeira. Provavelmente precisa ser trocado. — Embora eu tivesse aprendido pela maneira mais difícil a cobrir o pequeno pipi dele com outra fralda antes de tirar a usada, o ato de trocar Sam estava longe de ser uma de minhas tarefas favoritas. Eu não conseguia acreditar como uma coisa tão pequena podia produzir algo tão absolutamente nojento — e em tamanha quantidade. A altura dos gritos dele aumentou de súbito e uma dor apavorante e profundamente inflexível apertou minhas entranhas. *Eu não quero fazer isso. É demais. Eu não quero ficar aqui.* — Você não pode vir para casa? — eu disse a minha mãe, suplicante. — Daria para você fingir que está doente ou algo parecido?

— Eu queria poder fazer isso, mas preciso trabalhar. Temos uma liquidação hoje na loja, e eu sou a gerente. Não posso ir embora. Você sabe disso.

Eu fiquei em silêncio, sentindo o sangue retumbar em meus ouvidos.

— Eu *odeio* ele — sussurrei finalmente. Ela sabia que eu estava me referindo a meu pai. Essa não era nem de longe a primeira vez que ele me desapontava, e eu duvidava que seria a última.

— Não, você não o odeia — minha mãe disse. — Só está desapontada. — Ela fez uma pausa. — Eu sinto muito, mas tenho de desligar. Falo com ele amanhã, tudo bem? Nós vamos resolver isso. Por favor, cuide bem do seu irmão. Estou contando com você.

Desliguei, olhando para o telefone, ouvindo o som cada vez mais alto dos gritos do meu irmão.

— Não é justo — disse eu. — Eu *detesto* isso! — Sam gritou mais alto e eu respirei fundo, então me aproximei dele devagar, esperando conseguir encontrar uma maneira de tirar aquela tristeza toda de dentro de mim.

Ava

Eu queria que aquela fosse como outra manhã de sábado qualquer na casa do meu pai, quando eu sabia que no dia seguinte voltaria para minha casa e veria minha mãe. Mas aquele não era como outro sábado qualquer. Max e eu acordamos na cama do nosso pai, o corpo longo dele entre nós, e senti o vestígio de lágrimas secas em meu rosto. *Mamãe*, eu pensei e comecei a chorar. Não parecia real. Fiquei olhando para a porta do quarto do meu pai, achando que ela poderia entrar a qualquer momento. Meu corpo sofria uma dor estranha; meus músculos estavam formigando e pareciam tensos sob minha pele. Era um sentimento que eu nunca havia tido antes, uma sensação que eu não sabia denominar. Era quase como se eu estivesse flutuando fora do corpo, amarrada a ele de alguma maneira, mas provavelmente indo à deriva se eu achasse uma maneira de me libertar.

Eu não conhecia ninguém que não tivesse mãe. Alguns alunos na escola eram adotados, não conheciam as mães biológicas, mas nenhum deles não tinha mãe nenhuma. Minha mãe era a pessoa para quem eu me voltava em quase todas as ocasiões. Quando Bree me deixava louca da vida, ou quando eu achava que algum professor estava sendo injusto. Para quem eu ia me voltar agora? Fechei os olhos e tentei ouvir a voz dela na minha cabeça — para me lembrar como era sentir seus braços finos ao meu redor e como era quando ela sorria. Tudo que eu podia ver era a imagem dela chorando. Tudo que eu podia sentir era o vazio que agora me envolvia.

Pensei em como ela costumava me levar à biblioteca, deixando que meus dedos corressem pela lombada dos livros, como se eu pudesse sentir que histórias precisavam de um bom lar. Ela também sempre dava uma olhada na pilha de livros com títulos como *O preço do amor* ou *O fruto proibido*, com pessoas seminuas na capa. Ela não me deixava lê-los, mas ultimamente, quando ela não estava em casa, eu entrava furtivamente no quarto dela e folheava as páginas, corando ao ler os capítulos mais quentes. Mamãe acreditava no amor. Ela tinha amado tanto o nosso pai, e eu sabia que ela desejava que ele nunca tivesse partido. Eu também desejava que ele nunca tivesse partido. Se ele não tivesse ido embora, talvez minha mãe ainda estivesse viva.

Eu me sentei no sofá com meu irmão, olhando para a televisão. Era estranho ficar ali, assistindo a desenhos animados, mas não tínhamos mais o que fazer. A Grace tinha saído para ir pegar algumas coisas nossas na casa da minha mãe, e meu pai veio até a sala e pediu para desligar a televisão. Quando ele se sentou a nosso lado, Max começou a chorar quase imediatamente, um choro quieto e ruidoso ao mesmo tempo. Eu peguei a mão dele na minha.

— Eu amo vocês, meus amores. E vocês sabem disso, certo? — disse meu pai. Parecia que ele tinha ganhado novas linhas de expressão em uma única noite, não tinha tomado banho nem feito a barba. Eu não estava acostumada a vê-lo com tantos fios em seu rosto. Havia uma porção de brancos; fazia com que ele parecesse mais velho. Por algum motivo, isso fez com que eu ficasse com medo.

Max e eu concordamos com a cabeça. Tínhamos chorado tanto na noite passada que eu não acreditei quando novas lágrimas começaram a surgir. Meu estômago doía e meus olhos estavam tão inchados que era até difícil enxergar. O fato de chorar só piorava as coisas.

— Eu sinto falta da mamãe — Max disse. Sua voz crepitava. — Eu não quero que ela esteja morta.

— Eu também não, amigão — meu pai disse. — Eu queria poder mudar tudo isso, mas não posso. Vamos precisar ficar unidos e encontrar um jeito de passar por isso, está bem? Eu não vou a lugar nenhum. Vou estar aqui para ajudar vocês dois.

Você foi embora uma vez, pensei. *Você foi embora e a mamãe não conseguiu lidar com isso. Você refez a sua vida, arranjou uma namorada nova e agora a minha mãe está morta.* De súbito, uma onda de pânico tomou conta do meu ser. E se meu pai também morresse? E se ele não quisesse que Max e eu morássemos na casa dele? E se a *Grace* não nos quisesse? Eu me senti trêmula por dentro, como se estivesse me equilibrando no mais estreito dos fios, aterrorizada por fazer um movimento errado e perder meu pai também. Eu larguei a mão de Max e coloquei meu braço em volta do ombro dele. Meu irmão se inclinou contra mim, chorando baixinho.

— Ava? — meu pai estendeu a mão e secou meu rosto com os dedos. — Você se lembra de alguma coisa de ontem de manhã?

Eu solucei.

— Tipo o quê? — Tudo parecia embaçado na minha cabeça, como um filme colocado no avançar. Eu queria apertar a tecla "pause" e então voltar para trás, ir para o dia de ontem, quando a minha mãe ainda estava aqui.

— Eu não sei. — Ele fez uma pausa. — Se aconteceu alguma coisa que pareceu fora do normal. Se a sua mãe agiu de algum modo diferente de como geralmente agia.

O instante em que ela colocou a palma de sua mão aberta contra a parede voltou à minha mente, um flash.

— Ela ficou tonta — eu disse. — Ela disse que era porque tinha tomado muito café, mas eu acho que foi porque ela não estava dormindo bem. Nem comendo. — Procurei por algum sinal no rosto do meu pai. — Isso pode causar tontura?

Ele fez que sim com a cabeça.

— Às vezes.

— O que os médicos disseram? — eu perguntei, os músculos do meu estômago se contorcendo mais apertado a cada respiração que saía. Mais lágrimas brotavam no meu peito, tentando encontrar o caminho para fora.

Meu pai olhou para Max e então de volta para mim.

— Eles ainda não têm certeza. Tudo o que sabem é que ela foi deitar e então... o coração dela parou.

— Ela teve um "taque" do coração? — perguntou Max, parecendo muito menor que um menino de sete anos. Ele só falava como um bebê quando estava realmente perturbado.

— Eu não sei, Maximilian. Queria poder saber.

Ficamos em silêncio de novo, então Max falou com voz fraca.

— O que vai acontecer com a gente agora? Para onde vamos?

Meu pai ficou visivelmente tenso durante alguns instantes e então relaxou.

— Vocês vão ficar aqui comigo, é claro. Vou tomar conta de tudo, eu prometo.

— E o resto das minhas coisas? — perguntou Max.

— Quem se importa com o resto das suas coisas, seu idiota? — eu disse com rispidez, me afastando dele. Meu pai colocou a mão no meu braço, dando um apertão de leve.

— Ava — disse ele.

Eu não queria encará-lo. Se fizesse isso, eu poderia chorar de novo. Não queria ser como ela. Não queria chorar muito. Então fiz o que eu sabia que meu pai queria.

— Desculpa, Max, eu não estava falando sério. — Meu pai me lançou um sorriso de agradecimento e se virou para meu irmão.

— Nós pegaremos o resto das suas coisas, amigão. Talvez não tudo de uma vez, mas o que for mais importante, tudo bem?

— Tudo bem — respondeu Max, facilmente satisfeito.

Engoli em seco.

— E as coisas da minha mãe?

Meu pai fez uma pausa, considerando o fato.

— Acho que vou colocar a maior parte em caixas e guardá-las num depósito, para quando vocês forem maiores. O que acham?

Tanto Max quanto eu concordamos com a cabeça, embora eu não pudesse imaginar as coisas da minha mãe guardadas na sala de um depósito frio e escuro. Eu queria ter tudo que era dela comigo. Eu queria sentir o seu perfume e usar as suas roupas. Eu queria me enrolar no cobertor que ela usava para ficar aninhada comigo no sofá da sala de estar. *Eu queria que ela não tivesse morrido.*

Meu pai sorriu.

— Está certo. É o que faremos então.

Eu me levantei.

— Vou para o quarto.

Meu pai também se levantou e Max voltou a ligar a televisão, pegando o controle para colocar um jogo no videogame. Meu pai e eu fomos juntos até a cozinha, e então ele me puxou e me deu um longo abraço e beijou o topo da minha cabeça, como a mamãe costumava fazer. Senti meu corpo ficar tenso, querendo se afastar, mas eu não tinha certeza do motivo. Eu não tinha certeza de nada.

No meu quarto, peguei meu celular e verifiquei as mensagens de texto. Seis eram de Bree querendo saber por que eu tinha ido embora da aula, na sexta-feira. Eu não sabia como poderia dizer aquelas palavras em voz alta. *A minha mãe morreu.* Tentei uma vez, sussurrando, e imediatamente senti como se fosse vomitar, embora eu não tivesse comido nada desde a barra de chocolate que pegara escondido no meu armário ontem.

Pensei sobre o que meu pai dissera, sobre o modo como a minha mãe teria morrido. Não havia jeito de ela ter sofrido um infarto. Ela só tinha trinta e três anos. Não fumava nem comia muita gordura, que eram dois grandes motivos pelos quais o coração parava de funcionar, segundo a sra. Goldberg, minha professora de nutrição e saúde. Ela não fazia ginástica, mas dizia que corria tanto pelo restaurante que nem precisava. Era bem magra, mas sempre nos dissera que era saudável.

Mas minha mãe estava triste. Ela chorava quase todos os dias. Estava perdendo muito peso. No mês passado, a sra. Goldberg havia nos falado como notar sinais de depressão em nossos amigos e quando contar a um adulto se achássemos que essa pessoa pudesse estar com algum problema. *E a quem contar quando era um adulto quem estava tendo problemas?*, eu quis perguntar. *A quem falar quando essa pessoa é a nossa mãe?* Eu devia ter achado alguém com quem falar. Devia ter feito alguma coisa para deixá-la feliz. Se eu tivesse ajudado a arrumar a casa e tomado conta do Max ou feito os cheques para pagar as contas, ela estaria bem. Eu não sabia que havia algo assim de tão errado com ela. Algo suficientemente ruim para levá-la embora.

Meu telefone zumbiu em cima da mesinha de cabeceira e o ar ficou preso em minha garganta. Eu o apanhei e vi o nome da Bree na tela. Deixei com que ele tocasse mais duas vezes, quase deixando que a ligação entrasse no correio de voz, antes de decidir atender.

— Caramba, onde você se meteu? — Bree reclamou. — Por que não respondeu as minhas mensagens? — Minha boca estava tão seca que tive de engolir algumas vezes para ver se conseguia falar. — Ava? Você está bem? O que aconteceu?

— A minha mãe — eu comecei... E então as lágrimas vieram de novo. Eu só usava a palavra "mamãe" em casa; era como ela gostava que nós a chamássemos. Para as outras pessoas, eu dizia "minha mãe". Ao contrário de Max, eu não era um bebê. Engoli em seco, solucei e disse de novo, minha voz quase um sussurro. — A minha mãe morreu.

— *O quê?* — disse Bree. — Você está brincando, né? — Eu não disse nada. — Mas que merda — ela continuou. — Merda, merda, merda. É claro que você não está brincando. Eu sinto muito. Acho que essa é a pior coisa que já ouvi na vida. — Ela fez uma pausa. — O que aconteceu?

— Eu realmente não sei — respondi com a voz apertada, e tentei não perdê-la completamente. — E o meu pai está agindo de um jeito meio estranho, como se não estivesse nos contando alguma coisa. E a Grace está aqui e eu *odeio* essa mulher! — Soltei um soluço convulsivo e Bree ficou em silêncio até que eu falasse de novo. — Não posso acreditar que ela tenha morrido. Não quero que ela tenha morrido. — Talvez, se eu ficasse falando a palavra, o fato de ser verdade pudesse fazer a ficha cair.

— O que você acha que o seu pai não está te contando? — perguntou Bree. A voz dela estava tranquila e, por alguma razão, porque ela estava calma, eu me senti um pouquinho mais calma também.

Dei um soluço.

— Não tenho certeza disso. Eu só sinto, sabe? — É engraçado como, às vezes, quando as pessoas falam, você ainda pode ouvir as palavras que não são ditas. De vez em quando, elas são mais altas que as que realmente saem da boca da pessoa.

Bree deu um suspiro.

— Sim, eu sei. Como quando meu pai saiu de casa logo depois do Natal e ele e a minha mãe ficaram fingindo que estavam apaixonados na minha frente, na hora em que fomos abrir os presentes. — Ela bufou baixinho. — Como se eu não percebesse que aquilo tudo era um grande teatro estúpido.

— É isso — eu disse. Mas eu não estava com vontade de ouvir a respeito de Bree e de sua família. Apanhei um lenço de papel da caixinha que estava na mesinha de cabeceira, a fim de assoar o nariz. Então eu me sentei na beirada da cama, concentrando-me na costura lilás escura do meu cobertor, encarando-a até que ela se tornou ondulante e eu tive de piscar. — Agora eu preciso desligar.

— Ava?

— O que foi?

— Eu realmente sinto muito pela sua mãe.

— Obrigada — eu disse e desliguei.

Grace

Ao me aproximar da casa de Kelli, e depois de conversar com minha mãe, eu não pude deixar de ficar pensando a respeito de meu pai. Nós nunca fôramos especialmente próximos, mesmo antes de Sam nascer. Ele nunca fora aquele tipo de pai que se aconchegava comigo no sofá ou que lia para mim, e fora minha mãe quem me ensinara a amarrar os meus sapatos e a andar de bicicleta. Ele era o tipo de pai que parecia assombrado com o fato de ser casado e ter dois filhos — de alguma maneira, ele tropeçara no tipo de vida que nunca desejara viver. Seu corpo estava presente, mas sua mente não; eu sempre tive a sensação de que ele preferia estar em qualquer outro lugar, menos com a nossa família.

Mas, seja lá quão instável fosse o casamento de nossos pais, o fim dele veio como um choque para mim e para meu irmão. Talvez tivéssemos imaginado que, depois de tantos anos aturando meu pai, minha mãe tinha ficado cansada demais e acostumada ao mau comportamento dele para mudar alguma coisa entre eles. Então, quando ela me ligou e disse: "Agora chega, não aguento mais. Sua tia-avó Rowana morreu e me deixou o suficiente para eu me aposentar, e não vou deixar seu pai perder tudo numa mesa de pôquer", uma parte de mim não acreditou nela. Ela tinha ficado ao lado dele em tantas situações complicadas. Mas então ela contratou um advogado e meu pai nem se deu conta do que tinha acontecido. Ele deixou o casamento sem fazer alarde, como se tivesse esperado o tempo todo que o fim acontecesse. Ele usou a pequena quantia que lhe coube da herança que minha mãe recebera para se mudar imediatamente para Las Vegas, onde mais tarde acabou sofrendo um AVC e morrera havia poucos anos. Já que eu mal falava com meu pai, quando ele morreu o sentimento de perda foi vago, como quando você perde um par de brincos do qual gosta, mas que raramente tira da caixa de joias para usar.

O carro de Melody já estava estacionado na frente da casa de Kelli quando cheguei. Ela estava sentada na varanda da frente, vestida com uma calça Levi's, camiseta tie-dye confortável e tênis de corrida. O cabelo loiro estava preso num rabo de cavalo ao estilo *Jeannie é um gênio*, no alto da cabeça. Ela desceu os degraus em trote e me abraçou quando me aproximei, e eu me vi desmoronando de novo.

Melody se afastou a fim de estudar meu rosto. Eu vi bondade em seus olhos castanhos.

— Como você está?

Dei de ombros.

— Triste. Confusa. Um pouco irritada.

Ela sorriu.

— Me parece certo. Eu passei a noite preparando algumas receitas no forno — disse ela. — Tinha de fazer alguma coisa. Estava tão preocupada com você.., com as crianças. Assei dois bolos e seis dúzias de cookies. Ah, e três lasanhas.

— Meu bom Deus. O que você vai fazer com tudo isso?

— Mandar para a sua casa, assim você pode colocar tudo no congelador. Você vai precisar de alguma coisa para alimentar as crianças nas próximas semanas. O Victor vai ter uma porção de coisas para cuidar, e só Deus sabe que você *não* vai cozinhar.

Mostrei a língua para ela, grata por sua habilidade em me fazer sorrir. Ela olhou para minha mão esquerda e começou a berrar imediatamente.

— Ah, meu Deus, me deixa ver! — Ela agarrou minha mão e a ergueu até bem próximo do rosto, para que pudesse admirar o anel. Eu o havia colocado quando estava no carro, depois de ter conversado com minha mãe, querendo mostrá-lo a minha melhor amiga. —

Uau! Totalmente impressionante, sra. Hansen. Eu adoro as baguetes cercando a pedra do centro. É deslumbrante.

Eu me permiti sentir um momento de frivolidade ao ver a reação dela.

— É maravilhoso, não é? Eu amei.

— E é para amar mesmo. Esse, minha amiga, é um anel de um homem que com certeza te adora. Vou *tentar* não ficar com inveja ruim. — Melody era solteira, mas estava determinada a se casar antes de completar quarenta anos. Ela lia inúmeros livros de autoajuda, do tipo como-encontrar-sua-alma-gêmea, e revisava sem descanso seu perfil de encontros online, na tentativa de atrair o homem que faria com que seu ardente desejo de ser mãe se tornasse realidade. Ela lia e relia *O que esperar quando você está esperando* e revistas sobre maternidade, assim estaria preparada para se lançar imediatamente ao trabalho quando o homem certo aparecesse. E ainda assim ela não o encontrava. Melody se preparava para um primeiro encontro da mesma maneira com que atletas treinam para as Olimpíadas, mas raramente um deles passava de algo mais que uma aventura passageira. Eu sabia que ela tinha ficado feliz por mim quando conheci o Victor, mas também com um pouco de inveja, da mesma maneira que uma amiga que está tentando emagrecer fica feliz quando sua amiga perde uns dez quilos, embora ainda se lamentando pelo tamanho avantajado do próprio quadril. Nós éramos amigas o suficiente para poder conversar sobre como ela se sentia e não deixar que isso se tornasse um problema entre nós, o que era um alívio. Mudando-se para Seattle e tendo os pais ainda morando na pequena cidade de Iowa onde ela crescera, eu era o mais próximo de família que Melody tinha. Ela sempre passava os feriados conosco, e Sam a havia apelidado de "irmã de brinde". Eu jamais faria algo para machucá-la.

De pé na entrada da casa de Kelli, Melody me deu uma piscadela e franziu um pouco a testa ao me observar tirar o anel e guardá-lo de volta na segurança do compartimento fechado da minha carteira.

— Não é pelo anel — eu disse, esperando soar mais convincente do que eu me sentia.

— Com certeza não — ela concordou. Um instante depois, subimos os degraus da frente, e eu estava enfiando na fechadura a chave que Victor me dera quando a voz de uma mulher soou.

— Com licença — disse ela. — O que vocês pensam que estão fazendo? — Eu me virei e vi uma mulher atravessando o gramado com passos rápidos, baixinha e ligeiramente acima do peso, o cabelo castanho-claro na altura dos ombros. Usava jeans, moletom da Universidade de Washington e pantufas com pele artificial nas bordas.

Levantei a mão, num gesto de cumprimento, percebendo na hora, pela descrição que as crianças haviam feito da melhor amiga da mãe, quem era ela. *A mulher que havia achado Kelli.*

— Oi. Você deve ser a Diane — disse eu. — Eu sou a Grace, e essa é a Melody. Viemos pegar algumas coisas para as crianças.

Ela me olhou de cima a baixo, sem nem ao menos tentar disfarçar.

— Grace — ela repetiu, parando ao pé da escada. Eu presumi que, uma vez que ela era amiga de Kelli, já devia ter ouvido meu nome pelo menos uma ou duas vezes, talvez até alguma descrição a meu respeito. Depois de nosso primeiro encontro, Kelli e eu não estabelecemos nenhuma ligação; sua aversão pela minha presença na vida de Victor continuou a ser algo quase palpável. Eu fazia o possível para ignorar esse fato nas raras ocasiões em que precisávamos interagir, mas ela não facilitava as coisas.

Diane ofegava um pouco agora, tentando recuperar o fôlego.

— Onde está o Victor?

— Ele ficou com os filhos — disse Melody, e eu desejei ter sido a única a perceber o tom de irritação em suas palavras. Melody tinha baixo grau de tolerância com pessoas que apresentavam dificuldade em adivinhar o óbvio. Eu podia quase ouvir a outra frase — não dita — na mente de Melody. *Onde mais ele estaria? Nas Bahamas?*

— Ah, sim. — O rosto de Diane relaxou, e então reparei que seus olhos estavam vermelhos e inchados. *Ela acabou de perder a melhor amiga*, eu lembrei a mim mesma. *Ela também está sofrendo.* Ela deu um suspiro e continuou a falar. — Eu vi você sentada aqui, e depois as duas tentando entrar na casa, e não soube o que pensar. — Ela colocou o cabelo atrás das orelhas. — E como eles estão?

— Em estado de choque, eu acho — eu disse. — Tentando entender o que exatamente aconteceu.

Diane levantou uma única sobrancelha.

— Os médicos disseram alguma coisa para o Victor?

Eu me perguntei se ela sabia de algo que nós ainda não soubéssemos.

— Eles contaram a respeito dos remédios na mesa de cabeceira...

— O quê? — exclamou Melody, e eu percebi que ainda não tinha aquela informação quando havíamos conversado na noite anterior, depois que Victor me ligara do hospital.

— Ela tomava para controlar a ansiedade — Diane disse rapidamente. — O remédio pode simplesmente ter acabado. Isso não significa nada.

— Tem razão — disse eu, descansando a mão no braço de Melody, na esperança de que ela percebesse que eu não queria discutir aquele assunto ali. Eu lhe falaria a respeito de minhas preocupações depois, mas não na frente de Diane. — Não quer dizer nada mesmo. Estamos esperando que os médicos descubram o que de fato aconteceu, mas o Victor achou que era melhor não falar nada para as crianças sobre os remédios.

Diane fez que sim com a cabeça lentamente.

— Eu acho que é melhor mesmo. — Ela fez uma pausa. — A Kelli me contou que você e o Victor ficaram noivos.

— Ficamos, sim.

Ela levantou uma sobrancelha.

— Foi rápido, não? Vocês estão juntos não faz nem um ano.

Eu abri a boca para responder, sentindo o rosto esquentar, mas Melody respondeu por mim.

— Bom, *na verdade*, eles estão juntos faz mais de um ano. *Não* que isso seja realmente da sua conta. — Lancei à minha amiga um olhar de advertência.

— Eu peço desculpa. — Diane passou os olhos entre mim e Melody algumas vezes. — É só que a Kelli ficou muito perturbada quando o Victor despejou a notícia em cima dela.

— Eu não acho que ele tenha *despejado* a notícia em cima dela — disse eu, fazendo o possível para manter a voz controlada. — Ele... O Victor e eu achamos melhor que ela soubesse antes das crianças. No caso de eles terem alguma pergunta.

Ela voltou a colocar o cabelo atrás da orelha.

— Vocês já *contaram* para as crianças? — Eu fiz que não com a cabeça, esperando que a conversa já estivesse acabando, mas então ela falou de novo. — E vai haver funeral?

— Acho que uma pequena reunião na nossa casa. Talvez na quinta-feira. O Victor disse que ela queria ser cremada.

— Bom, me avisem se eu puder fazer alguma coisa. Ela era uma grande amiga. — Seus olhos se encheram de lágrimas e ela teve de piscar, então olhou para a porta da frente. — Eu posso ajudar a empacotar as coisas das crianças, se quiserem. Eu sei do que elas gostam, pelo menos de uma parte.

Levantei as folhas com as anotações que Victor tinha me dado.

— Acho que já está tudo definido. Eles fizeram uma lista. — Sorri para ela, tentando imaginar como eu me sentiria se Melody tivesse morrido. Meu estômago se revirou com esse pensamento. — Mas obrigada assim mesmo. E realmente sinto muito pela sua perda. — Estendi a mão e dei leve aperto em seu braço.

— Obrigada — disse ela, obviamente surpresa. Ela balançou a cabeça de novo, um ar ligeiramente constrito no rosto, e então apontou em direção a uma casa em tom caramelo, bem ao lado. — Eu moro ali, caso vocês mudem de ideia.

— Obrigada — respondeu Melody, e finalmente nos separamos. Atravessei o hall de entrada e, embora eu já tivesse ido à casa de Kelli algumas vezes, aquilo me pareceu estranho agora. Uma casa vazia e triste, como se de alguma forma soubesse que ela não ia mais voltar. A entrada tinha um cheiro forte de baunilha — Victor me contara que Kelli tinha mania de usar purificadores de ambientes ligados à tomada em excesso, a ponto de ele acabar desenvolvendo uma alergia. A luz do sol resvalava através da fenda das cortinas, iluminando as partículas de pó no ar.

— Bom, isso é um pouco arrepiante — disse Melody, olhando em volta da sala de estar, um pequeno espaço entulhado com roupas de criança, brinquedos e pilhas de revistas. — Saber que ela nunca mais vai voltar aqui. — Ela estremeceu. — O que você acha que o Victor vai fazer com a casa?

— Era da mãe dele, mas imagino que ainda precise vendê-la. — Respirei fundo. — Vamos começar o trabalho. O Victor me disse que deve ter algumas malas no armário do corredor. — Seguimos à direita, encontrando facilmente um jogo de malas pretas, e decidimos que cada uma de nós arrumaria as coisas de uma das crianças. — Você pode se encarregar das coisas da Ava? Acho que ela vai ficar mais feliz se isso não for feito por mim. — Expliquei o que a garota havia me dito na noite anterior e Melody deu um suspiro.

— Pobre menina. Ela está com raiva e você é um alvo fácil. Ela não pode ficar brava com a mãe por ter morrido, então ficou brava com você, por ainda estar viva. Acho que, se não ligasse a mínima para você, ela não ia lhe dirigir *nenhum* dos seus sentimentos. De algum jeito, isso é um bom sinal para seu relacionamento com ela.

— Não tinha pensado assim — disse eu, o peso em meu peito de repente parecendo um pouquinho mais leve. — Você devia ser terapeuta, sabia disso?

Ela sorriu e nos separamos. O quarto de Max tinha exatamente o mesmo cheiro que tinha o da nossa casa: água de colônia de meias sujas e emboloradas. As paredes tinham sido pintadas de uma cor azul brilhante e estavam entulhadas de pôsteres do Homem de Ferro. Havia uma elaborada cidade de Lego construída num canto da parede e o videogame ligado a uma pequena televisão ao pé da cama no modelo de carro de corrida. Abri as gavetas do armário, encontrando pilhas de roupas simplesmente socadas lá dentro e que não combinavam entre si — tenho certeza de que, sendo mãe separada, Kelli preferiu não fazer daquilo uma batalha para travar com o filho. Não podia dizer que a culpava.

Agora eu vasculhava cada uma das gavetas de Max, dobrando e guardando o máximo de coisas que conseguia dentro da mala. Encontrei a fantasia do Homem de Ferro embolada no chão, ao lado da cama — fiquei imaginando se ele gostava de dormir ali. Apanhei punhados de cuecas e várias meias desemparelhadas e também joguei tudo dentro da mala. A lanterna vermelha estava debaixo da cama, algo que descobri apenas ao engatinhar por ali e olhar cada cantinho e cada fresta do quarto, até mesmo na parte de trás do armário. Ainda estava tentando alcançar a lanterna, meu traseiro no ar, quando Melody disse:

— Acho que já peguei tudo o que a Ava queria — ela disse e então, me vendo abaixada no chão, perguntou. — Mas que diabos você está fazendo aí?

Eu recuei, batendo o pulso na barra da cama ao apanhar a lanterna e segurá-la bem alto para que ela a visse. Levantei-me e dei um suspiro.

— Meninos são bagunceiros.

Ela riu e fez uma pausa.

— Você e o Victor já conversaram sobre o que vai acontecer com as crianças?

— Hoje de manhã, um pouquinho. — Eu lhe contei o que Victor me dissera e da minha promessa de estar ao lado dele, a fim de apoiá-lo.

Ela me olhou de esguelha.

— É um comprometimento muito grande, Grace.

— Eu sei — eu lhe disse, dando um suspiro e levantando meus olhos para encará-la. — Mas o que eu posso fazer? Abandoná-los? Não vou fazer isso. Sem contar que estou completamente apaixonada pelo Victor. — Minha voz tremeu com a ameaça de mais lágrimas.

Ela fez que sim com a cabeça, mas não pareceu totalmente convencida.

— Tudo bem. Então eu te ajudo no que for possível. Fazendo um curso de madrasta com você. Ou frequentando um grupo de ajuda.

— Será que há grupos de ajuda para mulheres que ficaram noivas de homens cujas ex-mulheres morreram e agora precisam ajudar a criar dois filhos? — eu perguntei de maneira esperançosa, brincando apenas parcialmente.

Melody riu.

— Provavelmente não. — Ela estendeu o braço para apertar seu rabo de cavalo. — E que história de remédio é essa? — Eu lhe contei o que sabia — que não era muito. Ela caiu na cama de Max e deixou escapar um longo suspiro. — Me deixa adivinhar. Você está preocupada que o fato de você e o Victor terem ficado noivos tenha alguma coisa a ver com ela ter cometido suicídio? — Ela fez uma pausa. — *Se* é que ela cometeu, que fique bem entendido.

Fiz que sim com a cabeça.

— Minha mãe me disse para não ficar procurando problemas.

— E ela tem razão. Você não deve fazer isso. Já tem o suficiente com o que se preocupar agora, amiga. Deixe para cruzar a ponte quando chegar a hora, certo?

Fiz que sim com a cabeça de novo, mas não pude deixar de lado a preocupação que estava me incomodando. Eu sempre tive muita confiança na minha intuição — e minha intuição agora me dizia que havia mais coisas naquela história do que eu sabia. De qualquer maneira, minha mãe e Melody tinham razão num ponto: não havia nada que pudesse ser feito até que soubéssemos exatamente como Kelli morrera. Eu não queria nem considerar o que poderia estar passando pela cabeça dela se sua morte não tivesse sido acidental, se ela tivesse tomado os comprimidos de propósito. Eu sabia que, pelo que Victor me contara, sua recusa em lidar com o passado a deixara emocionalmente imprevisível e talvez até um pouco instável, mas ele nunca comentara que ela pudesse ter tendências suicidas. Se ele tivesse suspeitado de algum possível perigo, eu tinha de acreditar que ele não a deixaria tomando conta dos próprios filhos. Ele teria tentado intervir.

— Há mais alguma coisa que devemos pegar? — disse Melody, levantando-se e interrompendo meus pensamentos.

— Preciso pegar o cobertor azul na cama da Kelli. Está na lista do Max. Talvez você possa pegar outra mala e enchê-la com os brinquedos dele e o que mais você encontrar no quarto da Ava que ela possa querer, assim eles vão ter mais coisas familiares por perto. Eles têm alguma coisa em nossa casa, mas não é muito.

— Ótima ideia — disse ela e voltou ao hall de entrada enquanto eu me dirigia ao quarto de Kelli. A porta estava aberta e assim que entrei vi a sua personalidade feminina espalhada por todo o cômodo: as paredes pintadas de azul-claro, cortinas florais amarelas e travesseiros decorativos brancos de renda. Cada centímetro do seu aparador estava coberto com produtos de beleza, e ela tinha um grande porta-joias de madeira colorido ao lado da penteadeira com espelhos grandes e circulares. O armário também estava aberto, como se ela tivesse se vestido apressadamente e esquecido de fechar a porta. Tentei adivinhar quais teriam sido os últimos pensamentos dela. Talvez estivesse planejando assistir a um DVD na sexta-feira à noite, com as crianças em nossa casa, e decidindo o que fazer enquanto eles estivessem conosco durante o fim de semana. Eu devia estar trabalhando no escritório quando ela respirou pela última vez, quando se enfiou na cama depois de ter deixado as crianças na escola. Eu estava sentada à minha mesa, revisando fichas de clientes, sem ter a mínima noção de que tudo estava prestes a mudar. Minha garganta se estreitou ao perceber que eu nunca saberia exatamente quando minha vida chegaria ao fim. Como subitamente tudo pode ser perdido.

Tossi e engoli as lágrimas, tentando me concentrar no que eu precisava fazer. Meus olhos se moveram por toda a extensão do quarto, e eu notei que havia algumas lingeries de renda espalhadas pelo chão, ao redor do cesto branco de vime. Uma pilha de livros descansava na mesinha de cabeceira, ao lado da cama desarrumada. Não havia sinal do frasco de remédio. Diane devia tê-lo entregado aos médicos que levaram sua amiga ao hospital, para que eles pudessem saber o que ela tinha tomado.

Curiosa para ver o que Kelli andara lendo, me aproximei e olhei para o livro no topo da pilha. *A cura após a perda*, dizia o título em letras vermelhas brilhantes. *Como se livrar da dor e ter sua vida de volta.* Ela perdera seu relacionamento com os pais; ela perdera Victor. Será que havia algo mais?

Pelo que eu presenciara, o relacionamento entre Kelli e Victor depois do divórcio parecia amigável. Eles tinham momentos de tensão a respeito das despesas extras das crianças que a pensão não cobria, ou quando Victor tinha de trocar o fim de semana com ela por causa de algum compromisso no restaurante, mas, de modo geral, eles pareciam se dar bem. No entanto, eu não nunca ficara ao lado dos dois por muito tempo para ter certeza. Vendo esses livros na mesinha de cabeceira de Kelli agora, três anos depois de Victor ter ido embora, eu me perguntei se ela havia se arrependido por ter pedido a separação. Imaginei se havia coisas importantes sobre o casamento deles que eu não sabia.

Balancei a cabeça, como se minha mente fosse uma daquelas lousas mágicas de criança e eu pudesse simplesmente apagar meus pensamentos. Olhando para a cama, vi o cobertor azul felpudo que tinha certeza ser o que Max me pedira para levar. Após apanhá-lo, reparei em vários álbuns de fotografias arrumados em uma estante. Resolvi levar vários deles para as crianças, achando que seria um consolo para elas ter uma porção de fotografias da mãe. Num impulso, também peguei alguns suéteres de Kelli para Ava usar. Mesmo que não servissem, ela ainda podia sentir como se os braços da mãe estivessem ao seu redor.

Quando eu estava quase saindo do quarto, reparei em outro livro em cima da cama de Kelli. Devia estar debaixo do cobertor. A capa era de um vermelho-escuro intenso e destacava-se contra o lençol branco, como um triângulo de sangue derramado. Hesitando apenas pelo tempo de uma respiração, antes de colocar tudo que eu já havia separado no chão, me aproximei da cama e peguei o livro.

Tinha uma capa grossa e macia e era maior que um romance ou um livro escolar. Comecei a folhear as páginas, não me surpreendendo ao ver "San Luis Obispo Saints, 1993" escrito em itálico na parte de cima. Um anuário. Virei as páginas e encontrei Kelli em seu primeiro ano de colegial. Ali estava ela: Kelli Reed. A fotografia era em preto e branco, mas reconheci seu cabelo longo e liso e seu sorriso com os lábios fechados. Ela fora extremante bonita, mesmo com o que presumi serem seus catorze anos. Um pouco desajeitada, talvez, mas pude ver a curva de seu peito — não eram falsos, pelo visto, como a foto parecia provar. Ava comentara que a mãe fora líder de torcida no colegial, mas, ao folhear as páginas procurando por alguma imagem do time das meninas, ela não estava em nenhuma das fotos. Tentei imaginar se ela fizera parte da equipe apenas no primeiro ano. Olhei para as duas primeiras páginas do anuário e então para as últimas, mas elas estavam totalmente em branco. Não havia assinaturas. Nenhum comentário do tipo "Você é muito legal para ser esquecida" ou "O laboratório de ciências é um saco". Por que ela teria um anuário se não fosse para pedir que alguém assinasse? Talvez ela não fosse popular o suficiente, ou talvez fosse tímida demais. Mesmo com todo o tempo em que passei cuidando de Sam, quando estava no colegial, eu ainda tinha colegas que pelo menos assinariam o nome no meu anuário.

Olhei de novo para a estante, achando que os anuários dos outros anos do colegial pudessem estar lá e eu poderia então levá-los com os álbuns para Max e Ava darem uma olhada. Mas não vi nenhum outro livro parecido ao que eu segurava agora. Por que Kelli estaria olhando para ele antes de morrer?

— Já acabou, Grace? — Melody chamou, interrompendo meus pensamentos. — Enchi outra mala e ela deve estar pesando uns trezentos quilos. Preciso da sua ajuda para levá-la para o carro.

De súbito, o anuário já não importava mais. As lágrimas começaram a pinicar minha garganta quando pensei na ideia de voltar para onde estavam Victor e as crianças. A dor oca nos olhos deles, a expressão cansada no rosto de Victor. A história que eu havia escrito em minha cabeça a respeito do tipo de vida que pensara que fosse viver tinha desaparecido. Agora havia inúmeras páginas em branco pela frente, esperando para serem preenchidas. De súbito, senti um desejo enorme de deixar tudo com Melody e pedir que ela fizesse a entrega sozinha. Por mais que eu amasse Victor e me preocupasse muito com Max e Ava, não tinha certeza se poderia passar por tudo isso sem me perder completamente. Eu queria ser o tipo de mulher generosa, que encararia aquele drama de cabeça erguida, mas não estava certa se tinha capacidade. Pensei no meu apertado mas maravilhosamente calmo apartamento e me imaginei dentro de suas paredes de novo, rodeada por todas as minhas coisas. Sem nenhum grande estresse, sem nenhum desastre emocional para resolver. E sem Victor também, eu me lembrei. Sem companhia. Sem aceitação. Sem amor.

— Estou indo — respondi, segurando os álbuns e o cobertor contra o peito, olhando para o quarto de Kelli uma última vez. Não havia como não enfrentar a situação. Victor precisava de mim. Não importava se eu me sentia pronta ou não.

Kelli

Nos romances que Kelli gostava de ler, os homens eram sempre muito bonitos. Podiam ser difíceis de conquistar a princípio — eles se recusavam a admitir quanto queriam se apaixonar —, mas, depois de encontrar e finalmente fazer amor com a mocinha, eles sempre acabavam cedendo e então admitiam seus sentimentos.

Por duas semanas após ter se deitado no banco da frente da caminhonete de Jason, Kelli esperou que ele cedesse. Ela o via passar nos corredores; ela lhe sorria na aula de álgebra. Mas ele mal lhe dirigia a palavra. Quando ela tentava falar com ele, Jason olhava para os amigos e ria. Ele afastou a carteira da dela quando ela lhe passou um bilhete. *Meus pais me deixaram de castigo por um mês*, ela escrevera. *Mas valeu a pena.* Lágrimas quentes surgiram em seus olhos quando ela viu que ele passara o bilhete para os amigos. Ela não conseguia entender como ele *podia* fazer aquilo quando a amava.

— Ele não te ama, Kel — Nancy lhe disse quando estavam de pé lado a lado no banheiro, arrumando o cabelo antes de irem para a próxima aula. — Ele só te usou para ter sexo.

Kelli corou.

— Ele não fez isso. Ele falou que me amava.

Nancy se virou e franziu a testa.

— Por favor. Garotos dizem qualquer coisa para poder tirar a roupa de uma menina.

Kelli se culpava. Talvez não tivesse se feito de difícil por tempo suficiente. Devia tê-lo feito esperar. Devia ter feito com que ele a pedisse em namoro. O único lugar aonde seus pais a deixavam ir era a biblioteca, então, pelas semanas seguintes, ela ia para lá depois das aulas e vasculhava as edições da revista *Cosmopolitan* em busca de artigos que trariam Jason de volta. "Quer fazer com que ele fique com ciúme?", dizia um artigo. "Flerte com os amigos dele e ele vai perceber o quanto gosta de você."

Perfeito, pensou Kelli. No dia seguinte, ela se aproximou de Jason e dos amigos dele, Rory e Mike, sentados a uma mesa no refeitório.

— Oi, Mike — disse ela, sem olhar para Jason, de propósito. Sabia que estava bonita, emprestara um suéter azul justo e uma calça Levi's com a barra virada no tornozelo de Nancy. Todas as curvas de seu corpo estavam evidentes.

Mike, um garoto alto que não era tão bonito quanto Jason, sorriu para ela.

— Oi, Kelli. O que está rolando de novo?

— Não muita coisa — disse ela, levantando os ombros e empinando o peito. — Eu estava pensando se... você quer estudar comigo mais tarde? Acho que preciso de uma ajuda em álgebra.

Mike olhou para Jason com um sorriso estranho no rosto.

— Claro — disse ele. — Ouvi falar que é muito divertido "estudar" com você. — Mike desenhou aspas invisíveis no ar e, vendo isso, os três garotos caíram na risada.

Kelli sentiu como se tivesse levado um soco no estômago. Não sabia o que fazer. Seus olhos queimavam com as lágrimas, e ela olhou para Jason.

— Você *contou* pra eles? — ela perguntou. A voz parecia se quebrar enquanto ela falava.

Jason levantou o queixo e deu de ombros.

— Bom, você é uma garota que vai sempre à igreja, não é? Devia ter pensado melhor. — Todos eles riram de novo, e Kelli então saiu correndo do refeitório. Escondeu-se no banheiro pelo resto da tarde, chorando.

Quando ela chegou em casa, o pai estava na sala de estar, à sua espera. Ela parou de repente, desacostumada a vê-lo antes de o banco

163

fechar, às seis horas da tarde. Ela sabia que estava com os olhos vermelhos e olhou para o chão, esperando que ele não reparasse.

— Onde está a mamãe? — ela perguntou.

Ela sentiu os olhos do pai em cima dela.

— Está no quarto. Sua mãe recebeu uma ligação da secretária do colégio hoje à tarde. Você não compareceu a nenhuma das aulas depois do almoço.

O estômago de Kelli se contraiu e ela olhou para o pai. Ela nunca cabulara aulas antes e jamais passara pela cabeça que seus pais pudessem receber uma ligação.

— Papai — ela começou, mas ele levantou a mão para fazê-la calar.

— Não quero ouvir nada. Você é uma decepção para mim, mocinha. É uma mentirosa. — Ele fez uma pausa e empurrou os óculos de aro preto contra a ponte do nariz. — Seu comportamento é inaceitável, e você vai ser castigada por isso.

Kelli fez que sim com a cabeça, sentindo as lágrimas brotarem de novo em seus olhos. Queria lhe pedir ajuda — encontrar conforto nos braços do pai —, mas sabia que era inútil ter alguma esperança nesse sentido.

— Vou ficar de castigo por mais quanto tempo?

— Deixar você de castigo não resolveu muito. — Ele respirou fundo. — Vá buscar a colher de pau.

A respiração de Kelli ficou presa na garganta. Ele só batera nela duas vezes — quando ela tinha quatro anos, depois que ela pegara o vaso de cristal favorito da mãe para admirar, deixando-o cair acidentalmente no chão, e então de novo quando ela tinha seis anos, quando, num ataque de raiva, ela cortara todas as rosas do canteiro da mãe.

— Papai — ela disse de novo. — Por favor. Eu prometo que não vai acontecer de novo.

Ele fez que sim com a cabeça, os lábios pressionados, formando uma linha branca antes de falar.

— Tem razão. Não vai acontecer mesmo. E dessa vez você vai se lembrar por quê. Vá pegar a colher.

Ela tinha catorze anos. Ele não podia fazer aquilo com ela... Podia?

— Mamãe? — ela chamou e seu pai deu um passo em sua direção. Kelli então deu um passo para trás.

— Sua mãe concorda que é um castigo apropriado. — Ele olhou para a filha. — Não me faça mandar de novo.

Kelli sentiu uma onda de raiva se levantar dentro dela. Ela cerrou os punhos nas laterais do corpo e endireitou a espinha.

— *Não* — disse ela. — Eu cometi um erro. É só que eu estava triste e chorando no banheiro e perdi a noção do tempo. Não fiz de *propósito*. — Kelli sabia que o pai não ira perguntar por que ela estava tão aborrecida. Ele não ligava para ela. Só ligava para o fato de que ela havia quebrado uma regra. Ele só ligava para como *ele* se sentia, não ela.

As sobrancelhas escuras de seu pai se levantaram.

— Você está mentindo.

— Não, não estou. — Kelli viu a mãe se aproximando, atrás dele. — Mamãe, foi um acidente. Eu não queria ter faltado às aulas. Fale para ele parar com isso. *Por favor*. — Ela estava com tanto medo, que sua voz tremeu. Nunca o havia enfrentado daquele jeito.

Sua mãe olhou para o marido e então para Kelli.

— Thomas — disse ela. — Talvez seja um exagero.

O pai de Kelli se virou para a esposa.

— Você me ligou no trabalho. Você *pediu* que eu viesse para casa fazer isso.

— Não para *bater* nela — disse a mãe de Kelli, com a voz calma. — Apenas para colocar um pouco de juízo na cabeça da nossa filha. — Ela encostou a mão no braço dele. — Me desculpe. Eu devia ter lidado com isso sozinha.

O corpo do pai de Kelli relaxou visivelmente, e ela agarrou a oportunidade.

— Desculpa, papai. Isso não vai mais acontecer. Eu prometo. — Ela começou a chorar, mas nenhum dos dois fez qualquer movimento para consolá-la. Depois de um instante, os pais deixaram a sala; seu pai se dirigindo à porta da frente para voltar ao trabalho, e sua mãe indo para a cozinha, a fim de começar a preparar o jantar. Kelli ainda continuou chorando na sala de estar por muito tempo depois de eles terem saído, tentando imaginar se alguém no mundo gostava dela.

Pelos meses seguintes, Kelli ficou em silêncio. Ela ficou em silêncio no colégio, ficou em silêncio em casa. Sentia-se enjoada a maior parte do tempo, cansada de um jeito como nunca estivera antes. Tudo o que queria fazer era dormir. Mantinha uma conversa educada com os pais, os acompanhava até a igreja e frequentava o grupo de jovens sem discutir. Mantinha-se o mais afastada possível de Jason — distanciou-se até mesmo de Nancy. Todo mundo no colégio estava falando dela — sussurrando a respeito do que ela fizera. Um rapaz a encurralou perto do armário e perguntou se ela também fazia sexo oral em frente a caminhonetes, e Kelli desejou simplesmente poder fechar os olhos e desaparecer. Fechou-se para tudo que pudesse machucá-la, e ainda assim chorava todas as noites no escuro, com o rosto enterrado no travesseiro. Não sabia ao certo por que estava chorando, mas as lágrimas vinham assim mesmo.

— Você está emagrecendo — sua mãe comentou uma manhã, quando estavam à mesa tomando café. Seu pai já tinha saído para o trabalho. Desde o dia em que o enfrentara, ele mal falava com ela. Era como se ele preferisse que ela não existisse.

— Não estou com fome — disse Kelli, girando a colher em volta dos cereais. — Eu me sinto um pouco enjoada.

Sua mãe estendeu a mão e a colocou na testa de Kelli.

— Não está com febre — disse ela. — Você tem vomitado?

Kelli deu de ombros. Na verdade, tinha vomitado naquela manhã. Vinha vomitando havia semanas. Tristeza por tudo que lhe acontecera, ela bem sabia. Como uma das mocinhas de seus romances, ela estava apaixonada, arrasada pelo modo como Jason a usara. Arrasada pelo modo como havia se entregado tão facilmente.

— Você tem menstruado? — sua mãe perguntou, a voz tão baixa que Kelli mal conseguia entender as palavras.

— Não — Kelli respondeu, e então sua respiração congelou. Ela olhou para a mãe, os olhos arregalados. — Não, não tenho. — *Ah, não, por favor. Não pode ser verdade. Foi só uma vez. E aconteceu tão depressa.*

O rosto da mãe ficou cinza e seus ombros caíram para frente. Ela soltou o garfo, que ressoou contra o prato.

— Faz quanto tempo. — Era uma constatação, não uma pergunta.

Kelli tentou se lembrar da última vez em que precisara pegar absorventes na caixa azul embaixo da pia. Tinha sido antes de Jason. Antes que seu mundo, como ela bem sabia, fosse começar a desmoronar.

Grace

Quando chegamos em casa, Victor estava falando ao telefone com o chef principal do restaurante. Imaginei Spencer diante do reluzente balcão de aço inox da cozinha do Loft. Ele era o homem musculoso que me cumprimentara na noite em que conheci Victor. Durante uma conversa com Spencer semanas depois, achei que ele parecia ser o tipo de pessoa que estaria mais à vontade numa arena de luta greco-romana que num restaurante, mas ele era na verdade um cozinheiro incrível, misturando ingredientes de um jeito que parecia hipnotizar os clientes, fazendo com que eles voltassem sempre.

— O que você fez? — perguntei uma vez, depois de provar uma sopa cremosa de cogumelos selvagens totalmente fora de moda que ele tinha preparado. — Salpicou cocaína aqui? É completamente viciante!

— Não, senhora — Spencer respondeu com um sorriso lento. — Só amor. — Para um homem grande, ele tinha a fala mansa e era até um pouco tímido, o perfeito gigante gentil e uma excelente lembrança de que a aparência de uma pessoa não define a verdade de quem ela é.

— Ei! — brinquei. — Não diga isso à vigilância sanitária.

Agora, Melody e eu descarregamos toda a comida que ela havia preparado na noite anterior e colocamos tudo no freezer horizontal que mantínhamos na garagem, deixando de fora uma lasanha e uma embalagem de cookies para comermos depois. Em seguida, levamos as malas para o quarto das crianças e fomos falar com elas enquanto

Victor terminava a conversa com Spencer. Levei o cobertor que Max pedira e um dos suéteres de Kelli para Ava. Quando entramos na sala de televisão, eu vi que eles estavam esparramados lado a lado no sofá curvo de couro, ainda de pijama. Os olhos vidrados estavam grudados na grande tela plana do outro lado da sala, mas a televisão estava desligada. Eles estavam olhando para o nada. Ava segurava frouxamente a mão de Max, e ver essa demonstração de afeto em relação ao irmão me fez ficar embargada de novo.

— Oi, crianças — disse Melody, aproximando-se para sentar ao lado de Ava. — Eu realmente sinto muito por saber o que aconteceu com a mãe de vocês. — Ela alisou o braço de Ava, que se esquivou do toque. Melody não recuou com a reação dela; em vez disso, puxou Ava para mais perto e lhe deu um grande abraço. Eu pensei que Ava fosse se afastar dos braços de Melody — elas só tinham se visto poucas vezes, quando acontecia de Melody dar uma passada em casa no fim de semana das crianças —, mas, em vez disso, Ava começou a chorar e se entregou ao abraço de minha amiga. Melody a segurou com força, afagando as costas dela e pressionando o rosto na lateral da cabeça de Ava.

Vendo isso, Max pulou do sofá e atirou-se para cima de mim, seus bracinhos magros em volta do meu quadril. Dei um passo meio cambaleante para trás, surpresa com a súbita demonstração de carinho, mas em seguida recuperei o equilíbrio, me abaixei e lhe dei um abraço apertado, passando então o cobertor de sua mãe em volta dele. Nenhuma das crianças disse uma única palavra, mas Melody olhou para mim, lágrimas aparecendo em seus olhos. Ava também me olhou e viu o suéter vermelho de sua mãe em minhas mãos. Eu lhe estendi a peça de roupa.

— Achei que você fosse gostar de ficar com ela — eu disse, mantendo um braço em volta de Max, que fungava no meu ombro.

Ava hesitou e então se desprendeu lentamente dos braços de Melody. Ela olhou para a roupa da mãe com uma expressão indecifrável no rosto.

— Era o suéter favorito dela — ela sussurrou. — Foi meu pai quem comprou de presente.

— Então você deve realmente ficar com ela. — Sorri suavemente, tentando ignorar a leve contração que surgiu no meu estômago com a imagem de Victor e Kelli juntos. Em circunstâncias normais, aquilo não teria me afetado, mas, depois de ver o anuário no quarto dela, me senti um pouco insegura.

Ava levantou os olhos para me olhar, o lábio inferior tremendo ao apanhar o suéter das minhas mãos.

— Ela pode voltar — disse ela, sua voz ligeiramente abafada ao segurar a peça junto ao nariz e à boca. — Talvez o hospital tenha cometido um engano.

Max escolheu esse momento para olhar para mim, o nariz escorrendo, os olhos azuis brilhantes de lágrimas.

— Isso acontece, não é? Eu já vi na televisão. Eles acham que é a pessoa que morreu, mas depois descobrem que é um engano.

Lancei um olhar desamparado para Melody e ela entrou na conversa.

— Eu queria que as coisas fossem assim, queridos. Mas os médicos têm certeza de que foi mesmo a mãe de vocês. Eu sinto muito. — As duas crianças começaram a chorar de novo e Melody e eu as abraçamos com força.

Victor veio apressado da cozinha, o telefone celular nas mãos. Ele parou de repente ao nos ver. Eu lhe dei um mínimo sorriso de conforto e falei *está tudo bem* sem emitir som algum. Ele concordou com a cabeça, mas ainda se agachou no chão atrás de mim, colocando os longos braços à minha volta e à volta do filho. Pressionou seu rosto úmido contra o meu, e o calor de seu corpo me envolveu.

Enquanto Victor nos abraçava, eu experimentei um breve lampejo de esperança de que eu poderia fazer aquilo. Se eu podia estar ali agora, num momento doloroso como aquele, podia estar ali sempre. Talvez eu pudesse aprender a encontrar meu caminho em meio a tudo aquilo *com* as crianças em vez de *apesar* das crianças. Talvez ser mãe não fosse tão apavorante quanto eu imaginava ser.

Ava

Existem regras de comportamento para a maioria das coisas. Eu sabia como ficar quieta e prestar atenção aos professores quando estava no colégio; eu sabia rir com a Bree e como ser amável com o meu pai quando eu queria alguma coisa dele. Mas eu não fazia a mínima ideia de como agir agora. Minha mãe tinha morrido e nada mais importava. Nem minha aparência ou o que eu fazia ou deixava de fazer. Podia comer ou não comer, chorar ou não chorar, e nada mudaria. *Escove os dentes*, meu cérebro me dizia. *Vá até o hall. Sente-se à mesa. Coma um pedaço de torrada.* Eu respondia a esses comandos em câmara lenta — com movimentos duros e afetados, como o Homem de Lata no filme *O Mágico de Oz*, quando ele ficou enferrujado depois de ter tomado chuva. Meu corpo formigava do mesmo jeito que minha boca ficava depois de uma visita ao dentista. Ali, mas não ali. Movendo-me mas entorpecida. *Vazia*.

Não tínhamos de ir à escola, então Max e eu passamos basicamente a semana inteira sentados, dentro de casa. Colori com ele e li suas histórias favoritas, maneiras inúteis de distração que pouco fizeram para que algum de nós dois se sentisse melhor.

— Como você está se sentindo? — meu pai nos perguntava todos os dias, geralmente mais de uma vez, e eu não sabia o que lhe responder. Como será que ele *achava* que nós estávamos nos sentindo? Eu não podia chorar de novo nem se tentasse. Estava cansada de um jeito profundo, como nunca estivera na vida. Passávamos todas as noites com meu pai no quarto dele, enquanto Grace arrumava sua cama no sofá da sala de estar. Não acho que algum de nós estivesse conseguindo dormir muito. No minuto em que eu fechava os olhos, o rosto de minha mãe aparecia e meu pulso batia ruidosamente através do meu sangue. Eu o sentia latejar na minha cabeça, no pescoço, nos dedos — até mesmo nos dedos dos pés.

Agora era quinta-feira de manhã, a manhã do dia em que todo mundo estava vindo para nossa casa para um tipo estranho de reunião que meu pai não chamava de funeral, mas que na verdade era mais ou menos isso. Eu queria fugir do que teria de enfrentar. Queria ficar aninhada na cama dele. Ele e Max já tinham se levantado e eu estava sozinha no quarto. Com o suéter vermelho da minha mãe me envolvendo fortemente, eu trouxe os joelhos para junto do meu peito, debaixo das cobertas, e fechei os olhos de novo.

— Ava? — soou a voz abafada do meu pai, vinda da porta do quarto. — Você está acordada?

Tentei imaginar o que ele faria se eu não respondesse. Ou se eu armasse uma confusão e me recusasse a sair de casa. Eu poderia gritar e chutar e morder se ele me obrigasse a participar. Uma parte de mim sentiu vontade de fazer isso para ver o que ia acontecer, mas a outra parte, mais esperta, respondeu.

— Estou acordada.

— As pessoas vão chegar daqui a pouco, e a Grace precisa se arrumar.

Meus olhos se abriram num rompante. Atirei minhas cobertas para longe e me virei de costas.

— *Tudo bem*, pai! — eu disse. — Estou *acordada!* — Não me importei a mínima se estava sendo mal-educada. Ele podia me castigar do jeito que quisesse, não importava. Nada conseguiria fazer com que eu me sentisse pior do que eu já estava me sentindo.

Ele não respondeu, então achei que tivesse voltado pelo corredor para dizer a Grace que ela poderia ter o quarto de volta. Tentei imaginar como ela estaria se sentindo, tendo sido chutada para fora da cama do meu pai. Tentei imaginar se ela estava com raiva pelo fato de estarmos tomando tanto o tempo dele. Ela me dera um espaço enorme naquela semana, apenas falando comigo para me oferecer algo para comer ou perguntar se queria dar uma volta a pé com ela e com Max, deixando para meu pai a tarefa de nos mandar tomar banho ou colocar nossas tigelas de cereal na pia. Ela passava os dias falando no telefone com sua assistente, trabalhando no computador e arrumando a casa. Ela estava mais calada que o habitual, parecendo pisar em ovos, abraçando e beijando meu pai quando achava que nós não estávamos vendo. Talvez ela também não estivesse sabendo como agir.

Houve uma batida suave na porta e Grace a abriu um segundo depois. Ela deu um meio-sorriso ao me ver ainda na cama deles.

— Oi — ela disse. — Tudo bem se eu tomar um banho? Você pode ficar aqui enquanto isso, se quiser.

Fiz que sim com a cabeça e ela fechou a porta atrás de si, depois de entrar. Ela usava calças pretas de pijama e uma camiseta lilás larga, e seu cabelo estava completamente desarrumado ao redor do rosto. Ela estava prestes a entrar no banheiro quando eu falei, minha própria voz me surpreendendo.

— Grace?

Ela parou, virou-se e olhou de volta para mim.

— Oi? — Ela falou de maneira tão suave e com tanta ternura que quase me fez chorar. Tive de forçar meu queixo a parar de tremer antes de poder falar.

— Eu *tenho* de estar aqui hoje?

A boca dela se contorceu numa leve careta.

— Eu acho que provavelmente seria melhor se você estivesse. Vai ser uma chance de você se despedir.

Eu pensei naquilo por alguns instantes.

— Mas e se eu não quiser?

Ela deu um suspiro.

— Eu entendo por que você está se sentindo assim, querida. Isso tudo é uma chatice, não é?

Olhei para ela, as sobrancelhas levantadas, chocada com o fato de um adulto falar tão francamente, com o fato de alguém com quem eu fora tão agressiva estar sendo tão gentil comigo.

— É verdade — eu disse. Então eu me sentei, apertei o suéter da minha mãe com mais força e baixei o olhar para o colchão. Minhas entranhas estavam emaranhadas, mas eu precisava me desculpar. — Eu não odeio você de verdade, Grace. Não sei por que disse aquilo. Desculpa. — Minha voz tremeu, de alguma maneira se sentindo desleal à minha mãe a cada palavra dita. Ela tivera ciúmes de Grace, eu sabia. Ciúmes de seu trabalho, ciúmes porque meu pai a amava. Eu havia entendido que não devia gostar da Grace, e agora aqui estava ela, enquanto mamãe tinha... partido. Eu não sabia como me sentir.

— Ava, querida, olhe para mim — disse ela. Eu fiz o que ela me pediu e apertei meus dentes com força para não chorar. Ela não estava sorrindo, mas seus olhos verdes estavam cheios de ternura quando ela falou. — Eu entendo, está bem? Às vezes, nós fazemos e dizemos coisas quando estamos aborrecidos que não queremos dizer a sério. Então, por favor, não se preocupe com isso. Eu gosto muito de você e estou do seu lado para o que você precisar.

Fiz que sim com a cabeça brevemente, agradecida pelo fato de que ela não ia fazer um drama daquela história. Se eu tivesse dito algo parecido para mamãe, ficaria de castigo por semanas. Grace sorriu para mim e então entrou no banheiro. Fiquei ali por mais algum tempo, estranhamente confortada pelos sons dela se aprontando — a água caindo, o barulho baixo do secador. Aquilo me fez lembrar de quando eu ouvia minha mãe se "embelezar" para o trabalho. Decidi pular o banho e fui para o meu quarto a fim de me vestir, prendendo o cabelo num rabo de cavalo apertado para esconder o fato de que ele não fora lavado. Eu me olhei no espelho, examinando a saia preta e a blusa que eu usava com o suéter de minha mãe.

— Vista-se para você — ela sempre dizia. — O que importa é como você se sente com o que está usando, não o que as pessoas pensam a respeito.

Cruzando os braços sobre o peito, esfreguei minhas mãos pelos meus bíceps.

— Espero que você possa me ver — eu sussurrei. — Estou usando isso para você.

Spencer foi o primeiro a chegar, muito bonito em um terno azul-marinho. Seu cabelo escuro estava penteado para trás e ele tinha um lenço vermelho enfiado no bolso na altura do peito. Ele apertou a mão do meu pai e então o puxou num abraço de um braço só, e eles bateram um nas costas do outro como se estivessem fazendo um bebê arrotar.

— Oi, criançada — ele disse em nossa direção, e Max e eu lhe demos um pequeno aceno. Gostávamos de Spencer. Sempre quando íamos ao restaurante, ele nos preparava uma torrada especial de alho com queijo e cortava pedaços das sobremesas caras. — Posso ajudar a arrumar as coisas? — ele perguntou, olhando em volta da sala de estar. Grace tinha mantido a sala tão limpa a semana toda que mal parecia que alguém morava ali.

— Eu ainda preciso colocar as cadeiras da sala de jantar aqui — meu pai disse. — Assim as pessoas vão ter mais lugar para sentar.

— Vamos fazer isso — disse Spencer, batendo as mãos juntas. Eles foram para a outra sala, e Max e eu nos aproximamos do sofá e nos jogamos nele juntos.

— E o que a gente tem que fazer? — Max sussurrou, e eu dei de ombros. Não haveria muita gente, talvez Diane e o filho dela, Patrick, mais algumas pessoas do trabalho da mamãe. Meu pai disse que os pais dela não poderiam vir porque a saúde deles não permitia que viajassem. Eu acho que, se os conhecesse, teria ficado aborrecida, mas honestamente eu não sabia como sentir falta de alguém que nunca conheci.

Antes que eu pudesse responder a meu irmão, Melody entrou pela porta da frente usando um vestido preto simples e sapatilhas combinando. O cabelo estava preso num coque baixo, e o pescoço circundado por um colar de pérolas. Ela parecia uma Audrey Hepburn loira. Grace lhe deu um grande abraço e se ofereceu para guardar o casaco dela. Spencer e meu pai estavam vindo da sala de jantar, cada um carregando duas cadeiras. Melody os viu e então esfregou os olhos e cutucou Grace.

— Quem é *aquele*? — ela sussurrou.

— Spencer — Grace disse. Ao ouvir seu nome, ele colocou as cadeiras no chão e se aproximou delas. — Essa é a minha amiga Melody — ela continuou. — Melody, esse é o Spencer. Ele é o chef do Loft. Aquele que prepara uma comida que me faz delirar.

— Muito prazer — disse Spencer com um pequeno sorriso e estendeu a mão para Melody. Ela a apertou e fez um gesto com a cabeça, e eu achei que a peguei olhando para ele uma segunda vez depois que ele já tinha desviado o olhar.

— Ava, o que a gente tem que fazer? — Max perguntou de novo, puxando meu cotovelo. Eu me esquivei de seu toque.

— Eu não *sei*! — respondi com agressividade. Os olhos deles ficaram brilhantes de lágrimas e eu imediatamente me senti uma porcaria por ter sido tão cruel com ele. — Por que você não vai comer alguma coisa? — eu sugeri num tom de voz muito mais agradável. — Tem uma tonelada de comida em cima da mesa. — Ele fez que não com a cabeça e então a inclinou contra meu braço. Seus dedos estavam quentes e suados, mas eu os segurei assim mesmo. Sabia que não era sempre que ele podia evitar o fato de ser tão chato. Ele só tinha sete anos.

Senti os olhos de Grace sobre mim do outro lado da sala e então ela se aproximou do sofá.

— Eu trouxe alguns álbuns de fotografias da mãe de vocês da casa dela, lembram? — ela perguntou com voz calma. — Vocês gostariam de dar uma olhada?

Dei de ombros de novo, meu estômago se contorcendo dentro de mim. Tinha me esquecido daqueles álbuns, e de repente não havia mais nada que eu quisesse tanto fazer. Grace me deu um aperto suave no braço antes de ir para a sala de televisão e voltar com uma pilha de álbuns. Ela se sentou entre Max e mim, me entregando um do topo da pilha que eu não reconheci; ele tinha uma capa de vinil preta gasta e a borda de espiral.

Corri minha mão por cima da capa do álbum e tentei imaginar por que minha mãe não o mostrara para mim. Ela tinha pilhas e pilhas de álbuns de quando Max e eu éramos bebês — eu ria por ela ter tirado tantas fotos de nós simplesmente deitados sobre um cobertor no chão, sem fazer nada.

— O que tem de tão interessante nisso? — eu perguntei e ela sorrira.

— Tudo que vocês faziam quando eram bebês parecia mágica — ela respondeu. — Eu não conseguia desviar os olhos de vocês nem por um segundo sequer. Vocês foram a melhor coisa que já me aconteceu.

Engolindo o nó na minha garganta, abri o álbum na primeira página. Max subiu no colo de Grace a fim de apontar para uma fotografia de uma menina séria, de pé em frente a uma casa de tijolos vermelhos. Ela usava um vestido azul-marinho simples, e seu cabelo loiro estava preso num rabo de cavalo baixo. O que pareciam ser arbustos meio secos crescia à sua volta, bem em cima do chão empoeirado.

— Quem é? — perguntou Max.

Apertei os olhos para ler as letras pequenas escritas na borda branca da foto.

— Kelli, três anos — eu disse, e então olhei para Max. — É a mamãe. — Examinei as outras fotos nas duas páginas abertas, então folheei mais algumas, assimilando as imagens à minha frente. — Todas as fotos são da mamãe com várias idades. — Havia fotos dela ao lado de sua mãe: um fiapo de mulher com o cabelo loiro meio sujo e rugas profundas na testa. Também havia uma ou duas fotos de seu pai encostando a mão larga no pequeno ombro dela. Ele era um homem alto, de aparência austera, com o cabelo loiro penteado para trás e óculos de aro preto. A camisa branca de mangas curtas dele estava abotoada até em cima, e a pele flácida do pescoço estava comprimida por uma gravata-borboleta. Havia mamãe em frente a uma igreja em um vestido branco longo, uma touca de renda presa ao cabelo, com as palavras "Kelli, primeira comunhão" escritas na borda da foto.

— Ela nunca tinha mostrado isso antes — disse Max e, ao ouvir, meu pai se aproximou e sentou na cadeira ao lado do sofá.

— Nunca tinha mostrado o quê? — ele perguntou.

Grace sorriu para ele.

— Um dos álbuns que eu trouxe da casa da Kelli. As crianças ainda não tinham visto esse aqui.

— São fotos de quando a mamãe era pequena — disse Max, e então, assim que ele falou, meus olhos pousaram numa foto que tinha as palavras "Kelli, 13" escritas na borda com letras trabalhadas. Eu e minha mãe quase poderíamos ter sido irmãs gêmeas, só que a mamãe tinha cabelo loiro e o meu era escuro. Mas nosso corpo era igual, pequeno e magro, cotovelos e joelhos salientes. Ela estava sentada numa cadeira de vime, segurando um livro grosso no colo. A boca sorria, mas os olhos não. Viramos mais algumas páginas do álbum, olhando para as outras fotos de mamãe com mais ou menos a minha idade, parecendo infeliz e sombria, e eu pensei nas fotografias que Bree e eu tirávamos com o celular — fotos engraçadas de nós duas fazendo caretas ou franzindo os lábios, fingindo sermos glamourosas. E não havia nada disso parecido ali. Talvez mamãe nunca tivesse tido muitas amigas. Talvez sua vida ao lado de seus pais tivesse sido tão triste que ela tivera de partir. Ela parecia tão comum nas fotos, o oposto da mulher que eu observava passar uma hora arrumando o cabelo e se maquiando com cuidado. A mulher que usava jeans e botas de cano longo com salto alto.

— Por que ela nunca nos mostrou isso? — eu perguntei a meu pai, e então engoli para aliviar a sensação de ter algodão na boca. Mantive meus olhos no álbum, com medo de perder alguma coisa se eu desviasse o olhar.

Meu pai deu um suspiro.

— Provavelmente porque ela não gostava muito de falar sobre o passado, querida. Era difícil para ela.

Virei outra página, parando de repente, ao ver que as últimas dez páginas, ou perto disso, estavam em branco. Simplesmente não havia mais fotos depois daquelas de seus catorze anos. Finalmente olhei para o meu pai.

— Você já viu alguma foto de quando ela estava no colegial? De quando ela era líder de torcida?

Meu pai fez que não com a cabeça.

— Acho que não, querida.

— Mas por que as fotos simplesmente pararam? — eu perguntei.

— Vocês têm uma tonelada de fotos de quando se conheceram e casaram. E outra tonelada de quando o Max e eu éramos bebês. Por que ela não teria fotos da época de adolescência?

— Imagino que seja porque ela não trouxe nenhuma, quando deixou a Califórnia — disse ele. — Provavelmente os pais dela ainda tenham algumas.

— Mas ela tem essas fotos aqui — disse eu, balançando o álbum ligeiramente. — Por que ela não trouxe as outras também?

— Eu não sei, Ava. Ok? — Havia certo tom de agressividade na voz dele; um tom que eu já o ouvira usar com minha mãe mais de uma vez. Grace então tocou a mão dele. Meu pai respirou fundo algumas vezes, seu rosto se suavizando quase imediatamente ao ser tocado por ela. Tentei imaginar por que minha mãe nunca o tocara daquele jeito quando ele estava zangado, em vez de chorar e ficar gritando que ele era um marido ruim. Talvez, se ela tivesse feito aquilo, ele não tivesse nos deixado.

Ele falou de novo, agora de modo mais suave.

— Querida, olhe. Eu entendo que você queira ficar mais perto da sua mãe agora. Você quer saber de mais coisas sobre ela. Mas não há muito mais para saber. Ela e os pais não se davam bem. Por vários motivos. — Ele fez uma pausa e pegou a minha mão. — Ela não acreditava nas mesmas coisas que eles acreditavam, e eu acho que para eles isso já era o suficiente para que não quisessem mais vê-la. Quando ela foi embora, deixou tudo para trás. As fotografias, inclusive. Talvez esse álbum tenha sido tudo o que ela trouxe.

Considerei essa possibilidade, sem acreditar realmente que ele estava me contando tudo o que sabia. Um pensamento apavorante surgiu dentro de mim, e eu olhei para ele com os olhos arregalados.

— Será que eu *poderia* fazer alguma coisa tão ruim que você nunca mais quisesse me ver?

— Nunca — ele respondeu rapidamente. — Nem em um milhão de anos. Não importa o que você faça, eu sempre estarei aqui do seu lado, está bem?

— Está bem — eu respondi, me permitindo um momento de conforto. Ele e Grace se levantaram quando a campainha tocou e algumas pessoas do trabalho da mamãe entraram em casa, olhando para mim e para Max com tamanha pena que eu tive de desviar o olhar.

— Obrigado por terem vindo — meu pai lhes disse. — A Kelli teria gostado.

Max se aproximou de mim, buscando refúgio, e tentou pegar o álbum do meu colo.

— Ei! — eu disse, tirando-o de seu alcance. — Não faça isso!

— É a *minha* vez! — ele choramingou.

— Não. Você vai deixar tudo grudento.

— Não vou! — Ele olhou para as mãos por alguns instantes, as palmas para cima, e então começou a lamber os dedos.

— Seu mal-educado!— disse eu, alto o suficiente para Grace me lançar um breve olhar de advertência. — Para com isso — eu então sussurrei.

Ele deixou as mãos caírem em seu colo e as limpou nas calças.

— Eu só queria olhar de novo — ele implorou. — *Por favor?*

— Tudo bem, mas *eu* seguro. — Ele fez que sim com a cabeça e voltamos à primeira página, examinando cada imagem de minha mãe de quando ela era criança. Pelas horas seguintes, algumas poucas pessoas entraram e saíram de casa, murmurando o quanto sentiam pelo que tinha acontecido à mamãe. Eu só balançava a cabeça em resposta, sem levantar os olhos para encará-las. Não confiando em mim mesma para falar sem chorar.

Depois de algum tempo, Max se cansou de olhar o álbum e foi comer alguma coisa. Eu ainda fiquei sentada no sofá, tentando ignorar tudo o que acontecia à minha volta. Meu pai veio ver como eu estava; a Grace fez o mesmo. Eu lhes disse que estava bem, incapaz de prestar atenção em qualquer coisa que não fosse o álbum que eu segurava no colo. Mas o dia foi passando e, quando a maioria das pessoas já tinha finalmente ido embora, não fora nas fotos que eu me peguei pensando. Fora no espaço vazio dos anos de colegial da minha mãe, o lugar onde ela simplesmente parecia desaparecer.

Kelli

Vagabunda.

A palavra martelava sem parar na mente de Kelli, enquanto ela se encolhia no banco traseiro do carro. Era a palavra que seu pai usara antes de esbofetear seu rosto poucas semanas atrás, logo após sua mãe ter lhe contado que a filha deles estava grávida. Kelli mal sentira a dor aguda da mão dele. Na verdade, mal sentia qualquer coisa que fosse. Não desde o momento em que sua mãe a obrigara a fazer o teste que confirmara o que elas temiam. Enquanto esperava que os pais decidissem o que fazer com ela, Kelli continuou com a rotina habitual de sua vida — escola e igreja —, como se nada tivesse acontecido. Cada vez que seu segredo se levantava dentro dela, ela o engolia, tentando não engasgar. Mas ali estava a verdade: ela estava grávida e seus pais a estavam mandando embora. Nesse ponto ela não se importava. Nada mais importava. Talvez ela *fosse* mesmo uma vagabunda.

Eles haviam lhe perguntado quem fizera aquilo, mas ela se recusara a lhes contar a respeito de Jason.

— E o bebê? — ela perguntou em vez disso. — O que vai acontecer com ela? — Ela não sabia por que imaginava que iria ser uma menina, apenas sabia.

Seus pais ignoraram a pergunta.

— Nós vamos dizer que você estava tendo problemas com as notas — disse a mãe. — Vamos dizer que esse colégio interno dá assistência para garotas que precisam ficar concentradas nos estudos.

— Onde ele fica? — Kelli perguntou.

— A algumas horas ao norte de San Francisco — a mãe lhe respondeu. Ela continuou a explicar para Kelli que uma de suas amigas da igreja tinha uma filha viciada em drogas, a quem mandara para lá quando tinha dezesseis anos. — Ela voltou um ano depois e estava completamente mudada.

Mudada em quê? Kelli tentou imaginar. Ela sabia que seus pais estavam arrasados. Sabia que eles estavam bravos e envergonhados. Eles queriam que ela fosse um clone deles, mas não importava para onde fosse levada, não importava o que lhe acontecesse, ela não achava que podia ser como eles. Mas, mesmo que uma parte dela sofresse com a dor da culpa, outra parte estava animada. Sua bebê ia amá-la. Kelli jamais a desapontaria. Beijaria os dedinhos dos pés dela e dormiria com ela todas as noites. Ela amaria a sua bebê de um jeito como seus pais nunca a tinham amado.

Seu pai saiu da estrada principal e seguiu por um longo caminho de cascalhos, ladeado nos dois lados por altos cedros vermelhos. Kelli quase perguntou quanto tempo ainda iriam demorar para chegar ao colégio, mas então viu uma placa que dizia "Novos Caminhos, 5 km". *Cinco quilômetros é bastante*, pensou Kelli. A última cidade que eles tinham visto ficara a mais de uma hora, então não seria fácil para os alunos tentarem fugir. Não que Kelli planejasse isso. Ela estava quase feliz de poder ficar escondida no mato, longe de todos e de tudo. Era quase como se estivesse ganhando uma chance de começar de novo.

Um pouco depois, um grande prédio de tijolos se agigantou à frente deles. Era uma caixa cinza de três andares, perfeitamente plana, com pequenas janelas retangulares. Kelli se sentiu aliviada ao ver várias outras garotas sentadas sobre cobertores no gramado. Algumas estavam lendo, outras conversando — algumas poucas tinham até um sorriso no rosto. Uma delas estava claramente grávida, uma gravidez muito mais adiantada que a de Kelli, que ainda não tinha começado a aparecer.

O pai dela estacionou o carro perto dos degraus da frente, e os três ficaram sentados ali dentro, em silêncio, por um momento.

— Você precisa pegar as suas coisas — seu pai disse. — O porta-malas está aberto.

— Vocês não vão entrar comigo? — Kelli perguntou, a voz trêmula e fina.

— Não é permitido — sua mãe disse. Pelo menos havia sinal de lágrimas em sua voz. — O diretor está à sua espera no escritório da frente. Eles vão instalar você.

— E quando vou ver vocês de novo? — Kelli perguntou. Nenhum dos dois respondeu. Era como se ela tivesse desaparecido. Era como se, depois do que fizera, ela tivesse deixado de existir totalmente para eles.

꧁꧂

Kelli aprendeu rapidamente que a maioria das garotas no Novos Caminhos achava que o local era pouco melhor que uma prisão. Todas eram obrigadas a seguir um esquema rigoroso: banho às seis horas da manhã, café às sete e depois aulas, das sete e meia às três da tarde. Tarefas e deveres por duas horas, uma hora livre para passeio ou leitura no gramado, jantar às seis da tarde, luzes apagadas às nove. Não havia mais de trinta garotas morando ali, mas, durante o primeiro mês, Kelli não fora verdadeiramente bem recebida por nenhuma delas. As outras garotas a cumprimentavam com um aceno de cabeça e diziam oi, mas a conversa nunca ia muito além de um "por favor, me passe o pão" à mesa de jantar. A maioria mantinha-se voltada para si mesma, cada uma marcada pelo próprio segredo. Nenhuma delas perguntou por que Kelli estava ali; e por um lado ela se sentia feliz por isso. Ficava pensando na vida que crescia dentro de si, imaginando que seu bebê ia mudar quem ela era — ele ia fazer com que ela se tornasse uma pessoa melhor e mais forte. Kelli precisava descansar; precisava se concentrar nos trabalhos de escola, assim poderia conseguir um emprego bom o suficiente para poder tomar conta de sua menininha. Na maior parte das vezes, ela agradecia pela estrutura rígida que o colégio exigia.

Mas, uma noite, ao se sentar num canto da pequena sala de jantar, calmamente comendo um frango borrachudo e o brócolis sem graça cozido no vapor, a realidade de toda a situação ecoou em seu cérebro, alto demais para ser ignorada: Jason a usara. Ela estava grávida e sozinha, e ninguém — nem mesmo seus pais — a queria. Eles nem a amavam. Eles não iriam mandá-la embora se a amassem. Eles iriam mantê-la com eles, se ela valesse alguma coisa.

A tristeza a envolveu como se fosse uma pesada corrente em volta de seu pescoço, até que ela achou que não fosse mais conseguir respirar. Lágrimas ardiam em seus olhos enquanto ela mastigava a última porção de comida do prato, para então o levar até a cozinha.

Mais tarde, enquanto as outras garotas assistiam à televisão ou ouviam música, Kelli se sentou à pequena mesa de madeira que ficava ao lado da cama estreita onde dormia e fez uma lista de todas as coisas que iria precisar para a sua criança. "Fraldas, roupas e mamadeiras. Talco infantil, cobertores e um berço." Ela achou que, se tivesse uma lista, talvez pudesse se sentir melhor, mais capaz de ser uma boa mãe. Tentou pensar em tudo que tinha visto nos filmes a respeito de bebês, mas não se lembrava de muita coisa. Esperava que, quando ela e sua criança voltassem para casa, sua mãe pudesse ajudá-la. Seria a neta dela, afinal de contas. Seu bebê mudaria tudo.

— O que você está escrevendo? — Uma voz estalou, atravessando seus pensamentos, e Kelli então se virou rapidamente e viu uma garota grávida, cujo nome soubera que era Stella, parada perto da porta. Seu cabelo castanho estava retorcido no topo da cabeça, preso num coque desarrumado, e ela usava uma calça de pijama de stretch e uma camiseta pequena demais para cobrir a barriga. Kelli podia ver seu umbigo, e, por alguma razão, aquilo fez com que ela se sentisse desconfortável.

Kelli virou o pedaço de papel, embora Stella não o tivesse visto.

— Nada. Trabalho da escola.

Stella levantou a cabeça e passou a palma da mão pela barriga inchada.

— Trabalho de escola, hein? Isso está me parecendo mais uma carta para o namorado. O que te engravidou?

— Não! — exclamou Kelli, um pouco chocada. Ela não tinha contado a ninguém por que estava ali. — Como você descobriu?

— Seus peitos. Estão maiores do que quando você chegou. E a sua barriga está começando a ficar mais pontuda também. — Ela fez um gesto em direção à cama de Kelli. — Você se incomoda se eu me sentar um pouco? Meus pés estão me matando.

— Claro — Kelli disse, escondendo o pedaço de papel dentro do fichário antes de se virar para Stella. — É por causa do bebê? Quer dizer, é por isso que seus pés estão te matando?

Stella gemeu ao se abaixar com cuidado na cama, colocando uma mão espalmada no colchão para não desabar de uma só vez.

— É. Estou toda inchada e dolorida. E gorda. É um saco.

— Você está com medo? — perguntou Kelli, estranhamente animada por poder finalmente conversar com alguém que pudesse entender como ela estava se sentindo. Ela estava um pouco apavorada, pensando no fato de que realmente havia outro corpo crescendo dentro dela. A única conversa que tivera sobre sua gravidez desde que chegara ali fora com o diretor e com o médico que ela vira uma única vez para fazer um checkup. O diretor fora logo lhe dizendo que ela se arrependeria se tentasse se esgueirar com o namoradinho de escola para fazer sexo, e o médico apenas lhe falara para tomar antiácidos se sentisse azia e não se esquecesse de tomar as vitaminas do pré-natal que ele receitara.

— Mais ou menos — disse Stella. — E você?

Kelli fez que sim com a cabeça, tentando evitar que seu lábio inferior começasse a tremer. Ela nunca tivera tanto medo de alguma coisa na vida. Lembrando-se de como doera quando Jason entrara nela, não podia imaginar que tipo de dor ter um *bebê* ia causar. Ela imaginou suor e sangue e gritos, e imediatamente o pavor se espalhou em seu peito como piche quente.

— O que mais você sente? — ela perguntou a Stella, esperando que talvez pudesse ouvir algo que apagasse suas preocupações.

— Bem, algumas coisas são bem legais. Quando o bebê se mexe ou coisa assim. É mais ou menos como ter um ser de outro planeta dentro de você. — Embora aquilo não fosse exatamente algo reconfortante, Kelli fez que sim com a cabeça e esperou ouvir mais. Stella deu um suspiro. — Eu também tenho que fazer xixi a cada dez minutos. O que é outro saco. E meus peitos doem. E minhas costas também.

Quanto conforto, Kelli pensou.

— Para quando é?

— Para qualquer dia agora — disse Stella. — Mal posso esperar para tirar essa coisa de dentro de mim.

Kelli congelou com aquela escolha de palavras.

— Você não vai querer ficar com ele?

Stella fez uma careta e balançou a cabeça.

— Você ficou maluca? De jeito nenhum. Foi um erro total, e meus pais não quiseram assinar a autorização para eu fazer o aborto, então aqui estou eu. Ele vai ser adotado por um casal de Los Angeles.

Kelli não conseguia imaginar desistir de sua criança assim tão facilmente.

— Você os conheceu? São pessoas boas?

Stella deu de ombros.

— Eles não nos deixam conhecer os pais que vão adotar. Apenas levam o bebê. — Seus olhos ficaram brilhantes e ela olhou para a noite escura através da janela. — Mal posso esperar para voltar pra casa. Meu namorado e eu vamos morar juntos. Ele é gerente de um posto de gasolina e vai cuidar de mim até que eu faça dezesseis anos e possa conseguir um emprego.

— E seus pais?

— Eles não querem que eu volte. — Ela olhou de novo para Kelli. — E os seus?

— Eu não sei... — disse Kelli, sua voz sumindo. — Eles não quiseram falar sobre o que vai acontecer. Eles apenas me mandaram para cá. — Sua voz falhou e ela engoliu para tentar manter as lágrimas afastadas. — Eu quero ficar com o bebê, sabia?

— Seus pais não te mandaram para cá para que você pudesse ficar com ele — disse Stella. — Todas as meninas aqui têm de desistir do bebê. Essa é toda a questão. Eles escondem seu segredo do mundo, e você volta e finge que não aconteceu nada. Os dois lados ganham. Seus pais não ficam embaraçados pelo fato de você ser uma putinha, e sua vida não é arruinada antes dos dezoito anos.

— Eu não sou uma putinha — sussurrou Kelli. A voz de seu pai pairando em sua mente... *Vagabunda*.

Stella deu de ombros de novo.

— Que seja. Então você amava o cara e tudo isso significou muito. Eu também amo meu namorado, mas isso não significa que eu esteja pronta para ser mãe.

— Todas as meninas aqui estão grávidas? — Kelli perguntou. Talvez algumas ainda não estivessem mostrando sinais, como ela própria.

— Algumas, sim. Mas a maioria vivia o lado selvagem da vida e os pais as mandaram para cá, para que parassem de beber ou qualquer outra coisa do gênero. É como uma espécie de colégio militar para nós. Só que sem uniformes. Ou meninos. — Ela bocejou. — Bom, estou pregada. Preciso ir para a cama. Foi bom falar com você.

— Eu também gostei. — Kelli observou Stella se levantar pesadamente da cama, o terror invadindo suas entranhas enquanto tentava imaginar como faria para evitar o que ia acontecer. Como ela conseguiria não deixar que os médicos levassem seu bebê embora.

Grace

— *Estou dando conta de tudo* — *Tanya me assegurou na manhã* seguinte à homenagem feita para Kelli. Eu havia ligado a semana inteira para saber como estavam indo as coisas no escritório, um pouco preocupada por estar afastada das clientes, mas até agora, segundo Tanya, tudo parecia estar correndo bem sem a minha presença.

— A Stephanie esteve aqui ontem durante algumas horas, para organizar o plantão das conselheiras — disse Tanya. — Ela também terminou de revisar algumas fichas de mulheres que estão se preparando para deixar os abrigos. Estamos bem.

— Você é um anjo — disse eu, imaginando-a sentada à sua mesa. Tanya riu ao telefone.

— Ah, sim, um anjo.

— E é mesmo — eu disse com insistência, pensando em como de algum modo ela fazia malabarismos para cumprir com as demandas de mãe solteira e continuar a ser uma grande profissional. Mas, no caso, ela tinha um grande suporte em sua mãe, que se mudara da Carolina do Sul a fim de ajudá-la a tomar conta dos dois filhos pequenos, depois de Tanya ter deixado um de nossos abrigos. Ter aquele tipo de apoio certamente fizera com que sua vida ficasse infinitamente mais manejável. Mas, por mais que eu amasse minha própria mãe, eu certamente não a queria morando conosco.

Desligamos no exato momento em que houve uma batida na porta. Fui cambaleando do sofá onde eu estava até lá, eu a abri e vi Melody segurando uma caixa de papelão.

— Bom dia! Eu trouxe feijão branco com frango, salsichas com molho de tomate e três pacotes de peito de frango pré-cozidos e congelados.

— Ah, oi — eu disse com uma risada, estendendo minha mão e fingindo me apresentar. — Não tenho certeza se você me conhece. Sou a Grace e moro com um homem que tem um restaurante? Tenho certeza absoluta de que não vamos morrer de fome.

— Eu não posso evitar — disse ela. — Você sabe que sou compulsiva. Onde posso colocar isso?

— No freezer da garagem estaria ótimo — disse eu. — Obrigada.

Ela colocou a bolsa em cima da mesinha do hall de entrada e levou a caixa para a garagem, onde eu a ouvi abrir o freezer e remexer um pouco lá dentro, possivelmente arrumando espaço para guardar tudo o que trouxera. Fui para a cozinha e servi uma xícara de café para cada uma de nós, levando-as para a sala de estar, onde ela agora estava me esperando. Ela me agradeceu e aceitou a xícara que eu lhe entreguei, então me olhou com preocupação.

— Eu só tenho uma hora antes do meu primeiro cliente, mas queria saber como você está, depois de ontem. — Ela olhou para os lençóis e o travesseiro. — Ainda dormindo no sofá, não é? — ela disse.

Eu fiz que sim com a cabeça e tomei um gole do meu café, então joguei a roupa de cama no chão para que pudéssemos nos sentar.

— As crianças precisam estar perto dele agora. — Eu entendia aquilo, é claro, mas minhas costas estavam começando a se ressentir um pouco daquele arranjo. E, honestamente, eu estava me sentindo um pouco solitária.

Ela olhou para o corredor.

— Eles ainda estão na cama? Já são quase nove horas.

— Provavelmente eles estão precisando dormir. Acho que a homenagem os deixou exaustos.

— *Me* deixou exausta — disse Melody quando nos sentamos no sofá. — E eu nem fiz nada. Não consigo nem imaginar como eles estão se sentindo.

Eu a cutuquei suavemente com o pé.

— Parece que você se divertiu muito conversando com o Spencer. — Eu tinha observado Melody seguir Spencer por toda parte, ajudando-o no reabastecimento da mesa e se certificando de que o bule de café estivesse sempre cheio; eu os vi conversando, as cabeças se inclinando uma em direção à outra. Eu tinha reconhecido o sorriso que ela lhe dera, o sorriso que parecia dizer "Seja bem-vindo, estou disponível. Por favor, me pergunte mais".

— Quem, eu? — Ela me olhou por cima da xícara de café e bateu as pestanas. Cutuquei-a de novo, um pouco mais forte dessa vez, e ela riu. — Tudo bem, tudo bem. Eu realmente me diverti muito conversando com ele. Não acredito que você não nos tenha apresentado antes! Ele é completamente meu tipo!

Dei de ombros.

— Acho que nunca fiz a relação. Ele é tão quieto, e você é tão...

— O quê? — Foi a vez de Melody me cutucar. — Eu sou tão o quê?

Eu sorri.

— Ativa?

— Ah! Esse é apenas um jeito delicado de se dizer "espasmódica". — Ela expirou e olhou para mim. — Nós vamos sair hoje à noite. Depois que ele acabar o trabalho no restaurante.

— Isso é maravilhoso, Mel. Estou feliz por você. — Eu estava feliz por minha amiga, mas não pude deixar de soltar um pequeno suspiro desanimado.

— E por que eu tenho a impressão de que você está com vontade de cortar os pulsos? — Ela se encolheu. — Ai, nossa. Desculpa. Foi uma péssima escolha de palavras.

Eu lhe dei um meio-sorriso.

— Não se preocupe. Eu só sinto como se estivesse prendendo a respiração a semana toda, sabe? — Ela fez que sim com a cabeça. — Eu preciso entrar em algum tipo de rotina. Ficar sentada aqui em casa está me deixando maluca. Sinto falta de ir para o escritório; sinto falta das minhas clientes. Sinto falta de sentir que cada momento tem um propósito, que as coisas que eu realizo fazem a diferença. Aqui, com o Victor e as crianças, eu não consigo medir o tamanho da minha importância.

— Talvez você precise voltar para o trabalho? — ela sugeriu.

— Talvez. Estou cuidando dos e-mails e de algumas ligações, mas é só isso. — Enquanto eu falava, Victor apareceu na sala, os passos incertos. Ele usava calça de pijama xadrez, camiseta branca e seu cabelo escuro estava amassado ao redor da cabeça, o que geralmente significava que ele tinha se revirado na cama a noite inteira.

— Oi, bonitão — disse Melody. — Detesto dar uma de cachorro magro, mas preciso ir para o spa e me preparar para o dia. — Ela levantou e se aproximou de Victor, dando-lhe um beijo no rosto. — Se falar com o Spencer hoje, diga a ele o quanto eu sou maravilhosa, está bem?

— Pode deixar — Victor sorriu para ela, então se aproximou e sentou a meu lado. Toquei o espaço vazio no meu dedo anular, sentindo uma pontada de tristeza. Victor percebeu o movimento e levantou minha mão a fim de beijar o local.

— Tudo bem, pombinhos — disse Melody. — A gente se vê depois. — Ela acenou e se dirigiu para a porta.

— Eu sinto muito — disse Victor, depois que ela saiu. Ele ainda segurava minha mão. — Sei que isso é difícil para nós.

— Eu sinto a sua falta — eu disse, apertando os dedos longos dele. — Só isso.

Ele deu um suspiro.

— Eu também sinto a sua falta. Vamos tentar colocar as crianças de volta na cama delas esta noite, está bem? Uma rotina normal vai fazer bem, mas os conselheiros disseram que precisamos deixá-las passar por seja lá o que precisarem. Devemos tentar fazer ajustes onde pudermos.

— Claro. — Fiz que sim com a cabeça e ele me beijou de novo, seus lábios cheios se demorando nos meus por alguns instantes a mais dessa vez, a ponta de sua língua roçando contra a minha. Gemi e o empurrei.

— É melhor você ficar longe. Assim você está piorando as coisas. Ele também gemeu.

— Ahh! Você me deixa louco, mulher.

— Mais louco, você quer dizer? — eu brinquei com ele.

— Haha — disse ele. — É tão engraçado que eu esqueci de rir. — Nós dois rimos de nossa própria piada boba. Uma vez eu tinha lhe dito que me sentia meio boba dentro de um vestido que tinha escolhido para usar num jantar, e ele dissera: "Mais boba, você quer dizer" e me dera uma piscadela. Daquele momento em diante, em qualquer oportunidade que tínhamos de fazer uma brincadeira similar, nós a fazíamos. Era tão bom rir com ele agora, sentir aquela faísca de amor e conexão durante o que estava sendo um tempo difícil.

Eu não queria estragar o momento, mas me lembrei do anuário que achara no quarto de Kelli. Nós estávamos tão focados nas crianças que eu não quis trazer o assunto antes, durante a semana.

— Querido... — comecei, então lhe contei sobre as páginas vazias, sem nenhuma assinatura, e que eu não tinha encontrado os outros anuários, que mostrariam o restante dos anos de colegial dela.

Victor ouviu, seus olhos atentos nos meus.

— Tudo bem. Mas o que você está perguntando, exatamente?

— Bom, você não acha que é meio estranho que os álbuns de fotografias parem no primeiro ano de colegial da Kelli? Principalmente porque ela falava que tinha sido líder de torcida... certo? — Fiz uma pausa. — Você alguma vez viu esses outros anuários? Ou fotos dela como líder de torcida?

— Nãããao — disse ele, esticando a palavra. — Mas não vejo como isso pode ser importante. Não muda nada. — Seu tom de voz era tenso, como se não quisesse estar falando sobre aquilo comigo.

— É claro que não — eu disse rapidamente. — Eu só estava pensando nas crianças... para que elas pudessem ter um quadro mais claro de quem foi a mãe. Ter os outros anuários ou outros álbuns de fotos daquela época poderia ser bom. Talvez as crianças pudessem se sentir mais conectadas com a mãe. — Eu não lhe disse que queria descobrir o que tinha acontecido com Kelli naquela época, que eu me perguntava se aquilo poderia de alguma forma explicar por que ela tinha morrido. Porque, se ela *realmente* tivesse cometido suicídio e fora algo de seu passado que a levara àquele caminho obscuro, isso significaria que meu noivado com Victor não havia sido a causa. Significaria que o fato de ela ter morrido não era parcialmente culpa minha.

Ele considerou a questão por alguns instantes, então se inclinou para me beijar de novo.

— Vou ver o que posso fazer.

Eu não sabia exatamente o que Victor queria dizer com isso, mas achei que era um bom sinal o fato de ele não ter ficado bravo. Coloquei uma mão em sua nuca e prolonguei o beijo, provocando-o um pouco dessa vez, deslizando a outra mão por seu peito macio até chegar à cintura da calça do pijama, escorregando-a para dentro do elástico.

— Ah, Deus — disse ele, afastando-se lentamente. — Agora você está jogando sujo.

— Eu pensei que você *gostasse* de quando eu jogo sujo.

Ele soltou um gemido bem-humorado e finalmente foi para a cozinha preparar o próprio café. Eu me atirei no sofá de novo, pensando em como, antes da morte de Kelli, Victor e eu fazíamos questão de fazer bastante sexo durante a semana, quando as crianças estavam fora, assim, nos fins de semana em que estivessem conosco, poderíamos ficar com elas sem a distração de nossos hormônios furiosos. Agora eu tentava imaginar como iríamos conseguir ficar nus juntos de novo. Eu sabia que os casais que tinham filhos davam um jeito, mas já ouvira da maioria de minhas amigas casadas que o sexo entrava em decadência depois que os filhos chegavam. Senti uma pontada de culpa por pensar em algo tão superficial, considerando as circunstâncias do momento — *O quê, as crianças vão se mudar para cá e você não vai mais fazer amor comigo?* Percebi como esse pensamento parecia imaturo e chorão. Ainda assim, não conseguia perder aquela conexão física com Victor, e eu estava disposta a entrar numa briga para mantê-la.

As crianças acordaram alguns minutos depois e eu fui tomar um banho enquanto Victor lhes servia o café da manhã. Nenhum deles falou muito, embora Max tivesse me dado um inesperado abraço quando passei por ele no corredor em direção à cozinha.

— Bom dia — ele murmurou.

Abracei-o de volta, alisando suas costas. Sorri com sua demonstração espontânea de afeto, um pouco surpresa pelo carinho que preencheu a minha alma.

— Ei, amigão — disse eu. — Você vai tomar banho? — ele fez que sim com a cabeça e seguiu pelo corredor. Eu fui para a cozinha, onde Victor e Ava estavam sentados ao balcão, folheando os álbuns de fotos juntos, e pensei se nossa breve conversa um pouco antes havia lhe inspirado a fazer aquilo com a filha. Uma lágrima rolou pelo rosto de Ava e Victor esticou o braço para secá-la com a ponta de seu dedão, inclinando-se depois para beijar o topo da cabeça dela.

Vê-lo consolando a filha daquele jeito me tocou. Victor sendo o tipo de pai que eu sempre desejara que o meu tivesse sido para mim. Perceber que Ava e eu tínhamos algo em comum me atingiu com força — sermos obrigadas a crescer aos treze anos, bem antes do tempo que deveríamos. Eu por causa do nascimento de Sam, precisando ajudar minha mãe a cuidar dele; e Ava por causa da morte de sua mãe. Pensei em como meu pai teria sido se minha mãe tivesse morrido, deixando-o sozinho com Sam e eu. Imaginei o sofrimento que eu sentiria por tê-la perdido — o meu ponto de equilíbrio, a única pessoa que eu conhecia com quem poderia sempre contar — e simplesmente não consegui criar uma imagem de meu pai sentado comigo como Victor e Ava estavam agora. De súbito me senti melhor do que eu me sentira a semana inteira, achando que nós quatro ainda poderíamos formar uma família.

— Oi, Ava — eu disse, e ela se assustou um pouco, como se só agora estivesse percebendo que eu havia entrado na cozinha. — Eu pensei em ir ao shopping e fazer algumas compras. Quer ir comigo?

— Eu realmente não tinha razão para ir fazer compras, só achei que era algo que Ava pudesse querer fazer. Algo que pudesse momentaneamente distraí-la de sua dor.

Ava deu de ombros.

— Não.

Victor olhou para mim e falou sem emitir som a palavra "desculpe". Eu fiz que sim brevemente com a cabeça, apesar de meu ego ter sofrido outro rápido golpe.

— Bom — disse ele. — Acho que vou até a casa de sua mãe apanhar o resto das suas coisas. A Grace vai ficar aqui com vocês, está bem?

Eu lhe lancei um olhar rápido, um pouco aborrecida pelo fato de ele não ter me perguntado se eu estaria bem ficando com as crianças — talvez eu quisesse ir ao escritório; talvez eu quisesse realmente ir ao shopping —, mas engoli o sentimento tão rapidamente quanto ele se levantou dentro de mim. Agora éramos uma equipe. Eu tinha de me lembrar disso. Tínhamos de apoiar um ao outro.

— Quero ir com você — disse Ava, empurrando seu banquinho do balcão da cozinha, mas Victor balançou a cabeça e levantou uma mão para fazê-la parar.

— Não, querida. É muito cedo.

— Muito cedo para ir para minha própria casa? — disse Ava, levantando o queixo. — Muito cedo para escolher as roupas que eu quero ter comigo?

Victor deu um suspiro.

— Eu trago tudo o que encontrar na sua cômoda e no armário.

— Mas eu quero ir para a minha *casa* — disse Ava.

— Esta é a sua casa agora — disse Victor. — Não quero que você volte para lá.

Ava ficou boquiaberta.

— *Nunca mais?*

Victor balançou a cabeça.

— Não há motivo para isso. Também vou trazer algumas caixas com as coisas da sua mãe, está bem? Assim você pode ficar com elas aqui.

O rosto de Ava ficou vermelho e ela fechou o álbum de sua mãe com força.

— Você quer fingir que ela nunca existiu! — disse ela, a voz ficando mais alta a cada palavra. — Você está feliz por ela ter morrido, assim não precisa lidar com ela!

— Ava — eu disse, tentando acalmá-la. — Eu não acho que o seu pai sinta isso.

Ela olhou para mim, os olhos azuis faiscando.

— E como você *saberia*? — ela falou com rispidez, e eu poderia sentir o peso de seu desprezo do outro lado da sala. Pensei em seu pedido de desculpas, no dia anterior, e imaginei se ela só estava tentando me apaziguar. Talvez aquilo agora, o jeito como ela estava me olhando, com total desdém, fosse como ela realmente se sentia.

— Isso não é verdade, Ava. E você sabe disso — Victor disse, aparentemente escolhendo ignorar a maneira que ela acabara de falar comigo. A agressividade em sua voz estava de volta. Eu queria poder acalmá-lo, alertá-lo para não ir com Ava até a casa de Kelli; não agora. Não sabia quando ele tinha decidido não deixar as crianças voltarem à casa da mãe. Ele não tinha conversado a respeito disso comigo. Era um pouco de exagero, eu achei, negar à filha a oportunidade de ver a casa de novo. Fiquei me perguntando do que ele a estaria protegendo. Mas esse não era o momento de fazer questionamentos, principalmente diante da filha. Olhei de um para o outro repetidas vezes e fiquei admirada pela semelhança de postura de ambos: costas retas, ombros para trás, o queixo firme.

— Eu não sei mais de nada! — Ava disse num tom de voz tão alto que senti arrepios na espinha. Ela pressionou o álbum contra o peito e passou empurrando o pai, correndo pelo corredor para chegar a seu quarto. A porta bateu com força e eu dei um sorriso de apoio a Victor.

— Estou achando que esse é um som ao qual vamos ter de nos acostumar — eu disse, esperando que pudesse fazê-lo sorrir. Esperando que pudéssemos voltar ao nosso lugar no sofá, onde estávamos apenas uma hora atrás. Brincando, provocantes, cheios de carinho. Da maneira que nós costumávamos ser. Mas sua expressão continuou carrancuda e ele passou por mim do mesmo jeito que Ava tinha passado, me deixando de pé na cozinha, completamente sozinha.

Ava

No momento em que eu entrei na sala de aula na segunda--feira de manhã, todo mundo ficou em silêncio. Até a sra. Philips me encarou enquanto eu estava de pé na soleira da porta, segurando minha mochila contra o peito como se fosse um colete salva-vidas.

— Ava — ela disse finalmente. — Seja bem-vinda de volta.

Eu tinha demorado mais tempo para me arrumar naquela manhã, escovando e ajeitando o cabelo com cuidado, aplicando e reaplicando um pouco de rímel e blush, até ficar satisfeita com o resultado. Escolhi meu melhor jeans e uma regata vermelha para usar por baixo do suéter da minha mãe, esperando que, se eu pelo menos *parecesse* normal, todo mundo imaginaria que eu estava bem e me deixaria em paz. A última coisa com a qual eu queria era lidar eram pessoas dizendo quanto sentiam pelo que acontecera com minha mãe, como era horrível que ela tivesse morrido. Como se eu precisasse desse tipo de lembrança.

Dei um leve aceno de cabeça para a sra. Philips e mantive o olhar grudado no piso de madeira enquanto caminhava até minha carteira, perto da janela. Estava tudo muito quieto. Eu queria conversar com os outros alunos para me distrair dos pensamentos que reviravam em minha cabeça. Meu pai passara o fim de semana pegando caixas na casa da mamãe, trazendo o restante das minhas coisas e do Max. Ele até trouxe algumas coisas dela — roupas e livros, na maioria. Ele colocou algumas caixas no sótão, dizendo que eram para quando Max e eu ficássemos maiores, mas me deu duas para que eu pudesse examinar agora. Eu as deixei no meu quarto, empurrando-as para um canto depois de ele ter saído. Não me sentia pronta para ver o que tinha lá dentro. Minha raiva estava farpada e amarga dentro da minha boca. Ainda não acreditava que ele não me deixara ir com ele. Também não acreditava que ele pensava que pudesse me manter afastada.

Agora, na classe, eu deixei a mochila cair no chão, sentei no meu lugar e tentei prestar atenção ao que a sra. Philips falava a respeito da prova na próxima semana ou de equações, desejando que aquela não fosse a aula que Bree e eu não fazíamos juntas. Whitney estava sentada na fileira e na carteira atrás de mim; eu podia sentir seus olhos azuis perfurando minha nuca. *Não vou olhar para você. Não vou.*

— Psiu — Whitney sussurrou. — Ava. — Eu levantei o queixo e apertei os olhos, como se estivesse tentando prestar atenção no quadro. — Ei, Ava! — Ela disse meu nome de novo. — O que aconteceu com a sua mãe?

Minha pele começou a formigar e eu tentei ignorá-la. *Por favor, me deixe em paz.*

— Ela teve mesmo um ataque do coração? — Whitney perguntou e finalmente a sra. Philips percebeu que ela estava falando.

— Whitney, você pode vir aqui e resolver esse problema, por favor? E explicar enquanto resolve, assim o restante da classe pode acompanhar o seu raciocínio.

Whitney sorriu docemente para a professora.

— Eu iria, sra. Philips, mas estou *tão* triste com o que aconteceu com a mãe da Ava, que eu acho que não vou conseguir. Não foi uma *tragédia*?

Eu me virei e olhei para ela.

— Não. Ouse. Falar. Dela. — Eu rosnei as palavras, um pouco surpresa com a aceleração do meu pulso, com a vontade que senti de arrastá-la e esbofeteá-la. Uma imagem se levantou em minha mente: o rápido ferrão da palma da minha mão aberta na cara dela, o choque e as lágrimas nos olhos. A satisfação de apagar aquela aparência presunçosa de seu rosto bonito.

— Ava, vire-se para frente, por favor — disse a sra. Philips. Eu obedeci e então ela voltou a atenção para Whitney. — Boa tentativa, mas não deu certo. Venha aqui.

Whitney deu um suspiro e fez o que lhe foi ordenado. Errou ao resolver o problema e, quando voltou para a carteira, arreganhou os dentes para mim.

— Estou tão feliz porque você está de volta — disse ela, o tom de voz cheio de sarcasmo.

— Estou tão feliz por você ser uma *vaca* — murmurei em voz baixa, mas num tom alto o suficiente para que ela certamente ouvisse.

※

— Uau, você é mesmo *foda*! — exclamou Bree mais tarde, quando eu lhe contei o que tinha dito a Whitney. Estávamos andando juntas até a casa dela, que ficava a poucos quarteirões da escola. Meu pai ficou esperando por mim e por Max no estacionamento quando a aula acabou, mas eu lhe dissera que queria ir para a casa da Bree.

— Eu não sei — ele disse lentamente, enquanto meu irmão se mexia no banco de trás.

— Papai! — disse Max. — Meus amigos fizeram um cartão para mim, e todos eles assinaram. — Ele levantou uma cartolina branca dobrada, coberta com nomes rabiscados e, inexplicavelmente, alguns desenhos estranhos de robôs. *Ele é tão idiota. Será que uma porcaria de cartão compensa o fato de a mamãe ter morrido?*

Meu pai virou a cabeça em direção ao banco de trás.

— Que legal, amigão. Muito atencioso da parte deles.

Lancei um olhar maldoso para Max, e ele me mostrou a língua em resposta. Eu o ignorei e voltei minha atenção para o que eu estava tentando conseguir.

— Pai, por favor? Não fiquei com ela durante a semana inteira. Eu preciso da minha melhor amiga. — Eu lhe dei o meu sorriso inocente mais convincente, esperando que ele cedesse. Eu sabia que ele estava se sentindo mal por causa da nossa briga. Ele tentara me subornar durante todo o fim de semana, me oferecendo sorvete e ajuda para examinar as coisas da mamãe nas caixas, mas eu não cedi. Agora eu percebi que, se pedisse algo tão pequeno, como ir à casa da Bree, ele acharia que eu o estava perdoando — e era exatamente nisso que eu queria que ele acreditasse.

— A mãe dela vai estar lá? — ele perguntou. *Ele está vacilando. Ele vai dizer que sim.*

— É claro — eu menti. Meu pai não sabia que a mamãe sempre ligava para Jackie, a mãe de Bree, para ter certeza de que ela estaria lá. Ele não ficava conosco tempo suficiente para saber o que devia fazer. Mas eu sabia que devia estar de volta à casa dela às seis e meia, quando ele viria me buscar. Aquilo me daria três horas para ir à casa da minha mãe e voltar. Se eu estivesse em frente à casa da Bree esperando, ele jamais saberia o que eu tinha feito.

Agora eu dei de ombros, quando Bree me parabenizava por colocar Whitney em seu devido lugar.

— Ela mereceu. Estou cansada das provocações dela. — Respirei fundo e soltei o ar, sabendo que o que eu ia dizer poderia aborrecer minha amiga.

— Bree, eu estou pensando em tentar entrar para a equipe de dança. — Olhei para ela, observando sua reação com cuidado.

Ela parou de repente e virou a cabeça para me olhar.

— O quê? *Por quê?*

Parei de andar também e dei um suspiro. Achei que ela fosse fazer um escândalo.

— Por nada. Acho que ia ser divertido.

— Você acabou de falar que a Whitney é uma puta e agora quer ficar andando com ela e com suas asseclas? — perguntou Bree, balançando a cabeça. — Isso é *maluquice*.

— Não, não é — eu disse com certa agressividade. — Não dou a mínima para a Whitney. E não vou ficar "andando com ela". — Fiz aspas invisíveis com os dedos ao falar as últimas palavras e então deixei os braços caírem pela lateral do meu corpo. — Minha mãe foi lí-

der de torcida, sabia? Ela gostava de dançar. Talvez eu seja boa nisso.
— Eu senti lágrimas pinicando no fundo da minha garganta e engoli em seco para reprimi-las. Não queria chorar. Aquele era meu primeiro dia de volta à escola, e eu já não aguentava mais todo mundo ficar olhando para mim. Não fora só a Whitney — eu vi outros alunos sussurrarem enquanto eu passava por eles no corredor, tentando não fazer contato visual. Eu só queria encontrar um jeito de ser normal de novo.

A expressão dela se suavizou um pouco depois que eu lhe falei aquilo.

— Tudo bem — disse ela. — Eu entendo. — Fiquei agradecida por ela não insistir no assunto. Começamos a andar, mas não falamos nada até chegarmos à casa dela.

— A que horas passa o ônibus? — perguntei ao entrarmos. Eu não conseguia acreditar que só ela e a mãe moravam naquela casa enorme, numa costa íngreme com vista para o centro de Seattle. Bree me dissera uma vez que a mãe dela não iria se casar com o namorado porque isso significava que seu pai poderia parar de lhe pagar a pensão alimentícia e ela precisaria arranjar um emprego. Eu achava tudo isso horrível da parte de Jackie, mas não dizia nada a Bree, embora ela provavelmente também sentisse o mesmo. Era normal eu falar mal dos meus pais ou ela falar mal dos pais dela, mas não era legal para nenhuma de nós falar mal dos pais da outra. Era a regra, e Bree e eu a entendíamos.

— Quatro e dez — ela disse. — O cinquenta e cinco passa direto na casa da sua mãe, certo?

Fiz que sim com a cabeça. Já tomara aquele ônibus algumas vezes sozinha para ir à casa de Bree. Ela olhou para o relógio.

— Eu vou dar comida para os gatos, e daí a gente já pode ir.

Poucos minutos depois e nos dirigimos para a porta, Bree se certificando de que ligara o alarme. Era uma distância curta de ônibus, seguindo pela confluência da West Seattle para chegar até a pequena casa da minha mãe, no alto da Genesee Hill. O dia estava acinzentado, as nuvens baixas no céu, e parecia que podia chover. As folhas em nossa vizinhança tinham começado a ficar vermelhas, como se tivessem testemunhado algo que não deviam e estivessem corando. Meus músculos começaram a tremer ao andarmos do ponto de ônibus até a porta da casa. Eu procurei o carro de Diane, feliz em ver que ele não estava na entrada da garagem, assim ela não nos veria. A última coisa de que eu precisava era Diane ligando para meu pai e lhe dizendo que eu estava na casa da minha mãe.

Respirando fundo, tirei a chave do bolso e abri a porta da frente. Olhei para Bree.

— Está pronta?

Ela fez que sim a cabeça e soltou uma respiração quente, seus óculos um pouco embaçados pela umidade do ar. Ela usava uma camisa de flanela xadrez de seu pai e jeans com buracos nos joelhos e carregava sua mochila verde-escura, para o caso de haver algo que precisássemos levar conosco.

Dentro da casa o ar tinha a mesma temperatura que do lado de fora e um cheiro embolorado e estranho, como se tivéssemos ido embora houvesse muito mais tempo que uma semana. Todas as luzes estavam apagadas, mas havia iluminação natural suficiente, vinda da janela da frente, para que pudéssemos enxergar. Tudo parecia exatamente como eu me lembrava — não dava nem mesmo para dizer que meu pai estivera lá para pegar as nossas coisas. O sofá de couro marrom da sala de estar estava coberto com as almofadas favoritas da minha mãe; a mesinha de centro repleta de várias figuras de ação de Max e alguns livros meus. Nossas fotos de escola estavam em cima da lareira, e uma pilha de roupas para lavar não dobradas estava num cesto no chão. Pude ver o prato onde mamãe colocara a torrada que havia me preparado ainda em cima do balcão da cozinha, e isso me deu vontade de chorar. Por que eu não a tinha comido?

Bree deixou a mochila cair no chão.

— O que devemos procurar?

— Eu não sei — sussurrei, tentando controlar a respiração. — Acho que podemos checar o quarto dela. — A ideia de ver a cama da minha mãe, onde eu sabia que seu corpo estava quando ela morreu, me fez ficar enjoada. *Talvez essa não tenha sido uma grande ideia. Talvez devêssemos ir embora.* De repente uma sensação de pânico tomou conta de mim. Eu não podia me dar ao luxo de fazer meu pai ficar bravo por eu estar ali, quando ele me proibira de ir. Não podia perdê-lo também.

Mas Bree já estava seguindo pelo corredor, e, antes que me desse conta, eu estava atrás dela. Quando entrei, desviei o meu olhar da cama. Mamãe estava em toda parte do quarto. Depois que meu pai saiu de casa, ela o decorara em tons de azul e amarelo e renda — suas cores e tecido favoritos.

— Nós não precisamos dele, não é, querida? — ela me perguntou enquanto eu a observava passar o rolo de tinta fresca pela parede. — Nós vamos ficar bem. Somos mulheres fortes, você e eu.

Eu concordei com a cabeça, uma sensação de vazio na barriga. Eu precisava *sim* do meu pai e não tinha tanta certeza de que mamãe fosse forte. Pessoas fortes não choravam por causa de coisas pequenas, como quando o micro-ondas quebrava ou o banco fechava antes que ela conseguisse depositar suas gorjetas.

Agora, de pé no quarto dela, ao lado de Bree, percebi que um pouco do que eu vinha sentindo durante aquela última semana era alívio por não ter mais de cuidar dessas tarefas para minha mãe. Não teria mais de ajudá-la a pagar as contas ou chamar o encanador quando algo no banheiro quebrava. Uma onda de culpa me invadiu com esse pensamento, como se de alguma maneira eu pudesse magoar a minha mãe pensando assim.

— Ava? — disse Bree, trazendo-me de volta para o presente. — Posso ligar o computador dela?

— Será que ainda está aqui? — eu disse, surpresa com o fato de meu pai não tê-lo embalado também. Eu podia dizer que ele estivera no quarto — a porta do armário estava aberta e todas as roupas tinham sido levadas embora. Ver isso trouxe uma nova rodada de lágrimas pinicando em meus olhos — lembranças de mamãe me deixando brincar de vestir suas roupas, eu tentando me equilibrar em seus sapatos de salto alto, fingindo que uma de suas combinações era um vestido de baile. Shows de moda improvisados no seu quarto, eu ajudando a escolher o vestido que ela iria usar. Cabides vazios eram tudo o que restava — lembranças fantasmagóricas de que ela partira.

— Está — Bree respondeu, apontando em direção à escrivaninha perto da janela. — Bem ali.

— Tudo bem, então — eu disse, respirando bem fundo para evitar o choro. — Vamos lá... Me deixe fazer isso. — Dei alguns passos e me sentei no banco, diante da escrivaninha da minha mãe. Bree se sentou a meu lado. Esperamos que o laptop ligasse, e então apertei os botões e cliquei no ícone que trazia o histórico dos sites que mamãe tinha visitado. Não havia muitos; ela não tinha conta no Facebook nem no Twitter e não gostava de fazer compras online.

— Banco da América — li alto enquanto passava o dedo pela lista. — Google, Greg Morton DP, Tracy Lemmings DP. — Fiz uma pausa, deixei a mão cair na escrivaninha e olhei para ela. — Tem uns dez sites que trazem DP.

— DP? — Bree repetiu — O que é isso?

— Vamos descobrir — eu disse, olhando de volta para a tela e clicando em um dos links. — Tracy Lemmings, detetive particular — eu li alto. — Garantimos uma investigação discreta que seja adequada às suas necessidades pessoais e profissionais.

— Mas por que a sua mãe precisaria de um detetive particular? — perguntou Bree.

Deixei escapar o ar longamente por entre os lábios.

— Eu não faço ideia. — Ela me olhou de esguelha, as sobrancelhas ligeiramente arqueadas. — Sinceramente, Bree, eu não sei.

Ela deu um suspiro.

— Bom, vamos olhar em todos os sites para ver se há algum tema.

— Um tema?

— É. Tipo, se eles são especialistas numa determinada área ou algo parecido, sabe?

Concordei com a cabeça.

— Boa ideia. — Cliquei em todos os sites, mas cada um deles oferecia uma variedade de serviços: seguir cônjuges infiéis, procurar parentes sem contato há muito tempo ou crianças desaparecidas ou que tinham fugido, pedidos suspeitos de reembolso de seguros, a lista não parava. Não havia como saber para o que ela teria contratado um detetive.

— Vamos olhar os e-mails — Bree sugeriu. — Talvez ela tenha escrito para algum desses detetives.

Fiz que sim com a cabeça de novo e então digitei a senha do e-mail da minha mãe: uma combinação das datas de aniversário minha e do Max. Eu a tinha ajudado a criá-la, porque ela não sabia como fazer sozinha.

— Tudo bem — eu disse. — Vamos ver. — Apertei algumas teclas e usei o mouse para separar os e-mails por remetente. — Tem uma porção para a Diane — eu disse, olhando para a tela. Bree e eu ficamos lendo os e-mails por alguns minutos. A maior parte deles era para combinar encontros para um café ou sobre as brigas que Diane estava tendo com o marido.

— Não vejo nada para um detetive particular — disse Bree. — Você vê?

Balancei a cabeça.

— E para outras pessoas? Talvez tenha algum para os seus avós.

Comecei uma busca pelos nomes "Thomas" e "Ruth", e nada apareceu. Tentei de novo com "mãe" e "pai", "papai" e "mamãe". Nada.

— Você acha que eles *teriam* um computador? — perguntou Bree.

Considerei esse ponto.

— Provavelmente não — eu disse com um suspiro. Descobrir o que tinha acontecido entre minha mãe e os pais dela podia ser mais difícil do que eu imaginara. Eu nem sabia o que realmente estava procurando, já que não conseguia imaginar pais que não amavam os filhos, como eu sabia que os meus me amavam. Mesmo louca da vida com meu pai agora, eu sabia que ele me amava. Fui descendo a tela mais e mais, passando por e-mails antigos trocados entre minha mãe e meu pai. Minha barriga dava reviravoltas, pensando no que eu poderia descobrir, mas algo dentro de mim me forçava a continuar, então ignorei a torturante sensação no meu peito que me dizia que eu devia desligar o computador e ir embora. Abri um e-mail de três anos atrás, logo depois de meu pai ir embora, e Bree e eu começamos a ler:

> Kelli,
> Você sabe que eu amo nossos filhos e queria poder encontrar um jeito de fazer com que tudo desse certo, mas não acho que isso seja possível. Vou dar entrada na papelada esta semana. Eu fiz de tudo para entender o que você passou, mas não aguento mais tentar te forçar a lidar com isso. Não aguento mais nada.
> Você não precisa se preocupar com nada; eu vou cuidar de tudo. Pode ficar em casa com as crianças. Vou arranjar outro lugar aqui perto. Quero vê-los o máximo que puder, é claro, mas eu acho que você vai precisar voltar a trabalhar. Vou falar com Steve e ver se você pode ter seu antigo emprego de garçonete de volta. O salário é bom e você ainda tem o seguro.

— Por que o seu pai ia ajudar a sua mãe a arrumar um emprego se ele estava indo embora? — perguntou Bree, tirando os olhos da tela e olhando para mim. — Não faz sentido.

— Ele cuidava dela — eu disse, minha voz um pouco mais que um sussurro. — Ela sempre disse que meu pai tinha prometido cuidar dela, e então ele simplesmente foi embora. — Eu continuei a ler o e-mail.

> Nós fizemos duas lindas crianças e, depois de tudo o que aconteceu com a gente, eu sei que estávamos destinados a ficar juntos, mesmo que não fosse para sempre. Sei que ficamos juntos para que eles pudessem ser nossos.

Isso era tudo o que meu pai dizia. Ele nem assinou o nome. Bree se deixou cair na cadeira e então falou com voz calma:

— Você quer continuar olhando?

Fiz que não com a cabeça. Eu me sentia vazia, de repente não me importando mais com o que pudesse encontrar. Não entendia por que achei que ir ali me ajudaria a me sentir melhor. O que eu estava procurando — o que realmente importava — tinha ido embora. Mas eu não podia dizer isso a Bree. Não podia dizer que eu tinha um pequeno sopro de esperança de que eu entraria em casa e minha mãe estaria ali.

"Querida", ela me diria, estendendo-me os braços. "Está tudo bem. Foi tudo um sonho ruim. Eu estava doente e não pude voltar para casa." Uma espécie de coma, eu imaginava. Como nas novelas. Um coma tão profundo que nem mesmo os médicos sabiam que ela ainda estava viva.

— Tem certeza? — perguntou Bree, trazendo-me de volta ao presente. De volta para onde meu pai tinha nos deixado e mamãe tinha morrido. — Você não quer pegar alguma coisa?

Fiz que não com a cabeça de novo.

— Não agora. Não posso. — A palma das minhas mãos suava e meu coração martelava em meu peito com força.

— Tudo bem. — Bree deu um suspiro. — Sinto muito, Ava.

— Tudo bem — eu disse, fechando o computador. — Vamos embora. — Minha voz tremeu e minhas palavras não soaram tão firmes e fortes como eu queria. Eu me levantei e virei, dessa vez me forçando a olhar para o lugar onde mamãe morrera. O edredom estava revirado do mesmo modo que eu já vira centenas de vezes, puxado para trás, como se ela pudesse voltar e entrar debaixo dele a qualquer momento. Eu podia sentir o cheiro dela à minha volta, o aroma suave de seu perfume doce. No alto da cama, ela tinha emoldurado um desenho a lápis de nossa família que eu tinha feito no terceiro ano: papai alto no meio, seu cabelo parecendo ouriço, mamãe ao lado dele num vestido rosa. Eu segurando a mão do papai e Max segurando a da mamãe. Era um dia bonito no desenho; o sol era uma bola brilhante amarela num céu impossivelmente azul. Todos nós tínhamos um sorriso no rosto, mal nos importando com o mundo lá fora. Era como eu nos via naquela época, quando ainda estávamos todos juntos. Antes que a família que eu conhecia — a família que eu pensei que fosse ser minha para sempre — arrebentasse e finalmente desmoronasse.

※

Eles estavam brigando de novo. Eu enterrei minha cabeça debaixo do travesseiro e tentei não escutar, mas era impossível. A raiva deles era tão grande, tão poderosa, que atravessava as paredes de nossa casa. Eu imaginava a raiva como uma coisa preta, grossa e pesada como nuvens de tempestade se formando no céu. Meu quarto ficava ao lado do deles, não dava para ignorar.

Meu pai tinha chegado tarde, bem depois de Max e eu termos ido para a cama. Acordei uma vez com o som de minha mãe chorando e então mais uma vez quando ouvi a porta do quarto deles bater com força.

— Eu não aguento mais! — meu pai berrou. — Se você não consegue entender o quanto eu preciso trabalhar para cuidar de vocês, eu não posso fazer nada! Você é uma mulher adulta, pelo amor de Deus! Precisa começar a agir de acordo! — A voz dele estava retorcida de um jeito como eu nunca ouvira.

— *Eu* preciso crescer? — mamãe gritou, sua voz era estridente. — *Eu* preciso? Quem é que nunca fica com os filhos? — Ela fez uma pausa por um minuto e eu esperei que pudesse ter acabado, mas então ela começou de novo. — É você, Victor. *Você.* Não pense que eu não sei o que está acontecendo. Não pense que eu não vi.

Viu o quê?, eu tentei adivinhar, sentando-me na cama e acendendo o pequeno abajur na mesinha de cabeceira, então puxando o cobertor até o pescoço. Meu pai vinha se ausentando cada vez mais. Numa noite, na semana passada, ele simplesmente não voltou para casa. Disse a mamãe que tivera tanto trabalho para fazer que dormira no restaurante, mas eu sabia que ela não acreditara nele. Ele tinha um sofá no escritório, então eu não entendia por que ela achou que ele não estava falando a verdade.

— Você não viu *nada* — meu pai disse. Era como se ele estivesse cuspindo as palavras. — Você está muito ocupada sentindo pena de si mesma. Eu sinto muito que seus pais tenham te renegado. Eu sinto muito por você não conseguir superar isso! Eu não aguento mais. Chega, você entendeu? Chega!

— Ótimo — ela gritou. — Você tem outro lugar para onde prefere ir? Então vá! Saia da minha casa!

Eu me encolhi, o estômago começando a doer de um jeito que eu jamais sentira. Não entendia o que minha mãe estava dizendo. Onde mais meu pai ia querer estar?

Ouvi gavetas se fechando com força, minha mãe ainda chorando. A porta do meu quarto se abriu lentamente e eu segurei a respiração, achando que pudesse ser o meu pai, mas era só o Max. Ele tinha uma mão na maçaneta, e seu cobertor amarelo gasto na outra. Seus olhos estavam arregalados e o lábio inferir tremia. Ele só tinha quatro anos.

— Aqui — eu sussurrei, levantando meu cobertor e me espremendo contra a parede. Ele veio na ponta dos pés até a minha cama e subiu nela. Seu corpo estava quente, mas ele tremia.

Passado um momento, ele encostou a cabeça contra o meu peito e começou a chorar.

— Shhh — eu disse, colocando um braço em volta dele e, juntos, nós ficamos esperando que a manhã chegasse.

Grace

— *Grace?* — A voz de Max se arrastou para dentro dos meus sonhos, me fazendo cócegas até que eu acordasse. Ele colocou a pequena mão no meu ombro, sacudindo-o suavemente. Victor ainda não tinha chegado em casa; fazia poucas semanas que Kelli havia morrido e ele começara a trabalhar até bem mais tarde no restaurante, a fim de compensar o tempo que passava cuidando das crianças durante a tarde. Na noite anterior, ele ligara umas horas antes dizendo que tinha de terminar um pedido de vinhos e só voltaria depois que o bar estivesse fechado.

— O que houve, querido? — eu perguntei a Max. — É muito tarde. — *Ou muito cedo.* Forcei-me a abrir os olhos e olhar para o relógio. Duas e vinte e três. *Argh. Definitivamente cedo.*

— Eu molhei a cama — ele sussurrou. — Desculpa. Não fiz de propósito. — Ele começou a chorar. — Tomei muito leite ontem à noite e eu não devo fazer isso, e eu tive um sonho ruim e molhei a cama! — Ele começou a soluçar, um soluço sentido. Eu me virei e levantei, equilibrando-me no colchão com um braço e alcançando-o com o outro, acariciando as costas dele. A parte da frente de seu pijama estava encharcada e fria. Tentei não arfar quando uma lufada de amônia me atingiu.

— Ei, me ouça. Claro que você não fez de propósito. Não se preocupe. Vamos cuidar disso.

Ele apertou os olhos e balançou a cabeça rapidamente de um lado para o outro, parecendo não me ouvir entre as lágrimas.

— A mamãe sempre me diz para não fazer isso, mas eu esqueci porque estava com muita sede!

Eu também senti vontade de chorar, ouvindo-o se referir à mãe no presente, como se ela ainda estivesse viva.

— Max, querido — eu disse, agora me agachando, nossos olhos ficando no mesmo nível. — Eu não sabia disso, então não é culpa de ninguém. Tudo bem? — Afastei os cabelos úmidos do seu rosto e lhe dei um beijo rápido na testa. — Foi um acidente. Só precisamos arranjar lençóis limpos e outro pijama, certo? Vai ficar tudo bem.

— Não vai, não! — ele berrou e bateu o pé no chão. — Não vai, *não* vai!

— Max — eu disse de novo, tentando manter a voz controlada, mas sentindo que meu coração começava a disparar. — A Ava está dormindo. Preciso que você tente ficar quieto. — Olhei para a porta, desejando que Victor entrasse. Não sabia como lidar com aquilo sozinha.

— Não! — ele gritou e começou a soluçar. — Eu quero a mamãe! — ele gritou de novo e de súbito girou o braço, derrubando meu despertador no chão de madeira, fazendo um tinido ao cair.

— Max! — eu disse, segurando seu braço para que ele não derrubasse mais nada.

— Ele molhou a cama? — perguntou Ava, entrando no quarto. Até parecia que ela não iria acordar. Max se afastou bruscamente de mim, correu para a irmã e pressionou o rosto na lateral do corpo dela. Eu endireitei o corpo e fiz que sim com a cabeça. Ela franziu a testa.

— Você não devia ter deixado que ele tomasse tanto leite depois do jantar.

Antes que eu pudesse evitar, lancei-lhe um olhar zangado.

— Eu percebo isso *agora*, Ava — eu disse com certa agressividade. As coisas ainda estavam um pouco tensas entre nós depois da briga com Victor a respeito de ela voltar à casa de Kelli. Eu me mantive distante, tentando lhe dar o espaço que ela parecia precisar. Aparentemente não tinha ajudado muito.

Ela revirou os olhos e não me encarou.

— Vem, Max. Você pode me ajudar a tirar os lençóis? Aí vamos te lavar um pouco e você volta a dormir. — Ele fez que sim com a cabeça lentamente e engoliu as lágrimas.

— Eu vou ajudar vocês — eu disse, dando um passo na direção deles, mas Ava levantou uma mão para me fazer parar.

— Está tudo bem. Eu arrumo isso. — Eles saíram do quarto e, depois de ouvir o murmúrio de vozes contra os pingos da água corrente, tudo estava quieto de novo em menos de dez minutos.

No entanto, já encolhida debaixo do cobertor, eu não conseguia dormir. Pensei em tudo que eu não sabia a respeito de Max e Ava; todas as coisas que para Kelli eram tão naturais como o ato de respirar. E, embora ainda não tivesse tido nenhuma demanda palpável em relação às crianças, eu me sentia estranhamente tensa. Quando estávamos em casa, tudo girava em torno do que elas precisavam, dos horários delas. Eu não conseguia evitar não me sentir um pouco ameaçada pelo contínuo barulho — da televisão, do videogame alto, e de Max, que parecia literalmente incapaz de se mover pela casa sem bater a porta ou pisar com força contra o piso de madeira. Acostumada ao silêncio — talvez quebrado por um pouco de música ou um programa de reality ocasional na televisão —, eu pulava a cada barulho que ele fazia. Ava — ao contrário de hoje — ficava quieta e retraída na maior parte do tempo. De certa forma, isso era quase mais desconcertante que a constante hiperatividade de Max e sua necessidade de interação. A conselheira do colégio dissera a Victor que crianças tinham a tendência a processar as coisas mais internamente, e nós deveríamos ficar atentos, caso a dor delas se manifestasse de outras maneiras.

— De que tipo de maneiras? — eu lhe perguntei, um pouco assustada com o que esse comportamento poderia ocasionar. De súbito, tive visões de Max arremessando bolas de basquete nas janelas de nossa casa de propósito, e Ava voltando da escola com uma tatuagem.

Victor dera de ombros.

— Ela não falou exatamente.

— Como está funcionando o esquema de horários? — Melody me perguntou uma noite quando fora em casa e Victor e as crianças ainda não tinham chegado. Nós estávamos sentadas à mesa da sala de jantar, beliscando um prato de queijo, pão sírio e frutas que ela trouxera e bebericando uma pequena taça de um vinho chardonnay fresco.

Dei de ombros, mastigando o que tinha na boca antes de falar.

— O Victor diz que está tudo bem. Ele sai do restaurante só por algumas horas para apanhar as crianças na escola e então eu assumo o comando mais tarde, assim ele pode voltar para o trabalho no horário do jantar.

— Deixar o restaurante e depois voltar não é muito estressante para ele?

Eu tomei um gole de vinho.

— Você está querendo dizer que eu deveria mudar os *meus* horários e ir buscar as crianças na escola, para que o Victor possa ter uma folga? — O tom defensivo em minha voz surpreendeu a mim mesma.

Melody se recostou na cadeira, as sobrancelhas levantadas.

— Uau. Tenho certeza que não foi isso que eu disse, Grace.

Dei um suspiro e estendi a mão para apertar a dela.

— Ai, desculpa. É que está sendo tão difícil ver o quanto o Victor está cansado, que eu me sinto culpada, como se eu devesse fazer mais, sabe?

— Eu entendo — disse ela, apertando minha mão de volta antes de afastá-la. — Mas o seu trabalho também é importante, e lá não é exatamente um lugar para crianças.

— Eu sei. Mas, se vou me casar com o Victor, isso tudo não faz parte do pacote? — Melody não respondeu e eu continuei. — E agora a Ava quer entrar na equipe de dança do colégio, e o Victor não tem certeza se vai conseguir pegar o Max no basquete no Clube de Meninos e Meninas e depois levá-la aos treinos. Ele já teve que desistir das aulas de tae kwon do porque não conseguia encaixá-las nos horários.

— Eu dei um suspiro. — Meu Deus, escuta o que estou dizendo. Só reclamação. Podemos falar de outra coisa, por favor? O que está acontecendo com você? Como estão as coisas com o Spencer?

Melody se sentou no sofá com uma expressão sonhadora no rosto. Seus olhos castanhos se iluminaram quando ela me contou como Spencer vinha lhe telefonando todos os dias, desde aquele primeiro jantar, e como a massagem que ela lhe fizera acabara de maneira altamente não profissional.

Eu ri quando ela me contou isso.

— Eu pensei que você tivesse me dito que isso ia contra o código de ética de uma massagista profissional ou algo do gênero.

Ela deu de ombros.

— Foi um acidente!

— Ah! — eu disse em tom de brincadeira. — Suas mãos massagearam o pinto dele acidentalmente!

— Não! — disse ela, ainda rindo. — Ele se virou de costas e ali estava, debaixo do lençol. Eu não tinha a intenção de fazer nada. A oportunidade apenas se apresentou. — Ela mexeu as sobrancelhas. — De um jeito *grande*. Se é que você me entende.

Revirei os olhos e balancei a cabeça, rindo.

— Tudo bem, eu não preciso ouvir isso. — Fiz uma pausa, entusiasmada por ter um sentimento de leveza naquele momento, rindo com minha melhor amiga. — Você acha que o negócio pode ficar sério?

Ela pressionou os lábios e fez que sim com a cabeça brevemente.

— Ele é o homem mais gentil que eu já conheci. Não é de falar muito, mas quando fala é verdadeiro e totalmente honesto, sabe? — Ela fez uma pausa. — Você sabia que ele foi criado em lares provisórios? — Fiz que não com a cabeça e ela continuou. — Ele me contou que aprendeu muito cedo que seria mais fácil de ser adotado se parecesse quieto e bem-comportado, então ele internalizou esse comportamento. Mas acabou não sendo adotado, e ele quer muito ter filhos para poder dar a eles a vida que nunca teve. — Ela deu um suspiro. — Não é a coisa mais doce que você já ouviu?

— É muito doce, sim. E se encaixa direitinho nos seus planos, não é?

Ela olhou pela janela antes de responder.

— Estou tentando não fazer planos dessa vez. Nada de agenda. Estou só apreciando o que eu gosto nele, o que já é muito. Vamos ver como as coisas vão acontecer.

Conversamos mais a respeito de ela não ir para a casa dos pais em Iowa passar o Dia de Ação de Graças e o Natal, embora eles estivessem implorando para que ela fosse. Melody marcara os clientes mais estressados para os feriados, e eles costumavam dar gorjetas extremamente generosas como brinde, então ela percebera que não podia se dar ao luxo de viajar.

— Então você vai passar o feriado com a gente, eu espero? — eu disse. — Você e o Spencer.

Ela sorriu.

— Seria ótimo. — Levantando sua taça de vinho, ela a inclinou em direção à minha para um brinde.

— Aos bons amigos — ela disse.

— Aos amigos — eu repeti. — A família que a gente escolhe.

༄

Felizmente, Sam e seu namorado, Wade, se ofereceram para nos receber no Dia de Ação de Graças na casa deles em Magnolia. Nós tínhamos deixado o Halloween passar em branco, já que nenhuma das crianças mostrara interesse em comemorar qualquer coisa tão cedo depois da morte da mãe. O Dia de Ação de Graças ia ser o primeiro feriado que passaríamos juntos como uma família, e Victor e eu estávamos felizes de deixar toda a organização por conta de Sam e seu companheiro.

Era maravilhoso ver meu irmão numa relação tão carinhosa, já que seus dois primeiros namorados pareciam ter dificuldade em entender o conceito de monogamia. Então Wade aparecera um dia no Centro de Apoio à Aids como pessoa de apoio para um amigo em comum que havia sido recentemente diagnosticado como soropositivo e as faíscas voaram. Quase dois anos depois, eles ainda estavam firmes.

— Posso levar alguma coisa? — eu perguntei a Sam no sábado antes do feriado.

— Bom, você sabe que o Wade é uma verdadeira fera na cozinha — disse Sam. — Mas, se você quiser trazer um aperitivo para a gente ficar beliscando enquanto ele cozinha, e talvez uma sobremesa, vai ser ótimo. Diga aos pestinhas que eu estou ansioso.

Desliguei o telefone e sorri para Ava, que estava sentada à mesa da sala de jantar pintando as unhas das mãos com um esmalte laranja neon. Max estava passando o dia na casa de um amigo e Victor estava no restaurante, certificando-se para que tudo estivesse organizado para a correria do feriado.

— O Sam disse que está ansioso para ver vocês dois no Dia de Ação de Graças — eu disse. Ela não respondeu e deu o mais leve balançar de ombros. Tentei de novo. — Tem alguma coisa que você goste de comer? Alguma coisa que a gente possa fazer para levar?

Ela olhou para mim e arregalou os olhos.

— Minha mãe sempre fazia um bolo de abóbora com cream cheese maravilhoso.

Animada com o fato de ela ter falado comigo num tom de voz normal, agarrei a oportunidade.

— Bom, então por que não fazemos isso? Podemos passar no mercado e comprar o que for preciso.

Ela me lançou um olhar duvidoso.

— Talvez a gente devesse esperar o meu pai. — Ela estava pensando, eu tinha certeza, na minha tendência de evitar a cozinha.

Eu me levantei.

— Eu acho que a gente já devia ir fazendo. E eu sei cozinhar, só não é a minha atividade favorita. — Talvez isso fosse tudo de que precisávamos para superar o clima tenso entre nós duas. Eu estava indo com calma, não querendo pressionar, esperando que ela se aproximasse, quando era eu, como adulta, quem precisava me aproximar dela.

Ava fez que sim com a cabeça lentamente, sua expressão se iluminando um pouquinho.

— Mas nós não temos a receita. Ficou tudo na casa da minha mãe.

Meu ânimo esfriou.

— Tem certeza? Seu pai não trouxe os livros de receitas?

Ava balançou a cabeça lentamente.

— Acho que não. — Ela olhou para mim, cautelosa, esperando para ver o que eu iria fazer.

— Bom — eu disse finalmente — Você ainda tem a chave? Podemos ir buscar o livro de receitas e voltar logo. — Ela concordou com a cabeça e eu engoli a apreensão que senti a respeito de ir contra a vontade de Victor, percebendo que ficaríamos na casa por um ou dois minutos, só para pegar a receita. — Mas precisamos ser rápidas, tudo bem? Rápidas como *ninjas*.

Ela me deu um pequeno sorriso e, em menos de vinte minutos, estacionamos em frente à casa de Kelli. Havia um pequeno amontoado de cartas na mesinha de entrada — Victor pedira a Diane que as guardasse dentro da casa, para que ele as pegasse depois. Ele sabia que precisava esvaziar a casa completamente a fim de colocá-la à venda, mas Victor estivera tão ocupado que ainda não encontrara tempo. Eu também suspeitava de que, por ter sido a casa da mãe dele, fosse possível que ele estivesse tendo dificuldade de se desfazer dela.

Ava seguiu lentamente em direção à cozinha e eu a segui, observando para ver se o fato de estar na casa da mãe iria ser algo muito pesado para ela lidar, mas Ava parecia estar bem.

— Você sabe onde está a receita? — eu perguntei.

— Sei — Ava disse, estendendo o braço à esquerda do fogão, onde havia uma prateleira cheia de livros de receitas de diversos tamanhos e de várias especialidades de pratos. Ela apanhou um livro pequeno e o abriu, folheando as páginas até que olhou para cima e sorriu. — Aqui. Ela está toda coberta de respingos. — Seus olhos se encheram de lágrimas e ela rapidamente desviou o olhar.

Eu podia ver as lembranças piscando em sua mente — ela na cozinha com a mãe, as duas rindo juntas enquanto assavam um bolo. Um pensamento passou por minha cabeça.

— Ava, você sabe por que as fotografias da sua mãe meio que param depois que ela faz catorze anos? — Ela balançou a cabeça, ainda sem olhar para mim. — Bom, por acaso você sabe onde ela guardava os anuários do colegial? Ela alguma vez te mostrou algum?

Ela voltou o olhar para mim rapidamente e seus olhos estavam livres de lágrimas.

— Não, eu nunca vi nenhum. Não sei onde estão. — Ela fez uma pausa, inclinando a cabeça para o lado. — Por quê?

Eu não queria lhe contar a respeito do anuário que eu tinha encontrado, já que Victor não tocara mais no assunto depois da nossa conversa sobre isso. Já era ruim o suficiente que eu tivesse levado Ava ali, quando ele especificamente a tinha proibido de ir.

— Por nada, na verdade — eu disse. — Apenas curiosidade. — Olhei para o relógio. — Acho que devemos ir, assim teremos tempo de preparar o bolo antes de o seu pai chegar.

— Você vai contar pra ele que estivemos aqui?

— Sim — eu disse, embora por dentro tivesse sentido vontade de dizer não. — Eu vou explicar que a gente precisava da receita e ele vai entender.

Dessa vez, Ava me seguiu até a sala. Ela parou em frente à mesinha, ao lado da porta da entrada, apanhou uma pilha de cartas e começou a passar o dedo por elas, olhando uma por uma.

— Está esperando alguma coisa? — eu perguntei. — Vamos levá-las, assim seu pai se certifica de que todas as contas sejam pagas. — Parecendo não ter me ouvido, Ava largou a pilha de volta na mesa, pegou um único envelope e então o abriu.

— Ava. Isso não é seu.

— É de um médico da Califórnia — ela disse, me ignorando. — Por que minha mãe receberia uma carta de lá? — Ela leu alto, rapidamente. — "Prezada sra. Hansen, sinto informá-la que a senhora não foi minha paciente nos anos de 1993 ou 1994. Desejo-lhe sorte em encontrar quem quer que esteja procurando. Atenciosamente, dr. Brian Stiles." — Ava olhou para mim. — Será que ela estava doente nessa época? Você acha que isso pode ter alguma coisa a ver com o que aconteceu com ela?

— Eu não sei, querida — disse eu. — Podemos perguntar para o seu pai, está bem? Talvez ele saiba.

Eu duvidava que isso fosse verdade. Victor deixara claro que Kelli não gostava de entrar em detalhes a respeito do passado. Mas, depois de fazer alguns cálculos, cheguei à conclusão de que 1993 e 1994 seriam os anos do primeiro e segundo colegial dela, exatamente quando aparecia o buraco em sua vida. Várias possibilidades passaram pela minha cabeça, e eu acabei ficando com a que parecia fazer mais sentido: se ela sofria de depressão, talvez seus pais tivessem procurado tratamento e ela estava querendo o seu histórico médico. Não mantendo contato com eles agora, ela podia não ter sabido ou se lembrado do nome do médico. Sorri para Ava, tirando gentilmente a carta da mão dela e colocando-a na minha bolsa.

— Precisamos ir, está bem? Podemos conversar sobre isso com o seu pai depois.

No caminho de volta para casa, fizemos outra pequena parada no mercado para pegar os ingredientes de que precisávamos para o bolo. Logo estávamos de volta à cozinha, e eu estava contente por poder me concentrar em outra coisa que não fosse o passado de Kelli.

— Há — disse eu. — O que podemos fazer primeiro?

— Não sei — respondeu Ava rapidamente. — Minha mãe sempre preparou tudo. Eu só ficava olhando. — Ela estava evidentemente perturbada pela carta que tínhamos encontrado na casa de Kelli. Eu também estava, mas me achava igualmente determinada a terminar o que eu havia começado a fazer com ela: assar o bolo de sua mãe.

Eu hesitei. Ela não ia facilitar as coisas para mim.

— Bom, então vamos ler a receita. O que diz aí?

Ela se inclinou sobre o livro de receitas e disse que precisávamos bater a manteiga, o cream cheese e o açúcar em creme, até ficar uma massa fofa. Peguei três cubos de manteiga da geladeira com uma fingida confiança. Eu não era uma cozinheira — no máximo, conseguia preparar tacos decentes, espaguete ou rocambole de carne —, mas agora não podia parar e pedir ajuda a Melody ou Victor.

— Agora — eu disse —, você pega tudo isso aqui e coloca na batedeira enquanto eu meço o açúcar.

Ava fez o que lhe pedi e colocou os cubos na batedeira. Adicionei o açúcar e liguei o aparelho, horrorizada com o tunque-tunque que ele fazia.

— Essa manteiga é muito dura, não é? — eu disse.

Ava me lançou um olhar penetrante.

— Nunca ouvi esse barulho quando minha mãe fazia bolo.

Claro que não. Dei um suspiro por dentro e mantive um sorriso brilhante no rosto.

— Agora, o que precisamos acrescentar? — Os ovos vinham depois, dizia a receita, e pelos cinco minutos seguintes adicionamos o restante dos ingredientes na batedeira, de acordo com as instruções da página.

— A massa deve ficar leve e cremosa — Ava leu e então olhou para a gororoba dentro da tigela. Pedacinhos duros de manteiga e gomos grossos de cream cheese flutuavam na superfície; a massa parecia tão apetitosa quanto leite talhado. — Eu acho que alguma coisa não está certa — disse ela.

— Vamos assar e ver o que acontece — eu disse. — Talvez esses pedaços grossos derretam e desapareçam quando forem ao forno?

Ela olhou para mim, uma sobrancelha levantada, mas me entregou a forma e eu despejei a mistura e a coloquei no forno preaquecido.

— *Voilà!* Nós conseguimos. — Meia hora depois, quando o timer desligou, eu tirei o bolo do forno. Era uma coisa estranha, dura, marrom-escura e cheia de grumos.

— Mas pelo menos o cheiro está bom — disse Ava. Nós duas olhamos uma para a outra e caímos na risada.

Nesse momento, ouvimos a porta da frente se abrir.

— Pai! — gritou Ava, correndo para a sala. — Você não vai acreditar no que a Grace fez! Ela tentou assar um bolo!

Eu a segui e vi Victor a abraçando. Ele olhou para cima e sorriu ao me ver, os olhos se iluminando de um jeito que eu não via fazia mais de um mês.

— "Tentar" é definitivamente a palavra — eu disse. — Acho que foi mais um experimento científico do que propriamente um bolo.

Ava olhou para o pai, esticando o pescoço.

— A massa ficou um *horror*! — ela disse e eu ri.

— Realmente um horror — eu disse, concordando. — Vamos fazer outro na quarta-feira, está bem? Talvez seu pai possa fazer a gentileza de nos dar algumas dicas úteis.

— Eu vou fazer isso — disse Victor, ainda sorrindo. Ele olhou para Ava. — Agora eu preciso conversar com a Grace, querida. Será que você poderia nos dar um minuto a sós?

O sorriso de Ava desapareceu e ela se afastou de Victor e seguiu pelo corredor até o quarto. Eu esperei até ouvir o barulho da porta se fechar, então olhei para ele, preocupada. Não havia jeito de ele ter descoberto que eu tinha levado Ava à casa de Kelli.

— O que aconteceu?

Ele deu um suspiro, tirando o casaco e pendurando-o no armário ao lado da porta da frente.

— O Spencer escorregou na cozinha agora há pouco e caiu com tudo no chão. Eu tenho certeza que ele quebrou o braço.

— Ah, não! — eu disse. — Ele foi para o hospital?

— Ele está lá agora — disse Victor. — E eu estou sem o meu chef principal para o Dia de Ação de Graças.

Senti meu estômago se contrair e percebi que a última coisa que eu precisava fazer agora era lhe contar sobre para onde Ava e eu tínhamos ido. Isso só faria com que Victor tivesse uma coisa a mais com o que se preocupar.

— E o que isso significa?

— Significa que eu estou perdido. Dei o feriado de folga para alguns funcionários e não há ninguém para ficar no lugar do Spencer.

Ele iria cuidar da entrega de todos os pedidos feitos por encomenda e das reservas que já temos para o almoço de amanhã. Agora vou ter de fazer tudo sozinho.

Não respondi imediatamente. Pensei na enorme pilha de trabalho que eu precisava acabar antes de segunda-feira — fichas de clientes para serem analisadas, o orçamento que precisava de ajustes antes do final do ano. Eu tinha esperado fazer algum avanço antes do feriado do fim de semana, para que Victor e eu pudéssemos realmente aproveitar algum tempo juntos. Um fio de irritação passou pelas minhas veias, mas então uma ideia me veio à mente.

— Você não poderia contratar alguém para ficar no lugar dele temporariamente?

Ele balançou a cabeça.

— Não tenho tempo suficiente. E, mesmo que contratasse alguém na próxima semana, eu teria de estar lá de qualquer maneira, para treinar a pessoa com o cardápio, o que acabaria me dando ainda mais trabalho do que eu mesmo fazer tudo sozinho.

Pensei em como Victor teria de tocar o restaurante sozinho até depois do Ano Novo. Os feriados eram sua temporada mais cheia, quando ele precisava ganhar o suficiente para poder compensar os períodos de menor movimento. Do Dia de Ação de Graças em diante, no ano passado, ele trabalhara catorze horas por dia, seis dias por semana — e eu tive muita sorte de ainda conseguir vê-lo. E agora, com as crianças para cuidar, além do restaurante, eu não imaginava como ele ia fazer para conseguir. Eu duvidava que ele fosse contratar alguém para ajudá-lo — eu tinha lhe dado essa sugestão assim que as crianças vieram morar conosco, achando que uma babá para lhes fazer companhia depois do colégio pudesse aliviar a pressão que Victor vinha sentindo, mas ele recusou a ideia.

— Eles precisam de *mim* — ele disse. — Não de uma estranha. Eu não quero que meus filhos sintam que estou empurrando-os para outra pessoa. Como se eles fossem um peso para mim. — Eu entendia o que ele estava dizendo, mas agora, considerando as circunstâncias, parecia um bom momento para reavaliar essa decisão. Para mim era comum as crianças terem pessoas que não os pais para cuidarem delas o tempo todo. Eu sabia, pelos anos em que trabalhara no setor de recursos humanos, das dificuldades que os pais enfrentavam no ambiente de trabalho — rara era a família que não contava com a ajuda de uma creche ou de uma babá para que pais e mães pudessem estar no trabalho. Mas havia algo dentro de Victor que o impelia a manter controle total sobre os filhos. Ele tinha medo de que, depois de perderem a mãe, as crianças pudessem achar que ele não queria ficar com elas se ele contratasse uma babá.

— As crianças não poderiam ficar sozinhas por algumas horas depois da escola? — eu sugeri. — Eu já tomava conta do Sam quando tinha a idade da Ava.

— E você adorava, não é? — ele disse, levantando uma única sobrancelha. Eu fiquei em silêncio e ele continuou. — Meu Deus. Se o Spencer tiver mesmo de ficar fora, eu vou precisar rever todos os meus horários. Não sei como vou fazer para resolver tudo isso.

— Você vai encontrar uma solução — eu disse, desejando estar inteiramente convencida de que ele fosse conseguir.

Ava

Eu me sentei na cama, olhando para as caixas que meu pai trouxera com as coisas da minha mãe. Eram roupas, na maioria, além de alguns romances que ela adorava ler. Meu pai não sabia que a mamãe não me deixava lê-los, mas agora eu queria fazer isso — e mais que apenas as partes sobre sexo. Eu queria entender melhor o que ela via neles. Um dia eu lhe perguntara a respeito disso e tudo o que ela dissera fora:

— Esperança, querida. Eles me dão esperança.

Agora eu escutava enquanto meu pai falava com a Grace na sala de estar, a voz tão baixa que eu não conseguia ouvir o que eles falavam, mesmo se pressionasse meu ouvido contra a porta. Meu pai tinha um olhar estranho e tenso no rosto quando entrara pela porta da frente, e, embora tivesse rido quando eu lhe contei a respeito do bolo, eu podia jurar que ele estava estressado com alguma coisa. Imaginei se a Grace já tinha lhe contado a respeito de nossa ida até a casa da minha mãe para buscar a receita. Imaginei se ela tinha lhe contado a respeito da carta do dr. Stiles. Eu não conseguia parar de pensar que a mamãe sabia que estava doente. Talvez tivesse uma espécie de doença horrível sobre a qual nunca nos falou. Talvez fora tão doente que perdera os três últimos anos do colegial. Mas, se isso fosse verdade, por que ela me contou que tinha sido líder de torcida? Meu estômago começou a doer, pensando que ela podia ter mentido para mim. Pensando que ela pudesse não ter sido líder de torcida de jeito nenhum. Imaginei se ela estava procurando um detetive particular a fim de achar o médico. Imaginei se ela ainda estaria viva se tivesse encontrado o caminho certo.

Pensei nas vezes em que *eu* estava doente, quando tinha febre e precisava faltar à aula para ficar em casa. Antes de sair para o trabalho de manhã, papai preparava chá de hortelã e torrada de canela e me levava tudo numa bandeja no quarto.

— O remédio do papai chegou — ele me dizia. — Ele é mágico, sabia?

Eu sorria e tomava um gole do chá.

— Já se sentiu melhor, não é? — ele dizia, segurando meu rosto com as mãos em concha.

— Já — eu dizia, concordando com a cabeça. — Obrigada, papai.

— Eu te amo, gatinha. — Ele me abraçava, e então minha mãe lhe dava um beijo antes que ele saísse. — Você tem a melhor mãe do mundo — ele dizia, e a mamãe sorria e olhava para ele com tanto amor que eu quase ficava com ciúmes. Eu não conseguia entender o que podia ter acontecido para que um amor assim tivesse acabado.

❦

Um pouco mais tarde, depois de Max ter voltado da casa de seu amigo, meu pai se sentou na sala de estar com todos nós e explicou que ele não poderia ficar conosco no almoço do Dia de Ação de Graças.

— Não vai ter ninguém para cozinhar se eu não estiver no Loft — ele disse. — E, se ninguém cozinhar, as famílias que estão dependendo do restaurante para o almoço não vão poder comer.

— Mas e a sua família? — eu disse. — Nós também dependemos de você.

Meu pai fechou os olhos e fez uma careta.

— Eu sei, querida. Mas eu vou ver vocês mais tarde, ainda na noite de Ação de Graças, e aí vamos comer aquela sobremesa da sua mãe que você e a Grace vão preparar, está bem? Vou dar uma olhada na receita com ela, assim vocês duas vão fazer um bolo perfeito dessa vez. Vai ser a nossa celebração especial, que mais ninguém vai ter.

Eu lancei um olhar meio de lado, rapidamente, para a Grace, imaginando de novo se ele sabia onde nós duas tínhamos ido. Grace juntou as sobrancelhas e balançou a cabeça brevemente, e eu entendi que ela ainda não tinha lhe contado nada. Era estranho compartilhar um segredo com ela, como também fora estranho eu realmente ter gostado da companhia dela antes.

— Não é justo — disse eu. — Por que alguém não pode ficar no seu lugar?

— Tem de ser eu, Ava — disse Victor. — O movimento tem estado um pouco devagar no restaurante, e eu preciso me certificar de que tudo corra sem problemas, assim talvez a gente consiga mais clientes. As coisas estão meio difíceis para todo mundo agora, e isso é algo que eu preciso fazer para manter o restaurante funcionando. Você entende?

— Ele não vai fechar, não é? — perguntou Max. — Você não vai perder o seu emprego? — Eu me senti um pouco perturbada ao ouvir aquilo, tentando imaginar se o fato de termos ido morar ali lhe custara um dinheiro que ele não tinha.

Meu pai estendeu o braço e despenteou os cabelos de Max.

— Não, amigão. Mas as pessoas não estão saindo para comer fora com a mesma frequência de antes, por isso é tão importante manter os clientes habituais satisfeitos. — Max concordou com a cabeça e meu pai continuou a falar. — Tudo bem, então. Eu quero que vocês dois se comportem o máximo possível na casa do Sam e do Wade, certo? — Ele olhou incisivamente para Max. — Sem arrotos, por favor.

— E se eu precisar soltar um pum? — Max perguntou com um sorrisinho divertido no rosto.

Meu pai suspirou.

— Você corre para o banheiro. Nada de funções fisiológicas em público, certo?

Max fez que sim com a cabeça, mas seus olhos brilharam, e eu imaginei se ele seria capaz de seguir as instruções do nosso pai na casa de alguém, quando não era capaz de segui-las nem mesmo na própria casa.

Entrar no ginásio na segunda-feira de manhã foi provavelmente uma das coisas mais apavorantes que eu já tinha feito. Havia cinco meninas da equipe de dança sentadas a uma mesa longa, do lado oposto da quadra de basquete, usando suéteres vermelhos apertados e saias curtas. A sra. McClain estava de pé ao lado delas, e um outro grupo de garotas — garotas como eu — estava sentado em um pequeno círculo no chão, esperando a vez de serem chamadas. Os testes geralmente aconteciam em setembro, no começo do ano letivo, mas a mãe de Sarah Winston conseguira um emprego novo e elas se mudaram para Portland, então o seu lugar ficara aberto, mas havia rumores de que a sra. McClain pudesse abrir mais algumas vagas. Quanto mais eu pensava nisso, mais divertido parecia. Eu ia dançar em comícios e em eventos esportivos — além de viajar para os jogos fora da cidade com os meninos. Imaginei se Skyler Kenton ia perceber se eu entrasse na equipe. Ele era provavelmente o garoto mais bonito do oitavo ano — eu gostava do seu sorriso meio de lado e de seu cabelo preto despenteado. No meu segundo dia de volta à escola, depois da semana em que Max e eu tínhamos faltado, ele se aproximara de mim no corredor perto do meu armário e me dera um abraço.

— Sinto muito pela sua mãe — ele disse e então se afastou, antes que eu pudesse sequer dizer obrigada.

— Ele gosta *mesmo* de você — Bree sussurrou no meu ouvido. Ela estava ao meu lado quando isso aconteceu.

— Não é isso — eu disse. — Ele só está querendo ser gentil. — Olhei em volta, agora à procura de Bree, imaginando se ela iria ver o meu teste. Ela não estava ali.

— Você vai mesmo *fazer* isso? — ela me perguntara mais cedo aquele dia. Eu sabia que minha amiga estava tendo dificuldade com a ideia de que eu pudesse fazer algo com as garotas "populares", mas eu não podia deixar que aquilo me fizesse mudar de opinião.

— Você poderia tentar também — eu sugeri. Disse-lhe que talvez houvesse mais de uma vaga. — Nós poderíamos fazer isso juntas.

— Uhuu — ela disse, balançando a cabeça. — De jeito nenhum. Parece que eu vou ter uma convulsão quando começo a dançar. — Ela fez uma pausa. — Mas é legal você tentar. Sua mãe ficaria orgulhosa.

Ficaria?, eu me perguntei. *E se ela achasse que uma garota inteligente não ia se preocupar em ser líder de torcida?* As pessoas diziam para a minha mãe que ser bonita era tudo o que ela tinha. Uma vez eu lhe perguntei por que o papai quis se casar com ela. Ela então olhou para mim e respondeu:

— Porque os homens gostam de coisas bonitas.

Agora eu andava devagar, olhando para frente, em direção às outras cinco garotas que esperavam a vez para dançar. Lisa Brown foi a única que me sorriu; as outras inclinaram a cabeça juntas, sussurrando. *Estão falando a meu respeito? A garota cuja mãe morreu?* Eu não queria ser essa garota. Ajeitei os cabelos e esfreguei os lábios — eu havia passado no banheiro para aplicar um pouco de batom e o rímel velho que mantinha escondido no armário. Eu havia treinado em casa, no meu quarto, em frente ao espelho, e achei que o número que eu iria apresentar era realmente muito bom. Eu estava usando um shorts vermelho de stretch e camiseta branca, presa atrás com um elástico, para que não subisse enquanto eu estivesse dançando.

Olhei para a arquibancada, onde algumas mulheres estavam sentadas juntas — mãe das outras garotas, eu presumi, e o espaço vazio dentro do meu peito de súbito pareceu se expandir. Eu queria continuar a me sentir normal, mas as lembranças de que minha mãe havia partido estavam em todo lugar — em casa, e agora na escola.

Eu me sentei ao lado de Lisa e cruzei as pernas.

— Oi — disse eu. — Boa sorte.

Ela sorriu e apertou o seu rabo de cavalo.

— Você está muito bonita — disse ela.

— Obrigada — eu disse, ficando vermelha. — Você também.

— A sua mãe está aqui? — ela me perguntou, e então sua mão voou direto para cobrir a boca. — Ai, *meu Deus*. Desculpa. Eu nem pensei... Deus. Que coisa idiota eu fui dizer. — O queixo dela tremeu ao falar, e eu entendi que ela realmente não tivera a intenção de ferir os meus sentimentos.

Apertei os lábios e balancei a cabeça, tentando não deixar que as lágrimas que pinicavam meus olhos caíssem.

— Tudo bem — eu disse, respirando fundo.

Ela encostou a mão no meu braço.

— Eu sinto muito, de verdade.

— Não se preocupe. — Desviei o olhar para longe e levei um choque ao ver Grace e Max procurando um lugar para sentar na arquibancada. Max me viu olhando para ele e começou a pular.

— Ei, Ava! — ele gritou. — Viemos ver você dançar! Faça assim! — Ele deu um leve bamboleio, agitou o traseiro e bateu os braços curvados como se fosse uma galinha.

— Ai, meu Deus — eu sussurrei baixinho.

— O que foi? — perguntou Lisa, mas então olhou em direção a Max e riu. — Ah. Ele é tão bonitinho.

— É porque você não tem que *morar* com ele — eu disse. Grace me acenou também e delicadamente puxou Max para sentar a seu lado. Ela devia ter saído do trabalho mais cedo para estar ali; eu havia falado para meu pai que encontraria uma carona para casa depois da apresentação, mas tinha imaginado que, pelo fato de ele estar passando mais tempo no restaurante, era Grace quem ia levar Max e eu para onde precisássemos.

A batida alta da palma da mão da sra. McClain do outro lado do quadra me assustou.

— Tudo bem, garotas. Se acalmem. Precisamos começar — ela falou e sorriu para nós, o grupo de garotas que estavam sentadas no chão. — Decidi abrir três posições na equipe em vez de uma, então faremos uma prévia agora, para depois seguir com testes mais específicos. — Ela consultou a prancheta que segurava nas mãos e então olhou de volta para nós. — Alguém quer ser a primeira? — Todas nós nos entreolhamos, mas ninguém se manifestou. — Tudo bem, então. Ava, que tal você?

Meu rosto ficou vermelho, mas fiz que sim com a cabeça e me levantei do chão, segurando com força o CD que eu havia levado. Achei que seria bom mesmo acabar logo com aquilo. Eu o entreguei à sra. McClain e ela o colocou num pequeno aparelho de som portátil em cima da mesa. Whitney sorriu para mim enquanto eu me posicionava em frente a todo mundo, mas era um movimento forçado, afiado.

— Vamos ver o que você sabe fazer — a sra. McClain disse e eu fechei os olhos, apertando as mãos em punho. Imaginei minha mãe na nossa sala de estar ligando o aparelho de som. Vi seus braços se agitando e os quadris balançando em perfeita sintonia com a música.

— Venha, querida — ela dizia. — Vamos dançar!

A música começou — "California Gurls", de Katy Perry —, e meus olhos se abriram de repente. Joguei os braços para o alto e sorri o máximo que pude, me perdendo na música, no movimento, nas lembranças de quando eu dançava com a minha mãe. Era quase como se eu pudesse senti-la a meu lado, rindo e brincando, e, naquele momento, eu me senti feliz pela primeira vez desde que ela tinha morrido.

Um breve lampejo de alegria invadiu meu ser quando a música acabou e eu pude ouvir Grace e Max chamando meu nome e aplaudindo. A sra. McClain estava sorrindo, e também as outras meninas da equipe sentadas à mesa. Todas, menos Whitney, é claro, que estava recostada na cadeira com os braços cruzados sobre o peito, uma carranca no rosto. Eu não me importei. Respirando com dificuldade, sorri de volta para a sra. McClain e tomei meu lugar novamente no chão, ao lado de Lisa.

— Uau — ela disse. — Onde você aprendeu a dançar desse jeito?

— A minha mãe me ensinou — eu disse, achando que, talvez a seu modo, ela viera ao meu teste, afinal de contas.

Kelli

Os meses em que Kelli esteve no Novos Caminhos passaram mais depressa que qualquer outro período de sua vida. A cada dia, ela seguia o esquema esperado — fazia o melhor que podia nas aulas, tomava as vitaminas do pré-natal e ficava encantada com o movimento irrequieto de sua filha dentro dela.

— É uma menina? — ela perguntou quando o médico a viu no quinto mês de gravidez, para fazer um exame de ultrassom.

— Nós não podemos contar — ele disse, limpando o gel na barriga dela. — O ultrassom só é feito para nos certificar de que a criança está se desenvolvendo normalmente.

Kelli não entendia por que não podia saber o sexo do próprio bebê.

— Então ela está se desenvolvendo normalmente?

— Ela está bem — disse o médico e então desviou o olhar, sentindo-se culpado por ter dito a Kelli exatamente o que ela queria saber.

Uma menina. Ela ficou maravilhada com a ideia. *Eu vou ter uma menina.* Seu décimo quinto aniversário chegou e foi embora sem que houvesse uma única palavra de seus pais, mas ela não se importou. Escreveu-lhes uma carta contando sobre a neta — Rebecca Ruth, ela lhes contou que ia chamá-la assim. Ambos nomes sagrados, ambos fortes e bonitos, como ela sabia que a filha seria. Ela não achava que eles fossem realmente fazê-la entregar Rebecca. Eles iriam ao hospital para vê-la e aí tudo mudaria. Eles não responderam à carta, mas Kelli não deixou que isso a desviasse de seu caminho. Suas notas eram altas e ela se sentia mais forte e mais feliz do que jamais estivera, sentindo seu bebê crescer dentro dela. Ainda estava um pouco assustada, mas tinha de acreditar que, no dia em que Rebecca nascesse, ela também iria nascer de novo.

※

A dor era como uma faca quente dilacerando a sua barriga. Os músculos de suas costas pareciam congelados numa faixa apertada, o coração batia com força e o abdome estava inteiro contraído. O jorro de líquido quente entre suas pernas a acordou no meio da noite e, da mesma maneira que sentia medo do que estava prestes a enfrentar, Kelli estava emocionada. Rebecca logo estaria ali.

Depois que a contração passou, Kelli se vestiu rapidamente e, meio às cegas, desceu a escada e foi até o escritório da conselheira da noite.

— O bebê está chegando — disse ela no momento em que outra contração lancinante comprimiu-lhe o corpo. Ela quase tendo de se ajoelhar.

A conselheira, uma mulher grande de cabelo preto ralo e uma expressão permanentemente fechada no rosto pálido, abriu a porta e olhou para Kelli como se ela tivesse feito alguma coisa de errado.

— Você já arrumou a sua sacola? — Kelli fez que sim com a cabeça. — Tudo bem — disse a conselheira. — Vou ligar para seus pais e me encontrar com você lá fora.

Kelli sorriu com a possibilidade de ver sua família de novo. Ela não conseguia deixar de acreditar que seria Rebecca quem permitiria que todos eles se perdoassem. Kelli ia perdoá-los por a terem mandado embora, e eles iam perdoá-la pelo que ela tinha feito. Poderia não ser a coisa mais fácil do mundo, mas o amor que iriam sentir por Rebecca curaria tudo.

O percurso até o hospital foi feito em silêncio, exceto pelos gemidos de Kelli à medida que a dor aumentava.

— Eu sinto como se fosse morrer — ela arquejou, segurando a barriga pesada e tentando se lembrar de respirar.

— Você não vai morrer — disse a conselheira com um suspiro. Seu aborrecimento por ter sido acordada no meio da noite era evidente. Kelli sentia como se de algum modo estivesse repulsiva, com sua barriga gigante e os tornozelos inchados, como se seu pecado tivesse afetado aquela mulher de maneira pessoal. Mas não podia se preocupar com aquilo agora. A única coisa que importava era Rebecca.

A conselheira levou Kelli até a sala de emergência, onde ela havia sido pré-registrada, e então esperou que uma enfermeira a levasse para o quarto numa cadeira de rodas, para então ir embora. Depois de ajudá-la a vestir o avental do hospital, a enfermeira envolveu o estômago de Kelli com o que parecia ser um cinto enorme e colocou um medidor automático de pressão em seu braço. Havia máquinas apitando ao lado de sua cama e, com toda a dor que invadia o seu corpo, o medo de Kelli começou a aumentar.

— Você pode me avisar quando meus pais chegarem? — ela pediu à enfermeira, com voz fraca. — Por favor?

A enfermeira deu um tapinha de leve no braço de Kelli.

— Claro, meu bem. Eu sou a Francine e vou cuidar de você.

— Obrigada — disse Kelli, percebendo que essa era a primeira demonstração de carinho que ela tinha recebido em meses, e viera de uma completa estranha. As lágrimas começaram a cair quando outra contração a envolveu com suas mandíbulas, apertando-a com força.

— Ai, meu Deus! — ela gritou — Por favor, me ajude! *Por favor!*

Francine segurou a mão de Kelli firmemente.

— Respire, querida. Respire. Você só precisa se lembrar de respirar. Respirações curtas, assim. — Ela mostrou como fazer, e Kelli tentou imitá-la, mas a dor era forte demais. Ela sentia como se estivesse sendo cortada em duas.

As contrações continuaram, um ciclo através de seu corpo. Mais ou menos duas horas depois, Kelli vomitou.

— Posso tomar um pouco de água, por favor? — ela pediu a Francine, que lhe deu apenas alguns pedacinhos de gelo.

Kelli mantinha os olhos na porta, certa de que sua mãe passaria por ela a qualquer momento. Porém, mais tempo se passou, cinco horas, e então oito, e seus pais ainda não tinham aparecido.

— Por que eles não estão aqui? — ela soluçou, inclinando-se contra o peito de Francine. — Eu não entendo por que eles fazem isso comigo!

— Shhh — disse Francine. — Você não é a primeira e nem vai ser a última garota daquela escola a passar por isso sozinha. Seus pais fizeram o melhor que podiam, tenho certeza, e estar aqui agora não faz parte disso tudo. Você vai ficar bem, Kelli. Tudo vai ficar bem.

Com o suor escorrendo por todo o seu corpo e exaurida por outra contração, Kelli não acreditou nela. Gritou por sua mãe, chorou enquanto Rebecca tentava encontrar o caminho para fora de seu corpo.

— As batidas do coraçãozinho do bebê estão um pouco fracas — Francine lhe disse. — E as suas estão aumentando, o que nos deixa um pouco preocupados com uma condição chamada de pré-eclâmpsia, por isso eu vou lhe aplicar uma injeção de labetalol. — Ela aplicou a injeção rapidamente, enquanto Kelli continuava a chorar. Francine bateu de leve em seu braço. — O médico deve chegar a qualquer momento para fazer o parto. Pode ser que o bebê esteja com o cordão umbilical enrolado em volta do pescoço, por isso precisamos retirá-lo logo.

O pânico se juntou à dor ardente no corpo de Kelli.

— Não deixe que nada aconteça com o meu bebê! — ela gritou.

O médico entrou na sala usando um avental azul e uma máscara no rosto. Ele fez com que ela colocasse os pés nos estribos e verificou se já havia dilatação suficiente para que Kelli começasse a fazer força.

— Tire o meu bebê de dentro de mim — ela gemeu. Sua mente estava confusa e desconexa; o mundo parecia embaçado ao seu redor. — Por favor, eu não posso mais fazer isso.

Francine ficou ao lado dela e passou uma mão em volta de seu ombro.

— Você pode e vai fazer — disse ela. — Agora, na próxima contração, nós precisamos que você faça força e empurre. Para baixo, com força.

Kelli gritou, mas não sabia dizer se seus olhos estavam ardendo por causa do suor ou das lágrimas. Quando a onda seguinte de dor lhe invadiu o ser, ela respirou fundo e fez o que Francine lhe pediu. Ela empurrou e empurrou, sentindo a cabeça de sua filha se mover dentro dela, não desejando nada mais que alívio para aquela enorme pressão, nada mais que pôr aquele bebê no mundo.

— Você está quase lá — disse Francine. — Mais um empurrão e a cabeça já vai apontar para fora!

— E o cordão umbilical? — soluçou Kelli. Ela se sentia fraca e tonta. Tinha certeza de que ia morrer. — Ela pode respirar? Ela vai ficar bem?

— Ela vai ficar bem — disse o médico. — Agora só empurre, e logo vai estar tudo acabado. Faça força!

Kelli gemeu e se sentou quando a dor começou de novo. Ela fez toda a força que podia, apegando-se à esperança de poder finalmente segurar seu bebê nos braços. E então, com uma sensação enorme de alívio, a pressão findou e lá estava o som alto e fino do choro de sua filha.

— Ela está bem? — perguntou Kelli, tentando olhar para baixo e ver o rosto de Rebecca. Precisava segurá-la. Precisava olhar nos olhos de sua menininha.

— Deite-se — disse Francine, dando-lhe um comprimido para tomar com um pequeno copo de água. — Isso vai te ajudar a descansar. Os médicos precisam cuidar dela agora.

Kelli engoliu o comprimido e esvaziou o copo de água num só gole, observando o médico levar sua filha para um berço iluminado, do outro lado da sala. Esforçando-se, Kelli tentou se sentar, mas não teve forças. Contra a sua vontade, seus olhos começaram a ficar pesados. Nunca havia sentido aquele tipo de cansaço. Kelli deixou que o som do choro de seu bebê fosse agora a sua canção de ninar e então, mesmo lutando contra, ela fechou os olhos e caiu no sono.

⁂

— Kelli? — A voz de sua mãe a acordou. Kelli quase não a reconheceu, fazia tanto tempo que não a ouvia.

— Mamãe? — disse Kelli, grogue de sono e do remédio que a enfermeira lhe dera. — Onde está a Rebecca? Onde está a minha bebê? — Ela se forçou a abrir os olhos e, embora sua visão estivesse borrada, viu a mãe de pé a seu lado e seu pai aos pés da cama. Kelli olhou para o berço, mas ele estava vazio. A luz em cima dele estava apagada.

— Fique deitada — disse sua mãe. — Você precisa descansar.

Kelli esforçou-se para sentar, tentando se apoiar nos cotovelos, mas a dor em sua pelve fez com que ela gemesse e voltasse a se jogar no colchão.

— Eu não quero descansar. Onde ela está? Por favor, mamãe. Por favor. Traga a minha filha pra mim.

Seu pai deu alguns passos e apanhou uma pequena pilha de papéis numa bandeja ao lado da cama de Kelli.

— Aqui — disse ele. — Você precisa assinar isso para o hospital. — Ele colocou uma caneta na mão de Kelli e ela assinou as páginas que ele disse que era para assinar, sem pensar em nada a não ser em Rebecca. Quando ela terminou, seu pai olhou para a mãe de Kelli com os lábios franzidos numa expressão amarga.

— Por favor — Kelli disse de novo. — Eu quero ver a minha bebê.

A mãe de Kelli olhou para o marido, que balançou a cabeça. Eles ficaram se olhando por um momento, depois olharam para a porta e então finalmente a mãe de Kelli fez um leve gesto com a cabeça.

— O quê? — perguntou Kelli, olhando várias vezes para um e para outro. — Onde ela está?

— Ela não conseguiu — ele disse. — A criança morreu. — Ele falou isso do mesmo jeito que poderia ter dito que o forno havia quebrado ou que o céu estava azul.

— Não! — Kelli gritou, um som selvagem e furioso. Ele veio de algum lugar das profundezas de seu corpo, escuro e primal. — Você está mentindo! Ela estava aqui! Eu a vi! — Soluços lhe invadiram a alma e então ela se agarrou aos braços da mãe. — Por favor. Não. Traga a minha filha. Eu preciso ver a minha filha.

— Não é uma boa ideia ver a criança agora — seu pai disse. — Agora nós vamos pegar as suas coisas. Você vai voltar para casa ainda hoje, um pouco mais tarde. O médico disse que a sua pressão arterial voltou ao normal, então você está liberada para viajar. A escola vai mandar o resto de suas roupas depois.

— Eu não quero ir pra casa! — gritou Kelli. — Eu quero a Rebecca!

— Ela se foi — disse sua mãe, chorando. — Eu sinto muito, mas não há mais nada que possamos fazer.

Grace

Não havia muito trânsito na manhã do Dia de Ação de Graças e não demoramos para chegar à casa de Sam e Wade. Eles moravam numa casa térrea ao estilo Frank Lloyd Wright, numa encosta com vista para a enseada de Puget. Wade era um consultor financeiro extremamente bem-sucedido e, depois de namorar Sam por mais ou menos um ano, ele ficara feliz em convidar meu irmão para ir morar com ele.

— Eles moram numa casa de vidro — comentou Max ao subir os degraus da frente. Ava passou correndo por ele para ser a primeira a chegar à porta, fazendo com que o irmão tropeçasse. — Ei! — disse ele, mas ela apenas lhe lançou um olhar furioso.

— Por favor. Parem com isso, vocês dois — eu disse um pouco cansada, tentando não derrubar a travessa de legumes com molho de húmus comprada pronta que eu buscara na noite passada. Eles já tinham brigado de manhã, disputando quem ia segurar o bolo de sua mãe, e eu resolvi a situação dizendo que eles deveriam se revezar na tarefa; Max o levaria de casa até o carro, e Ava o levava agora.

— Eu não *fiz* nada! — disse Max. — Foi *ela*!

Dei um suspiro, esperando que a briga deles não fosse um presságio de como o dia transcorreria. Decidi ignorar o acontecido e tentei mudar de assunto.

— Eu ia detestar ter de limpar todas essas janelas. Você também, Ava?

— E quem se importa? — ela murmurou alto o suficiente para que eu ouvisse. Tive de me segurar para não lhe responder, como eu fizera na noite em que Max molhara a cama. Fique pensando se eu havia irritado minha mãe do mesmo jeito que Ava parecia fazer comigo. Eu não me lembrava de ter feito algo assim de propósito, então eu tentei lhe dar o benefício da dúvida. Talvez agora ela não conseguisse evitar. Com o peso da perda de Kelli, ela estava lidando com uma dor que eu nunca tivera de enfrentar.

— Olha só quem está aqui! — minha mãe exclamou ao abrir a porta da frente. — Ava, Max, que bom ver vocês! — Eles tinham se conhecido na primavera passada, não muito depois de eu ter ido morar com Victor, quando havíamos levado as crianças para passar o dia em Bellingham.

As crianças a cumprimentaram com educação e todos nós entramos de maneira meio desordenada.

— Fiquei sabendo que você conseguiu entrar para a equipe de dança do colégio, Ava — disse minha mãe, pegando a travessa de legumes da minha mão. — Isso é maravilhoso.

— Obrigada — murmurou Ava, mantendo os olhos no chão enquanto colocava o bolo na mesinha, perto da porta da frente.

Minha mãe me lançou um olhar ligeiramente preocupado e eu lhe dei um leve balançar de ombros como resposta.

— Tudo bem — ela disse. — Venham se juntar a nós na cozinha depois de tirarem o casaco. — Ela voltou para a cozinha e eu aproveitei o momento para sentir o aroma vigoroso de sálvia e peru assando. Olhei em volta da sala de estar, incapaz de me imaginar morando num espaço tão desprovido de aconchego. Toda a mobília tinha linhas angulares e quadradas — até o sofá parecia ter pontas duras em vez de almofadas convidativas. As mesas eram de vidro e cromo brilhante; os objetos de arte nas paredes eram cubistas.

Melody chegou no momento em que estávamos tirando os casacos e guardando-os no armário do hall de entrada. Eu lhe dei um rápido abraço.

— Onde está o Spencer? — eu perguntei.

— O médico disse que, desde que prometa não levantar nada, ele pode ir para o trabalho. Imagino que ele vá cuidar dos pedidos ou coisa parecida, enquanto o Victor cozinha.

— Mas eu queria assinar o meu nome no gesso dele! — disse Max, fazendo beicinho. — Eu ia fazer um desenho pra ele!

Ava passou o braço pelo ombro do irmão.

— Está tudo bem — ela disse, soando mais como uma mãe que como uma irmã ao consolá-lo. — Você pode fazer isso outro dia no restaurante, está bem?

Max fez que sim com a cabeça e se recostou contra a irmã, passando os bracinhos magros ao redor da cintura fina dela. Eu ainda ficava espantada de ver como eles passavam rapidamente de uma briga para demonstrações de afeto; eu desejava poder prever que direção eles iriam tomar.

Melody sorriu para eles.

— E aí, pessoal, tudo pronto para o almoço? Eu estou morrendo de fome. E vocês?

Max fez que sim com a cabeça, e Ava então disse:

— Não muito. Minha barriga está meio doendo.

— Você está doente, querida? — perguntei. — Acho que tenho um antiácido na bolsa. — Comecei a remexer dentro da minha bolsa de couro preta. Ava realmente parecia um pouco pálida.

— Não exatamente doente. Mas estou com um pouco de dor de cabeça também. Você tem um analgésico? — Ela colocou a mão livre na testa e teve um ligeiro tremor. Talvez fosse por isso que estava irritada; ela não estava se sentindo bem.

— Deixa eu dar uma olhada — eu disse. — Se eu não tiver, tenho certeza que o Sam e o Wade têm.

Como se tivesse sido uma deixa, Sam apareceu para nos receber.

— Gracie! — disse ele. — Melody! E crianças queridas! — Ele sorriu para as crianças, que acenaram para ele. — Que ótimo finalmente conhecer vocês!

— Eu também estou contente — disse Ava. Pelo menos ela estava sendo educada com ele.

— Gostei do seu cabelo — disse Max, com voz solene. — Parece de fogo!

— Muito obrigado, Max — disse Sam com uma risada. Ele passou os dedos pelos cachos ruivos cortados rentes. — Desculpa por eu vir cumprimentar vocês e já sair correndo, mas acho melhor ir conferir se o Wade está precisando de alguma coisa. O homem estaria *perdido* sem mim. — Ele apanhou o bolo que Ava tinha colocado em cima da mesinha e voltou para a cozinha.

— Então vamos lá — eu disse, tirando um pequeno vidro de analgésico que tinha na bolsa. — Vamos pegar alguma coisa para você tomar com o remédio. — Nós seguimos meu irmão através da porta em arco e, quando entramos na cozinha, vi minha mãe sentada ao balcão, bebericando uma taça de vinho branco enquanto Wade e Sam picavam legumes na bancada.

— Oi, Grace — disse Wade, virando-se para nós enquanto continuava o trabalho. — Oi, eu sou o Wade — disse ele, sorrindo para Max e Ava. Os dois acenaram de novo e lhe deram um pequeno sorriso em resposta, ainda parecendo pouco à vontade. Mas realmente não podia culpá-los. Tê-los ali sem o Victor também me deixava um pouco desconfortável.

— Estou supervisionando tudo — disse minha mãe. — Gostariam de me acompanhar?

— É claro — disse Melody. Ela se aproximou e sentou no outro banquinho, junto ao balcão.

— Daqui a um minuto — respondi. Eu olhei para Max e Ava, que agora estavam de mãos dadas. — Água está bom, Ava? Ou prefere um refrigerante, para ver se ajuda com o estômago?

— Água, por favor — disse Ava, sua boa educação em relação a mim parecendo voltar. Ela realmente parecia pálida, com o rosto apresentando um tom um pouco esverdeado. Desejei que não fosse nada sério.

Minha mãe franziu as sobrancelhas e tomou um pequeno gole de vinho.

— Está tudo bem?

— A Ava não está se sentindo cem por cento bem — disse eu, apanhando um copo do armário. Eu o enchi na torneira da porta da geladeira e o entreguei a Ava com dois comprimidos analgésicos.

Ela soltou a mão do irmão e, agradecida, os aceitou.

— Obrigada.

— Quer me ajudar a colocar as batatas na água, Max? — perguntou Sam.

— Eu quero — disse Max, dando alguns passos à frente em direção ao balcão.

— Aceita uma taça de vinho, Grace? — perguntou Wade.

— Talvez na hora do almoço — eu disse. — Agora eu vou tomar um pouco de água.

— É uma pena que o Victor não possa vir — disse minha mãe Seu tom cuidadosamente estudado.

— Ele também sentiu por perder o almoço — eu disse num tom igualmente medido, não querendo entrar numa discussão sobre as circunstâncias da minha relação logo antes do almoço, principalmente na frente das crianças. Minha mãe e eu tínhamos conversado anteriormente, durante a semana, e eu lhe contara um pouco a respeito do estresse que vinha sentindo para me acostumar com a presença das crianças em tempo integral, então eu sabia que ela estaria nos observando de perto hoje, formando sua própria opinião.

— Nós também sentimos — disse Wade, me jogando um beijo. — Eu lhe daria um abraço, boneca — ele disse —, mas estou coberto de caldo de carne. — Ele era um homem bonito, o cabelo loiro começando a ficar um pouco mais fino, extremamente elegante e bem vestido. Hoje ele usava uma Levi's larguinha, camiseta Ed Hardy e óculos à Buddy Holly.

— Você é um pateta — disse Sam. — Não sei por que te aguento. Wade se inclinou para lhe dar um beijinho rápido na bochecha.

— Porque você não pode evitar.

— Grace — disse Ava, a voz ligeiramente apertada. — Onde é o banheiro?

— Ali no corredor — Sam respondeu por mim, fazendo um gesto em direção à passagem que saía da cozinha. — Segunda porta à esquerda.

— Obrigada — ela disse e rapidamente se virou, andando com um movimento duro e estranho. Senti uma pontada de preocupação no estômago, imaginando se ela estava com algum tipo de vírus ou era apenas o estresse de encarar o primeiro feriado importante sem a mãe. Com Victor precisando ficar no restaurante, ela podia estar se sentindo ainda mais abandonada.

— Pobrezinha — disse Melody, pegando uma cenoura da travessa de legumes que Sam havia colocado na frente delas. — Eu espero que ela esteja bem.

— Eu também — eu disse, me inclinando contra a parede atrás de mim e tomando um gole de água.

Sam deu um pequeno cutucão com o cotovelo em Max.

— Então me conta, Max — disse ele, cortando as batatas em cubos pequenos. — Há alguma coisa pela qual você se sinta especialmente grato este ano?

Segurei a respiração, pensando se essa não era uma pergunta muito forte para meu irmão fazer. Kelli havia morrido fazia pouco mais de um mês — e eu não tinha certeza se havia alguma coisa pela qual Max seria realmente grato no momento. De súbito fiquei com medo de que ele perdesse o controle, como acontecera na noite em que molhara a cama.

Mas Max, que estava pegando os cubos de batata e jogando-os dentro de uma panela de prata cheia de água, simplesmente fez uma pausa antes de responder.

— Bom — ele disse num tom de voz casual —, eu me sinto grato porque não é a Grace quem está preparando o almoço.

— Ha! — disse Sam, batendo nas costas de Max. — Eu também!

— Eu também — minha mãe e Melody disseram em uníssono.

— Ei, pessoal! — protestei, embora estivesse rindo. — Sejam bonzinhos!

Ficamos conversando amenamente por alguns minutos, falando sobre como as coisas estavam indo no Loft e quantos clientes novos Melody havia conseguido para os feriados. Fiquei olhando em direção ao corredor, esperando que Ava retornasse, mas isso não aconteceu.

— Vou ver se ela está bem — eu disse, colocando o copo de água em cima da bancada de granito. Segui pelo corredor escuro, parando em frente à porta do banheiro. Havia um fino fio de luz debaixo dela e ouvi o silencioso mas ainda assim perceptível som do choro de Ava. — Querida? — eu disse, batendo de leve na porta. — O que houve? Você está se sentindo mal?

— Não — disse Ava, suas palavras abafadas pela porta e pelas lágrimas. — Por favor, vá embora.

— Não posso — eu disse calmamente, colocando a palma da mão aberta contra a porta. — Estou preocupada com você. — Fiz uma pausa. — É por estar aqui sem o seu pai? Tenho certeza que você também está sentindo muito a falta da sua mãe hoje. É completamente normal estar triste e...

— Não é nada disso! — ela gritou e a porta se abriu de repente, me deixando ali de pé, com a mão estendida no ar. Seus olhos estavam inchados, e ela ainda estava muito pálida. Deixei a mão cair para então estendê-la e afastar os cabelos do rosto de Ava.

— Então o que foi? — eu perguntei, tentando manter o tom de voz baixo e calmo.

Ela baixou o queixo, balançando a cabeça de um lado para o outro.

— Eu não quero te contar.

Enquanto pensava nos sintomas que Ava apresentara, uma constatação atingiu minha mente. Dor de cabeça, dor de estômago, rosto pálido e agora ela estava se escondendo no banheiro.

— Você ficou menstruada? — eu perguntei em voz baixa, para que ninguém nos ouvisse. Ela já estava na idade de menstruar e, pelo que eu sabia, isso ainda não tinha acontecido. Se tivesse, eu teria visto alguma evidência no banheiro durante o último ano.

Max escolheu esse momento para vir da cozinha e colocar a cabeça na esquina do corredor.

— Ela soltou um pum? — ele gritou, e eu tive de segurar o riso.

— Não! — Ava disse com rispidez e tentou fechar a porta na minha cara, mas eu a impedi, pisando na soleira.

— Nós vamos aí em poucos minutos, Max — eu disse. — Você pode pedir para a Melody vir aqui falar comigo, por favor?

— Tudo bem — disse ele e então desapareceu.

Olhei de volta para Ava, que tinha se sentado na beirada da banheira, o rosto nas mãos. Seus ombros tremiam enquanto ela chorava.

— Eu sinto falta da minha mãe — disse ela.

Os músculos da minha garganta ficaram tensos ao ouvir a dor em sua voz. Fechei a porta atrás de mim e abaixei a tampa do vaso para também poder me sentar.

— Eu sei disso, querida. Eu sinto muito. Isso tudo é tão difícil. — Fiz uma pausa. — Das coisas que ela fazia, do que você mais sente falta?

Ela me olhou com hesitação.

— Não sei dizer. Eu simplesmente sinto falta dela. Ela devia estar aqui comigo agora. Para me ajudar. E ela foi embora.

— Qual era a coisa favorita que você fazia com ela? Cozinhar?

Ava balançou a cabeça.

— Dançar, eu acho. Ela gostava de dançar.

— Ah! Então é por isso que você é tão boa nisso. — O fato de ela querer entrar na equipe de dança do colégio de súbito começou a fazer mais sentido.

— Eu sinto tanta falta dela. Eu quero que ela volte. — Seus ombros começaram a tremer, e eu coloquei a mão em sua coxa, massageando-a levemente. Eu queria abraçá-la, mas parecia existir um escudo invisível entre nós. Não queria abusar da sorte e quebrar nossa ligação já tão frágil.

Fiquei quieta durante alguns minutos, apenas deixando que ela chorasse. Deixando que ela sentisse saudades da mãe sem tentar fazê-la se sentir melhor, o que eu sabia que era uma tarefa inútil. Como as mulheres que eu ajudava no meu trabalho, que vinham para mim não apenas com ossos quebrados, mas com a alma mergulhada na tristeza. Ava precisava deixar que a dor saísse. Tudo que eu podia fazer era testemunhar sua tristeza, assim ela não teria de vivenciá-la sozinha.

Quando ela finalmente se acalmou, eu falei de novo, sabendo que precisávamos lidar com uma questão prática no momento.

— Você está sangrando muito ou só um pouco?

— Só um pouco. — Sua voz era fraca. — Eu coloquei um pouco de papel higiênico...

— Boa ideia — eu disse, interrompendo-a gentilmente. Eu me lembro de ficar *horrorizada* quando precisava falar alguma coisa relacionada ao meu corpo para a minha mãe, então preferi que ela não tivesse de me dar detalhes. — Não tenho absorvente aqui comigo, mas vamos torcer para que a Melody tenha. O Sam e o Wade com certeza não vão ter nenhum por aqui. Mas a gente pode dar um pulo até uma farmácia, não é? Vai ficar tudo bem.

Ela deu um leve suspiro.

— Isso é tão *embaraçoso*.

— Eu sei — disse eu, alisando suas costas. Ela usava o suéter vermelho da mãe com uma saia preta, a mesma roupa que vestira na homenagem a Kelli. — Acho que todas as meninas ficam constrangidas quando isso acontece. Lembro quando eu menstruei pela primeira vez. Eu tinha doze anos, estava usando um jeans branco e estava no colégio.

Ela me olhou com olhos arregalados.

— Sério? — Sua mão voou para cobrir a boca, então caiu de novo. — E o que você fez?

— Eu corri para o banheiro, e o meu professor pediu para a enfermeira da escola ir até lá me ajudar.

— Isso é *horrível*! Eu teria *morrido*!

Eu ri.

— Eu me senti assim mesmo naquela época, mas acabei superando. Com o tempo. — Ava me deu um sorrisinho, e eu senti uma onda de ternura tão grande por ela naquele momento que quase comecei a chorar. Mas então ouvimos uma batida na porta e Melody a abriu.

— Então é aqui que está acontecendo a festa? — disse ela. — Por que não fui convidada?

— Você tem um absorvente? — perguntei em voz baixa, e a compreensão do que estava acontecendo rapidamente iluminou o rosto de minha amiga. Ela fez que sim com a cabeça.

Dando um passo em direção a Ava, Melody se inclinou para abraçá-la.

— Bem-vinda ao clube, querida — ela disse antes de sair com passinhos rápidos do banheiro. Menos de um minuto depois, Melody já estava de volta com a bolsa na mão; ela tirou uma caixinha azul lá de dentro e a colocou no balcão, perto da pia. Eu me levantei.

— Eu vou estar aqui fora, se precisar de ajuda — disse. Melody saiu para o corredor e comecei a segui-la, quando Ava falou de novo.

— Grace?

Eu parei e me virei para olhar para ela.

— Você quer que eu fique?

Ela pressionou os lábios e balançou a cabeça.

— Não. Eu vou ficar bem. Mas... obrigada.

— De nada, querida — eu disse, dando-lhe um sorriso afetuoso antes de voltar a me reunir com o restante de minha família, de súbito sentindo como se eu tivesse um grande e novo motivo para estar grata.

Ava

Quando chegamos do almoço do Dia de Ação de Graças, fui direto para o meu quarto. Não conseguia acreditar que eu tinha ficado menstruada e minha mãe não estava comigo para me ajudar — isso fez com que eu sentisse como se a estivesse perdendo de novo.

Mas a Grace estava lá. E na verdade ela foi realmente *legal*, o que me deixou ainda mais confusa. Quando ela conversou comigo no banheiro, eu me senti protegida e segura. Compreendida. A Grace me acalmou, me fez rir e, pensando nela agora, eu podia sentir a desaprovação da mamãe pairando no ar, condensada o suficiente para me fazer ter dificuldade de respirar.

Depois de fechar a porta e acender a luz do quarto, corri para as caixas com as coisas da mamãe. Se ela não podia estar comigo hoje, pelo menos eu poderia me sentir mais perto dela, tocando os livros que um dia ela segurara nas mãos, sentindo o cheiro de suas roupas, onde ela borrifara o seu perfume. Inspirei fundo e abri a caixa de papelão para olhar lá dentro. Os livros estavam empilhados juntos, bem apertados; escolhi um deles, folheei as páginas antes de colocá-lo de lado e escolher outro. Eu não sabia o que pensava que poderia encontrar. Seria mais fácil se ela tivesse um diário, e todos os seus segredos despejados nas páginas, mas eu tinha certeza de que, se ela tivesse um diário, meu pai não o teria me dado. Eu devia ter procurado no dia em que eu e a Bree estivemos na casa dela. E meu pai logo chamaria o pessoal da mudança para empacotar o resto das coisas que ficaram na casa. Tudo iria embora — todos os traços da minha mãe seriam apagados. Abri a segunda caixa, puxei um punhado de roupas que foram de minha mãe e as pressionei contra o rosto. Respirei o cheiro dela e lágrimas apareceram no canto dos meus olhos.

Voltei para a caixa de livros para ver o que mais meu pai tinha trazido. Apanhei outro livro, chamado *A cura após a perda*. Eu me lembrei vagamente de ela ler esse livro na cama, marcando algumas passagens e fazendo anotações nas margens. Fui folheando as páginas lentamente, olhando as frases que ela tinha marcado: "Você pode se livrar da dor", uma delas dizia. "Você pode escolher parar de sofrer, soltar a dor como uma árvore solta a folha de um galho." Lendo isso, bufei, revirei os olhos, apanhei meu celular e liguei para Bree.

— Adivinha — eu disse. — Fiquei menstruada. — Nós duas ficávamos tentando adivinhar com quem ia acontecer primeiro, e cada uma havia prometido contar para a outra no minuto em que acontecesse.

— Uau! Jura? — Ela esperou um pouco. — É... muito estranho?

— É — eu disse. — Mas não é tão ruim assim.

Ela não perguntou mais nada a respeito, provavelmente sentindo que eu não queria entrar em mais detalhes. Bree era boa nisso.

— O que você está fazendo? — perguntei, e ela suspirou.

— Estou escondida no banheiro. Meu pai está na cozinha com a Besta Loira da Calça Justa — ela disse, referindo-se à namorada de seu pai, que ficava estourando bolas de chiclete na boca. — Ela está dando chantili para ele com os dedos! — Ela fez um som de quem ia vomitar. — E você?

— Estou dando uma olhada nas coisas da minha mãe. Você não vai acreditar na porcaria que ela estava lendo. — Eu lhe contei a respeito da frase idiota sobre a árvore e a folha.

— O que você acha que ela perdeu? — perguntou Bree. — O seu pai?

— Não sei. Talvez. — Folheei mais algumas páginas, vendo as anotações de "Sim! Essa sou eu!" escritas nas margens, ao lado de algumas passagens. — Nada disso faz sentido. — Eu joguei o livro em cima da cama e meus olhos avistaram a ponta de um pedaço de papel saindo de uma das páginas, mais para o final. — Ei, espera um pouco — eu disse a Bree. Puxei o pedaço de papel com cuidado, um redemoinho de excitação em minha barriga. Talvez aquilo fosse uma pista. Talvez pudesse me dizer o que eu precisava saber. Era um pedaço de papel pequeno, do tamanho de um marcador de livro, e tinha apenas algumas palavras escritas com a letra da minha mãe. — "Ela se foi" — eu li alto para Bree. — "Mas ainda posso senti-la. Tenho tantas saudades dela."

— O quê? — disse Bree. — Você está falando sobre a sua mãe?

Eu lhe expliquei a respeito do pedaço de papel e então li as palavras em voz alta de novo.

— O que você acha que isso quer dizer? — eu lhe perguntei.

— Não faço a mínima ideia — disse Bree. — Essa história toda está ficando cada vez mais confusa. — Eu tinha contado para Bree a respeito da carta do médico, mas agora, lendo aquela anotação, parecia que a minha mãe estava procurando uma mulher, não um homem. Mas isso não significava que não pudesse ser um médico. Mas a mamãe não sentiria *saudades* de um médico. Nada estava fazendo sentido.

Passei os dedos pelas palavras escritas por minha mãe.

— Preciso descobrir quem ela estava procurando.

— Tudo bem, mas como? — perguntou Bree.

Respirei fundo.

— Preciso falar com os meus avós. Eles sabem o que aconteceu.

— É. Mas eles vão querer falar com você? — Bree parecia duvidar. — Eles nem te conhecem.

— Eu sei, mas eu preciso pelo menos tentar, certo? — De súbito, eu me senti determinada. — Eu te ligo depois. — Nós desligamos e, antes de perder a coragem, desci a minha lista de contatos no celular até chegar a um que eu tinha anotado como "avós". Eu havia discado o número deles uma vez, antes da morte da mamãe, depois que ela ligara para eles e acabara chorando, pensando que eu pudesse falar com eles e pedir que parassem de deixar a mamãe tão triste. Mas eu não tinha apertado a tecla "chamar", com muito medo de ouvir a voz deles. Com muito medo de que eles também me fizessem chorar. Mas eu havia registrado o número no meu telefone, para o caso de um dia ter a coragem de tentar de novo.

Movendo meu dedo para a tecla da chamada, fechei os olhos, respirei fundo e então apertei com um pouco mais de força do que o necessário. Tentei adivinhar se eles iam atender e, caso atendessem, o que exatamente eu ia querer dizer. Pensei nas coisas que meu professor de inglês tinha me dito para levar em conta quando estivesse pesquisando algo sobre o qual eu queria escrever. *Quem? O quê? Quando? Onde? Por quê?* Esse último era o que realmente importava. O único que eu precisava saber.

O telefone tocou seis vezes antes que alguém atendesse.

— Alô? — Uma voz feminina, frágil e quebradiça. *Minha avó.*

— Oi... — hesitei, sem saber exatamente como começar a conversa. — Feliz Dia de Ação de Graças. — *Meu Deus, que coisa mais boba para se dizer.*

— Quem está falando? — Ela parecia quase assustada, e eu não conseguia entender por quê. Então lembrei que meu pai dissera que ela estava um pouco confusa, que isso às vezes acontecia quando as pessoas ficavam mais velhas. Eu esperava que ela não estivesse tão velha a ponto de não se lembrar do que eu precisava saber.

— É a Ava — eu disse. — Eu sou... Eu sou sua neta. — Esperei um momento e, como ela não falou nada, eu continuei. — Só estou ligando para... para saber se você pode me ajudar. — Esse parecia ser o jeito mais fácil de colocar as coisas. Outras perguntas gritavam na minha cabeça: *Por que você nunca veio nos ver? Por que você não se importou quando a mamãe morreu? Que tipo de mãe é você?*

— Ajudar como? — A voz dela continuava trêmula, então tentei manter a minha controlada.

— Bom — comecei. — Eu tenho um álbum de fotografias. Da mamãe, de quando ela era pequena.

— Eu não sei como posso ajudar com isso — ela disse, me interrompendo.

— As fotos param quando ela tinha catorze anos — eu disse rapidamente, com medo de que ela pudesse desligar o telefone. — Eu só queria saber o porquê disso. Você teria outras fotos para me mandar? E talvez os anuários dela, também? Da época em que ela era líder de torcida, no colegial.

— Ela nunca foi líder de torcida — ela disse. Suas palavras de súbito se tornaram agressivas. — Eu sinto muito, mas não tenho nenhuma fotografia para lhe mandar.

O quê? A mamãe tinha mentido para mim? Por que ela teria feito isso? Meu lábio inferior começou a tremer. Eu não queria chorar. Eu queria ser forte. Apenas por tempo suficiente para que a mãe dela me contasse o que eu precisava saber. Enrijeci os músculos do rosto e tentei de novo.

— Tem mais uma coisa — eu disse. — A carta de um médico. Acho que ela estava tentando encontrar o médico que cuidou dela quando tinha catorze anos. — Fiz uma pausa e tomei um pequeno fôlego. — Ela esteve doente?

— Não — ela sussurrou a palavra.

— Então por que ela queria encontrar o médico que cuidou dela? Por que ela simplesmente não perguntou para você?

— Ela me perguntou. Mas eu não lembrava o nome dele.

— Entendi... — Tentei de novo: — Tem certeza que não pode pelo menos me mandar os anuários dela? Eu realmente gostaria de saber mais sobre a minha mãe.

— Ela não tinha nenhum anuário, só o do primeiro ano do colegial. Ela ficou fora por um tempo, frequentando uma escola só para meninas, para que pudesse se concentrar nos estudos. — Ela limpou a garganta. — Quando voltou para casa, ela decidiu fazer um curso supletivo para conseguir o diploma.

Uma escola só para meninas? Imaginei se ela estaria lembrando errado. Respirei fundo.

— Onde era essa escola? Você pode pelo menos me dizer isso? Ela suspirou e esperou algum tempo antes de responder.

— O nome é Novos Caminhos. — Ela tossiu, um som alto e assustador. — Preciso desligar agora. Meu marido está me chamando.

— *O marido dela. Não o seu avô.*

— Espera! — disse eu, minha voz banhada em lágrimas. Apertei o telefone com mais força. — Por favor. Eu não entendo por que isso é tão *difícil*. Por que você não quer *conversar* comigo. Eu sinto tanta falta da mamãe. Você também não sente falta dela? — Meu queixo tremeu enquanto esperava que ela respondesse. Ela era a *mãe* da mamãe. Como podia não se importar com o que tinha lhe acontecido?

— Claro que eu sinto — ela disse com voz suave. — É claro. Mas isso ficou no passado, e há coisas que é melhor esquecer. Você vai entender quando ficar mais velha.

— Mas... — eu comecei e então ela me interrompeu de novo.

— Eu mudaria tudo se pudesse — ela disse. Parecia prestes a chorar. — Mas sua mãe fez as escolhas dela, e nós fizemos as nossas. Agora é tarde.

— *Não é* tarde! — eu disse, implorando. — Você pode me ajudar. *Por favor.*

— Não — ela disse. — Eu não posso. — E então desligou o telefone.

— Droga! — xinguei, atirando o telefone para a outra extremidade da cama. Tentei processar a breve conversa. Ela nunca fora líder de torcida. Ela nunca usara um uniforme azul e amarelo ou fora capitã da equipe. Ela me contara a história várias vezes, e cada vez fora mentira. Sobre o que mais ela teria mentido para mim?

De repente me senti mais abalada que nunca, mais perdida do que jamais me sentira. Não sabia em que acreditar a respeito de minha mãe. Eu me perguntei se a mãe dela estava lembrando direito. Se ela tinha mentido para mim só para desligar o telefone logo ou se o que meu pai dissera a respeito de ela estar confusa era verdade.

Minha cabeça borbulhava com tantas perguntas. Quanto mais eu pensava sobre o que tinha acabado de acontecer, mais nervosa eu ficava. Não fora justo o papai nos deixar. Não fora justo eu ter tido de cuidar da mamãe por tanto tempo; não fora justo ela ter mentido para mim, que tudo que eu tinha acreditado sobre ela estivesse errado. Não era justo que ela tivesse morrido e me deixado com a Grace, que até podia ser legal, mas não era — e jamais seria — minha mãe. Lágrimas quentes queimavam meus olhos, então respirei repetidas vezes para que ninguém me ouvisse. Eu estava cansada de chorar, cansada de me sentir tão triste. Só queria que tudo voltasse a ser como antes.

Alguns minutos depois e eu já estava calma o suficiente para alcançar meu telefone de novo, planejando ligar para Bree e lhe contar tudo o que minha avó dissera, quando houve um barulho enorme de algo sendo arremessado no quarto de Max, imediatamente seguido pelo som de gritos de sofrimento que mais lembravam uma sirene. Sentindo-me grata por finalmente poder me ocupar de outra coisa que não meus próprios pensamentos, pulei da cama e corri pelo corredor, ansiosa para ver o que meu irmão havia feito.

Grace

Depois de voltarmos da casa de Sam, fiquei na sala de estar esperando que Victor voltasse para casa. As crianças estavam no quarto — Max brincando com o videogame que Victor trouxera da casa de Kelli, e Ava falando no telefone, com Bree, imaginei. Eu me sentei em meio àquela calma relativa e comecei a folhear as páginas de um livro que eu comprara sobre como as crianças processam a dor de perder os pais. Ele falava que algumas se fechavam completamente, enfrentando a situação fingindo que nada tinha acontecido. Elas eram capazes de continuar com a sua rotina de vida normalmente — indo para a escola, passando um tempo com os amigos, tentando se divertir. Não gostavam de falar a respeito da morte dos pais; não choravam nem ficavam bravos com o pai ou a mãe que permanecia com eles. Pelo menos Max e Ava não estavam me excluindo da vida deles. Eu estava me sentindo confiante com o momento que Ava e eu tínhamos compartilhado no banheiro, na casa do meu irmão. Eu esperava que ela fosse lembrar que eu a havia consolado. Talvez, depois de algum tempo, encontrássemos um jeito de ficar amigas.

Eu realmente não *estava* tentando substituir a mãe dela, mas me sentia feliz por ter podido estar ao lado de Ava. Fiquei imaginando se Kelli realmente tinha escolhido tirar a própria vida, sabendo que perderia tantos momentos importantes com a filha. Se ela acreditara que suas circunstâncias eram tão sombrias que a única solução seria a morte.

Pensei na carta do médico que Ava encontrara na casa da mãe e eu havia guardado na bolsa. Ainda não havia contado a Victor que Ava e eu fôramos até lá pegar a receita do bolo — com a acumulação de trabalho e com as crianças por perto, não parecia ser o momento certo. Eu me sentia um pouco culpada e com medo agora, imaginando que ele fosse ficar ainda mais bravo porque eu demorara para lhe contar. Nós nunca tínhamos mantido segredos um do outro — pelo menos, até onde eu sabia. Havia coisas que ele desconhecia, claro, mas eram coisas pequenas, como o tempo que eu levava para colorir e cortar o cabelo todos os meses, ou a caixa inteira de chocolate que eu devorava a cada semana, e que eu mantinha escondida na minha mesa no trabalho. Mas ele ainda não tinha conversado comigo sobre o estranho fato de não haver assinaturas no anuário do primeiro colegial de Kelli. Victor ainda não tinha "visto o que ele poderia fazer", como me prometera. Não que isso fosse uma grande coisa, mas poderia ajudar a explicar se Kelli acabara com sua vida de propósito ou não, se havia algo tão devastador em seu passado que a teria levado a cometer aquele ato insano. Eu não entendia por que ele não estava ansioso para saber com certeza. Talvez eu pudesse fazer algum tipo de investigação, mas imaginei se o fato de Victor estar evitando tudo isso significava que ele sabia mais a respeito do passado de Kelli do que queria admitir. Tentei adivinhar se ele estava mantendo segredos comigo também.

Minha curiosidade foi maior, então eu me levantei e fui até o quarto a fim de pegar a carta de dentro da bolsa. *Dr. Brian Stiles*. Era uma nota escrita a mão, numa folha branca de papel. Achei estranho que ele não tivesse digitado, e a letra estava um pouco inclinada e ligeiramente trêmula; talvez ele estivesse aposentado. Resolvi digitar o nome dele no Google e descobrir qual era a sua especialidade. Talvez isso me dissesse por que Kelli entrara em contato com ele.

Um momento depois e eu estava na sala de jantar, tamborilando os dedos na coxa, enquanto esperava meu laptop carregar. Talvez eu não devesse estar fazendo isso sem falar com o Victor primeiro, mas eu sabia que, se eu lhe contasse, ele iria me pedir para parar. Eu não conseguia parar de pensar que, se descobrisse o que havia acontecido com Kelli na adolescência, poderia ter uma pista que talvez levasse a saber o motivo da morte dela.

Endireitando-me na cadeira, abri o navegador e digitei o nome e o endereço do médico. Seu site estava no topo da lista de resultados e mostrava suas credenciais de ginecologista e obstetra. *Meu Deus. Talvez seja por isso que os pais a renegaram, por isso que seu anuário está em branco e as fotografias param quando ela tem catorze anos. Talvez ela tenha ficado grávida.*

Eu me recostei contra a cadeira de novo e dei um suspiro pesado. Se ela havia tido um bebê, o que acontecera com ele? Será que ela o entregara para adoção? E, se isso fosse verdade, por que ela não contara nada para Victor? Será que seus pais a fizeram se sentir tão envergonhada que ela escondera o segredo por todos aqueles anos? Fiz um cálculo rápido, percebendo que, se Kelli havia tido o bebê com quinze anos, a criança hoje estaria com dezoito anos. Fiquei pensando se Kelli fizera contato com o dr. Stiles na tentativa de encontrar o bebê. Talvez ela *tivesse* encontrado o filho, e ele ou ela não a aceitara, e fora *isso* que a levara a tomar os comprimidos. Se, de fato, fora isso mesmo que ela fizera. Talvez estivesse arrasada por um sentimento de perda totalmente diferente.

Os pensamentos que atormentavam minha cabeça foram interrompidos por um súbito e estrondoso barulho vindo do corredor, seguido por gritos assustadores de Max. Esquecendo Kelli completamente, corri para o quarto dele, encontrando Ava no caminho, e abri a porta para encontrá-lo pulando em cima do controle do videogame. A caixa branca, ao lado da pequena televisão em cima de sua escrivaninha, também estava no chão, espatifada e completamente aberta, fios e placa de circuito expostos.

— Droga! — ele gritava. Saliva voava de seus lábios com as palavras. Seu cabelo castanho estava desalinhado em tufos irregulares, e ele me olhava com grandes olhos azuis, irritado, a respiração pesada. — Porcaria!

— Pare, Max — eu disse em voz alta, correndo para afastá-lo do controle. — O que aconteceu?

Ele tentou se desvencilhar do meu aperto, mas eu o segurei com força.

— É um jogo bobo. Eu odeio ele! — Max começou a chorar, seus ombros pequenos tremendo. Lágrimas grossas escorriam pelo seu rosto corado, e ele então se afastou de mim. Dessa vez eu o soltei, seguindo-o até a cama, onde ele se atirou de cara no travesseiro e socou o colchão com os pulsos.

Eu me sentei na beirada da cama e coloquei a palma da minha mão aberta em suas costas. Sem alisar, sem tentar consolá-lo. Apenas para fazê-lo saber que eu estava ali, do mesmo modo que eu costumava fazer com Sam.

— Por que o jogo é bobo? — perguntei com calma. A adrenalina corria solta por minhas veias e eu tentei respirar fundo algumas vezes, de maneira discreta.

— Porque é — Max murmurou em resposta.

Ava apareceu na entrada do quarto e se recostou no batente da porta, os braços cruzados. Ela ainda usava o suéter vermelho de sua mãe, mas havia trocado a saia preta que usara na casa de Sam por uma calça de pijama de flanela xadrez.

— Ele está bravo porque ele é um saco — ela disse simplesmente.
— Ele sempre fica bravo quando perde.

Max rolou para o lado, procurando com os olhos freneticamente em volta da cama, então apanhou seu exemplar de capa dura de *Harry Potter e a pedra filosofal* da mesinha de cabeceira e o atirou através do quarto, errando a irmã por poucos centímetros.

— Eu não sou um saco! — ele berrou. — Por que você não *cala* a boca?

Eu agarrei seu braço de novo.

— Max! Isso é errado! Você está me entendendo? Podia ter machucado a sua irmã! — Então voltei meu olhar para Ava. — E você. Não diga que seu irmão é um saco.

— Que seja outra coisa então — ela disse e revirou os olhos, que pareciam um pouco inchados. Será que estivera chorando? Ela parecia mais irritada que triste, como se já tivesse entrado no quarto do irmão pronta para uma briga. *Mas que diabos?* Alguns minutos atrás, eu pensava em como nossa relação estava melhorando, e agora isso? Eu sabia que os adolescentes podiam ser imprevisíveis — me lembrava de alguns chiliques quando também tinha treze anos —, mas aquilo me parecia demais.

— Eu não me importo se *machucar* ela — Max berrou, seu rosto cada vez mais vermelho, as lágrimas escorrendo.

— Você é um merdinha! — gritou Ava.

— Max! Ava! — eu disse, me afastando de Max e ficando em pé no meio do quarto. — Vocês dois, parem com isso *agora*! Estão ouvindo? — Eu estava gritando, a respiração pesada.

Ava olhou para mim, o queixo levantado, um ar de desafio no rosto fazendo-a parecer muito mais velha do que realmente era. Lembrei-me de quando lançava esse mesmo olhar para meu pai, quando ele tentava me dizer o que eu devia fazer. *Foda-se*, era o que isso significava.

— Você não é minha mãe — ela disse. Sua voz era baixa e cheia de desprezo. — Eu não tenho que fazer nada do que você mandar.

— Eu sou a adulta aqui, mocinha, e você vai fazer exatamente o que eu disser. — Mesmo me sentindo insegura, baixei o tom de voz para ficar igual ao dela, a mesma estratégia que eu costumava usar quando havia trabalhado em recursos humanos e funcionários briguentos tentavam me afrontar. Eu me recusava a deixar que aquela garotinha me intimidasse de alguma maneira.

Nesse momento, eu ouvi a porta da frente se abrir e depois se fechar.

— Ei, pessoal! — Victor chamou. — Cheguei! — Ele apareceu atrás de Ava segundos depois e então ela se virou e enterrou o rosto contra o peito dele. Seus ombros começaram a tremer, e eu não pude deixar de achar que ela estava fingindo as lágrimas para se fazer de vítima. Max passou por mim e também atirou os braços em volta da cintura do pai. Victor me lançou um olhar confuso, suas mãos acariciando as costas dos filhos. — Ei — ele disse. — O que significa tudo isso? O que aconteceu?

— O Max teve um ataque de fúria e destruiu o videogame — eu disse cansada, apontando para o emaranhado de plástico rachado e fios espalhados pelo chão. — Depois ele e a Ava começaram a brigar e ele arremessou um livro nela.

— A Grace *gritou* com a gente, pai! — disse Ava. Seu tom de voz havia passado de rancoroso para infeliz. — O Max e eu estávamos só acertando as coisas.

— Não foi o que aconteceu, Ava. E você sabe bem disso — eu disse. — Victor? Podemos conversar sobre isso no nosso quarto?

Ele voltou os olhos para a caixa de videogame estilhaçada e me olhou de novo. Eu não conseguia decifrar a sua expressão.

— Falo com você daqui a pouco — disse ele. — Me deixa resolver isso primeiro.

— Mas... — eu comecei, mas Victor me interrompeu.

— Grace. Eu resolvo isso. Está bem?

Eu olhei para ele, a dor que invadia o meu peito começou a se espalhar pelo resto do corpo, um sentimento que não consegui definir de imediato. Não era raiva. Não era medo. Dei passos lentos e deliberados, a fim de sair do quarto, tomando cuidado para não tocar em Victor e nas crianças ao passar por eles. Esperei que Victor me chamasse, que colocasse a mão no meu braço ou me desse um olhar tranquilizador. Mas ele não me olhou, nem fez qualquer movimento para me tocar.

De volta ao nosso quarto, eu me sentei numa cadeira, aos pés da cama, com minha bolsa no colo. Peguei o anel que guardava comigo e que eu ainda usava quando as crianças não estavam por perto. Lágrimas encheram meus olhos e foi então que finalmente me ocorreu qual era na verdade o sentimento que tomara conta de mim.

No momento em que Victor e eu precisávamos ter ficado unidos, no momento em que eu precisava dele para me apoiar, o sentimento que passou por minhas veias era algo que eu nunca imaginara que ele pudesse me causar. O sentimento era de traição.

※

Eu fingi estar dormindo quando Victor veio para a cama, passado um tempo. Ouvi quando ele tirou a roupa no escuro e tomou um banho rápido a fim de limpar o cheiro do restaurante de sua pele, então senti a pressão de seu peso do outro lado do colchão, quando ele entrou debaixo das cobertas. Novamente ele não fez nenhum movimento para me tocar, apenas disse meu nome em voz baixa. Continuei deitada sem me mexer, de costas para ele, regulando minha respiração para parecer que estava dormindo. Sabia que precisávamos conversar, mas, sinceramente, estava tão magoada que não sabia o que eu poderia lhe dizer sem causar mais dano para a nossa relação.

— Grace? — ele disse de novo, mais alto dessa vez. Soltei um suspiro pesado. Não tinha como fingir não ter ouvido aquilo.

— O quê? — A palavra saiu de dentro de mim como uma bala.

— O médico ligou hoje à noite. O exame toxicológico da Kelli chegou, e eu achei que você ia querer saber o resultado.

Eu me virei para olhar para ele, esquecendo temporariamente a raiva. Mal podia vê-lo na escuridão, apenas o contorno sombrio de seu corpo longo, os ângulos pronunciados de seu rosto.

— Ele te ligou no Dia de Ação de Graças? — Victor fez que sim com a cabeça. — E aí? — eu perguntei, ainda furiosa com ele, mas deixando que a curiosidade levasse a melhor.

— Ele disse que ela morreu por causa de uma taquicardia ventricular súbita. Um ataque cardíaco, basicamente.

— Isso nós já sabíamos. — Eu não conseguia saber se ele estava sendo propositadamente evasivo ou apenas se esforçando para encontrar um jeito de dizer o que precisava ser dito. Eu estava irritada demais para me importar.

— Sim, mas agora sabemos que a morte dela foi por causa da medicação que ela estava tomando.

— Victor — eu disse, minha paciência com ele agora completamente esgotada. — Foi suicídio ou não?

Ele deu um suspiro.

— Não tem como saber com certeza. O médico disse que os eletrólitos estavam completamente fora de sintonia, provavelmente porque ela não estava se alimentando. Eu imagino que ela estava à beira de uma anorexia, o que atrapalhou o funcionamento do corpo para processar as coisas. — Ele engoliu em seco antes de continuar. — Então a medicação que ela estava tomando se acumulou no organismo a ponto de se tornar tóxica para ela.

Pensei naquilo tudo por um momento.

— E tem como saber quantos comprimidos ela tomou?

Victor balançou a cabeça.

— Não a dose exata. Mas os níveis no sangue dela eram maiores do que deveriam, então ela devia estar tomando mais que a dose prescrita já fazia um tempo. Acho que foi mais a combinação dos remédios com o fato de o organismo estar muito debilitado para processá-los. O coração dela simplesmente parou de funcionar. — Ele deu um suspiro. — E eu não sei o que dizer para as crianças. A Ava vive me perguntando se os médicos já descobriram o que aconteceu.

— Você não poderia contar a verdade?

— Que a mãe deles era uma anoréxica viciada em remédios para dormir? Que *grande* ideia.

Eu sabia que precisava confessar minha ida até a casa de Kelli com Ava e explicar tudo sobre a possibilidade de que ela pudesse ter entregado um bebê para adoção, mas seu tom de voz fechou uma porta dentro de mim. Meu rosto esquentou e eu cerrei os dentes para não mandá-lo à merda.

— Por *Deus*, Victor — eu disse, em vez disso. — Eu não estava sugerindo que você dissesse *isso*. — Então me virei para o outro lado e puxei as cobertas até o pescoço. A conversa havia terminado. — Estou cansada, ok? Boa noite.

Ele não respondeu, mas logo sua respiração tomou um ritmo lento e profundo, e eu percebi que ele estava dormindo. A frustração estalava através do meu corpo, me mantendo acordada. Eu sabia que sua lealdade às crianças vinha em primeiro lugar, e isso estava certo. Mas ainda assim. O jeito como ele falara comigo — Victor havia me dispensado, na realidade. Como se qualquer coisa que eu falasse fosse irrelevante. Fiquei me atormentando com esse pensamento, virando de um lado para outro durante a maior parte da noite, pensando em como iríamos fazer para superar essa situação, me perguntando se eu iria ou não conseguir.

Por volta de quatro e meia da manhã, finalmente desisti de qualquer pretensão de ser capaz de dormir, me levantei e fui tomar um banho. Victor acordou às seis horas e já me encontrou vestida e sentada na minha poltrona, num canto do nosso quarto, revisando a ficha de uma cliente que eu levara para casa. Ele se apoiou nos cotovelos e me deu um sorrisinho.

— Ei. Você madrugou.

— Sim. Achei que podia começar meu dia bem cedo.

Ele inclinou a cabeça para o lado.

— Mas ainda estamos no fim de semana do feriado. Você vai para o trabalho?

Fiz que sim com a cabeça.

— Por algumas horas, antes que você precise voltar para o restaurante. Eu vou fazer algumas coisas agora, já que estou achando que você vai precisar de mim para cuidar das crianças no período da tarde, para que você possa estar no trabalho. — Ele não me pedira isso especificamente, mas eu entendera que, estando Spencer com o braço quebrado, eu precisaria assumir o que Victor normalmente fazia pelas crianças, por causa do tempo extra que ele vinha passando no restaurante. Eu mudara meu esquema no trabalho, assim poderia apanhá-los na escola. Precisava levar Ava aos treinos de dança e Max ao basquete. Nesse ponto, eu não via outra alternativa a não ser fazer o que tinha de ser feito. Não havia motivo para que as crianças sofressem, só porque o pai delas estava sendo um idiota.

— Sim — ele respondeu lentamente. — Se estiver tudo bem para você.

— Claro. A Ava ficou menstruada quando estávamos na casa do Sam — eu lhe contei. Apesar de eu estar bastante irritada, achei que era algo que ele devia saber. Todo o resto — tudo sobre o passado de Kelli — poderia esperar.

— É mesmo? — ele levantou uma sobrancelha. — E ela está bem?
Fiz que sim com a cabeça.

— Acho que sim. Mas não fale nada com ela sobre isso, está bem? A menos que ela toque no assunto. Você só iria deixá-la constrangida.

— Entendo — disse ele. — Obrigado por ter estado ao lado dela.

— Por nada.

Ele ficou em silêncio por alguns instantes, avaliando o tom formal de minhas palavras.

— Você está bem? Eu sei que a noite passada foi estressante. Ficar sabendo a respeito do que aconteceu com a Kelli. E as crianças brigando daquele jeito. É como eles se comportam de vez em quando.

É o que acontece quando você os mima e nem se preocupa em ouvir o lado adulto da história. Mas claro que eu não falei nada disso.

— Eu estou bem — respondi.

Ele se sentou.

— Ah, sim, você realmente *parece* estar bem. Nem um pouco irritada comigo ou com qualquer outra coisa. — Suas palavras tinham um leve tom provocativo, mas eu não estava com a mínima vontade de entrar no clima.

— Você não pode me pedir ajuda para cuidar deles e depois não confiar em mim para tomar as decisões — eu disse com voz suave, planejando que isso seria tudo o que eu ia dizer a respeito do que acontecera no quarto de Max na noite passada. Eu me levantei a fim de colocar a ficha na minha pasta. — E sinto muito a respeito da notícia sobre a Kelli. Tenho certeza que você vai saber dizer a coisa certa para as crianças. — Mantive meu tom de voz frio. Ele obviamente não estava interessado na minha opinião, então resolvi que não lhe daria nenhuma.

Ele esperou um momento para responder, olhando para mim. Quando finalmente falou, seu tom de voz foi parecido com o meu.

— Tudo bem. Obrigado.

Levantei o olhar para ele brevemente e, ao ver o sinal de dor em seus olhos, minha raiva diminuiu só um pouquinho.

— Eu te amo — eu disse. E então, pela primeira vez desde que fui morar com Victor, fui trabalhar sem lhe dar um beijo de despedida.

Ava

Meu pai e a Grace estavam brigando. Não era uma briga alta. Não era o tipo de briga que ele e a mamãe costumavam ter, o tipo em que as palavras entravam dentro de mim e do Max, nos deixando congelados de pavor. Era o tipo de briga silenciosa, como se existisse um muro invisível entre eles. O tipo de briga em que nenhum falava com o outro, a menos que fosse obrigado, e, quando isso acontecia, a voz deles era tão tensa que parecia a ponto de arrebentar. Eu não conseguia decidir que tipo de briga era pior.

Meu pai estava ficando no restaurante o tempo todo, chegando em casa tarde no fim de semana do feriado, do mesmo jeito que fazia quando ele e a mamãe ainda estavam juntos. Senti uma estranha onda de pânico se formando dentro de mim, como eu havia sentido nos meses que antecederam sua partida, três anos atrás. Eu me sentia mal por ter mentido sobre o que acontecera no quarto de Max, mas tive medo de que, se eu contasse a verdade, só pioraria as coisas. Não queria dizer nada que o fizesse se arrepender de ter Max e eu morando com ele.

— Você acha que a Grace pode ir embora? — Bree me perguntou no vestiário, depois da aula. Era a primeira semana de dezembro e ela estava me fazendo companhia, enquanto eu me trocava para o treino de dança. Depois de ter descoberto que minha mãe nunca fora líder de torcida, eu pensei em desistir, mas então decidi que era algo que eu queria o suficiente para continuar mesmo assim.

Tirei a camiseta por cima da cabeça e olhei para Bree.

— Não sei — eu respondi. — Acho que não. Provavelmente é só uma briga. — Eu não tinha pensado sobre o fato de que era Grace quem podia nos deixar e fiquei um pouco surpresa de me sentir preocupada se isso acontecesse. — Você vai ficar para ver o treino?

Bree fez que não com a cabeça e se levantou.

— Não. Eu vou para casa. Divirta-se. — Ela cruzou os dedos me desejando sorte e então saiu pela porta que levava ao estacionamento.

Assim que pisei no pequeno corredor que ligava o vestiário ao ginásio, Skyler Kenton apareceu. Ele balançou a cabeça para o lado, afastando dos olhos uma mecha do seu cabelo escuro.

— Oi — ele disse com um sorriso.

— Oi — respondi, subitamente feliz por ter levado algum tempo para passar um pouco de rímel e gloss. Ajeitei meu rabo de cavalo, desejando que ele não reparasse que meus joelhos eram muito salientes.

Ele deu alguns passos em minha direção.

— Você conseguiu entrar na equipe de dança, né?

Fiz que sim com a cabeça e lhe dei um sorriso tímido.

— É.

— Ouvi falar que você é muito boa nisso.

— É mesmo? — disse eu, virando a cabeça para um lado. — E quem falou?

— A Lisa. E as outras garotas da equipe. Elas estavam falando sobre isso no refeitório.

— A Whitney não, aposto.

Ele riu.

— Não, a Whitney não. Mas ela é muito chata, e ninguém se importa com o que aquela garota pensa.

Eu ri, pensando em como queria contar para a mamãe que Skyler Kenton finalmente estava falando comigo. Eu tinha uma queda por ele desde o ano passado, quando o observara ensinar Max a driblar uma bola de basquete na quadra. Mas mamãe tinha partido e o riso na minha garganta de súbito se transformou num soluço em potencial.

— Então talvez eu te veja nos jogos? — Fiz que sim com a cabeça, não confiando na minha voz para falar. — Legal — ele continuou, estendendo a mão para tocar a lateral do meu braço. — A gente se fala depois?

— Claro — disse eu, a voz esganiçada. Eu o observei seguir pelo corredor em direção à saída. *Skyler Kenton tocou meu braço!* Eu não era o tipo de garota com quem ele costumava conversar. Perder a mamãe tinha me transformado numa espécie de estranha celebridade, e na maior parte das vezes eu odiava isso. Os olhares que as pessoas me lançavam, cheios de fascínio e pena, faziam com que eu tivesse vontade de gritar. Mas agora, ali estava Skyler, do nada, tocando meu braço. Dei um suspiro, uma estranha sensação vibrava no estômago, e fui me juntar às outras meninas no ginásio.

Lisa sorriu e acenou enquanto eu me aproximava do grupo, as garotas sentadas num círculo em volta da sra. McClain. Feliz que Lisa também conseguira uma das vagas, eu me sentei ao lado dela, as pernas cruzadas, dando um sorriso de lábios fechados para Whitney, quando ela tentou parecer que não ia fazer contato visual comigo. *Que seja. Que ela fique louca da vida.* As outras garotas estavam conversando e rindo — algumas até sorriram para mim. Era bom fazer parte do grupo.

A sra. McClain bateu palmas para chamar nossa atenção.

— Tudo bem, meninas. Antes de começar o treino, eu queria falar a respeito do novo uniforme! O que escolhemos está na página quarenta e dois, e vocês podem fazer o pedido online, no número que costumam vestir. Eles tendem a encolher um pouco, então tenham isso em mente. — Ela entregou alguns catálogos para Lisa, que pegou um e me passou os outros. Fui até a página certa e vi a regata vermelha e branca sem mangas, a saia pregueada combinando, e gostei dele imediatamente. Então olhei para a tabela de preços e deixei escapar um pequeno grito sufocado.

Lisa me cutucou.

— Você está bem? — ela me perguntou, e eu fiz que sim com a cabeça, embora não estivesse.

— Eu só não sabia que o uniforme era tão caro — sussurrei. Eu não *tinha* duzentos dólares. *Talvez* tivesse um pouco mais de cem numa conta bancária que minha mãe abrira para mim, mas meu pai não vinha mais nos dando mesada desde que fomos morar com ele. Eu sabia que ele estava estressado pelo excesso de trabalho no restaurante, e não queria piorar as coisas lhe pedindo dinheiro. E, definitivamente, eu não iria pedir para a Grace.

— Ava? — disse a sra. McClain. — Aconteceu alguma coisa? — Eu não tinha notado que as outras garotas já estavam de pé. Todo mundo estava me olhando. Whitney tinha uma mão no seu quadril um pouco avantajado e deu uma rápida revirada de olhos em minha direção.

— Não, está tudo bem — disse eu, deixando o catálogo no chão e me juntando ao restante da equipe no meio do ginásio.

※

Grace chegou atrasada para me buscar. A sra. McClain esperava comigo do lado de fora do ginásio, e, quando o carro da Grace finalmente parou no estacionamento, eu entrei no banco da frente sem dizer uma palavra, joguei a mochila no chão e cruzei os braços.

— Desculpa o atraso — Grace disse para a sra. McClain, apertando o botão automático do lado do motorista para abrir o meu vidro. — O treino de basquete do Max foi um pouco mais longo do que eu esperava.

— Oi, sra. McClain! — Max disse do banco de trás, onde estava sentado tomando água de sua garrafinha.

Ela sorriu para ele e acenou, então olhou para Grace.

— Eu entendo — disse ela. — Mas, se puder, tente não fazer com que esse atraso vire um hábito.

Grace concordou com a cabeça, seu rosto ficando cor-de-rosa.

— Certo. É claro. Com certeza não foi intencional. — Ela fechou o vidro e deu um suspiro alto. Normalmente, Grace me perguntava sobre o meu dia e sobre os novos números de dança da equipe, mas agora ela nem sequer olhou para mim ao se afastar do meio-fio. Imaginei que ela ainda estivesse louca da vida comigo, por causa do que acontecera no quarto de Max no Dia de Ação de Graças, mas eu não sabia como pedir desculpas sem me meter em encrencas por ter mentido para o meu pai. Então, em vez disso, mantive a boca fechada, combinando o silêncio dela com o meu.

Enquanto Grace nos levava para casa, eu segurei firme o catálogo do uniforme, pensando nas coisas que a sra. McClain dissera durante o treino, falando sobre os jogos fora da cidade, de como tínhamos de pagar por nossa própria comida e bebida, além das despesas com o ônibus. As outras meninas nem piscaram ao ouvir quanto custava fazer parte da equipe, mas nenhuma delas era aluna bolsista como eu. Eu não conseguia suportar o pensamento de ser obrigada a desistir porque não tinha dinheiro. Eu não precisava dar a Whitney outro motivo para fazer piadas a meu respeito.

Quando chegamos em casa, Grace guardou as coisas dela e foi para a cozinha esquentar o jantar. Max a seguiu e eu me sentei na sala de estar, olhando para o meu dever de casa. Perdida nos meus pensamentos, agora voltados para o pedaço de papel que a minha mãe havia grudado no livro que ela estava lendo. Virei e revirei na minha mente as palavras que ela havia rabiscado nele, convencida de que a pessoa que ela perdera fora a razão de ela ter procurado um detetive particular, mas não havia jeito de saber com certeza quem era essa pessoa. Eu queria conversar com meu pai sobre isso, mas, depois de ver como ele reagira quando lhe fiz uma simples pergunta a respeito das fotos da mamãe, de quando ela estava no colegial, eu tinha certeza de que ele não me ajudaria a descobrir nada. Também tinha certeza de que ele ficaria louco da vida se soubesse que eu tinha ligado para os pais da mamãe, por todo bem que isso me fizera.

Novos Caminhos. Eu ainda não tinha conseguido tempo para investigar o nome. Olhei para o laptop da Grace em cima da mesa — estava ligado, como sempre.

— Ei, Grace — chamei. — Tudo bem se eu der uma olhada no seu computador bem depressa? É para o meu dever de casa.

— Claro — disse ela. — Vai precisar de ajuda?

— Não. Está tudo bem.

Fui até a mesa e me sentei, olhando rapidamente em direção à entrada da cozinha, esperando que Max não viesse querer ficar comigo. Abri o navegador, digitei "Colégio Novos Caminhos, Califórnia" e esperei que os resultados aparecessem. Havia uns dez listados, mas, ao clicar nos links, percebi que a maioria deles não era destinada apenas a meninas, então acrescentei essa informação à busca. O único link que apareceu trazia um artigo online, mostrando a escola como um dos muitos colégios particulares que haviam fechado no final dos anos 90 por falta de fundos.

— Merda — disse eu, baixinho. Não havia um site, nem uma lista de professores que eu pudesse contatar, mas o artigo dizia que o colégio fora destinado a meninas desajustadas. De que modo minha mãe teria sido desajustada? Pensei em perguntar para Grace o que exatamente "meninas desajustadas" podia significar, mas eu não tinha lhe contado a respeito de minha conversa com minha avó, embora tivesse sido ela quem me perguntara a respeito dos anuários da mamãe. Eu não sabia ao certo por que a Grace estaria interessada no que acontecera com minha mãe no colegial, e eu me sentia estranha em falar com ela sobre isso. Também me sentia estranha porque tinha certeza de que ela ainda não havia contado a meu pai a respeito de nossa ida até a casa da mamãe.

O celular da Grace tocou, arrancando-me dos meus pensamentos.

— Ava? — ela chamou, sua voz vinda da cozinha. — Você pode pegar o telefone para mim, por favor? Estou esperando uma ligação do trabalho e tenho medo de que a massa queime se eu parar de mexer.

— Tudo bem — eu disse, fechando o navegador antes de me dirigir até a mesinha da entrada, onde Grace colocara a bolsa. Ela me contou uma vez que havia programado seu telefone para tocar doze vezes, antes de a chamada cair na caixa postal, assim ela não perderia ligações importantes das clientes. O que eu achava muito legal, mas era irritante quando aquela música de salsa dançante ficava tocando sem parar. Abri a bolsa e enfiei minha mão lá dentro para procurar o telefone, mas, em vez disso, acabei pegando uma carteira fina e preta. Estava prestes a colocá-la de volta, mas então hesitei quando uma ideia me atingiu com força. *Meu uniforme de dança*. Respirei fundo, sabendo que só o pensamento de roubar já era errado, mas me sentindo desesperada o suficiente para considerar a hipótese. A Grace poderia nem notar, eu raciocinei.

O telefone tocou de novo. Olhei em direção à cozinha, para me certificar de que ela não estaria perto da porta para conferir onde eu estava, e então abri a carteira. Havia um monte de notas de vinte dólares atrás do talão de cheques. Tantas que ela provavelmente nem ficava contando. Somando com o que tinha no banco, eu só precisava de cinco delas. Num movimento rápido, e antes que pudesse mudar de ideia, tirei as notas da carteira e as guardei no meu bolso traseiro, então apanhei o telefone e fui para a cozinha.

Grace estava em frente ao fogão, mexendo numa panela. Max estava ajoelhado numa cadeira, ao lado do balcão, picando folhas de alface e colocando-as numa travessa.

— Sua molenga — ele me disse, e eu fiz uma careta para ele.

Ignorando a provocação de Max, Grace estendeu a mão, mas, no momento em que eu ia lhe entregar o telefone, ele parou de tocar.

— Ah, tudo bem — ela disse balançando os ombros de leve ao colocar o fone em cima do balcão. Ela olhou para o visor. — Parece que era só uma operadora de telemarketing.

— Desculpa — eu disse, dobrando o braço direito para trás, a fim de poder deslizar a mão para dentro do meu bolso. Passei os dedos pelas notas que havia acabado de colocar ali, sentindo um nó apertado de culpa no estômago, sabendo que aquele pedido de desculpas era muito mais que apenas pela chamada perdida.

❧

Pegar o dinheiro de Grace fez com que eu me sentisse culpada, sim. Mas escapar impune me fez sentir igualmente corajosa o suficiente para tirar um pouco mais da sua bolsa quando ela estava tomando banho na manhã seguinte — dessa vez pegando algumas de cinco dólares e outras de um, achando que seria menos provável que ela fosse perceber a falta dessas notas. Eu planejava comprar o meu uniforme e guardar o restante para pagar as viagens. E depois eu poderia pedir a meu pai para trabalhar no restaurante, varrendo o chão ou limpando as mesas, e colocaria o dinheiro de volta na carteira da Grace, e ela nunca ia perceber o que eu tinha feito. Eu me convenci de que isso não era realmente roubar, já que planejava devolver o dinheiro.

Quando cheguei ao colégio, fui direto falar com Bree e pedir que ela faltasse à sua última aula para irmos à casa da minha mãe de novo. Eu queria ver se havia alguma outra coisa que pudesse me ajudar a entender por que ela havia escrito para aquele médico. E o mais importante: saber por que ela mentira para mim. Por que ela mentira para todo mundo.

— Tem certeza que isso é uma boa ideia? — Bree me perguntou enquanto andávamos pela rua em direção a minha antiga casa. Era um dia de dezembro frio e chuvoso, e ela hesitara um pouco em sair mais cedo, com medo de que fôssemos pegas, mas finalmente cedendo depois que eu implorara para que ela fosse comigo.

— Tenho certeza — eu disse.

— E o que vamos dizer quando a escola ligar para os nossos pais? — Nós duas sabíamos que qualquer ausência não avisada por um dos pais resultava num imediato telefonema da secretaria para nossa casa, perguntando onde estávamos.

— Vamos dizer que eu estava muito triste por causa da minha mãe — eu lhe disse. — Aí você me levou para o banheiro e ficou conversando comigo, para tentar fazer com que eu me sentisse melhor; e eu chorei tanto, e por tanto tempo, que a gente nem percebeu que estava perdendo a aula até que o sinal tocasse. — Era impressionante como a mentira me vinha tão facilmente à cabeça. — Ninguém pode provar que não estivemos lá o tempo inteiro. Eles não têm câmeras no banheiro. Combinado?

— Combinado — ela disse, não inteiramente convencida.

— Talvez a gente encontre alguma coisa sobre o Novos Caminhos — disse eu. Bree já sabia da conversa que eu tivera com minha avó, e antes eu lhe contara a respeito da pesquisa online que eu tinha feito sobre a escola.

— Era uma escola só para meninas, certo? — disse Bree. Fiz que sim com a cabeça. — Talvez sua mãe estivesse sentindo saudade de uma amiga que conheceu lá.

— Não sei... — eu disse, minha voz falhando. Não sabia o que pensar a respeito do pedaço de papel que tinha encontrado com a letra da mamãe. *Ela se foi, mas ainda posso senti-la. Tenho tantas saudades dela.*

— Ah, meu *Deus*! — disse Bree, parando no meio da calçada e agarrando meu braço.

— O que foi? — eu disse, afastando meu cabelo do rosto.

— Ah, não. De *jeito* nenhum. — Ela olhou para mim com olhos arregalados. — E se a sua mãe se *apaixonou* por outra garota? E se os pais dela acabaram descobrindo e por isso não quiseram mais nada com ela? Isso faz *todo* sentido. Eles são super-religiosos, não são?

— Sim — eu disse calmamente. — Mas por que eles a teriam mandado para essa escola?

— Talvez fosse uma escola como a nossa, pequena e particular, com bons professores, e eles queriam que ela tivesse a melhor educação. Não foi isso que a sua avó disse? Então a sua mãe conheceu uma garota e *experimentou* com ela, e daí foi o fim da relação dela com os pais. Porque eles não conseguiram lidar com esse tipo de situação ou algo assim.

Concordei com a cabeça, meus pensamentos agora acelerados, incapaz de processar o que tudo aquilo significava.

— Mas ela amava o meu pai. Eu sei que amava. Como ela podia estar apaixonada por uma menina e se casar e ter filhos com ele?

Bree deu de ombros e começamos a andar de novo, virando a esquina que dava para a casa que um dia fora minha.

— Talvez isso seja parte do motivo de eles terem se separado. E de sua mãe procurar um detetive particular depois que seu pai foi embora. Ela podia estar tentando encontrar a pessoa da anotação.

— Pode ser. — Quando nos aproximamos da casa, um sentimento estranho começou a se formar na boca do meu estômago. Eu não queria pensar na mamãe desse jeito. Queria me lembrar dela como eu a conhecia. Achei que talvez eu não devesse estar tentando descobrir coisas do passado dela, afinal.

— E o que mais poderia ser? — disse Bree. — Quer dizer, o que mais teria feito com que os pais delas ficassem tão enlouquecidos, a ponto de romperem totalmente com ela? Teria de ser uma coisa grande, certo? E ser lésbica é algo bem grande.

— Minha mãe não era lésbica! — eu disse com mais força do que pretendia.

Os ombros de Bree se curvaram e ela desviou o olhar.

— Meu Deus, desculpa — disse ela.

Eu suspirei de novo e estendi o braço, tocando a mão dela.

— Não. Eu que peço desculpa. É que eu... — Fiz uma pausa, esforçando-me para verbalizar tudo o que estava girando na minha cabeça. — É que nós não sabemos o que aconteceu ao certo. — Ela concordou com a cabeça e nós subimos os degraus da frente. Coloquei a chave na fechadura quando o som do meu nome me impediu de girá-la.

— Ava? — Era Diane. *Merda*. Não tinha imaginado que ela pudesse estar em casa. Bree segurou meu braço e deu um apertão, enquanto a amiga da minha mãe atravessava o gramado, vindo em nossa direção.

— Oi, Diane — eu disse com um grande sorriso, esperando que, se agisse com naturalidade, ela não comentaria nada com o meu pai.

Ela parou aos pés da escada e olhou para nós.

— O que você está fazendo aqui? Você não devia estar no colégio?

— Hoje só tivemos meio período de aula — menti, pelo visto ficando boa na coisa. — Vai ter uma reunião de professores, ou coisa parecida. — Inclinei a cabeça em direção a Bree. — Nós só vamos pegar algumas coisas.

Diane me lançou um olhar estranho.

— Pensei que a Grace e o seu pai já tivessem feito isso.

— Eles pegaram a maior parte — eu disse. — Mas ainda esqueceram algumas coisas. Da minha mãe, na verdade. Eu quero ter mais coisas dela comigo, sabe?

— Claro — disse Diane, afastando o cabelo crespo do rosto. O aperto de Bree então se afrouxou no meu braço. — Você está precisando de ajuda? Posso te levar de carro para casa.

— Não é muita coisa, na verdade. Obrigada, Diane. Obrigada mesmo. — Eu me virei em direção à porta, esperando que ela entendesse a dica e nos deixasse em paz, mas ela falou de novo.

— E está tudo bem em casa? Seu pai e a Grace já marcaram a data do casamento? — ela perguntou e tudo dentro de mim ficou gelado. Diane continuou. — Eu sei que a sua mãe ficou muito aborrecida com o noivado deles, mas acho que ela ia acabar superando, não é?

Bree enterrou os dedos no meu braço com tanta força que achei que fosse ficar uma marca. *Meu pai e a Grace estavam noivos? E a minha mãe sabia?* Respirei fundo e menti para Diane de novo.

— Claro. Tudo bem. Eles ainda não marcaram a data. — Minha voz parecia quebradiça o suficiente para se partir em duas. Dei um sorriso para Diane. — Acho que preciso me apressar. A Grace está esperando que eu volte logo.

— Tudo bem — disse Diane com um pequeno aceno. — Vou deixar vocês à vontade. Foi bom te ver, querida. Sinto falta de ter vocês aqui ao lado.

— Legal te ver também — eu disse, e finalmente Bree e eu pudemos entrar na casa. Pus a mão no interruptor de luz e, quando o apertei, nada aconteceu. Meu pai devia ter mandado desligar a energia, assim ele não precisaria pagar a conta.

— Ah, meu Deus! — exclamou Bree. — Seu pai ficou noivo? E nem te *contou*?

— Acho que sim. — Meu corpo inteiro formigava, como acontece com o meu pé quando ele fica dormente. — E minha mãe sabia. — Imediatamente eu me lembrei da minha mãe no treino de basquete do Max, na semana em que ela havia morrido. Lembrei como ela estava triste depois de ter falado com meu pai, e como eu tinha esperado para contar a ele a respeito seja lá do que fosse que a estivesse aborrecendo. Na ocasião, eu não prestei muita atenção, mas agora tudo fazia sentido. Ela sabia que Grace e meu pai estavam noivos e ficara arrasada. Eu desconfiava que parte dela tinha esperanças de que um dia ela fosse voltar a ficar com meu pai — assim como Max e eu, que costumávamos ficar cochichando sobre isso logo depois de ele ter ido embora. Eu me lembrei de outra noite, apenas poucas semanas antes de ela morrer, quando a encontrei sentada no chão do closet, chorando tanto, aos soluços. Então eu me deixei cair ao lado dela e passei os braços à sua volta.

— O que foi, mamãe? — eu perguntei, e ela só continuou a balançar a cabeça.

— Não tem jeito — ela disse chorando, os olhos tão inchados que eu mal podia vê-los. — Eu não tenho mais esperança. Ninguém me quer.

Eu a segurei com mais força ainda, enquanto ela tremia, uma onda de pânico invadindo meu corpo.

— Eu quero você — eu disse. — E o Max também.

— Mas o seu pai não quer — ela soluçou. — Nem os meus pais. — Ela soltou um choro tão triste e profundo, tão doloroso e cru, que me causou arrepios. — Meu *Deus*. Eu não quero mais fazer isso.

— Mamãe, você vai ficar bem — eu disse. — Tudo vai ficar bem. — Eu queria que ela acreditasse nessas palavras. E eu também queria acreditar nelas. Depois que ela chorou por mais algum tempo, eu a ajudei a entrar na cama e ajeitei as cobertas em volta de nós duas. Ela aninhou a cabeça no meu peito e eu tirei o cabelo do seu rosto de novo e de novo, do mesmo jeito que ela tinha feito comigo por mais vezes do que eu podia contar. Eu me convenci de que ela estava bem, que aquele era apenas outro de seus maus momentos.

Mas agora outro pensamento me atingiu, mais terrível que qualquer outro que eu tivera desde a noite em que meu pai nos contou que a mamãe havia morrido.

— E se ela estivesse tão triste que não quis mais viver? E se essa for a razão por que ninguém conta para mim e para o Max como ela morreu?

A compreensão do que eu estava falando floresceu no rosto de Bree, imediatamente seguido por um olhar de horror.

— Que talvez ela tenha se *matado*, você quer dizer?

Fiz que sim com a cabeça, pressionando a mão em cima da boca. Bree era a única pessoa para quem eu tinha contado sobre como minha mãe chorava, sobre quantas coisas eu tinha de fazer para cuidar dela. Eu sabia que minha mãe estava deprimida, mesmo quando ela tentava esconder o fato com sorrisos radiantes e demonstrações de alegria. Talvez ela não estivesse doente coisa nenhuma. Talvez ela só não quisesse mais viver. Talvez Max e eu fôssemos muito trabalho para minha mãe e, ao descobrir que Grace e meu pai estavam noivos, ela finalmente se convenceu de que ele nunca mais voltaria. Talvez ela tivesse simplesmente desistido. E talvez fosse minha culpa, porque eu disse que ela ia ficar bem.

Deixei os braços caírem na lateral do corpo, não querendo mais pensar nisso. Não conseguia suportar a ideia de que talvez eu pudesse ter falhado com minha mãe; de que ela estivesse me pedindo ajuda o tempo todo e eu não percebia. Queria aliviar a dor aguda e cortante no peito. Eu sempre soube que era possível meu pai se casar com a Grace, mas era algo distante, no futuro, como a ideia de um dia eu ir para a faculdade ou mesmo me casar. Pensei em todas as coisas legais que a Grace tinha feito desde que eu a conheci e de repente me convenci de que ela havia me enganado o tempo inteiro, tentando impressionar meu pai para que eles pudessem ficar noivos. Ela não *gostava* realmente de ficar comigo e com meu irmão. Eu via a tensão gravada em seu rosto desde que a mamãe morrera. Eu sabia que nos ter por perto não fazia parte dos planos dela. Nós éramos um fardo, mas um meio de conseguir o que ela realmente queria: meu pai. Tentei lembrar a última vez em que ele fora até meu quarto num sábado de manhã para me acordar fazendo cócegas e não consegui. Ele preferia ficar na cama com a Grace agora; e Max e eu levantávamos e preparávamos sozinhos a nossa tigela de cereal. Eu não entendia como ele podia escolher ficar com ela em vez de ficar comigo e com meu irmão — como outra coisa podia ser mais importante para ele do que ser apenas meu pai.

— Se a Grace acha que vou chamá-la de "mãe", ela ficou maluca — disse eu, cerrando os dentes.

— Mas você meio que gosta dela, não é? — perguntou Bree. Sua voz soou hesitante e incerta. Eu podia jurar que ela estava tentando não me deixar louca da vida.

— *Não* — eu disse novamente, incapaz de esconder minha irritação. — Eu apenas tolero a Grace. Existe uma grande diferença. — Isso não era exatamente verdade. Eu vinha me sentindo grata por tê-la por perto. Ainda assim, cada vez que eu dava um passo em direção a Grace, eu podia sentir as mãos da mamãe em cima de mim, tentando me afastar da mulher que meu pai amava.

Bree deu um suspiro.

— Tudo bem. Se é isso que você diz...

Bree não acreditara em mim. Ela não percebia que meu pai tinha levado a Grace para o nosso convívio e então ele não teria de estar conosco. Assim ele poderia passar todo o seu tempo no restaurante e nos deixar sozinhos... de novo.

— Como *você* ia se sentir se o seu pai se casasse com a Besta Loira da Calça Justa? — eu lhe perguntei. — Se você tivesse de chamá-la de mãe?

Bree bufou.

— Bom, primeiro, eu *jamais* chamaria aquela lá de mãe, nem se ela me obrigasse. Coisa que ela nunca faria, porque não suporta a ideia de ter idade para ser mãe de quem quer que seja.

— É, mas... — comecei, só para que ela me interrompesse.

— E, *segundo*, você não pode comparar a Grace com qualquer uma das garotas por quem o meu pai se sente atraído e pensa que está apaixonado. Ele só fica tentando substituir a minha mãe por versões dela mesma, só que mais jovens e inferiores. — Falando sobre seus pais desse jeito, a voz de Bree parecia quase tão amarga quanto a minha um momento antes.

Não quis discutir, sabendo que Bree estava apenas repetindo as mesmas palavras que ouvia a sua mãe dizer sobre as muitas namoradas do ex-marido.

— Eu só não quero que eles se casem — eu disse rapidamente. — Eu só queria que minha vida voltasse a ser como antes.

Bree deu um suspiro.

— Mas você sabe que isso não é possível...

Eu não respondi. Em vez disso, olhei em volta da sala de estar, iluminada apenas pela luz silenciosa e acinzentada que vinha da janela. Nada parecia diferente de quando Grace e eu estivemos ali para apanhar a receita do bolo da mamãe, pois meu pai ainda não tivera tempo de contratar o pessoal da mudança para empacotar o resto das coisas. Agora não parecia importar o que eu fora fazer ali. O que importava era o fato de que todos os adultos da minha vida pareciam mentir para mim. O que importava era que, tirando Bree, eu não achava que tinha sobrado alguém em quem eu pudesse confiar.

Kelli

Meu bebê morreu. Nos meses que se seguiram a sua breve estadia no hospital, Kelli ficou revirando essa frase na cabeça. A lembrança do choro fraco de seu bebê transpassava seus pulmões, fazendo com que fosse quase impossível respirar. Não a deixaram ver Rebecca. Ela não pôde se despedir.

Nenhum dos médicos nem as enfermeiras falaram com ela sobre o que tinha acontecido. Quando entravam no seu quarto no hospital, seus pais falavam com eles em voz baixa, protegendo Kelli para que ela não tivesse de lidar com nada daquilo. Seu pai lhe trouxe mais papéis para que ela assinasse. Ela rabiscava o nome e não perguntava por quê.

— Melhor que tenha sido assim — disse Francine, ao levá-la de cadeira de rodas até o carro de seus pais. — É difícil, mas sei que você vai superar. Eu tenho certeza.

Superar?, pensou Kelli. *Ela está louca?* Ela não respondeu, não sabendo o que dizer a uma pessoa que acreditava que a morte de seu bebê pudesse ser algo de melhor.

Já em casa, Kelli imediatamente se enterrou no quarto. Ela se revirava debaixo do cobertor e se forçava a passar os dias dormindo. Sentia-se esgotada e vazia para fazer qualquer coisa a mais que fosse.

— Você precisa comer — sua mãe disse certa noite, dois meses depois de eles terem trazido Kelli de volta para casa. Ela carregava uma bandeja com canja de galinha e bolachas salgadas.

— Não — disse Kelli, a palavra abafada pelo travesseiro. Seus cabelos loiros estavam oleosos e tinham começado a cair aos tufos. Seu corpo estava se consumindo. Ao se olhar no espelho, podia ver os ossos de sua caixa torácica e a protuberância forte de suas articulações, que pareciam saltar de sua pele. Bebia água, mal tocava na comida que sua mãe levava e dormia. Era só o que conseguia fazer.

Sua mãe não desistia. Colocou a bandeja em cima da penteadeira e se sentou na beirada da cama de Kelli.

— Tudo vai ficar bem. Você vai esquecer logo. Você pode recomeçar.

— Não sem ela. Não sem a Rebecca.

— Você precisa deixá-la em paz — sua mãe respondeu. — Não era para ela ter ficado com você. E você cometeu um erro. Um erro terrível. E Deus agora está lhe dando uma segunda chance.

Kelli levantou o rosto do travesseiro e virou para olhar a mãe, piscando com o súbito fluxo de luz.

— Eu *odeio* Deus — ela disse. — Odeio.

Foi como se Kelli tivesse lhe dado uma bofetada. Ela fechou os olhos e respirou fundo antes de falar de novo.

— Você só está com raiva. Eu entendo. Eu também senti raiva dele.

Isso chamou a atenção de Kelli.

— Sentiu?

Sua mãe fez que sim com a cabeça.

— Quando eu achei que nunca ia conseguir engravidar. Ser mãe era tudo o que eu queria, e quando isso não aconteceu, por tantos anos, culpei Deus. Chorei e gritei e virei as costas para Ele. — Ela deu um pequeno sorriso. — Só quando aceitei que eu não estava no comando do que me acontecia na vida, foi que Ele me deu você. — Ela tocou o rosto de Kelli. — Não podemos adivinhar quais são os planos de Deus para nós, simplesmente temos de aceitar e fazer o melhor que puder. Você precisa voltar para a escola. Precisa colocar sua vida de volta no caminho certo.

— Eu não vou voltar para a escola. — Kelli balançou a cabeça. Ela não se importava com o que sua mãe falara a respeito de Deus; ela não queria nada com Ele. Também não conseguia imaginar ter de enfrentar Jason ou Nancy, ou qualquer outra pessoa, na verdade. Sentia que tinha mil anos, distante deles de maneira que jamais poderia ser modificada. Ela perdera a filha e sabia que não havia como qualquer um de seus amigos entender isso. Seus pais a tinham proibido terminantemente de falar a qualquer pessoa onde estivera e o que lhe acontecera. O peso desse segredo era como uma pedra dentro dela. Parecia algo maligno.

— Você precisa terminar os estudos — disse sua mãe.

— Eu prefiro fazer o supletivo — Kelli respondeu. — Vou procurar emprego e fazer os testes que precisar para conseguir o diploma. Eu *não* vou voltar para a escola.

Poucas semanas depois, quando Kelli ainda não saía do quarto para nada além de ir ao banheiro, seus pais cederam e a matricularam em um centro comunitário.

— Só se você comer alguma coisa — seu pai lhe disse. — Essa bobagem já foi longe demais.

Bobagem?, pensou Kelli. *Meu bebê ter morrido é uma bobagem?*

— E se eu tivesse morrido quando nasci? — ela lhe perguntou, surpresa com a própria audácia. — Como *você* ia se sentir?

Ele a encarou por um momento, e ela procurou por algum pequeno abalo que fosse em seu normalmente impenetrável exterior, mas ele não desviou o olhar, não olhou para o chão, embora estivesse envergonhado.

— Eu ia aceitar como a vontade de Deus — ele disse. — Eu ia encontrar uma maneira de continuar.

Algo se fechou dentro dela quando ele disse essas palavras, algo que cortou qualquer sentimento que Kelli ainda pudesse ter por ele. Ela culpava seus pais pela morte do bebê. Culpava-os por tê-la mandado embora, por deixar que a vergonha que sentiam fosse mais importante que a neta. Mesmo que Rebecca não tivesse morrido, eles teriam arrumado uma maneira de fazer com que Kelli a entregasse para adoção. Kelli não entendia por que eles pareciam odiá-la tanto. Que eles a odiavam era a única explicação para o modo como a tratavam.

Foi nesse momento que Kelli começou a planejar como fugir do mundo de seus pais; e foi o pensamento de conseguir escapar que lhe deu coragem para finalmente sair da cama. Ela começou a se alimentar e a frequentar as aulas no centro comunitário, saboreando o anonimato que o ambiente enorme lhe oferecia. Ao fazer dezesseis anos, candidatou-se a um emprego de caixa numa pizzaria local e poucos meses depois o gerente a promoveu a garçonete.

No seu primeiro dia servindo mesas, uma linda garota chamada Serena treinou Kelli. Serena deu uma olhada na calça preta e na blusa branca completamente abotoada que ela usava e disse:

— Ah, querida. Você não vai ganhar um centavo usando essas roupas. Esses garotos de universidade querem pensar que vão se dar bem. Quanto mais você fizer com que pensem isso, mais cerveja eles vão pedir e mais gorjetas vão te dar. — Ela deu uma piscadela, puxou a blusa de Kelli para fora da calça e a amarrou num nó na altura do umbigo. Então lhe desabotoou a blusa, até que o sutiã estivesse quase exposto. — Assim. Muito melhor. Você também vai precisar de uma saia preta curta, certo? E de botas de cano alto. Acredite em mim.

Kelli seguiu o conselho de Serena e ficou espantada com a quantidade de dinheiro que passou a receber. E logo chegou à conclusão de que a beleza era sua única qualidade. Ninguém podia culpá-la por usá-la. Era convidada para sair constantemente e, depois de um tempo, começou a dizer sim, entregando-se à necessidade de ter alguém que a desejasse, de sentir que alguém a amava, mesmo que fosse apenas por uma noite.

— Você está usando proteção, né? — Serena lhe perguntou uma noite, depois de ter visto Kelli dar seu telefone a um garoto bonito de cabelos pretos. Kelli ficou vermelha, mas fez que sim com a cabeça. Ela insistia no uso de preservativos; pelo menos isso ela aprendera.

A vida de Kelli entrara numa rotina simples. Ela ia às aulas de manhã, estudava à tarde na biblioteca e depois trabalhava cinco noites por semana.

— Você quer nos acompanhar à igreja? — sua mãe lhe perguntava todos os domingos de manhã. Ela e seus pais mal se viam; Kelli ficava em casa apenas para dormir e tomar banho. Tirava notas altas, mantinha seu quarto limpo e suas roupas lavadas, determinada a evitar que eles encontrassem mais falhas nela do que já tinham encontrado.

— Não, obrigada — Kelli sempre respondia. Sua mãe não a forçava a mudar de ideia, talvez entendendo que essa era uma batalha que já tinha perdido.

Numa sexta-feira à noite, depois de estar de volta em casa havia quase um ano, Kelli estava prestes a colocar uma pizza grande de pepperoni e azeitonas na frente de um cliente quando um grupo ruidoso de adolescentes entrou. Ela viu Nancy antes que Nancy a visse. Sua antiga amiga não mudara nada — ela usava um jeans muito apertado e seu cabelo estava penteado de uma maneira um pouco exagerada. Kelli examinou os outros rostos, preocupada com que Jason pudesse estar entre eles, mas então imaginou que ele já devia ter terminado o colegial. Quando ela se aproximou da mesa, Nancy olhou para cima e arregalou os olhos castanhos.

— Oi — ela disse, mexendo-se na cadeira.

— Oi — disse Kelli, dando-lhe um pequeno e desconfortável sorriso.

— Você está trabalhando aqui? — perguntou Nancy. Kelli fez que sim com a cabeça e ela olhou em volta, como se estivesse avaliando o lugar. — Que legal. Como foi na escola para onde você foi? — Seu tom de voz fez com que Kelli se sentisse pouco à vontade, como se Nancy pudesse saber o verdadeiro motivo pelo qual seus pais a tinham mandado embora.

— Foi muito bom — disse Kelli. — Foi lá que eu tive a ideia de fazer supletivo num centro comunitário em vez de voltar para o colegial. Mal posso esperar para sair da cidade. — Ela fez uma pausa, observando sua amiga balançar a cabeça. — E você, como está?

— Estou ótima. — Nancy olhou para seus outros amigos, pessoas que Kelli reconheceu vagamente, mas que não conseguia lembrar bem o nome. Uma parte dela desejava poder se sentar ali com eles e se sentir como uma adolescente normal de novo. Mas, quando Nancy não os apresentou, Kelli segurou com força seu caderninho e a caneta, sabendo que não seria convidada a voltar àquele mundo. Ela não se encaixava mais nele.

— Já sabem o que vão pedir? — ela perguntou, com os pensamentos fixos no dia em que completasse dezoito anos. O dia em que poderia finalmente se libertar.

Grace

— Estamos prestes a fechar o orçamento do próximo ano — eu disse aos membros da minha equipe, de pé na frente deles na sala de conferência, durante nossa reunião semanal. — Mas ainda precisamos conversar sobre o reforço para o atendimento nas linhas de crise nos feriados, porque sabemos que os incidentes violentos tendem a aumentar nessa época do ano. — Todos concordaram com a cabeça. — Há mais alguma coisa na qual devemos pensar em fazer?

— Há alguma maneira de conseguirmos manter um funcionário em período integral nos prontos-socorros? — Helen, uma de minhas conselheiras, perguntou. — Talvez apenas nos principais hospitais, para vermos se a resposta é positiva. É que parece que quando chegamos a vítima desapareceu ou já é muito tarde para que possamos ajudá-la.

Considerei a ideia, tamborilando meus dedos na mesa à minha frente.

— Não creio que possamos contratar alguém agora, mas é uma ótima ideia. Os hospitais têm assistentes sociais, mas geralmente estão sempre muito espalhados para lidar com cada caso de violência que chega à porta deles. Talvez possamos ter vocês mesmos se revezando uma vez por semana, trabalhando a distância? — Helen e várias outras conselheiras concordaram com a cabeça, então olhei para Tanya. — Você poderia agendar encontros com enfermeiros que trabalham no administrativo de todos os grandes prontos-socorros? Se eu conseguir fazer com que me ajudem nessa empreitada, maior vai ser a probabilidade de que a diretoria dos hospitais nos deixe entrar. — Tanya concordou com a cabeça, fazendo anotações num bloquinho.

— Tudo bem — eu disse. — Algo a mais? Outras ideias? — Antes que alguém pudesse responder, meu celular tocou. Uma rápida olhada na tela me disse que era do colégio das crianças e imediatamente senti meu pulso acelerar, achando que talvez uma delas estivesse doente e eu teria de acabar o meu dia mais cedo que o habitual. Pegando o telefone, me desculpei com todos pela interrupção e fiz um gesto para que Tanya continuasse a reunião sem mim.

— Aqui é Grace McAllister — eu disse e saí da sala com relutância.

※

— Não importa qual tenha sido o *motivo* — eu disse a Ava quando paramos na garagem de casa mais tarde naquela noite, depois de ter levado Max ao basquete e tê-la apanhado na escola. — Você não deve faltar à aula. *Nunca*. Se estava triste, devia ter ido à diretoria falar com a conselheira. Não com a Bree, tudo bem? — Victor não atendera à chamada em seu celular, então a escola havia ligado para mim. A explicação de Ava aos professores a respeito de estar chorando no banheiro era plausível, mas a careta que ela fazia agora mais parecia ser aborrecimento por ter sido pega que pela dor de ter perdido a mãe.

— Eu queria que você parasse de dizer o que devo fazer — Ava disse num sussurro.

— Como? — eu disse. — O que foi que você falou?

Ela virou a cabeça com tudo para me encarar.

— Eu disse: Eu queria que você parasse de dizer o que devo fazer.

Respirei fundo, tentando manter a calma, mas falhando totalmente.

— Bom, e eu queria que você parasse de ser tão malcriada. É uma atitude inaceitável, e eu já estou cansada disso. — Mas que diabos estava acontecendo com ela? Imaginei se aquele mau comportamento era causado pela tristeza ou por algum descontrole hormonal, mas no momento isso realmente não me importava.

— Que seja — ela resmungou ao abrir a porta do carro com violência e entrar em casa feito um furacão, levando sua mochila no ombro.

— Ela está de mau humor, né, Grace? — disse Max, espremendo-se para sair do banco de trás e vindo com o que eu tinha certeza que ele achava ser um comentário útil.

— Acho que sim, amigão — respondi, dando um suspiro pesado. Eu temia o momento de contar a Victor que Ava tinha faltado à aula. Embora eu achasse que ele ia acreditar que a filha estava realmente no banheiro, chorando, eu não estava tão certa de que isso fosse verdade. Mas falar a respeito de minha suspeita não me parecia ser uma grande ideia. Embora eu soubesse que já devíamos ter resolvido a situação, Victor e eu ainda não tínhamos conversado a respeito do que acontecera no quarto de Max. Uma semana após a confusão, ainda estávamos pisando em ovos um com o outro, excessivamente formais e aparentemente tocando a rotina do nosso relacionamento. Dormíamos na mesma cama, mas não fazíamos amor, falávamos logisticamente sobre levar e apanhar as crianças e de como as coisas estavam seguindo no restaurante com a capacidade reduzida de Spencer.

Durante um almoço no início daquela semana, eu havia conversado com Sam a respeito de minha relutância em enfrentar Victor, mas meu irmão não se mostrou nem um pouco compreensivo.

— Desculpa — disse ele. — Mas tenho certeza que você precisa parar de falar sobre isso comigo e conversar com o seu noivo. Do que você tem medo?

Dei de ombros e voltei a atenção para a salada a minha frente.

— Não sei... Talvez eu devesse tentar ficar acima disso tudo, sabe? Me parece tão infantil dizer para ele escolher entre mim e as crianças.

Sam deu um suspiro.

— Você não vai pedir para o Victor fazer isso. Vai pedir para ele mostrar que vocês formam uma frente unida. E fazer com que as crianças saibam que vocês dois são uma unidade coesa, não algo que eles podem dividir e vencer.

— É um bom jeito de colocar as coisas — refleti. — Ei, tive uma ideia. Por que você não fala com o Victor *por* mim?

— Não, obrigada — Sam disse docemente ao enrolar o fettuccine que tinha pedido, antes de levar o garfo à boca. Ele sacudiu o talher no ar como um maestro faria diante da orquestra. — Essa confusão toda é apenas um dos motivos por que Wade e eu não adotamos uma criança.

— Eu nem sabia que vocês conversavam sobre isso.

— Nós conversamos sobre *não* fazer isso. É a mesma coisa, eu acho. De qualquer maneira, ele é muito velho. — Eu ri. Wade só tinha trinta e dois anos, oito anos mais velho que meu irmão e cinco a menos que eu. Mas as coisas pelo visto eram diferentes nos "anos gays", como Sam me explicara um dia. — Você precisa acrescentar seis meses por ano que ele está vivo. Então trinta e dois significam quarenta e oito.

— De onde você *tira* essas coisas? — eu lhe perguntara.

— Está no Manual de Estilo Gay — ele brincara, e eu ri de novo.

— Você precisa conversar com o Victor a respeito de como está se sentindo — ele disse agora. — Nada vai ficar resolvido enquanto você não fizer isso.

Deixei escapar um longo suspiro.

— Você parece a Melody falando.

— Ela é uma garota esperta.

Tomei um gole do meu chá gelado.

— Eu não sei como abordar o assunto, sabe? Ele vai ficar na defensiva porque são os filhos dele. Vai ficar do lado deles.

— E isso te deixa onde? — perguntou Sam. — No papel da madrasta malvada? — Ele fez uma pausa e revirou os olhos. — Por favor, não se martirize, Grace. Se você não consegue ser honesta com o homem com quem vai se casar, talvez então não deva se casar com ele.

Eu sabia que de certo modo meu irmão tinha razão, mas, enquanto ele falava, eu não conseguia deixar de sentir crescer uma horrível onda de pânico dentro de mim. Se eu não pudesse fazer com que as coisas dessem certo com o Victor, talvez eu não pudesse fazer com que dessem certo com mais ninguém.

Agora Max e eu entrávamos em casa, atrás de Ava. Ela estava no hall de entrada tirando a mochila. Max jogou a dele no chão, ao lado da dela, e ambos saíram correndo para ver quem iria tomar banho primeiro.

— Eu pedi primeiro — gritou Max, tirando a camiseta no meio da corrida. Tudo entre eles era uma competição. Era exaustivo ver aquela contínua disputa: quem ia ser o primeiro a tomar banho, quem ia ficar com o maior pedaço de pizza. A lista das potenciais rivalidades era interminável.

Ava passou correndo por ele, espremendo-o contra a parede.

— Acho que não! — ela disse.

— Ei. Não empurre seu irmão — disse eu, já irritada pelo que tinha acontecido antes no carro.

— Ele estava no meu caminho. Não posso fazer nada se ele é lerdo.

— Mas você não pode empurrá-lo. Então pare com isso. Por favor. — Acrescentei essas duas últimas palavras depois de pensar um pouco, esperando que, se eu mostrasse um pouco de respeito, ela pudesse fazer o mesmo em retorno.

Não tive sorte. Ela não respondeu e, em vez disso, continuou o caminho até o banheiro e bateu a porta com tudo. Max começou a chorar e correu em minha direção.

— Ela é malvada! — disse ele. — Por que ela é assim?

Dei um suspiro e o puxei para junto de mim, envolvendo-o num abraço.

— Ela é adolescente, querido. Faz parte da coisa. — Mas intimamente pensando: *Boa pergunta*.

Max soluçou contra meu estômago, esfregando o nariz em mim.

— Eu não vou nunca ser desse jeito. Nunca mesmo.

— Acho que é um ótimo objetivo. Mas todos nós fazemos alguma maldade de vez em quando; faz parte do ser humano. Quando a gente cresce, espera aprender a se controlar melhor e tenta tratar as pessoas como gostaria de ser tratado, entende?

— Eu já tentei isso com ela e não funcionou. Ela é muito *malvada*.

Esfreguei o topo da cabeça dele, sentindo o calor e o suor de todo o exercício que ele tinha feito no basquete.

— Que tal você pegar suas coisas de arte para fazermos alguns desenhos lá na mesa de jantar?

Ele olhou para cima, agora empurrando o queixo na minha barriga.

— Você desenha bem?

— Na verdade não. Mas talvez você possa me ajudar. — Ele fez que sim com a cabeça e correu para a sala de televisão, onde guardávamos blocos de papel e várias canetas hidrográficas numa gaveta. Levei as sacolas do mercado para a cozinha e tirei o que íamos jantar assim que os dois tivessem acabado o banho. Comida, dever de casa… e eu precisando revisar pelo menos três fichas de clientes até a meia-noite, quando Victor finalmente chegaria em casa. Olhei para a porta da frente, onde as crianças tinham deixado as mochilas, e vi pontas das roupas deles saindo pela abertura do zíper. Precisavam ser lavadas hoje, assim estariam prontas para o treino do dia seguinte. Achei melhor começar naquele minuto, para não esquecer.

Tirei as peças de Max primeiro e mais uma vez fiquei perplexa ao ver como ele conseguia sujar suas roupas, mesmo quando as usava apenas em lugares fechados. Será que era chocolate na barra do shorts? Ou era sangue? Já na área de serviço, borrifei o detergente para manchas difíceis no shorts e o deixei em cima da máquina de lavar, para que o líquido penetrasse no tecido, enquanto eu voltava para o hall de entrada e apanhava as roupas de Ava também.

— Estou pronto, Grace! — Max chamou da sala de jantar.

— Já vou! — eu disse. — Por que não deixa tudo preparado para nós?

— Tudo bem! — ele respondeu. Sorri para mim mesma, achando que era quase como se aquele ataque de fúria com o videogame tivesse liberado algo que Max estava prendendo dentro de si. Imaginei se fora isso que a conselheira do colégio dissera — crianças processam a dor da perda de modo diferente. A raiva de Max podia não ter nada a ver com o jogo, mas destruir o aparelho foi como ele conseguiu expressar a dor pela morte da mãe. Ainda assim, eu estava um pouco preocupada com que aquela não tivesse sido a última vez em que ele fosse estourar daquele jeito.

Ava tinha uma mochila de roupas de ginástica separada, então me ajoelhei ao lado dela e coloquei a mão lá dentro, puxando dois shorts de elastano que talvez pudessem cobrir uma parte do meu traseiro. Não vi as camisetas, então abri outro compartimento fechado por um zíper dentro da mochila e dei uma remexida até encontrá-las. Agora senti outro volume de tecido, que imaginei ser o sutiã de esporte dela e o tirei também, colocando-o no chão. A ponta de alguma coisa verde saindo do sutiã me chamou atenção e meu primeiro pensamento foi de que era apenas a etiqueta, mas, depois de uma segunda olhada, minha mente registrou o que era.

Dinheiro.

Pelo que eu sabia, Victor não tinha lhe dado nenhuma quantia. Senti como se alguém tivesse golpeado meu estômago. Abri o sutiã lentamente e vi que as notas estavam dobradas num quadrado pequeno. Eu o apanhei e abri o dinheiro, contando-o; pouco mais de cem dólares. Cinco cédulas de vinte e algumas de um e de cinco. Eu tinha desconfiado de que a quantia de dinheiro que eu havia separado para usar no mercado naquela tarde era menor do que a que eu havia tirado no banco no começo da semana, mas cheguei à conclusão de que simplesmente o gastara e não me lembrava, como sempre acontecia quando eu usava notas em vez de cartão de débito. Eu queria acreditar que fora isso que acontecera. Não queria que aquilo fosse verdade. Não queria ter sido a pessoa a descobrir o que Ava fizera. Mais que tudo, não queria contar a Victor que a filha dele era uma ladra.

Assim que comecei a me levantar, percebi que a água do chuveiro tinha parado. Ava veio correndo por trás de mim, tentando tirar o dinheiro da minha mão.

— O que você está *fazendo*? — ela gritou. — Isso é meu! Você não tem o direito de mexer nas minhas coisas! — Seu cabelo caía em pequenas ondas ao redor do rosto e ela já tinha colocado a calça do pijama e o suéter vermelho da mãe.

Eu tirei o dinheiro do alcance dela.

— Eu tenho todo o direito! — Meus dentes batiam e o rangido dentro da minha boca me fez sentir um arrepio. — Você tirou isso da minha bolsa, não tirou? Ou está roubando outra pessoa?

Ela me encarou, os olhos azuis apertados.

— Eu não roubei nada. Não sei do que você está falando.

Balancei a cabeça, pressionando os lábios, tentando controlar a raiva que eu sentia.

— Então como esse dinheiro foi parar na sua mochila? Me fale. Será que, como num passe de mágica, ele criou pernas e entrou lá dentro?

— Como eu vou saber? — disse ela, cuspindo as palavras. — Não tomo conta da *porcaria* das suas coisas. Vai ver o Max colocou aí.

— Eu não coloquei nada! — Max gritou. Pelo visto ele tinha nos ouvido gritar e veio ver, bem a tempo de ouvir a acusação da irmã. — Você não pode pôr a culpa em mim! Eu vi quando você roubou o dinheiro da bolsa da Grace! Hoje de manhã. Você não me viu porque eu estava escondido atrás da porta, mas eu te vi fazendo isso quando ela estava tomando banho.

Ava voou para cima dele, os punhos fechados.

— Cale a boca!

— Ava! — eu disse, tentando agarrá-la com meu braço livre. Ela se contorceu a fim de se esquivar do meu alcance e arremeteu contra o irmão, atacando-o. Os dois aterrissaram no chão de madeira e Max gritou. Ava subiu em cima dele e levantou seu braço, mas eu o segurei antes que ela pudesse bater nele.

— Me solta! — ela gritou, tentando se livrar de mim, mas eu a segurei por baixo dos braços e a afastei de Max. — Eu te *odeio*! Por que você simplesmente não *vai embora*? Não precisamos de você aqui! Tudo estava *bem* até você aparecer! Aposto que está contente porque a minha mãe morreu, assim pode ficar com o meu pai só pra você! Eu sei que vocês estão *noivos*! Eu sei que vocês *mentiram* para nós esse tempo todo!

Eu a soltei no chão — não de uma grande altura, apenas poucos centímetros, mas ela soltou um grito como se eu a tivesse atirado contra a parede. Tentei recuperar o fôlego. *Como Ava descobriu sobre o noivado? Será que ela tinha achado o meu anel? Será que o Victor tinha lhe contado e não me disse nada?* Balancei a cabeça, incapaz de processar o que estava acontecendo para poder questioná-la. Dei um passo em direção a Max, que estava deitado no chão, enrolado como uma bola, as pernas e os braços encolhidos dentro dele.

— Max? Querido? — eu disse. — Você está bem?

Ele balançou a cabeça e murmurou alguma coisa entre lágrimas.

— O que foi, querido? — eu perguntei.

— Ele está bem! — Ava cuspiu entre lágrimas. — Ele é um grande fingidor, assim ganha toda a atenção!

Virei a cabeça rapidamente para encará-la.

— Você. Vá para o seu quarto. Agora.

— Não! — ela gritou, seu rosto amarrado numa massa selvagem de raiva, tristeza e medo. Eu odiava o fato de estar fazendo com que Ava se sentisse assim, mas não podia simplesmente deixar passar o que ela tinha feito. Não queria estar lidando com nada disso agora, mas ali estava eu... no meio de tudo.

— *Agora!* — eu berrei e ela se encolheu diante do meu grito, soluçando ao se levantar lentamente e sair cambaleando pelo corredor como se tivesse levado um tiro.

Os gritos de Max aumentaram e eu fiquei de súbito preocupada que Ava realmente o tivesse machucado.

— Max — eu disse, tentando de novo. — Preciso ver se você está bem. Não vou tocar em você se não quiser, mas preciso saber se está sangrando em algum lugar. Você sente como se algum lugar estivesse sangrando?

— Meu *coração* está sangrando! — ele gritou, e então meus olhos se encheram de tristeza por toda a dor que aquele menino ainda tão pequeno já tinha passado. O divórcio dos pais, a morte da mãe, e uma irmã que às vezes parecia empenhada em fazer da vida dele um inferno. Lentamente ele desenrolou o corpo e eu procurei por algum sinal de sangue. Não vendo nenhum indício, soltei um suspiro de alívio.

— Onde dói mais? — eu perguntei e ele estendeu a mão esquerda. O dedo mindinho estava inchado, e achei que Max tinha caído em cima dele quando Ava o atacou. Fiquei com medo que pudesse estar quebrado. — Vamos colocar um pouco de gelo aí, está bem? Você pode se sentar no sofá da sala de televisão e me esperar lá. Também podemos amarrar esse dedo ao outro, só para evitar que você fique batendo-o contra as coisas e doa mais ainda.

Max fez que sim com a cabeça e começou uma penosa caminhada até a sala de televisão, enquanto eu seguia para a cozinha a fim de pegar o gelo no freezer e o esparadrapo na caixa de primeiros socorros. O frango assado que eu tinha comprado estava esfriando, mas eu não conseguia pensar direito para me preocupar com o jantar. Eu não queria ver o olhar no rosto de Victor quando eu lhe contasse que não só sua filha estava faltando às aulas como também estava me roubando e tinha atacado o irmão violentamente.

— Grace? — Max chamou. — Você já está vindo?

Peguei a caixa de primeiros socorros do armário em cima da pia e respirei fundo antes de responder.

— Já estou indo — eu disse e, embora detestasse admitir, tive de lutar contra uma necessidade surda de fugir.

Ava não saiu do quarto pelo resto da noite. Pensei em ir falar com ela, mas estava irritada demais e sabia que seja lá o que eu falasse só iria piorar as coisas ainda mais. Depois de ter envolvido o dedo de Max, colocado gelo e lhe dado uma dose de analgésico para a dor, eu servi um lanche rápido para ele comer e li vários capítulos de *Harry Potter e a pedra filosofal*, até que ele começasse a cochilar no sofá. Levei-o para a cama no colo, sentindo o cheiro estranho de sua pele — ele acabou ficando sem banho —, os braços dele em volta do meu pescoço e as bochechas encostadas no meu peito, lembrando-me de quando eu fazia isso com Sam.

— Boa noite, mamãe — Max murmurou quando eu o ajeitava na cama, certificando-me de que o cobertor azul de Kelli estivesse em volta de seu queixo.

Os músculos do meu peito se contraíram ao ouvi-lo me chamar assim, e eu sabia que ele já estava dormindo, no caminho entre a realidade e o sonho, um lugar onde para ele a mãe ainda podia estar viva. Sam tinha me chamado de "mamãe" algumas vezes quando eu cuidava dele, e eu fazia questão de esclarecer que eu era a irmã dele, não a mãe. Eu não sabia o que eu era para Max e Ava. Não havia rótulo para o papel que eu desempenhava na vida deles. Eu era simplesmente a Grace, a mulher que ficara no lugar onde a mãe deles devia estar por direito.

Apaguei a luz do quarto de Max e fechei a porta atrás de mim. Ainda havia uma faixa de luz saindo por baixo da porta de Ava, mas estava tudo tão quieto que eu me perguntei se ela tinha chorado até cair no sono. Mesmo sabendo que o melhor seria se eu a deixasse em paz, não consegui deixar de bater levemente na porta a fim de ouvir alguma resposta. Quando não houve nenhuma, eu a abri um pouquinho, me encolhendo quando as dobradiças fizeram barulho. Passei os olhos pelo quarto e lá estava Ava, encolhida em sua cama, o suéter vermelho da mãe enrolado em torno dela firmemente, envolvendo-a como se fosse uma crisálida. Imaginei que tipo de transformação estava acontecendo dentro dela, como ela iria sobreviver àquela perda estrondosamente dolorosa. Prestei atenção em sua respiração profunda e uniforme e, mesmo estando brava com ela, senti uma crescente onda de compaixão dentro de mim. Com medo de acordá-la, deixei o quarto silenciosamente, apagando a luz atrás de mim.

Victor ficou surpreso ao me ver acordada quando chegou casa. Eu estava sentada no sofá da sala de televisão, esperando por ele, achando que era o lugar mais longe do quarto das crianças, sabendo que, seja lá como a conversa fosse transcorrer, não iria ser calma.

— Oi, querida — disse ele. Victor se aproximou de mim, inclinando-se para me dar um beijo rápido.

Estendi a mão e o puxei para perto de mim. Respirei fundo, desejando encontrar um jeito de me conectar com ele de novo, antes de confrontá-lo com nossa conversa.

— Como foi o trabalho?

Ele me deu um sorriso cansado e eu reparei que as marcas de expressão ao redor de seus olhos pareciam ter ficado mais fundas nas últimas semanas.

— Tudo bem. Servimos mais de cento e cinquenta mesas no jantar, e todas elas pediram uma tonelada de vinho.

Eu havia aprendido o suficiente sobre a administração de restaurantes naquele último ano para saber que as bebidas — vinho e coquetéis, principalmente — eram responsáveis pelas maiores margens de lucro, geralmente oitenta por cento, então era uma boa notícia, considerando a recente batalha que Victor vinha travando à frente do Loft. Assobiei, um som baixo.

— Impressionante. Alguém jogando bebida em caras idiotas?

Ele riu.

— Não, querida. Você ainda é a única. — Ele colocou os braços à minha volta e eu me aninhei junto dele, saboreando o calor de seu corpo e sentindo seu cheiro, que hoje era de um reconfortante mix de cebola, alho e um leve suor almiscarado masculino. Descansei minha cabeça em seu peito e ouvi o ritmo lento das batidas de seu coração, deixando que elas me acalmassem. Só o fato de fazer um contato físico com Victor já trazia a paz que eu não sentira a semana inteira.

— Eu sinto falta de você — eu disse com voz calma. — Desculpa por me manter tão distante.

Ele me deu um beijo no alto da cabeça.

— Também sinto a sua falta. Eu não sabia bem o que estava acontecendo, mas senti que você estava precisando de algum espaço. Então foi o que eu fiz.

Soltei um suspiro e resolvi entrar no assunto.

— Acho que estou aprendendo a me comportar nessa história de ser mãe postiça. Sei que você disse que queria que eu fosse apenas sua companheira, não a mãe das crianças, mas a verdade é que, com você trabalhando tanto, eu preciso ser.

— Eu sei disso. E admiro a sua atitude mais do que você imagina. — Ele fez uma pausa e se afastou dos meus braços. — Mas não vai ser para sempre, Grace. O Spencer vai voltar ao trabalho em período integral e aí vamos achar uma maneira melhor para organizar tudo isso.

— Eu sei — eu disse, respirando fundo de novo, consciente de que precisava avançar na conversa, embora fosse mais fácil não fazê-lo. Seria mais fácil lembrar como éramos no começo do nosso namoro, como ele cozinhava para mim, como conversávamos durante horas ou passávamos o domingo inteiro na cama. As lembranças iriam nos aquecer de dentro para fora, nossas mãos iriam começar a se mover, Victor me beijaria e tudo voltaria a estar bem no nosso mundo de novo. Mas eu sabia que a realidade regressaria e os problemas que se agigantavam sobre nós ainda estariam ali, precisando ser discutidos. Melhor resolver tudo agora. — Ainda podemos conversar mais um minuto? — perguntei.

Ele se contorceu.

— Sobre o quê?

— As crianças — eu disse. — Eu não quero me sentir como uma babá incompetente, que não consegue resolver as coisas que acontecem quando estou com elas. — Fiz uma pausa, com medo de continuar, mas sabendo que precisava fazê-lo — Como naquela outra noite, quando o Max quebrou o videogame. Você acreditou no que a Ava disse, e ela estava mentindo.

Eu o senti imediatamente tenso, afastando-se de mim no mesmo instante. Então me sentei e olhei para ele com o que eu esperava que ele soubesse que era amor. A expressão dele ficou endurecida de repente, seus lábios contraídos numa linha firme e reta. A raiva brilhou em seus olhos acinzentados.

— Você chamou minha filha de mentirosa?

— Não — eu disse, falando a palavra lentamente. — Eu disse que ela mentiu para você; uma vez.

— Eu não vejo diferença. — Ele se afastou, refugiando-se no outro canto do sofá, cruzando os braços sobre o peito.

Senti uma dor fria e repentina na barriga, seguida por um lampejo quente de raiva no peito. Não queria brigar com Victor. Não queria piorar as coisas, mas achei que não havia como parar agora.

— Também recebi um telefonema da escola hoje — eu disse, contando a respeito de Ava ter faltado à aula e então sobre o dinheiro que eu encontrei na sua mochila de ginástica.

— Deve existir algum tipo de explicação — disse Victor depois que eu acabei de falar. Ele balançou a cabeça lentamente. — Talvez ela tenha mesmo faltado à aula, todas as crianças fazem isso uma vez ou outra, mas ela não te roubou.

— O Max viu quando ela pegou o dinheiro na minha bolsa hoje de manhã — eu disse com calma. Peguei a mão dele e a apertei, mas ele se esquivou do toque com rapidez. Uma sombra passou por seu rosto e então eu soube que tinha entrado num território perigoso.

— O Max está sempre tentando meter a irmã em encrencas. Um vive tentando meter o outro em encrencas, pelo amor de Deus. É assim que sempre acontece com os irmãos. Temos que acreditar em tudo com reservas, ou eles vão nos jogar um contra o outro e manipular as coisas totalmente. Você precisar ser mais esperta.

Tentei não responder à sutil mas visível mudança que ele fez de "nós" para "você", indicando que era eu quem estava sendo ingênua. Ostensivamente nos separando.

— Eu sei que eles jogam, mas hoje foi diferente. A Ava partiu para cima do Max e quase quebrou o dedo dele. Ela atacou o irmão, Victor. Estou preocupada com a Ava.

Ele me lançou um olhar duro.

— Irmãos brigam, Grace. Eu sei que você é mais velha que o Sam, então talvez não acontecesse com vocês, mas é algo completamente normal.

— Roubar não é normal. — Fiz uma pausa. — Eu estava conversando com a Melody sobre isso e...

— Espera — Victor me interrompeu. — Você contou isso para a Melody?

— Contei. Eu precisava conversar com alguém. Você estava trabalhando.

Ele atirou as mãos para o ar e se levantou, afastando-se alguns passos do sofá.

— Que maravilha! Ela vai contar para o Spencer, e ele vai querer conversar comigo sobre uma coisa que ele nunca nem deveria saber. Muito obrigado.

Respirei fundo, sabendo que Victor estava na defensiva e não querendo deixá-lo mais irritado ainda, mas conseguir a ajuda que Ava precisava era mais importante que como as coisas acabariam entre mim e o pai dela.

— Ela está dissimulando as coisas, Victor — eu disse. — E roubar pode ser só o começo.

— O que você está dizendo? Que ela vai se transformar numa espécie de delinquente? A *mãe* dela acabou de morrer, você precisa dar um desconto!

Encarei-o por um momento, tentando controlar minha pulsação acelerada.

— Eu dou um *monte* de desconto. Quando ela revira os olhos para mim ou é mal-educada, eu dou um desconto. Ela está triste, eu entendo. Ela está sofrendo e obviamente não está conseguindo lidar bem com isso. E ela também sabe que estamos noivos. Você contou para ela?

— Claro que não. Você contou?

— Não. — Fiz uma pausa. — Talvez a Kelli tenha contado. Ou a Diane.

— Ela não tem visto a Diane.

Pensei em lhe contar sobre minha ida à casa de Kelli com a Ava. Talvez ela tivesse voltado lá sem que soubéssemos. Talvez, como Melody e eu, ela tivesse encontrado a Diane, que possivelmente imaginara que já tínhamos contado às crianças. Abri a boca para lhe contar, mas o olhar frio e duro no rosto de Victor me impediu.

— O jeito como ela descobriu não importa — eu disse, em vez de deixá-lo a par de tudo. — Estou preocupada com a Ava. Talvez ela devesse fazer terapia.

— De repente você se transformou na mãe experiente aqui? — O desdém na voz dele era claro.

— Tenho ficado mais tempo aqui do que você — revidei, desejando imediatamente ter mantido a boca fechada. Era um golpe baixo e eu sabia disso. Ele se preocupava com o pouco tempo que havia passado com as crianças quando era casado com Kelli, e agora com a responsabilidade que sentia em ter os filhos ali conosco o tempo todo. Mas isso não mudava a verdade: com os dez anos em que eu passara tomando conta de Sam, era provável que eu fosse a mais experiente entre nós dois.

O rosto de Victor se fechou, seus olhos um muro impenetrável ao olhar para mim.

— Olha. Eu estou cansado. Você está cansada. Vamos acabar falando coisas que não queremos. Você escolheu uma péssima hora para conversar sobre isso.

— Não tem outra hora, Victor! Nós nunca nos vemos!

— Meu Deus! — ele disse, passando a mão pelo cabelo. — Dá para você parar de reclamar das coisas por cinco minutos, por favor? Sei que está difícil. Sei que essa não é a vida que você esperava! Ok? Eu entendo isso. Mas, se vamos ficar juntos, precisamos aprender a encontrar nosso caminho em meio às dificuldades também. E acusar minha filha de ser uma ladra não está ajudando em nada.

Olhei para ele, meus olhos se enchendo de lágrimas. Tentei dizer a mim mesma que tudo aquilo era temporário, como um canal de televisão anunciando que estava tendo dificuldades técnicas. Nossa programação regular — no caso, nossa vida previamente estabelecida — voltaria com o tempo. Mas parecia não adiantar fazê-lo entender o que estava acontecendo. Ele iria proteger a filha de qualquer jeito.

Vendo minhas lágrimas, a expressão dele suavizou.

— Desculpa. — Ele deu um passo em minha direção e esticou a mão, mas eu me afastei para que ele não pudesse me tocar. Ele deu um suspiro e então se jogou no sofá. — Eu não queria ser agressivo com você — disse ele. — É só que estou tão cansado. Eu amo muito as crianças, mas nunca fui pai em período integral. A Kelli sempre cuidava de tudo.

— Eu sei — eu disse com voz calma. — Eu sei que tudo isso é muito difícil para você também.

— É — disse ele. — Eu estava acostumado com o esquema que eu e você tínhamos, sabe? — Ele balançou a cabeça. — Deus, eu me sinto uma pessoa horrível por pensar isso, mas depois de finalmente ter me separado da Kelli, eu me senti aliviado ao ter minha vida de volta. Ela me sugava tanto. E eu não percebi isso até ir embora.

— Você não é uma pessoa horrível — eu disse.

— Obrigado, mas eu me sinto como se fosse. — Ele me deu um sorriso fraco. — De verdade, Grace, eu achei que lidar com as brigas das crianças seria melhor sem ter você envolvida, assim você não teria de se preocupar com isso. Acho que eu estava tentando te proteger desse estresse por puro hábito, do mesmo jeito que eu protegia a Kelli. Eu não te dei crédito suficiente, mas o problema é comigo, não com você. — Ele deu um suspiro. — Me desculpa. Eu só estava tentando encontrar o caminho certo em meio a tudo isso. E estou com medo... — Sua voz falhou e ele olhou para o colo.

— Medo de quê? — eu perguntei, minha mágoa diminuindo ao vê-lo expressar a própria vulnerabilidade. Ele sentia tanto medo quanto eu. Inseguro de si próprio como pai, preocupado em como fazer para me colocar na vida das crianças.

Ele esboçou um sorriso, ainda sem olhar para mim.

— Você devia me perguntar do que eu *não* tenho medo — ele disse. — Eu tenho medo de não ser um bom pai para o Max e para a Ava. Eu tenho medo de ser como o meu pai, que de algum modo, tendo o sangue dele nas veias, eu possa ser muito fraco para lidar com a dor que os meus filhos estão sentindo. — Ele finalmente levantou os olhos e me encarou. — Mas isso já vem me assustando há anos. O que me apavora agora é que eu possa te perder. Que você queira desistir de mim e de ter esse tipo de vida. Que eu esteja tão ferrado que nenhuma mulher queira ficar comigo. — Ele sussurrou aquela última frase como se estivesse admitindo o fato pela primeira vez.

Fiquei surpresa de saber como as inseguranças de Victor eram parecidas com as minhas.

— A Kelli me amava — ele continuou. — Mas de um jeito muito carente, sabe? Parecia que eu não era suficiente para ela, não importava o que eu fizesse, não importava quanto eu cuidasse dela. E daí você apareceu, tão independente, e eu pensei: *Uau, aí está uma mulher que pode ser minha companheira. Podemos cuidar um do outro.* Mas agora eu estou estragando tudo isso também.

— Você não está estragando nada. — Eu senti o quanto ele gostava de mim, como ele precisava de alguém que ficasse ao lado dele.

Ele hesitou por um momento antes de se inclinar e encostar a cabeça no meu colo.

— Eu sinto muito — ele disse. — Eu te amo.

Corri os dedos por seu cabelo escuro e volumoso, sentindo o calor de seu couro cabeludo e a umidade de suas lágrimas em cima das minhas pernas. Tomada por uma enorme sensação de afeto, de repente não consegui me imaginar em nenhum outro lugar que não fosse ali.

— Eu também te amo — eu disse. Deixaria para lhe falar a respeito do passado de Kelli mais tarde. Agora não era a hora.

— Falo com a Ava depois. Tudo bem, Grace? Vou perguntar o que aconteceu e vamos seguir a partir daí.

Ava

Na manhã seguinte depois de Grace ter achado o dinheiro na minha mochila de ginástica, acordei com os olhos inchados e uma sensação de enjoo no estômago. Não conseguia acreditar na maneira como ela havia gritado comigo — não importava o que eu tivesse feito, a minha mãe *nunca* falaria comigo daquele jeito.

Mamãe. Fechei meus olhos e tudo que eu podia ver era o rosto dela sobre mim.

"Acorde, meu amor", ela diria. "É hora de receber esse lindo dia." Se eu me concentrasse com força, podia até sentir a respiração dela no meu rosto, quando ela me dava um beijo para me acordar; podia sentir o cheiro suave do seu xampu de morango.

— Eu quero que você volte — sussurrei no meu travesseiro. Os músculos de minha garganta ficaram mais espessos, como sempre ficavam quando eu me permitia pensar nela durante muito tempo.

Minha mente vagou para uma de minhas lembranças favoritas com minha mãe, antes de o meu pai nos deixar: eu, aninhada ao lado dela no sofá da sala de estar, e ela com seu livro de receitas favorito. Ela lia as receitas em voz alta, como se fosse uma história, e eu quase podia sentir o gosto dos pratos que ela descrevia.

— Uma xícara de arroz basmati — ela leu. — Cozinhe com leite de coco em vez de água, acrescente manjericão tailandês picado e um pedaço de gengibre para dar gosto.

Max estava na casa de um amigo, então estávamos só nós duas. E eu adorava esses momentos a sós com a minha mãe.

— Seu pai adora comida tailandesa — ela me contou. — O que acha de fazermos uma surpresa para ele? Você pode me ajudar a mexer o arroz na panela e preparar o molho de amendoim, tudo bem? Podemos até comprar os palitinhos na casa de um dólar.

Ela beijou o topo da minha cabeça e eu concordei, me aconchegando junto dela ainda mais, enquanto ela folheava as páginas do livro. Mais tarde, na cozinha, depois de termos comprado tudo o que precisávamos para preparar o jantar, minha mãe ligou o rádio e dançou ali em volta, usando uma colher como microfone. Ela me tirou do banquinho onde eu estava sentada e me fez dançar com ela, girando em círculos, até que nós duas estivéssemos rindo e tontas. Foi então que meu pai entrou na cozinha, vindo do trabalho, e se juntou a nós, seus braços longos envolvendo a mim e a minha mãe.

— Minhas garotas favoritas — ele disse, rindo.

— Ava? — A voz de meu pai atravessou a porta do meu quarto, me arrancando daquela lembrança feliz. As dobradiças fizeram barulho quando ele entrou, e eu puxei o cobertor para cima da minha cabeça e me virei de lado, olhando para a parede. Ele se sentou na beirada do colchão, o peso dele fazendo com que eu ficasse de costas de novo e ele então descobriu meu rosto. Eu não era mais a garota favorita dele. Disso eu sabia com certeza. — Gatinha? Olhe para mim, por favor. Precisamos conversar.

— Eu não estou com vontade de conversar — eu disse, mantendo os olhos grudados no teto. Estava aterrorizada, com medo de que ele também fosse gritar comigo, já que eu estava certa de que a Grace tinha lhe contado tudo o que eu tinha feito.

— Você tirou o dinheiro da bolsa da Grace? — ele me perguntou. — Me fale a verdade. Mentir só vai piorar as coisas.

Nada poderia ficar pior. Meus olhos se encheram de lágrimas e pressionei os lábios com força, então fiz que sim com a cabeça uma vez.

Ele deu um suspiro e passou os dedos pelo cabelo, um gesto que eu tinha começado a perceber que ele só fazia quando estava nervoso.

— E você pode me contar por quê? — Eu dei de ombros. — Ava. — Ele parecia exausto. — Por favor.

— Eu precisava para a equipe de dança. Tenho de pagar o uniforme e as viagens de ônibus. — Fiz uma pausa para respirar fundo, finalmente olhando para meu pai. Ele me encarou, seus olhos acinzentados impenetráveis. — Agora você vai me detestar? — Minha voz estremeceu.

— Ah, querida — disse ele, segurando meu rosto com as mãos em concha. — É claro que não. Eu só estou preocupado com você. Roubar é errado. E eu sei que você sabe disso. — Ele afastou a mão. — Por que você simplesmente não me pediu o dinheiro?

— Eu não queria te incomodar — eu respondi com voz fraca. — Eu só... Bom, você sabe. A mamãe dava uma mesada pra gente, e, se o Max ou eu precisasse de mais dinheiro, era só pedir para ela; e eu não sabia como falar com você sobre isso. Você estava tão ocupado e estressado por causa do restaurante, e ainda disse que as pessoas não estavam comendo fora como costumavam, então fiquei com medo de que estar morando aqui com você já estivesse te custando muito dinheiro. Não queria piorar as coisas ainda mais.

— Meu amor, você pode me pedir o que quiser. Eu devia ter pensado na mesada... Você tem razão. Tenho estado muito ocupado. Mas nós vamos resolver isso, tudo bem?

Fiz que sim com a cabeça. *Talvez ele não vá gritar. Talvez eu possa falar o que realmente sinto sobre tudo o que está acontecendo.*

— Eu sinto muito — disse eu, e percebi que sentia mesmo. Eu estava péssima. Ainda sentia um lampejo de raiva, mas dessa vez ela era dirigida a meu pai, não a Grace. Se ele tivesse sido um marido melhor para a mamãe, se não tivesse nos deixado, nada disso estaria acontecendo. Ele nunca teria conhecido a Grace. E a minha mãe ainda estaria viva. E, embora tenha pensado tudo isso, fiquei com muito medo de falar essas palavras em voz alta.

Meu pai colocou a mão no meu quadril, dando uma batidinha de leve.

— Fico contente que você esteja arrependida, mas é a Grace quem precisa ouvir isso. Você me entende? — Fiz que sim com a cabeça. Não havia jeito. Eu ia ter de me desculpar com ela. — E tem outra coisa — ele continuou. — Como você descobriu que a Grace e eu estávamos noivos? Foi a sua mãe quem contou?

Balancei a cabeça, pressionando os lábios.

— Eu encontrei a Diane por acaso. Ela entrou no assunto, achando que eu já soubesse. — Eu esperei que ele não me perguntasse onde eu a havia encontrado; já tinha me metido em encrencas suficientes, e ele descobrir que eu tinha ido a minha antiga casa realmente não ia ser bom. Então lhe dei um olhar reprovador. — Por que você não contou pra gente?

Meu pai deu um suspiro e alisou minha perna.

— Eu e a Grace íamos contar para vocês no fim de semana, logo depois de termos ficado noivos. — Ele fez uma pausa. — Mas então a sua mãe morreu, querida, e achamos que não era o momento certo. Vocês já tinham o suficiente com o que lidar.

Eu me levantei, coloquei as pernas de lado e me recostei na parede.

— A Diane me contou que a mamãe ficou muito triste.

Meu pai fez que sim com a cabeça.

— Ela ficou, sim. Mas sua mãe ficava triste com tudo, e com muita facilidade... Você se lembra disso, não é?

Eu não queria pensar em como era fácil a mamãe ficar triste.

— Você acha... — minha voz falhou, não sabendo como perguntar o que eu queria saber. Engoli em seco, tentando empurrar para baixo o nó na garganta. — O jeito como ela morreu? Ela...? — Olhei para o rosto do meu pai com olhos suplicantes, esperando que ele me contasse a verdade. Eu precisava saber se ela tinha *escolhido* nos deixar.

— Se ela se matou, você quer perguntar? — meu pai disse com voz calma. Concordei e ele balançou a cabeça. — O médico disse que o coração dela parou por uma combinação de coisas. Ela não se alimentava direito, e o organismo estava completamente debilitado. Quando ela acrescentou a medicação para conseguir dormir, o coração simplesmente não aguentou.

— Mas... Será que ela tomou muitos desses comprimidos? — eu perguntei e ele ficou congelado por um momento, seus olhos ficaram nebulosos. Eu podia quase ouvir a dúvida em sua cabeça sobre o que me contar.

— Não tem como saber com certeza — ele disse finalmente. — E essa é a verdade, Ava. Foi o que o médico me contou. Nós não sabemos o que aconteceu. Eu também queria saber.

— Ela estava triste de verdade, papai — eu disse. Os cantos da minha boca viraram para baixo e meu queixo começou a tremer. — Ela chorava o tempo todo, e eu não sabia o que fazer. — Eu lhe contei a respeito de como ela vinha dormindo e se alimentando pouco, como eu a havia encontrado no chão do closet, histérica. — É culpa minha que ela morreu. Eu devia ter te contado. Eu devia ter pedido ajuda!

Meu pai me envolveu com seus braços e eu pressionei meu rosto contra o peito forte dele.

— Ah, Ava. Nada disso é culpa sua. Nada. — Eu me afastei, soluçando. Umas poucas lágrimas corriam por minhas bochechas. Ele olhou para mim atentamente, suas mãos segurando firme o meu braço. — Sua mãe era uma mulher adulta, e não importava o que fosse, se ela precisava de ajuda, era dela a responsabilidade de procurá-la. Eu sinto muito por não ter percebido como as coisas estavam ruins com ela. Eu queria ter prestado mais atenção.

— *Eu* queria que você não a tivesse deixado — sussurrei, desviando o olhar. — Eu queria que você tivesse ficado, assim talvez ela não tivesse morrido. — O terror envolveu meu estômago com dedos frios enquanto eu falava essas palavras, mas não tive como segurá-las.

Meu pai fechou os olhos brevemente, e, quando voltou a abri-los, eles estavam brilhantes de lágrimas.

— Algumas vezes eu também desejei ter ficado. Deixar a nossa casa foi a decisão mais difícil que eu tive de tomar na vida. Mas os problemas com a sua mãe tinham ido muito além do meu relacionamento com ela. E ela se recusava a procurar ajuda para superar qualquer coisa que fosse. Ela não queria conversar com um terapeuta ou falar sobre o passado dela. Achei que, se eu fosse embora, se ela tivesse de começar a cuidar de si mesma, sem que eu fizesse tudo, ela começaria finalmente a lidar com essas questões.

— Mas ela não fez isso — eu disse, começando a chorar. — Ela só piorou. E daí você ficou noivo e ela *morreu*. — Eu solucei a última palavra, e meu pai se aproximou para tentar me envolver num outro abraço. Mas eu me aprumei, me forçando a parar de chorar. Não queria que ele pensasse que eu era como a mamãe. Queria que ele achasse que eu era mais forte que aquilo. Senti vontade de lhe contar tudo o que tinha descoberto a respeito da minha mãe — que ela nunca fora líder de torcida e que os pais a tinham mandado para uma escola só para meninas —, mas, fazendo isso, eu teria de lhe contar também a respeito de como eu tinha feito essas descobertas. Eu estava realmente apavorada, com medo de como ele iria reagir.

— Sinto muito que você esteja sofrendo, querida. Queria poder consertar tudo isso para você. — Meu pai secou os olhos com a ponta dos dedos. — Não vou castigá-la por ter pegado o dinheiro, porque eu sei como as coisas estão realmente difíceis para você agora. Mas nada disso é desculpa para esse tipo de comportamento, certo? Eu espero mais de você.

— Eu sei — sussurrei, também desejando que ele pudesse consertar tudo.

Kelli

Kelli não decidiu que iria mentir a respeito de seu passado.
A princípio, achou que poderia simplesmente superá-lo. No momento em que já havia economizado o suficiente, deixou o túmulo que era a casa dos pais e decidiu não olhar para trás.

— Vocês não me amam — ela lhes disse. Sua voz tremia. — Não vejo motivos para continuar aqui.

Ela tinha acreditado que os pais iam discutir com ela. Kelli olhou para a mãe, esperando que ela se levantasse e implorasse para que a filha não fosse embora, mas, em vez disso, os dois ficaram quietos, os ombros caídos para a frente, da mesma maneira como tinham ficado no dia em que a deixaram no Novos Caminhos. Como se estivessem aliviados ao vê-la partir.

Kelli comprou uma passagem de ônibus para San Francisco, achando que poderia encontrar uma pensão para morar durante algum tempo, mas acabou alugando um quarto numa casa enorme, perto da marina. O proprietário era um homem magro e careca, na casa dos quarenta anos, que olhara para os peitos de Kelli por um tempo longo demais para ela se sentir confortável. Contudo, quando ele deu a entender que abaixaria o valor do aluguel se ela aceitasse sair com ele, Kelli concordou imediatamente. O sexo era rápido e sem dor. Isso fazia com que ela se sentisse péssima, mas lhe dava o que era preciso no momento, e ela disse a si mesma que era tudo o que importava.

Depois de se instalar em seu pequeno quarto, Kelli achou um emprego para limpar casas e se entregou ao trabalho, que a cansava a ponto de ela quase dormir em cima do prato de macarrão instantâneo que geralmente lhe servia de jantar. Não conversava muito com os outros inquilinos, até que um dia, quando Kelli estava sentada na varanda da frente, lendo um dos romances que emprestara da biblioteca, uma mulher se sentou na outra cadeira branca de vime.

— Bonito dia — ela disse. Era mais velha e tinha uma constituição física forte, cabelo castanho fino e usava um batom cor-de-rosa brilhante.

— É verdade — concordou Kelli, colocando o livro no colo.

— Você está se adaptando bem aqui? — Ela fez uma pausa. — Burt parece gostar de você.

Kelli voltou a levantar o livro, olhando para as palavras que pareciam estar desfocadas nas páginas. Detestava quando alguém notava que Burt visitava seu quarto. Mais que tudo, detestava permitir que ele fizesse isso.

— Ah, querida — disse a mulher. — Eu não tive a intenção de te magoar. — Ela estendeu a mão. — Eu sou a Wendy.

Kelli hesitou por um momento, antes de apertá-la, se apresentando.

— Você é linda como uma rosa — disse Wendy. — Como uma líder de torcida.

— Eu fui líder de torcida — disse Kelli, a mentira pulando de sua boca antes mesmo que ela percebesse que tivera o pensamento.

Sentada na varanda com Wendy, apreciando o belo sol de final de tarde, Kelli teceu sua narrativa, contando desde as eliminatórias até ela finalmente ser nomeada a capitã da equipe. *Eu adoro dançar*, Kelli dissera a si mesma. *É apenas uma mentira inocente.* Pelos seis meses seguintes, ela começou a se abrir mais com as pessoas com quem conversava — sempre se referindo aos anos do colegial como os melhores de sua vida. Inventava detalhes sobre a cor de seu uniforme: azul-marinho com um trançado amarelo na barra do suéter. Falava sobre os números complicados de dança que ela e suas amigas precisavam fazer e que eram o assunto de todo o colégio. Kelli evitava as perguntas que lhe faziam a respeito de seus pais, dizendo apenas que eles eram à moda antiga e não aprovavam o fato de Kelli tentar seguir seu caminho pelo mundo sozinha. Ela contava para si mesma a história da vida que gostaria de ter tido — e com o tempo começou a acreditar que ela era verdadeira.

À noite, porém, a realidade tecia suas redes e as lembranças pegajosas entupiam sua mente. Kelli sonhava com os espasmos dolorosos em sua barriga, palpáveis o suficiente para acordá-la e fazê-la gritar de dor. Ouvia o choro fraco do seu bebê, o momento angustiante, quando a enfermeira o tinha levado embora.

— Os médicos precisam cuidar dela agora — a enfermeira lhe dissera. Kelli nunca chegara a segurar o seu bebê. Não pôde lhe dizer o nome.

Revivendo esse momento, o vazio escuro e dolorido parecia estraçalhar o corpo de Kelli. Ela apertava os olhos, encolhia-se em posição fetal e balançava o corpo de um lado para o outro, de um lado para o outro, do jeito como nunca pudera embalar sua menininha.

Ela arranjou um segundo emprego, empacotando mercadorias numa loja local, tentando manter-se ocupada, assim não teria muito tempo para pensar. Então, numa noite, ao voltar para casa, encontrou Wendy sentada na varanda da frente com outra mulher que segurava no colo uma menina ainda pequena.

— Oi, Kelli — disse Wendy enquanto Kelli subia os degraus da frente — Essa é a Jenna e a filha dela, a Macy. Elas acabaram de se mudar para o 2-B.

— Oi — disse Jenna. Ela parecia estar tentando voltar aos anos 50, com seus óculos de gatinho, cardigã amarelo e saia rodada cor-de-rosa. Olhou para a filha. — Você não vai dizer oi, Macy?

— Oi! — disse a menininha, sua voz lembrando o piado de um passarinho. Ela parecia ter mais ou menos três anos, tinha o mesmo cabelo fino e praticamente branco de tão loiro da mãe e olhos azuis. Ela estendeu um gatinho rechonchudo acinzentado que segurava no colo em direção a Kelli. — Chuck! — ela disse e Jenna riu.

— Não sei de onde ela tirou esse nome. — Jenna esfregou o pescoço de Macy com o nariz e a menininha soltou um gritinho em meio a risadas e apertou Chuck com força contra o peito.

— Mamãe, não faz *cócegas*!

Kelli não conseguia falar. Observou Jenna segurar aquela criança, que poderia facilmente ter sido Rebecca. Sua filha teria o seu cabelo loiro e seus olhos azuis... Não teria? Ou seria mais parecida com Jason? Sua garganta se fechou ao lembrar que ela nunca a conheceria, a criança que ela nunca veria.

— Kelli? — disse Wendy. — Você está bem?

— O quê? — Kelli disse, percebendo que não tinha respondido à apresentação. — Ah, desculpa. Estou tão cansada. — Ela forçou um sorriso para Jenna. — Prazer em conhecê-la. — Ela olhou para Macy, que enrolava um cacho do cabelo da mãe com seu dedinho gorducho. — Ela é linda. — Kelli esperava que ninguém percebesse que ela estava prestes a se desmanchar em lágrimas.

— Obrigada — disse Jenna. — Nós também achamos.

— Nós? — disse Kelli, mantendo os olhos em Macy, que sorria timidamente para ela. *Ai, meu coração*, ela pensou.

— O marido da Jenna trabalha no período da noite no hospital — disse Wendy. — Ele vai ser médico.

— Ah... — disse Kelli enquanto uma dor aguda de inveja começava a se formar em seu peito. *Jenna não é muito mais velha que eu, e olhe tudo que ela tem. Olhe para a filha dela. Isso não é justo.* — Bem, boa noite — ela disse e finalmente seguiu seu caminho para a segurança de seu quarto.

Pelas semanas seguintes, Kelli tentou evitar ver Jenna e sua família pela casa. E parou de ficar com Wendy na varanda da frente. Às vezes chegava em casa e encontrava Jenna brincando com Macy no jardim, então se afastar era tudo que ela podia fazer para não se dissolver em lágrimas ali mesmo na calçada. Segurava a respiração ao passar, incapaz de olhar para a linda garotinha.

— Oi, Kelli — Jenna disse numa ensolarada e úmida tarde de sábado. Ela estava correndo pelo aspersor de água automático com Macy, que usava um biquíni de bolinhas branco e rosa e óculos escuros pink combinando. — Quer se juntar a nós?

Kelli fez que não com a cabeça e continuou andando, tropeçando acidentalmente em Burt ao subir correndo os degraus da frente.

— Ei, mocinha! — disse ele. — Onde é o incêndio? — Ele cheirava a álcool e cigarro; sua camiseta branca tinha uma mancha marrom na manga. — O aluguel vence na segunda. Você quer companhia? — Ele olhou maliciosamente para ela, e Kelli teve de segurar a bile na garganta. Ela ouviu a voz de seu pai: *Vagabunda*.

Era isso. Precisava deixar San Francisco. Não podia ficar ali nem por um minuto a mais sequer. O passado estava mordendo seus calcanhares. Ela empurrou Burt para o lado e saiu em disparada pelo corredor.

— Ei! — ele disse. — Aonde você vai?

— Estou indo embora — ela disse por sobre o ombro. — Estou me mudando daqui! — O aluguel era semanal; não precisava lhe avisar com antecedência.

— Espere um momento! Você ainda me deve esta semana! E o valor *cheio*!

Kelli tirou sua mala do armário e abriu o revestimento onde guardava o dinheiro. Burt apareceu na entrada de sua porta.

— Você me ouviu? — ele gritou, e ela praticamente atirou uma pilha de notas em cima dele.

— Pegue isso — disse ela, a voz estalando. — Agora, por favor, me deixa em paz. — Ela bateu a porta na cara dele e começou a fazer a mala. Ia começar de novo. Ia criar uma nova versão de si mesma, mostrando às pessoas apenas o lado brilhante e feliz de quem ela era. Ia trabalhar muito, se apaixonar e talvez até ter sua própria família.

Quando o táxi que ela havia acionado chegou, Kelli foi andando até a rua, mantendo os olhos no chão, não respondendo quando Jenna e Macy perguntaram para onde ela estava indo. Entrou no banco de trás do táxi amarelo e disse ao motorista para onde seguir.

Vinte minutos depois e Kelli estava na estação rodoviária, parada em frente ao quadro de avisos, decidindo para onde ir. Um panfleto chamou sua atenção: uma foto do Obelisco Espacial e uma montanha com o topo coberto de neve contra um céu brilhantemente azul. *Seattle*. Tudo que Kelli sabia sobre Seattle se resumia ao fato de que a cidade era sempre muito úmida; ela então fechou os olhos e imaginou as nuvens, a grama verde exuberante, pensando que talvez, se morasse lá por muito tempo, tanta chuva pudesse finalmente lavar todos os seus pecados.

Grace

Dezembro geralmente era um mês escuro em Seattle e, com tudo o mais que estava acontecendo, não pude evitar o pensamento de que aquilo estava contribuindo para o meu humor sombrio. Era segunda-feira de manhã, depois que Victor e eu tínhamos brigado por causa do roubo de Ava, e eu havia chegado ao escritório mais cedo para adiantar um pouco do trabalho que estava se acumulando. Eu tinha fichas de clientes para analisar, pedidos de doação para redigir, mas, em vez de começar qualquer uma dessas tarefas, fiquei sentada à minha mesa, olhando o céu carregado de nuvens pela janela.

— Muito bem — disse Tanya, entrando na minha sala para me entregar uma pilha de cheques para serem assinados. Ela me lançou um olhar preocupado e colocou uma juba grossa de cachos atrás da orelha. — O que está acontecendo com você?

Evitei olhá-la nos olhos e forcei uma risada curta.

— Nada. Apenas me sentindo um pouco pressionada pela carga de trabalho.

— Não acho que seja isso. — Ela me espiou. — Tem alguma coisa acontecendo com o Victor e as crianças?

Mantive os olhos na tela do computador e os dedos no teclado, pensando em como ficara tão facilmente desapontada pelo mau comportamento de Ava, em como isso possivelmente não teria acontecido com uma mãe melhor e mais amorosa.

— Eu só acho que não sou muito boa nessa história de maternidade — eu disse. Lágrimas surgiram em meus olhos enquanto eu falava essas palavras. Era difícil admitir, mas ao longo dos anos eu realmente me questionei se havia algo fundamentalmente errado comigo, por causa de minha decisão de não ter filhos. Eu sempre tinha uma desculpa na ponta da língua — culpava os anos que eu havia passado cuidando de meu irmão, alegava meu desejo de construir uma carreira e a insegurança em relação a poder ser de fato uma boa mãe —, mas no meu íntimo havia uma semente de dúvida de que tudo aquilo não era verdade. Talvez o consenso a respeito das mulheres que não eram naturalmente maternais fosse verdadeiro: eu não tinha coração. Ou o coração que eu tinha não era talhado para o tipo de existência altruísta que a maternidade exigia. Talvez eu só não fosse feita para compartilhar a minha vida. Talvez eu ficasse melhor sozinha.

Tanya fez um rápido movimento com a cabeça e seus cachos flexíveis balançaram.

— Você não está se dando muito crédito. — Ela sorriu para mim, pensativa. — Lembra quando nos encontramos pela primeira vez, no brechó? Eu estava morando no abrigo com meus filhos havia uma semana, e a Stephanie me levou até lá para dobrar roupas com você. Você ainda não era a diretora na época, apenas trabalhava como voluntária.

— Eu lembro. — A imagem de Tanya quando a vi pela primeira vez me veio à mente. Ela mal era a sombra da mulher brilhante que estava sentada à minha frente agora. Seu rosto exibia a evidência da fúria masculina em uma confusão de hematomas roxos e escuros em sua pele negra. Não havia vida em seus olhos castanhos; ela olhou para mim, assustada, como uma prisioneira que foi libertada e de repente não sabia o que fazer com a liberdade recém-descoberta.

— Bem — ela disse agora —, então você vai se lembrar de como se sentou comigo durante horas, apenas ouvindo e me deixando chorar. Acho que conseguimos dobrar umas três camisas aquele dia. Você estava calma e parecia senhora de si. Você segurou minha mão e disse várias vezes que eu não precisava mais viver do jeito como vinha vivendo. Me disse que eu era mais forte do que pensava, que eu podia ser o que quisesse. E da maneira que você falou, com tanta convicção, eu acreditei que pudesse ser mesmo verdade. — Enquanto Tanya falava, seu lábio inferior começou a tremer. — Talvez você não seja muito expansiva para falar dos seus *sentimentos*, mas, se aprendi alguma coisa nesses últimos dois anos, é que qualquer idiota pode aprender a contar uma boa história sobre o que sente. É preciso muita persistência para se mostrar e provar o que se está dizendo. — Ela fez uma pausa. — Você está me ouvindo? Entende o que estou querendo dizer? O amor é um *verbo*.

Então meu lábio começou a tremer e eu fiz que sim com a cabeça, com medo de que, se eu falasse algo, ia explodir em lágrimas.

— Obrigada — sussurrei finalmente.

Tanya sorriu para mim e apanhou a ficha a seu lado.

— Por nada. Agora vou deixar você trabalhar!

— Sim, senhora! — eu disse com um sorriso, e ela voltou à sua mesa, fechando a porta atrás de si silenciosamente. Pelas horas seguintes, eu me concentrei na tarefa de escrever a proposta que, se aprovada pelo governo, traria à Segunda Chance quase metade dos fundos operacionais para o próximo ano fiscal. Descrevi as mulheres que eram ajudadas pela instituição, seus medos e desesperos; como nossas conselheiras trabalhavam para que elas adquirissem autoconfiança; e o sistema de apoio necessário que faria com que elas jamais voltassem para o parceiro violento. Colocando tudo isso no papel, eu me senti melhor do que havia me sentido durante todo aquele mês. Era nisso que eu era boa. Era ali que estava meu talento: ajudar aquelas mulheres. Tocar a Segunda Chance de uma maneira que me fazia ficar orgulhosa.

Enquanto digitava a lista dos diferentes serviços que eram oferecidos a nossas clientes, descrevi com detalhes como algumas das mulheres que chegavam à Segunda Chance não tinham família nas proximidades, como os agressores as mantinham isoladas física e emocionalmente. Muitas vezes tínhamos de fazer uma busca em todo o país para localizar parentes a quem nossas clientes poderiam se ligar em busca de apoio. De repente me ocorreu que eu podia usar esse mesmo recurso para confirmar se Kelli realmente tivera um bebê quando ela ainda estava no colegial. De fato, tivéramos algumas poucas mulheres que haviam desistido do bebê, entregando-o para adoção, e então pediam para que as assistentes as ajudassem a encontrá-los. Mas, antes que eu pudesse fazer isso por Kelli, eu precisava ter certeza de que não estava seguindo por um caminho completamente errado.

Abri meu navegador da internet e fiz uma busca rápida para localizar o site de recenseamento da Califórnia. Nossa equipe tinha acesso ao banco de dados que incluía todos os nascimentos e mortes para cada estado, de maneira que pudéssemos descobrir se as mulheres tinham algum parente vivo. Eu podia fazer uma busca pela Califórnia e ver se algum bebê tinha nascido com o nome de solteira de Kelli, entre os anos de 1993 ou 1994. Pelo menos seria um começo.

— Ei, Tanya? — chamei através da porta aberta da minha sala. — Você pode me ajudar aqui por um minuto?

Ela apareceu um momento depois, bloquinho e caneta em mãos.
— O que foi?

Virei o monitor do meu computador para que ela pudesse vê-lo.
— Preciso me conectar com o banco de dados de registro de nascimento e morte na Califórnia e não lembro a senha.

Ela atravessou a sala e deu a volta por trás da minha mesa, então se inclinou e digitou a combinação correta nas teclas. O site se abriu e ela se endireitou, sorrindo para mim.

— Temos alguma cliente procurando família por lá? Geralmente as conselheiras me contam antes.

— Isso é um pouco mais pessoal — eu disse e então lhe expliquei a respeito da carta e de minhas suspeitas sobre Kelli.

— Uau — disse ela. — E o que Victor diz sobre tudo isso?

Levantei um ombro e desviei os olhos dela, voltando minha atenção para a tela.

— Eu ainda não contei para ele exatamente.

— Humm — ela disse. — Isso não é bom.

322

Dei um suspiro, tamborilando meus dedos na mesa.

— Eu *sei*. Só acho que é melhor falar com ele quando eu encontrar alguma coisa com mais certeza. Certo? — Olhei para ela, as sobrancelhas levantadas, esperando que ela concordasse comigo.

— Há quanto tempo você *não* contou para ele? — Tanya perguntou e minha esperança desapareceu.

— Muito tempo. — Suspirei de novo e me inclinei para frente, clicando rapidamente nos links que iriam me levar ao banco de dados da época que eu estava querendo examinar. Tanya puxou uma cadeira e se sentou a meu lado. Digitei as palavras "bebê Reed" para os anos de 1993 e 1994 e esperei o resultado. Havia mais de quatrocentos bebês com esse sobrenome nascidos na Califórnia naqueles anos.

— Você precisa restringir a busca por condado — disse Tanya. — Onde ela morava?

— San Luis Obispo, eu acho. — Fiz outra busca rápida e confirmei que essa cidade ficava localizada num condado de mesmo nome. Dessa vez o resultado foi zero. — Bom, grande ideia — disse eu.

— Espere um pouco — disse Tanya. — E se os pais dela a mandaram para outro lugar para ter o bebê? Se queriam tanto esconder o segredo, faz sentido, certo?

Sorri para ela.

— Você é um gênio.

— Verdade — ela disse. — Mas não se preocupe. Não vou deixar que isso me suba à cabeça.

Ela riu e eu apertei algumas teclas para buscar um mapa da Califórnia, vendo que havia cinquenta e oito condados no estado.

— Não sei por onde começar.

— Tente San Francisco e Sonoma — sugeriu Tanya. Então digitei Sonoma primeiro, achando que haveria menos ocorrências porque a população era menor. E eu estava certa — havia só dez. Tive de clicar em seis resultados para "bebê Reed" antes de olhar para a tela e sentir meu estômago dar um salto.

— Mãe: Kelli — eu li em voz alta. — Pai: desconhecido.

— Bom, aí está — disse Tanya. — Mas descobrir sobre a adoção não vai ser assim tão fácil. Principalmente se foi uma adoção fechada.

— Eu sei, mas o bebê deve ter dezoito anos agora, e talvez ele, ou ela, esteja procurando pela Kelli.

— Você pode começar colocando o nome dela no registro internacional por região, se quiser. Isso funcionou com a Laurel, lembra? Ela achou a mãe biológica bem depressa.

— Eu acho melhor conversar com o Victor primeiro — eu disse. — Já o mantive longe dessa história por tempo demais.

Poucas horas depois e eu estava chegando ao Loft para apanhar as crianças após suas respectivas atividades. No que eu tinha certeza de ser uma tentativa de fazer as pazes comigo, Victor tinha deixado o restaurante um pouco antes para ir buscá-las naquela confusão entre o basquete e o treino de dança. Lutei contra um vago sentimento de ansiedade ao acenar para os funcionários, sentados a uma mesa dobrando os guardanapos pretos de tecido, imaginando o que eu sentiria ao ver Victor depois de como havíamos deixado as coisas na noite anterior. E, agora que eu precisava confessar que vinha remexendo no passado de Kelli, temia que estivesse prestes a apagar todo o progresso que fizéramos.

Fui até a cozinha, surpresa ao passar pelas portas duplas e ver Melody e Spencer ali. Minha melhor amiga correu para me abraçar e eu olhei para Max e Ava, um pouco mais adiante, sentados à mesa do chef, onde Victor e eu tínhamos jantado pela primeira vez. Ava estava inclinada sobre o dever de casa de Max, aparentemente tentando explicar alguma coisa para ele.

— Oi — disse Melody. — Só vim trazer o Spencer.

Devo ter parecido confusa, então Victor me explicou.

— A fisioterapeuta disse que ele pode ficar sem a tipoia algumas horas por dia, então eu pedi para ele vir à noite, para me ajudar a adiantar e resolver as coisas. Nada de levantar peso ou cozinhar, é claro, mas achei que isso poderia me ajudar a chegar em casa um pouco mais cedo. — Ele estudou meu rosto, sua expressão esperançosa.

A tensão em meu peito ficou ligeiramente relaxada ao ouvir isso, sabendo que nossa briga o havia impulsionado a ter esse tipo de atitude.

— Isso é ótimo — eu disse, sentindo que uma parte de mim ainda não havia baixado a guarda inteiramente. Nós ainda precisávamos conversar sobre a questão do roubo de Ava, então eu ainda não estava pronta para perdoá-lo totalmente. Claro, eu tinha minhas próprias transgressões para admitir e estava razoavelmente certa de que ele também não ia ficar muito satisfeito comigo.

— Eles já comeram? — perguntei a Victor.

Ele fez que sim com a cabeça.

— Primeiro eles me ajudaram a preparar, mas já estão alimentados, assim você não precisa se preocupar em fazer o jantar. — Ele estava tentando, isso eu tinha de admitir.

Melody apertou minha mão.

— Quer companhia hoje à noite? Meu namorado vai estar ocupado por algumas horas e eu não tenho clientes, então posso ficar com você.

— Namorado? — eu perguntei, antes que pudesse evitar. Olhei para Spencer, que ficara vermelho até não poder mais, mas que acabou sorrindo. Melody riu e se aproximou dele, dando-lhe um beijo de leve no rosto.

— Posso falar com você um segundo? — Victor me disse. — Antes de você ir?

Fiz que sim com a cabeça e ele olhou para o cozinheiro atual, Rory.

— Já volto — ele disse e então fomos juntos até o pequeno escritório que ele mantinha no fundo do restaurante. O espaço era uma confusão de papel e caixas de vinho; sua mesa estava repleta de copos de água até a metade.

— Você precisa de uma faxineira — eu disse, tentando manter o clima leve entre nós. Não era hora de mergulhar em nossos problemas, perto dos ouvidos das crianças e de todos os funcionários.

Ele soltou a respiração por entre os lábios, casualmente arrumando um espaço na mesa.

— Eu preciso de uma porção de coisas — ele disse. — Tirar minha cabeça do traseiro, para começar.

Eu ri ao ouvir essa inesperada declaração, levando a mão à boca. Ele levantou o braço e agarrou gentilmente meu pulso, afastando minha mão.

— Não esconda o seu sorriso. É uma das coisas que mais gosto em você. — Ele fez uma pausa, mas não soltou meu pulso, percorrendo com o dedo indicador a pele sensível na minha palma, fazendo com que eu sentisse arrepios. — Conversei com a Ava hoje de manhã.

— E como foi? — Novamente, tentei manter a suavidade no tom de voz.

— Ela admitiu que pegou o dinheiro. Precisava dele para comprar o uniforme de dança e ficou com medo de me pedir porque achou que eu estava muito estressado. Ela não devia ter pegado o dinheiro, claro, mas não posso deixar de sentir que parcialmente a culpa é minha, por não ter lembrado que eles iam precisar de uma mesada. — Ele balançou a cabeça e pude ver a culpa estampada em seu rosto. Tive de lembrar que ele não era o único que estava lutando contra sentimentos de incapacidade. — Desculpa pela forma como reagi ontem à noite, Grace. Eu só não conseguia acreditar que a minha filha tivesse feito uma coisa dessas.

— Eu sei — eu disse com voz gentil, meus medos começando a relaxar. Nós poderíamos encontrar uma maneira de resolver tudo aquilo.

— Podemos conversar mais sobre isso depois, se quiser, mas eu disse para a Ava que ela precisa se desculpar com você, tudo bem? Então você precisa me contar se ela não fizer isso. Aí vamos resolver o problema quando eu chegar em casa. — Fiz que sim com a cabeça e Victor me puxou para junto dele, seu queixo apoiado no alto da minha cabeça. — Eu te amo tanto, Grace. Por favor, me perdoe.

Eu o abracei com mais força ainda, então me afastei o suficiente para poder olhar para ele.

— É claro que eu te perdoo. Só precisamos ter certeza de que estamos no mesmo time.

— Eu já disse no nosso primeiro encontro que não entendo muito bem essas analogias de esporte — ele disse com uma piscadela, então aproximando o rosto do meu. O beijo foi suave e doce, longo e lento, e despertou em mim algo que eu não sentia desde a morte de Kelli. Ter crianças por perto, eu percebi, era prejudicial ao desejo.

Quando finalmente nos afastamos, tive de tomar fôlego. Ele pressionou os quadris contra mim e soltou um gemido.

— Tudo bem. É melhor você ir embora ou eu vou estar correndo perigo de violar alguma lei de conduta aqui mesmo no escritório.

Eu ri e ele segurou a minha mão ao voltarmos para a cozinha a fim de enfrentar as crianças.

༄

Melody me avisou que precisava passar no banco para depositar um cheque antes de ir me fazer companhia em casa, então as crianças e eu entramos no carro e nos dirigimos para lá. O percurso foi calmo. Max cantarolou com o rádio, mas, tirando algumas respostas superficiais de minhas perguntas sobre como fora a escola, ele não parecia tão falante como de costume. Correu para dentro de casa depois de eu ter parado na garagem, mas Ava continuou sentada no banco de trás. Acreditei que Victor realmente tinha falado com ela, mas não ia ser eu quem tocaria no assunto a respeito do que ela fizera.

— Tudo bem? — eu perguntei. — Você precisa de ajuda para levar sua mochila?

Ela balançou a cabeça, olhando para o colo. Eu me virei para olhar e vi que Ava estava enterrando as unhas na pele, juntando as mãos com tanta força que os nós de seus dedos estavam brancos. Notei que a ponta de suas unhas estava irregular e as bordas tinham uma linha de sangue, como se ela estivesse roendo as cutículas.

— Ava, querida, não faça isso — eu disse da maneira mais gentil possível, sentindo a mesma onda de ternura que havia sentido na noite em que eu a observara dormir.

— Desculpa por ter roubado o seu dinheiro, Grace — ela sussurrou. — Eu só... — Ela parou de falar, respirando fundo antes de continuar. — Eu precisava pagar o meu uniforme de dança e não sabia como pedir. Então o dinheiro estava lá na sua carteira e eu peguei. Desculpa. Eu sei que isso é errado, muito errado. — Sua voz falhou nessa última palavra e eu senti um nó na garganta.

— É claro que eu te desculpo, Ava. Todos nós fazemos escolhas erradas de vez em quando... Eu, inclusive. — Ela concordou com a cabeça, então continuei. — Mas eu também preciso dizer que fiquei um pouco preocupada com a sua atitude de partir para cima do Max. Você podia ter machucado o seu irmão de verdade.

— Eu sei — ela sussurrou. — Eu nem me lembro de ter feito isso, de verdade. Só lembro de ter ficado com muita raiva. — Ela fez uma pausa, me olhando com olhos arregalados.

— O que foi? — eu perguntei, sentindo que havia mais alguma coisa que ela queria dizer.

— Eu só... — ela começou e mordeu o lábio inferior.

— Pode me contar, seja lá o que for — disse eu. — Quero que você se sinta capaz de conversar comigo.

— Eu liguei para meus avós na semana passada — ela disse com suavidade. — No Dia de Ação de Graças. Depois que achamos a carta do médico na casa da minha mãe.

— Tudo bem... — Fiquei um pouco tensa, tentando imaginar o que mais ela vinha escondendo. — Eles falaram com você?

Ela fez que sim com a cabeça.

— Minha avó falou um pouco. Perguntei se ela podia me mandar mais fotografias ou os outros anuários da mamãe, e ela disse que não tem mais nenhum. — Sua voz começou a tremer. — Ela disse que a mamãe nunca foi líder de torcida. Que eles a mandaram para uma escola de meninas problemáticas. Ela disse que era melhor esquecermos o passado.

— Ava — eu disse devagar, desenhando seu nome. Tudo que ela estava dizendo fazia sentido com o que eu havia confirmado antes: Kelli havia engravidado e fora mandada para longe para ter o bebê. Não podia falar aquilo para Ava, é claro, sem falar com o Victor primeiro. — Acho que precisamos falar com seu pai sobre tudo isso. Ainda não contei para ele que fomos à casa da sua mãe para pegar a receita e acabamos encontrando aquela carta, o que não é certo de maneira alguma. E agora o fato de você ter falado com seus avós... — Dei um suspiro. — Precisamos contar a verdade para ele.

— Ele vai ficar louco da vida comigo. — A voz de Ava tremeu de novo.

— Porque você ligou para os seus avós?

Ela balançou a cabeça.

— Não. Porque aquela não foi a primeira vez fui à casa da minha mãe, depois da morte dela. E não foi a última também. — Ava explicou que ela e Bree tinham vasculhado o computador da mãe e encontrado uma lista de detetives particulares e, como eu desconfiara, que Diane deixara escapar o fato de Victor e eu termos ficado noivos. — Sinto tanto por ter mentido, Grace.

— Está tudo bem — eu disse, estendendo a mão através do espaço entre os bancos da frente para apertar a mão dela. — Acho que seu pai vai entender. Ninguém é perfeito. — Fiz uma pausa. — E não importa o que tenha acontecido no passado da sua mãe, ela amava muito você e o Max.

— Eu a amava também — sussurrou Ava.

— Eu sei que sim, querida — disse eu. — Não tenho dúvidas de que ela sabia que isso era verdade.

Kelli

Kelli tentou não se preocupar por estar tendo episódios de tontura. Nem queria que Ava — que já tinha percebido o fato naquela manhã — se preocupasse. Na verdade, Kelli já vinha fazendo a filha passar por muita coisa. Sabia que estava largando para Ava resolver coisas que eram para ela mesma fazer sozinha — pagar as contas, limpar a casa, certificar-se de que Max estivesse escovando os dentes e não usasse a mesma cueca por dois dias seguidos. Ela fora uma mãe tão boa quando Victor ainda estava com eles. Sabia que tomara conta deles muitíssimo bem, mas agora se sentia dispersa e negligente. Por Deus, ela os amava. Precisava pedir ajuda.

Depois de deixá-los no colégio, voltou para casa, piscando várias vezes para clarear a visão. Estava trêmula e enjoada e pensou se deveria ir direto ao consultório de seu médico. O que ia dizer, exatamente? Que estava magoada? Que, cada vez que pensava em Rebecca, seu corpo se rebelava e não deixava com que ela comesse? Ver Ava prestes a entrar no colegial tinha começado a trazer tudo aquilo de volta. Estava apavorada, com medo de que sua filha fosse cometer o mesmo erro que ela, mas não sabia como conversar com Ava sem lhe contar o que tinha acontecido. Quando conseguia dormir, sonhava com a criança perdida. Seus gritos fracos, a chaga vazia e escancarada que ela deixara no corpo de Kelli. Sonhava com a dor, mas também com os chutes de sua filha dentro dela, da vida em potencial que Deus havia simplesmente apagado.

Ao entrar na garagem, seu telefone tocou.

— Oi, Diane — ela disse, tentando parecer normal.

— Oi! Nosso encontro das onze está confirmado? — Era o ritual delas: café e fofoca na mesa da cozinha nos dias em que Kelli não tinha de trabalhar na hora do almoço.

— Não sei... não dormi a noite passada.

— De novo? Querida, vá ao médico. Estou preocupada com você.

— Estou bem — disse Kelli, incapaz de esconder de suas palavras a exaustão que sentia.

— Humm... Tenho a impressão de que não está. — Diane fez uma pausa. — Você está se alimentando?

Kelli ficou em silêncio e a amiga deu um suspiro.

— O que está acontecendo com você? É por causa do noivado do Victor?

Kelli hesitou, imaginando como fazer para colocar seus sentimentos confusos em palavras.

— Eu só estou triste. — Sua voz finalmente se quebrou. — Não consigo parar de pensar na Rebecca — ela sussurrou.

— Ah, querida — disse Diane. — Você voltou a pensar em contratar um detetive? — Fora a amiga quem sugerira a Kelli tentar localizar o médico que fizera o parto de Rebecca. Diane dissera que, se Kelli descobrisse os detalhes a respeito do que havia acontecido naquele dia, poderia ser capaz de finalmente seguir em frente.

— Não posso fazer isso — respondeu Kelli, a respiração pesada. — E se não adiantar nada? E se eu continuar... estraçalhada?

— Você não está *estraçalhada*, Kelli. Houve momentos realmente dolorosos na sua vida. Foi uma grande perda. Mas agora você tem dois filhos lindos que também precisam da mãe. Sei que é difícil, mas talvez você possa parar de pensar tanto no passado e olhar para o que está bem na sua frente.

Kelli ficou em silêncio durante alguns instantes, engolindo as lágrimas.

— Tudo bem — ela disse finalmente. — Vou tentar. Mas acho que o melhor que posso fazer por enquanto é dormir um pouco. Podemos remarcar o café?

— Claro. Vou ver como você está mais tarde. Mas, se não marcar uma hora com seu médico na semana que vem, eu vou te arrastar até lá de novo. E isso não é uma ameaça, é uma promessa.

Kelli riu, grata pelo apoio da amiga, uma das únicas pessoas a quem contara a respeito de Rebecca. Desligaram e Kelli seguiu seu caminho para dentro da casa, esquecendo-se de trancar a porta da frente atrás de si. Foi tropeçando até o quarto, passando pela cozinha, onde viu a torrada que preparara para Ava, achando que talvez pudesse tentar comê-la, mas o simples pensamento de morder um alimento fez seu estômago se contrair e então ela continuou seu caminho pelo corredor.

Uma vez na segurança de seu quarto, Kelli livrou-se do sutiã e da calcinha, surpresa ao notar que, apesar de todo o peso que perdera, o tamanho de seu peito não diminuíra. Lembrou-se de como Jason os tocara... de como ela estava encantada com o fato de que ele pudesse amá-la. As lágrimas encharcaram seus olhos de novo e Kelli então pensou na menina que fora um dia... Tão ingênua, tão sozinha.

Induzida pelas lembranças, Kelli foi até seu armário e remexeu atrás de uma pilha de caixas, puxando duas coisas — além de roupas — que ela levara consigo quando deixara a casa dos pais: um álbum de fotografias que tirara da penteadeira da mãe e seu anuário do primeiro colegial, que a própria mãe lhe dera, embora Kelli estivesse no Novos Caminhos quando ele havia chegado.

Agora ela corria as mãos por sobre os dois volumes, achando que finalmente era hora de Max e Ava verem um pouco de quem ela era. Talvez pudesse tomar coragem para lhes contar a verdade sobre o que havia acontecido entre ela e os pais, por que eles não queriam ter nenhum contato com ela.

Subindo na cama, Kelli fechou os olhos durante alguns instantes, sentindo ondas de exaustão aumentando através de todo o seu corpo. Não sabia se um médico poderia ajudar. Mas Diane tinha razão: Ava e Max precisavam dela. Alguma coisa precisava mudar.

Ela se forçou a folhear as páginas do álbum. Viu a tristeza por trás de seus olhos azuis. Viu uma criança tentando parecer feliz quando, por dentro, estava definhando. Seus pais pareciam mais velhos do que ela se lembrava e os imaginou agora, no final dos setenta anos, frágeis e frios. Kelli se perguntou se eles se sentiam tristes sem ela, da mesma maneira que ela se sentia sem eles. Família era família, afinal de contas. Não conseguia entender como os pais simplesmente podiam apagá-la da vida deles, porque, não importava o quanto ela tinha tentado esquecê-los, eles apareciam nos momentos mais inesperados: enquanto lavava a louça ou servia um homem no restaurante que usava gravata-borboleta como seu pai.

O coração de Kelli vibrava de maneira irregular quando ela fechou o álbum e começou a virar as páginas do anuário. Todos eram tão jovens, tão inexperientes. Olhando para a própria fotografia, Kelli não conseguiu imaginar que aquela criança subira na caminhonete de Jason e permitira que ele fizesse as coisas que o deixara fazer em seu corpo. Como ela estava desesperada para encontrar amor! Ela se perguntou se Ava já se sentira assim e de novo Kelli sabia que precisava se reerguer e começar a ser a mãe de que Ava poderia se orgulhar.

Mas agora, Kelli pensou, *eu preciso dormir.* Ela fechou o anuário e o colocou a seu lado na cama, achando que talvez pudesse mostrá-lo às crianças depois. Apanhou o álbum, levantou-se e o colocou na estante, ao lado dos álbuns de Max e Ava, sabendo que ia demorar um pouco mais para deixar que vissem os avós e explicar por que as fotos dela simplesmente paravam quando ela tinha catorze anos.

Kelli sentiu uma súbita e dolorosa vibração na cabeça e o quarto começou a girar em torno dela. Ela levantou um braço para se agarrar à estante e não cair. Tropeçando de volta até a cama, ela abriu o frasco que guardava na mesinha de cabeceira e colocou os três comprimidos que haviam sobrado na boca. O médico lhe dissera que a medicação reduziria sua ansiedade e insônia, e Kelli achou que, já que tinha tanto das duas coisas, tomar mais que a dose prescrita não iria causar problemas, desde que as crianças não estivessem por perto quando ela fizesse isso. Dormiria o dia inteiro e acordaria a tempo de pegá-las na escola. Acertou o despertador, só por garantia. Max não tinha treino de basquete no fim da tarde, e Ava geralmente queria ficar em casa nas sextas-feiras que precediam sua ida à casa do pai. Eles ouviriam música, fariam pizza juntos e, mais tarde, veriam um filme. Kelli colocaria as crianças na cama, dizendo quanto as amava e que tudo ficaria bem.

Kelli puxou o cobertor azul até o pescoço, entregando-se à calidez do momento, deixando que as drogas fizessem o curso através de seu organismo e gradualmente acalmassem sua mente. Seus pais haviam lhe falado que ela tinha simplesmente de começar de novo. Então, com esse pensamento, com a esperança de que pudesse encontrar forças para moldar sua vida em seja lá o que ela quisesse ser, Kelli fechou os olhos e esperou que o sono finalmente chegasse.

Ava

Fiquei nervosa pela manhã seguinte inteira, após ter pe-dido desculpas e conversado com a Grace, ainda mais depois que me vi na sala de estudos sociais, completamente incapaz de prestar atenção na prova que a sra. Philips tinha nos passado no começo da aula. Eu não tinha estudado nada; na verdade, tinha deixado de entregar três dos quatro últimos deveres, então eu sabia que tentar responder àquelas perguntas era algo meio inútil. O colégio não me parecia importante agora, principalmente sabendo que Grace e eu iríamos sentar com meu pai à noite, para lhe contar o que tínhamos feito. Eu mais que a Grace, imaginei. Ela mantivera o segredo de ter me levado à casa da minha mãe sem que ele soubesse, mas fora eu quem escapara de volta para lá mais duas outras vezes e quem tinha ligado para meus avós sem lhe dizer uma só palavra. Ele já tinha me perdoado por pegar o dinheiro da bolsa da Grace, mas tinha certeza de que não conseguiria me safar tão facilmente por ter mentido para ele e bisbilhotado pelas suas costas.

Eu estava *especialmente* preocupada com que, assim que ele descobrisse o motivo pelo qual eu tinha feito isso — eu queria saber mais sobre o passado da minha mãe —, fosse o fim de tudo. Eu nunca ia descobrir o que realmente havia acontecido com ela. Imaginei como meu pai ia me olhar quando eu confessasse tudo: a testa franzida, as sobrancelhas juntas sobre o nariz, a sombra de desaprovação pairando em seus olhos. Eu tinha certeza de que ele imediatamente me proibiria de fazer qualquer coisa a mais que pudesse explicar por que meus avós a tinham mandado embora.

Meu estômago se revirava quando eu pensava que nunca saberia por que os pais dela a tinham renegado, quem era a pessoa de quem ela sentia saudades e sobre a qual escrevera naquele pedaço de papel, ou por que fizera contato com o dr. Stiles. Como eu poderia viver minha vida inteira *não* sabendo disso? Senti uma pontada de dor enorme pela mamãe, aguda o suficiente para perder a respiração. Lágrimas surgiram em meus olhos e, mesmo tentando lutar contra elas, imagens da minha mãe começaram a flutuar na minha frente. Ela devia estar aqui para me ajudar em momentos assim. Momentos em que eu me sentia perdida e com medo, insegura sobre que passo dar. *Me fale o que eu devo fazer*, eu pensei. *Por favor. Me ajude.*

Eu esperei. Não sabia exatamente o que estava esperando, mas não houve nenhuma voz na minha mente, nenhuma resposta estranha vinda de seja lá para onde minha mãe tivesse ido. Mas então, de repente, uma ideia começou a criar vida na minha cabeça e, durante os últimos minutos de aula, enquanto eu marcava ao acaso uma porção de respostas na prova, comecei a arquitetar um plano, sabendo exatamente o que eu tinha de fazer.

No refeitório, Bree estava sentada sozinha em nossa mesa habitual, remexendo em uma porção de batatas fritas para poder encontrar as suas favoritas, as supercrocantes. Eu me aproximei correndo e sentei no banco.

— Oi — ela disse, tomando um gole de seu leite com chocolate. — O que houve? — Bree sabia que Grace ia me fazer falar com meu pai à noite e por isso estava um pouco preocupada, sabendo que também estaria metida em encrencas.

— Eu quero ir para a Califórnia e conversar com os meus avós — eu disse, rapidamente explicando por quê. — Depois que meu pai souber o que eu tenho feito, ele não vai deixar que eu continue tentando descobrir mais coisas a respeito da minha mãe... Certo? — Ela fez que sim com a cabeça e eu continuei. — Se eu não for agora, nunca mais vou poder fazer isso. É o único jeito.

Bree não me pareceu muito convencida.

— Será que não daria para *telefonar* de novo? Por que você precisa ir *até* lá?

— *Porque sim*, Bree. Minha avó mal falou comigo quando eu liguei. Se eu aparecer pessoalmente, não tem jeito de ela me ignorar. O que ela pode fazer? Bater a porta na minha cara? — Engoli o medo de que fosse exatamente isso que ela faria. Fiz uma pausa, esperando que minha amiga falasse alguma coisa, mas ela não falou, então continuei com o que eu precisava lhe perguntar. — Então, eu estava pensando se você poderia me emprestar dinheiro para eu comprar a passagem de ônibus. Eu te devolvo, prometo.

— Não sei — disse Bree, lentamente. — Seu pai já vai ficar louco da vida com você. Não acho que viajar para a Califórnia vá ajudar.

— Então *você* não deve ir para a Califórnia — eu rebati e imediatamente me senti mal por isso. — Desculpa. Meu Deus. Desculpa. — Eu esperei, mas ela continuou quieta, magoada, tenho certeza, por causa das minhas palavras agressivas. — Bree... — eu comecei de novo, minha voz falhando ao falar o nome dela. — Você é a minha melhor amiga. Por favor. Eu não tenho a mais ninguém para pedir.

— Tudo bem — disse ela, soltando um suspiro pesado. — Quando você pensa em ir?

— Agora. Não tenho treino de dança hoje, e o Max vai brincar na casa do Logan à tarde, então a Grace vai me esperar na saída do colégio às três e meia. Preciso já ter saído de casa nesse horário.

Ela hesitou por alguns instantes, picando em pedacinhos o guardanapo que estava usando, e então falou de novo.

— *Nós* precisamos já ter saído de casa, você quer dizer.

Eu sorri, tentando evitar que meu lábio inferior tremesse, e então atirei meus braços em volta dela.

— Você vai comigo?

— Ei! — Ela disse, surpresa pelo meu abraço. — Vou. Por acaso você acha que eu te deixaria fazer uma coisa maluca dessas sozinha?

Balancei a cabeça, enterrando-a no pescoço de Bree, incapaz de segurar minhas lágrimas. Depois de um instante, eu consegui me acalmar e então me afastei.

— Desculpa — disse eu.

— Por quê? Por ter sentimento? Por favor. Pelo menos você não se transformou numa daquelas idiotas da equipe de dança.

Eu ri com minha amiga. Saímos do refeitório e fomos até o nosso armário; achei melhor sairmos do colégio quando todo mundo ainda estivesse almoçando e a maioria dos professores reunidos na sala deles, também almoçando. Colocamos a mochila nos ombros e tentamos parecer naturais ao seguir pela única saída que levava à rua e era completamente fora do campo de visão da diretoria. Um grupo de alunos estava na área externa, rindo e conversando, e de repente Bree parou onde estava, congelada, agarrando meu braço.

— Olha o Skyler ali — ela disse, e eu levantei a cabeça e o vi se afastar de seu grupo de amigos e começar a andar em nossa direção justamente quando estávamos prestes a atravessar correndo a última parte do parquinho das crianças.

— Oi — ele disse, aproximando-se. Skyler se inclinou em minha direção e me deu um abraço de um braço só — o único abraço permitido em nossa escola entre meninos e meninas. Nada abaixo da cintura podia ser tocado — e eu ficava um pouco vermelha quando pensava por quê.

— Oi — eu disse, um pouco tonta ao perceber como o cheiro dele era bom. Tentei parecer relaxada, como se fosse completamente normal para Bree e eu ficarmos andando por ali, bem na saída da escola. A última coisa que eu precisava era de Skyler me perguntando para onde eu estava indo. — Tudo bem?

— Tudo. — Ele me deu um sorriso de lado, afastando uma mecha de cabelo dos olhos com um balançar de cabeça. — Mas completamente derrotado naquela prova de estudos sociais.

— É, eu também. — Olhei furtivamente para Bree, que parecia estar muito interessada em suas unhas.

Skyler enterrou a mão no bolso da frente de sua calça jeans folgada de cintura baixa.

— Eu estava pensando, talvez a gente pudesse estudar juntos qualquer hora dessas? Na biblioteca, ou coisa parecida?

Eu sorri, aliviada em vê-lo corar, percebendo que ele também estava nervoso por falar comigo.

— Claro — disse eu, concordando com a cabeça.

Ele sorriu de novo.

— Tudo bem. Legal. Então eu te mando uma mensagem de texto? — Ele tirou o celular do bolso, eu lhe dei meu número e ele se afastou.

— Ai. Meu *Deus*. — Bree disse, me dando um tapinha de brincadeira no braço enquanto verificávamos se não havia nenhum professor nas proximidades. Não havia nenhum.

— Será que eu entendi? — eu disse, incapaz de evitar um grande sorriso no rosto, não pensando por um momento no que estávamos prestes a fazer. — Isso foi tipo um convite para sair?

— Claro que foi! — Bree gritou. Saímos para a rua tão depressa quanto conseguimos, nossa mochila balançando. Meu coração disparando, não só porque estávamos correndo mas pela ansiedade que corria pelo meu sangue. Se fôssemos pegas, estaríamos metidas numa tremenda encrenca.

Mas, ao virarmos a esquina que levava à casa de Bree, percebi que ir para a Califórnia não tinha a ver comigo. Nem com meu pai. Tinha a ver com a minha mãe. Em terminar o que ela havia começado. Tinha a ver com enfrentar os pais dela e finalmente ouvir a verdade.

Grace

— Ava, onde você está? — eu disse, deixando uma mensagem no celular dela. Às três e meia, eu tinha estacionado no lugar habitual, perto do mastro da bandeira, mas, depois de dez minutos de espera para ver sua familiar cabeça de cabelos escuros e sua mochila lilás xadrez saindo da escola, ela não estava em lugar nenhum. — Me ligue de volta, está bem? — Mandei uma mensagem de texto rápida, achando que seria mais provável que ela a visse em vez de checar o correio de voz.

Fui rapidamente até a secretaria da escola.

— Com licença — eu disse para a mesma secretária de cabelos grisalhos com quem eu tinha falado no dia em que Kelli morrera. — Por acaso viu a Ava passar por aqui?

Ela levantou a sobrancelha fina, desenhada a lápis.

— Eu ia agora mesmo deixar uma mensagem para o sr. Hansen — ela disse, me olhando por cima de seus óculos de aro vermelho. — A Ava e a Bree não voltaram para a aula depois do almoço. — Ela fez uma pausa. — De novo.

Uma parte de mim sentiu vontade de apagar aquele ar de julgamento do rosto dela imediatamente, mas eu estava irritada demais com a Ava para me importar. Eu sabia que ela estava nervosa por ter de conversar com o pai, mas não tinha passado pela minha cabeça que ela fosse realmente fugir para não fazer isso. Eu tentava enfiar na cabeça de todas as minhas clientes que a maior parte das coisas com as quais nos preocupamos nunca acontece, que as histórias que contamos a nós mesmas, sobre o quão horrível um momento em particular possa ser, são muito piores que aquilo que realmente acaba acontecendo no final. Eu devia ter falado isso para a Ava.

Acenei para a secretária e então liguei para Victor enquanto saía do prédio apressada e me dirigia para o carro.

— Você sabe da Ava? — eu lhe perguntei.

— Não — ele disse por cima do barulho alto de potes e panelas batendo ao fundo. — Por quê? Eu pensei que você fosse buscá-la hoje.

Dei um suspiro.

— Ela e a Bree faltaram às aulas da tarde. Ela não está aqui, nem está atendendo o telefone.

— Você está brincando?

— Eu queria estar — respondi.

— E o Max?

Eu o lembrei que Max iria brincar na casa do Logan, então disse que o encontraria em casa. Talvez Ava simplesmente tivesse resolvido ir para casa mais cedo. Mas, quando cheguei e corri para dentro, para dar uma olhada no quarto dela, ele estava vazio. O armário estava aberto e sua mala preta — aquela que eu enchera de coisas da casa de sua mãe — não estava lá.

— Mas que droga, Ava — murmurei e então me virei e voltei para o hall. Verifiquei o banheiro, a sala de televisão, a cozinha, a garagem... Ela não estava em casa. Não estava em canto algum. Meu coração começou a bater com força.

Victor apareceu no momento em que eu estava terminando outra mensagem de texto para Ava.

— Ela está aqui? — ele perguntou. Ele ainda usava sua jaqueta preta de chef e tinha uma mancha de algum tipo de molho vermelho no rosto.

Balancei a cabeça.

— Já verifiquei a casa toda. A mala dela também não está aqui, querido.

Ele jogou os braços de lado.

— *O quê?* Para onde você acha que ela foi? Para a casa da Bree?

Fiz que sim com a cabeça, ligando para a amiga dela. Também não houve resposta. Deixei outra mensagem e então desliguei, frustrada, mas também começando a sentir medo. Um pensamento passou pela minha cabeça.

— Será que ela foi para a casa da Kelli?

Victor fez que sim com a cabeça, seus lábios comprimidos. Seus olhos acinzentados estavam frenéticos.

— Boa ideia. Vamos. — Ele rabiscou uma mensagem rápida e a deixou em cima da mesinha da entrada, dizendo para Ava ficar ali e ligar imediatamente, caso voltasse para casa.

No carro, eu mandei outra mensagem de texto: "Querida, nós estamos tão preocupados. Por favor, fale onde você está". Fiquei um pouco surpresa com a intensidade dos meus próprios sentimentos naquele momento; a sensação fria e aguda do pavor martelando através do meu corpo por não saber onde ela estava, imaginando se estaria em perigo. *É assim que é ser mãe? Ter todas as células do corpo esmagadas pelo medo de que algo terrível possa acontecer com o filho?* Eu estava apavorada que Ava não estivesse atendendo não porque não quisesse, mas porque não pudesse. Que alguém a tivesse agarrado e atirado seu telefone fora. Minha mente girava com mil atrocidades que poderiam acontecer a uma menina bonita que fugisse de casa. Acontecer a Ava. Ava, que estava vulnerável e magoada, que podia se sentir suficientemente desesperada e entrar num carro com um estranho. Imaginei visões horríveis dela caída na beira da estrada, o corpo quebrado e machucado. *Estuprada.* O pensamento fez com que eu sentisse vontade de vomitar.

— Por que diabos ela faria isso? — perguntou Victor. — O que está acontecendo com ela?

— Tenho certeza que ela estava nervosa porque teria que falar com você hoje à noite — eu disse. Contei a Victor que, depois de Ava ter se desculpado comigo, ela e eu decidimos que era preciso conversar com ele sobre algumas coisas. — Ela provavelmente deve ter ido a algum lugar para pensar.

- Pensar no quê? — ele perguntou. Respirando fundo, eu lhe contei que havia levado Ava à casa da mãe antes do Dia de Ação de Graças para pegar a receita do bolo e que tínhamos encontrado a carta de um médico com que Kelli fizera contato.

— É só isso? — ele perguntou, quando eu acabei. — E por que você não me *contou*?

— Eu sei que devia ter contado. Mas você chegou em casa e me falou sobre o Spencer ter quebrado o braço, então as coisas foram ficando complicadas, além de nós dois estarmos sempre tão ocupados. Eu nunca encontrava uma hora apropriada. — Fiz uma pausa e olhei para ele. — Desculpa. Eu devia ter dito de qualquer maneira, logo de início.

Ele balançou a cabeça e mudou de pista, tentando ultrapassar um Honda azul. Apesar de a distância até a casa de Kelli ser pequena, com todo o trânsito da California Avenue, levamos pelo menos vinte minutos para chegar.

— Tudo bem — ele disse ao parar num cruzamento. — Mas não acredito que ela tenha fugido porque estava com medo de me contar isso. — Ele buzinou para os carros da frente, que ainda não tinham começado a sair depois que o sinal abriu. — Vamos! — ele gritou. — Mais verde que isso não fica!

— Tem mais coisas — eu disse e rapidamente comecei a detalhar o que Ava lhe contaria a respeito de ter mentido para ele, de faltar às aulas e vasculhar a casa da mãe, tentando descobrir sobre o passado de Kelli. Considerando as circunstâncias, imaginei que ele deveria saber e não importava que era eu quem estava lhe contando, não Ava. Ele balançou a cabeça enquanto ouvia, apertando o volante com tanta força que os nós de seus dedos ficaram brancos. Estendi o braço e coloquei a mão em sua perna; seus músculos estavam rígidos sob meu toque. Victor não disse uma palavra, mas eu podia ver os tendões na linha do seu maxilar, quando ele apertou os dentes.

Meu estômago revirou nessa hora, sentindo um pouco de medo de como Victor reagiria quando eu lhe contasse o resto do que eu vinha fazendo, mas decidida a lhe dizer tudo agora mesmo.

— Depois que a Ava descobriu a carta do médico na casa da Kelli, eu fiz uma pequena investigação por conta própria. Quando descobri que ele era ginecologista e obstetra, comecei a desconfiar que a razão de os álbuns da Kelli terem ficado em branco quando ela tinha catorze anos era porque ela podia ter ficado grávida. Mas também desconfiei que ela pudesse ter entregado o bebê para adoção.

— Ela não fez isso — disse Victor lentamente. — O bebê morreu.

O quê? Eu pisquei algumas vezes, a engrenagem dentro da minha cabeça rangendo até parar, enquanto eu processava o impacto daquelas palavras.

— Espere um pouco. Você *sabia* que ela tinha ficado grávida? — Virei meu olhar para encontrar o dele. — Eu te perguntei claramente o que tinha acontecido para que a Kelli e os pais dela se distanciassem, e você *mentiu* para mim?

Ele me lançou um olhar de dúvida quando finalmente nos aproximamos da casa que fora de Kelli.

— E no que isso é diferente de você ter levado a minha filha até a casa da mãe dela, quando sabia que eu a tinha proibido, e ter escondido isso de mim?

— É completamente diferente! — eu disse. — Você sabia exatamente o que poderia ter levado Kelli a se matar. Eu estava apavorada, com medo de que a morte dela pudesse ter algo a ver com o nosso noivado... de que eu tivesse, de algum modo, contribuído para isso, apenas por estar com você. Mas você *deliberadamente* mentiu para mim. Você nunca me perguntou se eu tinha levado a Ava até a casa da mãe dela.

— Eu não tinha *motivos* para isso! — Ele pisou no freio com tudo para não perder a curva na rua certa.

Tive um sobressalto ao ouvir a raiva na voz dele, ainda desacostumada com Victor perdendo o controle comigo. Percebendo minha reação, ele continuou num tom de voz ligeiramente mais calmo.

— Então, pela sua lógica, omitir não é tão grave quanto mentir? É isso que você está querendo dizer?

— É! — Suspirei então, percebendo que eu estava sendo um pouco ridícula, considerando que ele tinha razão. Eu também não fora totalmente honesta com ele. — Olha, nós dois estamos muito nervosos agora, e eu realmente não quero brigar. Entendo por que você não contou nada para a Ava, mas para *mim*? É isso que eu não entendo.

— Eu só estava tentando respeitar o desejo da Kelli. Achei que era o mínimo que eu podia fazer por ela depois de tudo. Ela era completamente fechada a respeito desse assunto, e eu sabia que ela não ia querer que a morte do bebê dela fosse objeto de discussão. — Ele fez uma pausa e me lançou um olhar de soslaio ao estacionar em frente à casa. — E eu não sabia que você achava que o nosso noivado podia ter alguma coisa a ver com a maneira como ela morreu. Você *nunca* me disse nada.

Respirei fundo e soltei o ar lentamente. De novo, ele tinha razão. E o que importava agora era encontrar a Ava, não o que estava acontecendo conosco.

— Desculpa — eu disse ao descer do carro. Ele fez que sim com a cabeça e então pegou minha mão e nós subimos os degraus da varanda.

Victor destrancou a porta da frente.

— Ava? — Nós dois chamamos, entrando em cada quarto, mas encontrando tudo vazio. O ar estava estagnado e frio, e eu senti um arrepio. Ela não estava ali. Victor tentou ligar de novo, mas ela não atendeu. Liguei para Bree e mandei outra mensagem de texto, mas de novo não recebi resposta de nenhuma das duas. Trancamos a porta e voltamos para o carro.

— Está começando a chover — Victor disse assim que nos acomodamos e ele ligou o motor. — Droga! — Ele socou o painel com o punho fechado. Estendi a mão e entrelacei meus dedos nos dele. Ele apertou minha mão e o longo olhar que trocamos disse mais que qualquer outra coisa que pudéssemos ter articulado. Ele segurou meu olhar por um momento antes de falar de novo.

— Onde mais ela poderia estar?

— Pode parecer maluquice, mas você acha que ela tentaria ir para a Califórnia? — eu perguntei. — Para ver os avós? Ela ligou para eles no Dia de Ação de Graças. — Fiz uma pausa, percebendo que eu tinha me esquecido de contar mais esse fato.

— Jesus! — disse Victor, afastando-se do meio-fio. — Há mais alguma coisa que eu deva saber?

Limpei a garganta.

— Bem... Acho que sim. Eu sei que a Kelli disse que o bebê tinha morrido, mas chequei os dados do recenseamento no condado de Sonoma e localizei um bebê Reed nascido de Kelli Reed no ano de 1994. O pai era desconhecido.

— E? — Victor olhou para mim, as sobrancelhas levantadas, enquanto deixávamos a vizinhança de Kelli.

— Então, se o bebê tivesse morrido, a data da morte constaria ao lado da data de nascimento. Como numa lápide. Mas não constava.

A compreensão do que eu estava falando surgiu no rosto de Victor.

— Você está querendo dizer que...? — Ele parou e piscou algumas vezes. — Que a Kelli *mentiu*? Que o bebê está vivo?

Balancei a cabeça.

— Não dá para saber se ela mentiu. Talvez o bebê tenha sido levado para adoção e os pais da Kelli não queriam que ninguém soubesse, então a obrigaram a dizer que ele não tinha sobrevivido? Está claro que eles quiseram esconder a gravidez ao mandá-la embora. — Eu dei de ombros. — Falar com eles é provavelmente o único jeito de sabermos com certeza. Se é que eles vão falar.

Ele olhou sobre o ombro esquerdo e pisou fundo no freio antes de jogar o carro para a calçada.

— Você dirige. Vou ligar para eles.

Trocamos de lugar, o carro ainda ligado.

— Para onde você acha que devemos ir? Para a rodoviária? É o jeito mais barato de se viajar, não é? Ela deve ter pedido dinheiro para a Bree, e é por isso que nenhuma das duas está atendendo. Devem estar juntas. — Eu realmente esperava que fosse isso. Esperava que ela não fosse estúpida o suficiente para pegar carona na estrada. De novo imagens horríveis passaram pela minha cabeça e eu pisquei para tentar apagá-las. *Por favor, meu Deus, faça com que ela esteja bem.*

Voltei ao trânsito enquanto Victor ligava para os pais de Kelli. A chuva caía com força agora, as gotas batendo no carro como se fossem milhares de pequenos martelos. Trovões rugiram, seguidos momentos depois pelo clarão de um raio. Era um pouco mais de quatro e meia da tarde, mas as nuvens cor de chumbo escureciam o tempo à nossa volta.

— Ruth? — Victor disse quando alguém atendeu o telefone. — Aqui é o Victor. — Ele fez uma pausa. — Isso, o marido da Kelli. — Ele me lançou um olhar de desculpas, mas eu o dispensei, entendendo o que ele queria dizer. — Minha filha, a Ava, aquela que te ligou há algumas semanas? Ela desapareceu. — Ele fez uma pausa de novo e agarrou a maçaneta da porta quando eu fiz uma curva demasiadamente sinuosa. — Isso tem a ver com você, sim, porque nós achamos que ela está indo atrás de vocês!

Ele continuou a explicar que sabia a respeito da primeira filha de Kelli e que desconfiava que ela não tivesse morrido. Ficou ouvindo por um instante enquanto alcançávamos o topo da ponte West Seattle, seguindo o caminho pela First Avenue em direção ao centro.

— Não, Ruth. O bebê *não* morreu. Eu não sei se você disse para a Kelli que ela tinha de mentir, ou fez com que ela acreditasse que a filha tinha morrido, mas de qualquer jeito essa criança hoje tem dezoito anos e eu vou encontrá-la, com ou sem a sua ajuda. — Ele respirou fundo, tentando manter a compostura. — Olhe, o que está acontecendo é o seguinte: minha filha desapareceu e eu não sou nem um pouco como a porcaria de coisa que você e o seu marido são... Eu não estou *feliz* que ela tenha ido embora. Ela só tem treze anos e precisa de nós. Ela está confusa, preocupada e com medo, e deve estar sentindo como se o mundo todo tivesse desabado em cima dela. — Seu tom de voz foi subindo, ficando mais alto a cada palavra. — A mãe dela, a sua *filha*, acabou de *morrer*. Você entende isso? Você não tem

347

nenhum sentimento em relação a isso? Quando vocês não vieram ao funeral, achei que era melhor, assim o Max e a Ava não ficariam expostos às pessoas que fizeram a vida da mãe deles ser um inferno. Eu lhes dei um crédito, mas agora vejo que não devia. Preciso que você me conte a verdade, por favor. Me conte o que aconteceu com o bebê da Kelli. Você deve isso para a Ava. Você deve isso para a sua *filha*! — Ele praticamente berrou a última frase.

Victor ouviu por um pouco mais de tempo, ainda respirando fundo. Eu estendi a mão e alisei a coxa dele. Ele colocou a mão em cima da minha no momento em que chegamos à rodoviária. Procurei na calçada por Ava e Bree, mas o mar de guarda-chuvas e casacos escuros fazia com que fosse impossível reconhecer qualquer rosto.

Um momento depois, Victor desligou o telefone.

— O que ela disse? — eu perguntei, desligando o carro.

— Você tinha razão — disse Victor. — A filha da Kelli não morreu, mas os pais disseram a ela que sim. Eles arranjaram uma adoção fechada com um advogado particular.

— O quê? — eu disse com um pequeno grito. — Como eles conseguiram fazer isso sem o consentimento da Kelli?

— Ela disse alguma coisa sobre a Kelli ter assinado uma porção de documentos sem nem saber o que estava escrito neles. Todo mundo no hospital imaginou que ela soubesse que estava desistindo do bebê.

— Meu *Deus*, isso é horrível. Pobre Kelli. Fico imaginando se ela sabia da verdade.

— Não faço ideia — disse ele. Ele congelou por um momento e olhou para mim, o pavor estampado em seus olhos. — E se a Ava não estiver aqui? — A voz dele era fina, tensa.

De novo estendi a mão e entrelacei meus dedos nos dele.

— Então chamamos a polícia. Chamamos a guarda nacional. Nós vamos encontrar a Ava, Victor. — Ele fez que sim com a cabeça de novo, desesperado para acreditar nas minhas palavras, e, juntos, saímos em meio à chuva fria e escura.

Ava

Fomos primeiro para a casa da Bree. Eu a observei arrumar uma mala pequena, enchendo-a com roupas e produtos de uso pessoal. Ela até pegou um maiô.

— Não estamos saindo de *férias* — eu disse, os braços cruzados sobre o peito, parada no meio do quarto enquanto esperava por ela. Tínhamos de nos apressar para que ainda desse tempo de ir ao banco, depois para a casa do meu pai e daí pegar o ônibus que nos levaria ao centro da cidade.

Ela sorriu.

— Vamos para a Califórnia — ela disse. — Nunca se sabe.

Balancei a cabeça, meu coração disparado, pensando em como iria ser aparecer de repente na casa de meus avós. Tinha encontrado o endereço havia algumas semanas dentro de uma das caixas que meu pai trouxera da casa da minha mãe, embora ainda não conseguisse deixar de me preocupar com o fato de que eles pudessem se recusar a falar comigo. O que eu e a Bree iríamos fazer então? Estaríamos a centenas de quilômetros de Seattle e sem nenhum lugar para ficar. Não tinha certeza nem se poderíamos pagar um quarto de hotel; fiquei com medo de que fôssemos jovens demais para isso.

— Bom — disse Bree, interrompendo meus pensamentos. — Estou pronta. — Ela inclinou a cabeça, colocando uma mecha de cabelo atrás da orelha. — Você está bem?

— Estou — eu disse, soltando uma grande respiração que eu nem tinha reparado que estava segurando. — Vamos.

Uma hora depois, Bree havia tirado seiscentos dólares do banco e estávamos na casa do meu pai, para que eu também pudesse pegar algumas coisas. Não sabendo exatamente quanto tempo iríamos ficar, não sabia o quanto levar, então enchi uma mala preta pequena que era da minha mãe com alguma roupa de baixo, jeans e camisetas. Pensei em deixar um bilhete para meu pai, só para que ele não ficasse muito preocupado, mas achei que seria melhor não deixar nenhuma pista a respeito do local para onde eu estava indo. Dei uma encolhida quando pensei em como ele ia reagir quando descobrisse que eu tinha fugido, como ficaria bravo e preocupado, mas me forcei a parar. Eu estava indo para a Califórnia pela minha mãe. Era minha última chance de descobrir o que tinha acontecido, porque seus pais a tinham mandado embora. Meu pai ia ficar tão agradecido quando eu voltasse para casa que me perdoaria imediatamente por tudo o que eu tinha feito. Eu ia me tornar o tipo de filha que ele se orgulharia de contar aos amigos. Não ia mais mentir, nem faltar às aulas, nem ser mal-educada com a Grace. Teríamos um novo começo.

Eram três horas da tarde quando finalmente eu estava pronta para trancar a casa e seguir com Bree para o centro da cidade. Do ponto de ônibus da minha rua, só levamos vinte e cinco minutos para chegar à esquina da Eighth Street com a Stewart, mais ou menos a um quarteirão da estação da Greyhound. Bree pesquisou no seu smartphone e confirmou que o próximo ônibus de Seattle para San Francisco não partiria antes das seis, então teríamos muito tempo.

— Vamos ter de pegar outro ônibus para San Luis Obispo — ela disse ao andarmos pela rua, vindo do ponto do ônibus. — Vai ser uma *longa* viagem.

— Longa quanto? — eu perguntei, minha barriga se contorcendo ligeiramente. Talvez ir para a Califórnia não tivesse sido uma ideia tão boa assim. O que era tão claro para mim uma hora antes, agora me parecia um pouco ridículo. Subir num ônibus com um bando de estranhos e percorrer centenas de quilômetros para ver os avós que nunca deram a mínima para Max e para mim. Que nunca deram a mínima para a própria *filha*.

— Quase um dia inteiro — ela disse, e de novo considerei brevemente a ideia de dar meia-volta e ir direto para casa. Mas, uma vez dentro da estação, Bree e eu abrimos caminho através da multidão e nos deixamos cair num dos bancos, tentando segurar a respiração contra o fedor de suor, que era pior que no ginásio da escola quando os garotos jogavam queimada.

— Vamos comprar a passagem? — Bree perguntou, e eu balancei a cabeça.

— Talvez seja melhor esperar um pouco — eu disse. Vendo o olhar em seu rosto, acrescentei rapidamente: — Só até a fila diminuir.

— Tudo bem — disse ela, desenhando a palavra. Ficamos ali sentadas durante uma hora, observando as pessoas à nossa volta, sussurrando comentários sobre como elas pareciam ou o que diziam umas às outras. As paredes eram de azulejo, então cada barulho ecoava alto; as pessoas discutiam a respeito de qual ônibus tomar para chegar ao destino a tempo e quem havia se lembrado de levar lanche. Dois caras ao nosso lado discutiam se estavam levando ou não erva suficiente para a viagem, e Bree falou sem emitir som a palavra "maconheiros".

No exato momento em que eu ia falar para Bree que aquela ideia era estúpida e que seria melhor voltar para casa, meus olhos voaram para as portas principais, onde uma onda de viajantes tinha acabado de entrar sacudindo guarda-chuvas. Vi a Grace antes de ela me ver. Ela usava jeans e uma jaqueta preta, e seus cabelos ruivos eram um emaranhado molhado em volta do rosto. Meu pai estava logo atrás dela.

— Olhe — eu disse, cutucando Bree com o cotovelo. Ela virou a cabeça em direção à porta e então voltou a olhar para mim e sorriu.

— Vamos fugir de novo? — ela perguntou, brincando apenas parcialmente.

Pressionei os lábios e balancei a cabeça, me levantando. Grace passou os olhos por ali e, quando seu olhar pousou em mim, sua mão voou para cobrir a boca. Acenei, incapaz de dizer se estava aterrorizada ou aliviada por eles terem nos encontrado com tanta facilidade. Grace então se virou para meu pai e apontou para mim. Eles correram em nossa direção e, assim que meu pai estava perto o suficiente, ele me agarrou com força, me levantando do chão.

— Ava, graças a Deus que você está bem — ele disse, pressionando a boca contra a lateral da minha cabeça. Sua voz estava irregular, à beira das lágrimas. Ele se afastou, me colocou de volta no chão com cuidado e segurou meu rosto com as duas mãos. — Estávamos muito preocupados. Mas que diabos vocês tinham na cabeça?

Pisquei para me livrar das lágrimas e olhei para Grace. Ela me deu um pequeno sorriso e correu a mão pela lateral do meu braço.

— Vocês estão bem?

— Estamos — eu disse, virando a cabeça para Bree, meu pai afastando a mão do meu rosto. — Desculpa. — Respirei fundo. — Como vocês descobriram a gente aqui?

— Checamos a casa da sua mãe e então achamos que você poderia tentar falar com seus avós — disse Grace. — O ônibus parecia ser o meio mais barato de chegar até lá, e vocês duas são muito jovens para viajar de avião sozinhas.

— Vocês fazem ideia do que poderia ter acontecido? — meu pai perguntou. — Dentro de um ônibus, viajando para outro estado? Eu não quero nem pensar, Ava. Não acredito que você fez isso.

Meu lábio inferior tremeu.

— Desculpa — eu disse de novo, baixando o olhar para o chão. — Eu só sabia que, depois que eu te contasse que tinha mentido, faltado à aula, ido até a casa da mamãe e ligado para os pais dela, você ia me obrigar a parar de tentar descobrir o que tinha acontecido com ela. — Olhei para ele de novo, de repente em pânico, percebendo que eu tinha acabado de confessar tudo, apavorada com o que meu pai pudesse dizer.

Vendo o desespero em meu rosto, sua expressão mudou de raiva para compreensão.

— A Grace me contou tudo, querida. — A voz dele era gentil e, por alguma razão, aquilo me deu mais vontade ainda de chorar. — Se isso tudo era tão importante para você, por que não me falou?

— Eu *tentei*, mas você nem me deixou ir à *casa* da mamãe! — eu disse e então respirei fundo, uma respiração ruidosa. Grace deu um passo em minha direção, mas meu pai colocou a mão no ombro dela, e ela então se manteve afastada.

— Você tem razão — ele disse balançando a cabeça suavemente, aparentemente me pedindo para continuar.

— Eu estava tão brava com você — eu disse e então voltei o olhar para Grace. — E com você também. — Sua expressão não mudou, e ela deu um leve balançar de cabeça, como meu pai, mantendo os olhos fixos em mim. Respirei fundo de novo, não me importando a mínima que estávamos no meio de uma estação rodoviária e que algumas pessoas à nossa volta estavam nos encarando. — E sabe o que mais? Eu ainda estou brava com a mamãe porque ela mentiu. Ela mentiu e agora ela se foi e *não está certo* que eu sinta isso por ela. Quero saber o que aconteceu, assim eu posso parar de ficar tão brava. Eu não quero odiar a mamãe. Eu quero entender por que ela guardou segredos de mim. Quero saber por que todo mundo acha que *mentir* para mim é normal!

Foi então que eu perdi o controle. Os soluços sacudiram meu corpo e Grace se aproximou de mim, colocou os braços à minha volta e me puxou para ela. Seu corpo era suave e complacente, tão diferente do abraço da mamãe, seu toque sólido e reconfortante. A mamãe sempre parecia sugar alguma coisa *de* mim. Lentamente, deslizei os braços em volta de Grace e a segurei com força, minhas lágrimas molhando a sua jaqueta. Meu pai colocou a mão nas minhas costas, me afagando. Bree ficou ao lado dele, com lágrimas nos olhos também. Grace tirou os cabelos do meu rosto e eu me lembrei de como fazia a mesma coisa com a mamãe quando ela chorava. Depois que meu pai nos deixou, quantas vezes eu desejei que ela pudesse fazer aquilo comigo.

Eu me derreti no abraço da Grace, finalmente me permitindo aceitar o fato de que ela não era uma pessoa horrível, tentando levar meu pai embora. Eu tinha tentado detestá-la, tinha tentado fazer com que ela fosse a vilã da história, mas ela havia mostrado que se importava comigo e, mesmo quando eu estava sendo má com ela, mesmo quando estava sendo completamente mal-educada, ela não foi embora.

Depois de alguns minutos, minhas lágrimas finalmente começaram a diminuir e eu olhei para meu pai, que também tinha lágrimas nos olhos.

— Eu sinto muito que você tenha carregado esse peso por tanto tempo, Ava — disse ele. — Eu sinto muito por não ter te deixado ir à casa da sua mãe quando você queria. Achei que estivesse te protegendo, mas agora posso dizer que eu estava errado.

Eu não conseguia acreditar que era eu quem tinha cometido os erros e ali estava meu pai, se desculpando. Ele respirou de maneira trêmula e profunda e olhou para Grace, depois para mim de novo.

— Eu sinto muito por não ter te contado mais coisas sobre a sua mãe, de quando ela era adolescente. Ela me fez jurar que nunca faria isso. Pensei que estivesse fazendo a coisa certa, respeitando o que ela tinha me pedido. Achei que ia doer muito em você se soubesse a verdade.

Eu me afastei da Grace, secando os olhos com o dorso da mão. Olhei para Bree, que franziu a testa e me deu um rápido abraço. Voltei os olhos para o meu pai.

— Que verdade? O que ela não queria que eu soubesse?

Ele hesitou durante alguns instantes, baixou o queixo e me lançou um olhar preocupado.

— Se eu te contar, você precisa esperar e deixar que eu conte para o Max depois, ok? Quando ele for um pouco mais velho. Eu *vou* contar para ele, mas acho que agora pode ser demais. — Concordei com a cabeça, e a Grace fez o mesmo, como se ele estivesse pedindo a mesma coisa para ela. Ele respirou fundo antes de falar de novo. — Sua mãe ficou grávida aos catorze anos, Ava. E os pais dela ficaram tão envergonhados que a mandaram embora.

— Ai, meu Deus — eu disse e ouvi Bree soltar um pequeno grito de espanto. Os poucos pedaços de informação que eu tinha de súbito começaram a fazer sentido — Ela ficou *grávida*? E por que ela não falava sobre isso? Ela não queria que a gente soubesse?

— Ela tinha vergonha, querida. Tentou enterrar essa história e fingir que ela nunca existiu. E, quando uma pessoa faz isso por muito tempo, toda a dor acaba se manifestando de maneira pouco saudável. Eu implorei várias vezes que ela procurasse ajuda. Mas ela não procurou.

— O que aconteceu com o bebê? — Bree perguntou. Meu pai se virou e lançou-lhe um olhar surpreso, como se tivesse esquecido que ela estava ali, então se virou para Grace.

— Provavelmente foi adotada — disse Grace com a voz calma. — Ainda não sabemos os detalhes.

— Ela? Eu tenho uma *irmã*? — perguntei, esquecendo as lágrimas. — Podemos procurar por ela?

Grace e meu pai se entreolharam de novo, como se estivessem tentando decidir.

— Pai — eu disse, implorando. — Por favor.

Grace deu um leve balançar de cabeça e meu pai prosseguiu.

— Tudo bem — ele disse. — Podemos. Mas não quero que você tenha muitas esperanças, querida. Porque ela pode nem saber que foi adotada. Ou, mesmo que saiba, pode não querer conhecer a família biológica. Precisamos respeitar isso.

— Tudo bem — eu disse, sabendo que ele tinha razão, mas ainda empolgada com a ideia de conhecer uma irmã que eu nem sabia que existia. Eu poderia lhe contar todas as coisas boas a respeito da mamãe... Talvez, algum dia, eu pudesse compartilhar com ela as coisas difíceis também.

Meu pai me abraçou de novo e me deu um beijo no topo da cabeça.

— Eu te amo, Ava. Vamos encontrar um jeito de passar por tudo isso. Mas nada mais de mentiras e de ficar bisbilhotando. Nada de fugir de novo. Está entendendo?

Fiz que sim com a cabeça, as lágrimas voltando.

— Posso falar com a Grace a sós por um minuto?

— Claro. — Ele me deu outro apertão e então pegou minha mala.

— Venha, Bree. Vamos beber um refrigerante.

Grace e eu ficamos observando os dois seguirem até um pequeno balcão, Bree parecendo uma filha pequena ao lado do meu pai. Grace se virou para mim e soltou um longo suspiro.

— Vamos sentar? Estou exausta.

Fomos até um banco ali perto, sem falar nada pelo que pareceram minutos.

— Então você contou tudo para o meu pai? — eu disse finalmente. — Até que fomos à casa da mamãe pegar a receita do bolo?

— Contei. Quando você sumiu, eu vi que não tinha escolha.

— Entendo — eu disse, mal levantando os ombros. — Foi mais fácil assim, não foi?

— Talvez para *você* — ela disse com um sorriso e uma cutucada.

— Desculpa — eu disse, rindo. — Você tem razão. — Olhei para meu colo, incapaz de olhar nos olhos dela. — Eu não queria desaparecer desse jeito. Eu só... Tudo com o meu pai... — parei de falar, tentando encontrar as palavras que pudessem expressar o que estava passando pela minha cabeça.

— Tudo bem — ela disse gentilmente. — Eu entendo como você tem se sentido, talvez mais do que você pode imaginar. — Lancei-lhe um olhar inquiridor e ela sorriu. — Eu tinha a sua idade quando o Sam nasceu... Sabia disso? — Eu fiz que não com um movimento de cabeça. Eu sabia que o Sam era mais novo, mas não tão mais novo assim.

Grace fez que sim e continuou.

— Bem, eu tinha exatamente a sua idade. E o meu pai não era como o seu. Ele era muito irresponsável. Não estava disposto a ser um bom pai e, como minha mãe tinha que trabalhar à noite e nos fins de semana para ajudar a nos sustentar, eu era responsável por cuidar do meu irmão quando ela não estava em casa. — Ela hesitou por um momento, antes de continuar. — Eu sei que não é exatamente a mesma coisa. E sei que você tem enfrentado muito mais do que consigo imaginar, mas eu realmente sei como é se sentir adulto de algum modo e ainda ser criança. É algo que te empurra para várias direções. Faz com que você fique meio sem equilíbrio. Quando eu tinha treze anos, eu só queria ficar com os meus amigos, sabe? — Ela fez uma pausa. — Mas esse é o ponto. Foi muito duro para mim ter toda aquela responsabilidade, como tenho certeza que foi duro para você tomar conta da sua mãe como tomou. Fizemos isso porque *tínhamos* que fazer. Mas agora você e o Max estão conosco, e queremos que vocês aproveitem para ser crianças.

— Eu ainda quero encontrar a minha irmã — eu disse, mas as palavras eram suaves, cheias de alívio. Grace parecia me entender mais que qualquer outra pessoa. Talvez até mais que a minha mãe. E, embora eu me sentisse um pouco culpada por ter esse pensamento, uma parte de mim esperava que a mamãe pudesse estar contente porque eu tinha alguém a meu lado agora, já que ela não podia mais estar. Alguém com quem eu pudesse conversar quando estivesse triste ou preocupada, alguém que jamais poderia substituí-la, mas que poderia me fazer sentir menos solitária.

— Claro — disse ela, então ficamos em silêncio por outro minuto. Eu sabia que tinha de me apressar para falar o que eu tinha em mente, antes que me faltasse coragem.

— Grace?

— Sim?

— Eu estou muito contente que você vai se casar com o meu pai — eu disse. — Ele é feliz de verdade com você.

Ela colocou os braços à minha volta. Fiquei um pouco tensa — mesmo depois do nosso abraço, eu ainda não estava acostumada a deixar que ela demonstrasse afeto, mas então relaxei em seu corpo, sentindo seu calor, a confiança atrás do toque.

— Ele também me faz feliz — ela disse. — Quando não está me deixando louca da vida, claro. — Ela me cutucou para mostrar que estava brincando e nós duas rimos.

— Prometo que vou tentar não ser tão chata — eu disse. — Eu tenho feito com que tudo fique tão pesado para você.

— Não é culpa sua, Ava. Eu também não sou exatamente perfeita. Depois que a sua mãe morreu, tive muito medo de não conseguir cuidar de vocês.

— É mesmo? — Eu não podia imaginar a Grace tendo medo de alguma coisa.

— Sim — ela disse, afirmando também com um movimento de cabeça. — As coisas têm sido duras para todos nós, mas eu achava que só estava piorando tudo.

De repente, também senti vontade de confortá-la.

— Você foi muito legal, de verdade. Mesmo quando eu estava sendo malcriada com você.

— Ha — ela disse. — Gritar não é exatamente uma coisa legal.

Dei de ombros, me lembrando das poucas vezes em que ela havia gritado comigo, por eu ter brigado com o Max e ter tirado dinheiro da bolsa dela. Eu provavelmente merecia.

— Nem roubar e mentir. — Eu olhei para ela, as lágrimas borrando minha visão. — Não é esse tipo de pessoa que eu quero ser, Grace. Espero que você me dê outra chance.

Ela hesitou só por um momento antes de se inclinar em minha direção e me abraçar de novo.

— Espero que você me dê outra chance também — ela sussurrou e então, juntas, nos levantamos e fomos andando em direção a meu pai, prontas para que ele nos levasse de volta para casa.

Agradecimentos

Alguns livros me vêm mais fácil que outros, e talvez eu não tivesse conseguido terminar este sem o apoio de diversas pessoas incríveis.

Desde o início, Greer Hendricks, minha brilhante editora na Atria Books, percebeu o tipo de história que eu estava *tentando* escrever e, página por página (às vezes palavra por palavra!), me ajudou a montá-la. Sarah Cantin, editora talentosa por seu próprio mérito, dividiu comigo insights vitais e pessoais sobre um aspecto fundamental da história, e eu não tenho como agradecê-la o suficiente.

Como sempre, agradeço a Victoria Sanders, a agente mais engenhosa, encorajadora e histericamente engraçada que uma garota poderia desejar, que administrou com calma meus ataques de insegurança e me fez acreditar em mim novamente. Tenho muita sorte por tê-la a meu lado. Agradeço também à sua equipe, Chris Kepner e Bernadette Baker-Baughman, por tudo que vocês fazem por nós, tipos artísticos e malucos!

Minha profunda gratidão às outras pessoas fantásticas na Atria que tornam possível esta minha vida de escritora — para citar apenas algumas: Judith Curr, Chris Lloreda, Paul Olsewski, Lisa Sciambra, Hilary Tisman, Carole Schwindeller e Aja Pollock. Agradeço a todo o time comercial da Atria, que trabalha incansavelmente para ajudar a espalhar os meus livros pelo mundo, e ao departamento de arte, por criar capas tão lindas e tocantes.

Agradecimentos especiais a Cristina Suarez, minha extraordinária relações-públicas na Atria, pela torcida, pelo entusiasmo e por ser tão fabulosa. Também, pelas guloseimas incrivelmente saborosas da No Bake Makery. Mal posso esperar pelo seu livro de receitas!

Estou em dívida com Tina Skilton, minha querida amiga, que leu este manuscrito e me ouviu ranger os dentes por causa dele mais vezes do que qualquer uma de nós poderia contar. Laura Meehan me deu afiadas opiniões editoriais, apoio moral entusiástico e, talvez o mais importante, muitas fotos adoráveis de seu filho Noah, com sua linda carinha de anjo. (Laura, eu dirigiria com você por áreas questionáveis de San Francisco a qualquer hora do dia.) Agradeço ainda a Laura Schilling, por me ouvir tagarelar sobre o enredo e por fazer brainstormings comigo sobre novelas e segredos.

Obrigada a Stacey Harrington, Liz Ward, Laura Webb e Beth Mellone pelas primeiras leituras e pelo feedback imensamente valioso. E, pelos almoços mais divertidos e engraçados do mundo, assim como pelo apoio profissional maravilhoso, agradeço a Pennie Ianniciello, Shana Lind e Melissa Medeiros McMeekin.

Os amigos são a família que escolhemos, e eu não poderia escrever sem o amor e o apoio dos meus: Sally Cote, Sherrie Strickland, Carmen Bowen, Loretta McCann, Cheryl Baulig, Belinda Malek, Brad e Deanna Martin, Rachael Brownell, Allison Ellersick, Jerrilyn Harvey, Kristie Miller Cobb, Robin Hart, Kurt Jensen, Kristin Cleary, Kelly Angel, Greg e Sue Bateman, Curt e Tracey Hugo, Wendy Bailey, Denise Brandon e tantos outros que eu nem tenho como citar. Eu amo vocês.

Obrigada aos incríveis blogueiros literários que receberam minhas histórias de braços abertos e ajudaram a compartilhá-las com novos leitores — sou muito grata a vocês. Não tenho como agradecer o suficiente a cada leitor que se dá o trabalho de escrever uma resenha ou de indicar os meus livros, ou àqueles que me escrevem para contar como uma história minha os afetou. Agradeço ainda aos meus amigos e colegas escritores no Facebook, Twitter e Goodreads — eu estimo muito todos vocês!

À minha mãe, Claudia Weisz, a primeira pessoa que me encorajou a colocar a caneta no papel, obrigada. (Quem diria que eu poderia transformar o fato de ser uma rainha do drama em profissão?) Pelos abraços, aconchegos e por nunca falhar em me fazer rir, agradeço aos meus filhos: Scarlett, Miles e minha filha de brinde, Anna.

E, finalmente, ao meu melhor amigo, marido e parceiro no crime... Obrigada, Stephan, por construir esta vida comigo e por segurar com delicadeza o meu coração

Impresso no Brasil pelo Sistema Cameron da Divisão Gráfica da
DISTRIBUIDORA RECORD DE SERVIÇOS DE IMPRENSA S.A.